SANS RIEN NI PERSONNE

Œuvres de Marie Laberge

Romans

Aux Éditions du Boréal

Juillet, 1989 (collection « Boréal compact », 1993) ; Paris, Anne Carrière, 2005

Quelques Adieux, 1992 (collection « Boréal compact », 1997) ; Paris, Anne Carrière, 2006

Le Poids des ombres, 1994 (collection « Boréal compact », 1999)

Annabelle, 1996 (collection « Boréal compact », 2001)

La Cérémonie des anges, 1998 (collection « Boréal compact », 2004)

Gabrielle. Le Goût du bonheur I, 2000 (collection « Boréal compact », 2006) ; Paris, Anne Carrière, 2003

Adélaïde. Le Goût du bonheur II, 2001 (collection « Boréal compact », 2006) ; Paris, Anne Carrière, 2003

Florent. Le Goût du bonheur III, 2000 (collection « Boréal compact », 2006) ; Paris, Anne Carrière, 2003

Sans rien ni personne, 2007

Théâtre

C'était avant la guerre à l'Anse à Gilles, VLB éditeur, 1981 ; Les Éditions du Boréal, 1995

Ils étaient venus pour…, VLB éditeur, 1981 ; Les Éditions du Boréal, 1997

Avec l'hiver qui s'en vient, VLB éditeur, 1982

Jocelyne Trudelle trouvée morte dans ses larmes, VLB éditeur, 1983 ; Les Éditions du Boréal, 1992

Deux Tangos pour toute une vie, VLB éditeur, 1985 ; Les Éditions du Boréal, 1993

L'Homme gris suivi de *Éva et Évelyne,* VLB éditeur, 1986 ; Les Éditions du Boréal, 1995

Le Night Cap Bar, VLB éditeur, 1987 ; Les Éditions du Boréal, 1997

Oublier, VLB éditeur, 1987 ; Les Éditions du Boréal, 1993

Aurélie, ma sœur, VLB éditeur, 1988 ; Les Éditions du Boréal, 1992

Le Banc, VLB éditeur, 1989 ; Les Éditions du Boréal, 1994

Le Faucon, Les Éditions du Boréal, 1991

Pierre ou la Consolation, Les Éditions du Boréal, 1992

Charlotte ma sœur, Les Éditions du Boréal, 2005

Marie Laberge

SANS RIEN NI PERSONNE

roman

Boréal

Les Éditions du Boréal reconnaissent l'aide financière du gouvernement
du Canada par l'entremise du Programme d'aide au développement
de l'industrie de l'édition (PADIÉ) pour ses activités d'édition et remercient
le Conseil des Arts du Canada pour son soutien financier.

Les Éditions du Boréal sont inscrites au Programme d'aide aux entreprises
du livre et de l'édition spécialisée de la SODEC et bénéficient du Programme
de crédit d'impôt pour l'édition de livres du gouvernement du Québec.

Conception graphique de la couverture : Louise Laberge
Photo de la couverture : Marie Laberge

Toute ressemblance avec des personnes ou des faits réels
ne peut être que fortuite.

Dépôt légal : 4e trimestre 2007
Bibliothèque et Archives nationales du Québec

Diffusion au Canada : Dimedia

Catalogage avant publication de Bibliothèque et Archives nationales du Québec et Bibliothèque et Archives Canada

Laberge, Marie

Sans rien ni personne

ISBN 978-2-7646-0560-8

I. Titre.

PS8573.A168S26 2007 C843'.54 2007-941847-3

PS9573.A168S26 2007

À la mémoire de Rachel Martel-Lajoie,
qui a illuminé mon enfance.

Le malheur n'est jamais pur,
pas plus que le bonheur.

BORIS CYRULNIK

Mener une enquête dans un roman a fort peu à voir avec le vrai métier d'enquêteur. S'inspirer et s'appuyer sur le réel ne veut surtout pas dire y coller respectueusement. J'ai donc pris quelques libertés avec les procédures, le savoir-faire policier et même avec les différents services de la Police de Montréal et ceux de la Sûreté du Québec en leur prêtant des unités et une répartition de tâches passablement restructurés en fonction de mes besoins. J'ai bien sûr agi de même pour les services français du Quai des Orfèvres. Les inexactitudes que mon imagination a pu provoquer ne sont bien entendu que les miennes. J'espère que ceux qui m'ont aidée n'en seront pas froissés et je tiens à remercier de leur soutien Frédérick Laberge et Marie Aubin.

M. L.

1

« Très bien. »

De toute sa vie, jamais le professeur Morvan n'a reçu une réaction aussi saugrenue à l'annonce d'un diagnostic fatal. Cette fois, le choc est pour lui.

Il fixe son patient, un grand sec de soixante-dix-neuf ans élégant, calme, et il attend que la nouvelle fasse son chemin jusqu'à la conscience et à l'instinct de survie de l'homme assis devant lui.

Rien. Un silence pensif, suivi d'un élan pour se lever.

Le professeur tente d'arrêter le mouvement de fuite : « Vous ne désirez pas connaître les possibilités…

— Non.

— Vous préférez peut-être qu'on se revoie plus tard pour discuter du protocole médical… éventuellement en présence d'un membre de votre famille ? »

Le regard d'Émilien Bonnefoi est presque ironique. Il hoche la tête dans un mouvement qui peut vouloir dire oui ou non, remercie et quitte le bureau de l'éminent médecin.

Six mois. Un an tout au plus, voilà ce qui lui reste.

Janvier est particulièrement clément cette année. Émilien marche sans se presser dans la lumière hivernale qui décline. Il s'approche de la Seine et longe le quai sans traverser le pont de la Concorde vers son domicile. Il marche mains dans les poches en observant le paysage qu'il connaît par cœur. Il marche comme quelqu'un qui a tout son temps. Le trafic de fin de journée s'intensifie, les klaxons se répondent agressivement. Devant le Musée d'Orsay, des gens font la queue. Comme un touriste, comme si tout cela était nouveau, Émilien note chaque détail et continue sa promenade. Une odeur d'essence mêlée de diesel s'intensifie quand le feu vire au vert et que les voitures, les bus, les motos repartent. Au nez d'Émilien, cette odeur à elle seule résume Paris.

Ce n'est qu'en apercevant les deux tours de Notre-Dame dans le rose du crépuscule qu'Émilien comprend où ses pas le mènent. Il n'est pas un badaud innocent. Son apparente flânerie avait un but. Émilien sourit en traversant le premier segment du pont : le professeur Morvan serait rassuré de constater que son patient a finalement eu une réaction à l'annonce de sa mort prochaine. Comme un alcoolique repenti reprend le chemin du troquet où il avait ses habitudes, Émilien revient vers l'endroit où sa vie s'est arrêtée et cela, bien avant le diagnostic d'aujourd'hui.

Dos à la Seine, il s'appuie contre le parapet et contemple l'entrée de la Brigade judiciaire. Il sait parfaitement comment se rendre au bureau qui le concerne, il connaît la dernière personne qui a hérité du dossier poussiéreux, il peut même décrire le goût amer du café qu'on lui offrirait généreusement à défaut d'autre chose. Il peut prendre son portable et demander le commissaire Durand qui lui répondra aimablement, qui le recevra sans doute s'il est sur place, qui l'écoutera attentivement en hochant la tête et qui ne pourra rien faire d'autre.

Le soir est tombé et la lumière des réverbères adoucit

la façade du quai des Orfèvres. Émilien est traversé d'un frisson. Il ne sait plus depuis combien de temps il se tient là, immobile. Il sait qu'il doit dire à cet enquêteur qu'il lui reste six mois tout au plus pour fermer le dossier. Après, ce sera inutile. Après, seul le principe de justice bénéficierait d'une quelconque résolution de l'affaire.

Et qu'est-ce que le principe de justice à côté de son cœur broyé depuis bientôt trente-cinq ans ?

* * *

De la fenêtre de son bureau, Patrice Durand regarde la voie sur berge s'embourber dans le trafic. Les phares des voitures dessinent un long ruban sans hiatus. Chaque soir, c'est le même scénario. Chaque soir, Patrice pense à tous ces gens coincés derrière leur volant à pester, à râler et à se mitonner une attaque à coups de stress. Vraiment, Paris devient une ville impossible où circuler. Même le dimanche, il y a des bouchons !

Contrarié, Patrice éteint sa cigarette et ferme la fenêtre : depuis février, l'État a décidé de s'occuper de sa santé et on essaie de lui interdire de fumer dans son propre bureau. « Un comble ! », maugrée Patrice en se rasseyant. Si ces foutus bureaucrates de la santé s'imaginent pouvoir le forcer à cesser de fumer, c'est qu'ils ont perdu tout bon sens. Il a divorcé pour moins que cela ! Ou plutôt, il est en voie de divorcer pour moins que cela. En fait, il ne sait pas vraiment pourquoi il divorce, mais il est certain de le faire. Delphine a gardé l'appart et la voiture, puisqu'elle s'occupe de leur fillette, et il vient d'emménager dans le 5e, à une distance beaucoup trop faible du bureau selon lui, mais comment résister à soixante-quinze mètres carrés à un jet de pierre du Luxembourg ?

Après avoir écumé Habitat, Ikea, le BHV et autres endroits à vous donner envie d'habiter un monastère, il est enfin installé et presque remis de sa surprise. Il ne comprend toujours pas les raisons de Delphine, il les juge extrêmement superficielles, pour ne pas dire invraisemblables, mais elle semble déterminée à saccager leur mariage. Fort bien ! Que peut-il argumenter une fois qu'il a non seulement admis ses liaisons sporadiques, mais surtout qu'il a juré qu'aucune de ces femmes n'était restée plus de trois mois dans sa vie ? N'était-ce pas là une preuve de stabilité conjugale ? Il n'est quand même pas amoureux ou englué dans une histoire parallèle. Pourquoi Delphine ne comprenait-elle pas que c'était sans importance, une sorte de clapet de sécurité pour la pression engendrée par son métier ? Rien à voir avec elle ou avec ses engagements familiaux ! Enfin ! Ce n'est pas après huit ans de mariage et la naissance d'Amélie qu'ils vont se comporter comme des tourtereaux ! Surtout qu'il n'a aucune indulgence pour les démonstrations publiques d'affection. Les longs regards appuyés, les mains devenues moites à force d'être tripotées, très peu pour lui !

Et puis, ce n'est pas tant Delphine qu'Amélie qui lui manque. Devenu père sur le tard, il s'est découvert une fibre paternelle insoupçonnée et sa fille peut le rendre extrêmement docile. Il a un mal fou à lui refuser quoi que ce soit. Quand elle incline sa jolie tête bouclée et qu'elle répète sa question en posant un index délicat sur son menton, il craque. Joueuse, rieuse, curieuse, sa fille incarne tout ce qu'il apprécie. Avec elle, il se sent invincible et adorable… sentiments qu'il jugerait ridicules avec tout autre qu'Amélie.

Jean-Charles passe une tête dans l'entrebâillement de la porte : « Tu bosses encore ? Tu sais qu'ils sont tous au Départ pour le pot d'anniversaire de Béa ?

— J'arrive ! J'en ai pour dix minutes.

— T'as encore clopé, toi. T'as quand même remarqué que, même en ouvrant le carreau, l'odeur envahit le corridor ?

— C'est te dire combien je m'en tape de leurs décrets à la con !

— C'est cela, oui ! On t'attend, monsieur le commissaire. »

Patrice expédie son rapport en vitesse : puisqu'il n'aura pas à rentrer chez lui, la perspective d'en finir avec sa journée de travail est devenue agréable.

* * *

Debout devant son bureau, Émilien considère l'amas de documents qui témoigne de son obsession depuis trente-cinq ans. Tout est classé, identifié, dûment daté et répertorié. Tout ce qui s'entasse dans l'espace restreint est lié à la mort de sa fille Isabelle, assassinée à l'âge de vingt-deux ans, le 1er juillet 1972.

En vingt jours, depuis qu'il est sorti du bureau du cancérologue, Émilien a mis de l'ordre dans sa vie. Mourir n'arrive pas à l'effrayer. Il est même étonnamment de bonne humeur depuis qu'il connaît le pronostic. Il a procédé méthodiquement, comme en tout ce qu'il entreprend, et il a jeté ou distribué la majeure partie de ses possessions. Son appartement du 8e est petit, il a toujours eu peu de besoins et, depuis sa retraite de l'enseignement, ses livres ont été régulièrement remis à la bibliothèque du lycée où il a enseigné.

Sa femme, Julie, est morte depuis quinze ans, il ne lui reste que son fils aîné avec lequel il ne parle que deux fois l'an, à Noël et à son anniversaire. Comme il lui reste au moins six mois à vivre, Émilien a décidé d'informer son fils de ses ennuis de santé quand il l'appellera en mars pour lui souhaiter bon anniversaire. Sans être vraiment en froid avec son fils, il doit admettre que leurs rapports n'ont jamais été complices ou même seulement agréables. Ludovic avait toujours été le chouchou de sa mère. Comme Isabelle avait été sa préférée à lui, pour autant que ce terme n'inclue pas le moindre excès d'affection.

Émilien y voyait une sorte d'équilibre. Ludovic y voyait, lui, une énorme injustice. Il ne pouvait s'empêcher de critiquer sa sœur, d'analyser ses moindres faits et gestes. Rien ne trouvait grâce à ses yeux. Et la mort d'Isabelle n'avait rien arrangé, au contraire. La détermination d'Émilien, ses recherches, son insistance pour qu'on ne ferme pas l'enquête faute d'éléments, toute l'énergie investie pour que l'assassin de sa fille soit coffré sont toujours apparues aux yeux de Ludovic comme un acharnement morbide et un désintérêt à l'égard de sa vie à lui.

Émilien avait laissé son fils récriminer et s'éloigner sans en éprouver la moindre tristesse. Ludovic avait tourné son attention et ses commentaires vers sa mère qui l'avait écouté sans trêve jusqu'à sa mort.

Émilien saisit une photo sur le bureau et il observe les quatre personnes qui y figurent : Ludovic à l'extrême droite qui tient sa mère par le cou, lui, raide et mal à l'aise à côté de sa femme et près de lui, tout à gauche, rieuse, les deux mains sur ses oreilles comme si elle ne voulait rien entendre, Isabelle.

« Et c'est vrai que tu ne voulais rien entendre ! Rien de rien. Tu as fait selon tes volontés et personne n'a pu t'arrêter ! »

L'adolescente sage et sans histoires s'était muée en adulte réfractaire à toute règle, à toute discipline même. En 1968, elle était dans la rue, de toutes les manifs. Et à dix-neuf ans, elle leur avait annoncé son mariage précipité avec Pierre-Philippe Deschamps, un enfant de vingt ans aux yeux d'Émilien. La seule note positive était que le gendre se destinait à l'enseignement. Émilien y avait vu une sorte de compliment tacite : sa fille épousait un homme qui exerçait la même profession que lui. Sa naïveté avait été rapidement détrompée : l'enseignement permettrait à Pierre-Philippe d'échapper au service militaire en devenant coopérant au Canada. Le mariage n'était qu'une formalité qui faciliterait le départ d'Isabelle, bien décidée à suivre son homme.

Combien de fois Émilien a-t-il tenté de réécrire cette histoire pour en changer l'issue ? Comme un réflexe de survie, une sorte d'incantation désespérée, jamais il n'a cessé de chercher à inventer une autre attitude qui aurait pu inverser le destin d'Isabelle.

Émilien prend le petit paquet de lettres qui constitue tout ce qu'il a reçu de sa fille les trois dernières années de sa vie. Dix-sept lettres dont deux ne sont que des mémos pour lui signaler un changement d'adresse. Quinze vraies missives en trois ans. À côté, le paquet de ses propres lettres à sa fille fait plus du double d'épaisseur. Il y en a près de cinquante, il le sait. Il n'a jamais relu ses lettres, alors qu'il sait celles de sa fille par cœur. Encore ce soir, il hésite. Se relire ne lui plaît pas. Mais comme il ne peut se résoudre à jeter quoi que ce soit sans vérifier s'il ne s'y trouve pas un indice quelconque qui pourrait être utile à la poursuite de l'enquête, il déplie la première lettre, celle qu'il a écrite en surveillant un groupe de lycéens en examen.

L'aube dessine un trait de lumière autour des tentures tirées qui étouffent les bruits du boulevard Malesherbes. Déjà l'aurore. Émilien s'extirpe du fauteuil, fait quelques pas pour se dégourdir les jambes. Il moud le café, emplit la cafetière. Cette odeur est probablement le parfum quotidien le plus réconfortant qui soit.

Il s'assoit au salon, déguste son café en réfléchissant à la colère rentrée qui a habité toute sa vie. Les lettres sont criantes, il ne menace pas sa fille, mais il ne ménage pas sa vanité non plus. Comment a-t-il pu la traiter si sèchement, avec si peu de sympathie ? A-t-il toujours été fâché, enragé ? Probablement. Un vieux con dégoulinant de conseils inutiles, voilà ce qu'il était ! Pas étonnant qu'elle ait fui. Pas étonnant qu'il n'ait rien vu venir et rien su dire quand sa fille s'était opposée à tout ce qu'il représentait.

Il ne sort ni encouragé ni grandi de sa lecture, mais il demeure persuadé de l'inutilité de partager cette correspondance avec le commissaire. Et ce n'est pas par orgueil, il est loin de vouloir tenter de se protéger maintenant, c'est par lucidité pure et simple : rien de ce qu'il a écrit à sa fille ne ramène la moindre parcelle d'information oubliée.

Une douleur sourde lui rappelle à quel point le temps lui est compté. Pas seulement le temps de vie, mais celui de la clarté d'esprit. Sous peu, les antidouleurs risquent de l'embrouiller et de ralentir sa pensée.

Il se décide donc à reprendre contact avec celui à qui il voue une haine sans partage, Pierre-Philippe Deschamps, l'ex-époux de sa fille, celui qui l'a abandonnée alors qu'elle était enceinte de trois mois. Et tout ça pour aller s'envoyer en l'air en Californie !

Sachant que son ancien gendre est le roi de l'esquive, Émilien se résout à aller dormir afin d'être en mesure de se poster à la sortie de la banque où cet ancien coopérant a recyclé ses précieux dons de pédagogue.

* * *

Il n'est pas content, Pierre-Philippe, et il ne cherche pas à le cacher. Encore un peu et il demandait à Émilien : « Qu'est-ce que vous foutez là ? », mais, en spécialiste des relations avec la clientèle qui se respecte, il tend une main molle en cherchant des yeux un quelconque salut.

Émilien ne perd pas de temps en fausse politesse : « Je sais que vous ne tenez pas à cette rencontre, Pierre-Philippe, mais je dois vous demander quelque chose : les autorités canadiennes vous ont-elles remis les lettres qu'Isabelle vous avait envoyées alors que vous étiez en Californie ? »

Les yeux de Pierre-Philippe errent au-dessus de la tête d'Émilien : « Certainement.

— Les avez-vous toujours en votre possession ? »

Les yeux se posent sur Émilien, agacés, méprisants : « Ces lettres ne vous concernent en rien, Émilien. Autre chose ? Je suis passablement pressé…

— J'ai ici le nom du commissaire qui les attend. Dans quarante-huit heures, une saisie légale sera effectuée si vous ne vous conformez pas à cette invitation… polie.

— Polie ? Vous voulez me faire croire qu'après trente-cinq ans, quelqu'un d'autre que vous poursuit cette enquête ridicule ? Vous n'êtes qu'un vieux fou ! Laissez-moi passer et méfiez-vous des ordonnances de la justice : sous peu, c'est moi qui pourrais faire en sorte de vous interdire de m'approcher et me harceler.

— La vie s'en chargera. Dans six mois, je suis un homme mort. Je peux vous faire parvenir le diagnostic officiel, si vous le désirez. C'est mon chant du cygne, Pierre-Philippe, et il est un peu tard pour me faire changer d'obsession. »

Décontenancé, Pierre-Philippe l'observe, cherche l'arnaque. Ce n'est pas le premier bluff auquel se livre Émilien pour arriver à ses fins. Il n'a jamais apprécié le bonhomme, mais la proximité de la mort produit son petit effet. Émilien sourit : « Pénible, n'est-ce pas, de devoir regarder un mourant en face ? Dites-vous bien que je n'y peux rien.

— Quatre lettres qui ne contiennent rien d'autre que des jérémiades et des supplications… Je ne crois pas pouvoir remonter dans votre estime grâce à ça, mais vous les aurez. Je vous les envoie porter dès demain. Ne vous déplacez pas — il tend une main à peine aimable. Je ne pense pas vous revoir. Bon courage ! »

S'il pouvait courir sans perdre sa dignité, Pierre-Philippe le ferait. Rien n'est plus détestable que ces visites surprises d'Émilien Bonnefoi.

Jamais il n'a eu droit à la moindre étincelle d'humanité de la part de cet homme. Aux yeux d'Émilien, il est celui qui a offert sa précieuse fille à un assassin. Encore heureux que sa présence en Californie l'ait définitivement disculpé. S'il n'avait pas été à des milliers de kilomètres de Montréal, Émilien essaierait encore de le faire accuser. L'acharnement de cet homme tient sans doute à l'échec total de sa relation avec sa fille. Pierre-Philippe s'en fout, il a refait sa vie, il a effacé le passé et il est le père de trois enfants qui ignorent totalement les événements qui ont précédé leur naissance. Tout comme sa femme ignore comment il est devenu veuf.

Son passé est enfermé dans un espace blindé de sa mémoire et les quelques lettres qui tiennent compagnie à son premier acte de mariage sont déposées dans un coffre de la banque aussi étanche que sa mémoire. Il ne pourrait même pas expliquer pourquoi il les a gardées. Probablement à cause de leur statut d'indice, d'élément utile à la justice.

Peut-être aussi pour se justifier, parce qu'il a toujours eu la sale impression qu'Isabelle avait cherché ce qui lui était arrivé pour le narguer et, même, pour lui nuire. Une chose est sûre : elle ressemblait au vieux dans son acharnement. Incapable de passer à autre chose, exactement comme lui !

Et le voilà qui va mourir.

Le soulagement qui accompagne cette nouvelle est si intense que Pierre-Philippe ne peut se le cacher. Ça fait longtemps qu'il souhaite la disparition du dernier témoin gênant de son passé peu glorieux. Comme il sera heureux de savoir Émilien Bonnefoi disparu à jamais ! La pensée de ce désir est si dérangeante qu'il entre au premier bar-tabac s'envoyer un apéro.

* * *

En arrivant au café où il a ses habitudes, Patrice aperçoit tout de suite Émilien attablé près de la fenêtre. Surpris, il s'excuse auprès de ses collègues et va rejoindre l'homme qui pose la carte qu'il faisait mine d'étudier tout en surveillant la porte d'entrée.

Patrice sourit cordialement : « Émilien ! Quelle surprise ! Vous êtes en avance, cette année ! Vous permettez ? »

La même mise en scène depuis dix ans… sauf que cette fois, c'est deux mois plus tôt. Depuis qu'il est commissaire aux affaires non élucidées de la Criminelle, Patrice a toujours vu Bonnefoi arriver avec le printemps pour discuter des démarches à entreprendre afin que l'enquête sur la mort de sa fille ne devienne pas lettre morte. Comme cet homme est l'un des premiers parents de victimes que Patrice a rencontrés dans ses fonctions, une certaine sympathie s'est développée entre eux et Patrice ne s'est jamais irrité de le voir squatter son bistro préféré pour venir aux nouvelles de façon officieuse.

« Vous allez bien, Émilien ? Vous me paraissez un peu fatigué.

— Un reste de bronchite… rien de grave.

— Ah bon ? J'ai faim, moi. Qu'est-ce que vous prenez ? Hé ! Mimi ! Un demi par ici !... Émilien ?

— Non, merci. »

Une fois le boudin aux pommes fumant posé devant eux, Patrice se concentre sur Émilien qu'il trouve un peu trop silencieux. L'homme n'a jamais été bavard, mais il affecte une réserve supplémentaire qui intrigue Patrice : « Alors ? Vous avez décidé de forcer le printemps ? »

Émilien sourit, ce qui lui donne l'air encore plus triste : « Vous aviez lu les lettres de ma fille à son mari, Pierre-Philippe Deschamps ? »

Patrice hoche la tête affirmativement, la bouche pleine.

« J'en ai pris connaissance dernièrement. Je les ai obtenues de Pierre-Philippe. Il y a là-dedans le prénom d'une femme… une amie française. Enfin, une Française d'origine qui l'aidait. Vous croyez qu'ils l'ont interrogée ? Je n'ai rien vu qui en fait mention dans le dossier. Son prénom est Marité, du moins, c'est ainsi qu'Isabelle l'appelait. Selon moi, ce pourrait être Marie-Thérèse. J'avais ce prénom dans une de mes lettres, mais rien d'autre. Après avoir lu et relu cette correspondance, j'ai rappelé Pierre-Philippe et j'ai insisté pour obtenir le nom de famille de cette Marité. Voyez-vous, je suis persuadé que c'est une personne intéressante pour nous, elle revient très souvent dans les lettres à son mari. Sur le coup, parce qu'il s'irrite de mes appels, Pierre-Philippe n'a rien pu me dire. Mais la question a fait son chemin et il m'a rappelé ce matin disant qu'il s'était souvenu du nom en lisant *Le Parisien* : c'est le même nom qu'un écrivain connu, Rihoit. »

Il n'est pas peu fier, Émilien, il attend presque joyeusement la réaction de Patrice.

« S'ils ne l'ont pas interrogée à l'époque, ce pourrait être une piste, non ? Isabelle en dit beaucoup de bien… »

Ses mains tendent une lettre vers Patrice. L'index qui indique le passage tremble. C'est ce tremblement que Patrice n'arrive pas à supporter. Il se saisit de la lettre, met ses lunettes, lit avec application parce que, s'il ne le fait pas, Émilien pensera qu'il a laissé passer quelque chose d'important.

« Oui, bon, elle a eu cette compatriote qui l'aidait et la soutenait… elle a eu ce réconfort, comme elle l'écrit, mais je crains que ce ne soit pas suffisant pour rouvrir l'enquête, Émilien. Vous ne pouvez tout de même pas soupçonner cette femme de complicité avec des assaillants ?

— Non, bien sûr que non… Mais j'ai ici, dans sa dernière lettre, la mention de cette Marité… et elle est sage-femme ! Or, dans le dossier canadien, la sage-femme interrogée s'appelait Berthe Moisan. Il a pu y avoir confusion…

— Ou vous vous méprenez : il est possible que Rihoit n'ait été qu'une copine, malgré sa profession. Rien n'indique que votre fille ait changé de sage-femme.

— C'est exact, mais Isabelle avait renoncé à cette madame Moisan. Officiellement, elle était sans sage-femme. Regardez l'interrogatoire de madame Moisan… Ici, dans le rapport du 12 août 1972, à la page 48 : Isabelle ne l'a jamais rappelée après deux rencontres en tout début de grossesse. Il me semble donc probable qu'elle ait demandé à cette Marité de devenir sa sage-femme.

— On peut le croire, en effet… C'est possible. Tout comme on peut penser qu'elle a adopté les mœurs du Canada en décidant d'accoucher à l'hôpital. Vous savez, là-bas, en 1972, les sages-femmes, c'était plutôt rare, pas du tout dans leur façon de faire.

— Justement ! Voilà exactement mon point de vue ! Parce que ça ne leur semble pas étrange, parce que, pour eux, Isabelle allait accoucher en clinique, ils ont peut-être loupé quelque chose, ils n'ont pas accordé d'importance à la sage-femme. Le fait est qu'ils n'ont jamais interrogé cette Rihoit. Ou, s'ils l'ont fait, ils ne l'ont pas inscrit dans le rapport d'enquête. Ça vous semble normal cette omission ?

— Ça me semble plutôt impossible. Toutes les démarches, quelle qu'en soit l'issue, doivent être consignées au rapport.

— Et voilà ! »

Patrice réfléchit. Devant Émilien, l'assiette de boudin est intacte. Du bout de la langue, discrètement, Patrice essaie de déloger une parcelle de pomme coincée entre deux molaires. Son vis-à-vis se fait plus pressant : « C'est une piste, non ? Cette femme pourrait nous en apprendre sur Isabelle… Si quelqu'un connaissait ses secrets, c'est sûrement cette Marité. Isabelle la cite au moins cinq fois dans les lettres à Pierre-Philippe. »

Du bout de l'ongle, Patrice arrive à ses fins : « Vous ne mangez pas ? Ça risque d'être froid.

— Non... Qu'en dites-vous ? C'est un fil, quand même ?

— Un fil bien mince. Ça vous ennuie si je fume ? »

Ce qui ennuie Émilien, c'est de ne pas obtenir de réponse, et Patrice le sait. Il ne peut tout de même pas appeler l'escouade canadienne responsable du dossier sous prétexte que la victime avait une copine qu'ils ont omis d'interroger. Si, au moment des faits, ils n'ont pas cru bon de voir cette Rihoit, ce n'est pas trente-cinq ans après qu'ils vont trouver la chose vachement primordiale.

Comment faire comprendre à l'anxieux qui l'observe que cette piste n'en est pas une et qu'il serait temps de renoncer ? Comme il ne sait pas parler de ces choses, Patrice attaque autrement : « Comment avez-vous obtenu ces lettres ?

— Ça faisait un bout que je n'avais pas vu Pierre-Philippe... il a adoré, vraiment !

— J'imagine, oui. Vous savez qu'on possède les copies ?

— Je ne voulais pas vous déranger.

— À d'autres ! Vous comprenez que s'ils n'ont pas jugé bon d'interroger cette Marité à l'époque...

— Oui, bien sûr, mais...

— Attendez, laissez-moi finir. La meilleure hypothèse n'est-elle pas que votre fille a parlé de cette femme pour rassurer son mari, pour éviter de se montrer faible ou abandonnée ? Ce n'est quand même pas pour rien qu'elle ne mentionne ce nom que pour son seul usage...

— Oui, c'est une possibilité, mais il n'en demeure pas moins que si on explique aux Canadiens qu'il est fort peu probable qu'Isabelle ait renoncé à une sage-femme... Vous comprenez, ils ne pouvaient pas deviner une chose pareille, eux ! Et si elle avait décidé d'aller en clinique, Isabelle l'aurait dit à quelqu'un, non ? »

Patrice soupire : « Peut-être... Mais, honnêtement, après trente-cinq ans, la piste devrait être beaucoup plus prometteuse pour parvenir à les faire bouger là-bas. Les probabilités d'en apprendre davantage sont tellement minces ! Ce n'est pas comme si vous m'apportiez un nouvel élément, un suspect qui nous aurait échappé... Vous me voyez leur dire : y a cette copine à qui vous n'avez pas parlé ? Une Française de surcroît ! Est-elle encore là-bas ? Est-elle revenue ? Déjà qu'il faudra être verni pour la retrouver après tout ce temps...

— Si je pouvais la chercher moi-même, je ne vous dérangerais pas. Mais je n'ai pas les leviers qu'il faut. »

Patrice ignore si c'est sa digestion, mais le désarroi de l'homme qui est devant lui l'atteint en plein cœur. Même pour lui, qui n'est pourtant pas champion côté compassion, regarder les mains usées rassembler les lettres frise l'insupportable. C'est à croire que cet homme n'a plus pour s'accrocher que des papiers épars où les dates et les numéros de références sont alignés en colonnes serrées. Alors qu'il sait pertinemment que son intervention sera inutile et qu'ajouter à l'espoir insensé de cet homme signifie construire une déconvenue encore plus terrible, il tend la main vers les papiers : « Donnez-moi ça, je vais y jeter un coup d'œil. Au moins, si elle était revenue en France, cette Rihoit, nous pourrions essayer de la rencontrer. »

L'éclair de joie qui traverse le regard d'Émilien enfonce Patrice : « Hé ! On ne s'emballe pas ! Rien n'est moins sûr, vous entendez ? Je vous tiendrai au courant, d'accord ? »

Il y a des jours où, vraiment, il préférerait estampiller des lettres à la Poste.

* * *

Dans l'équipe du commissaire Durand, depuis dix ans qu'il la dirige, il n'y a pas un seul enquêteur qui n'a pas travaillé sur le cas d'Isabelle Deschamps. Patrice est parfaitement au courant des ricanements et des opinions défavorables de chacun concernant cette affaire. Tout le monde s'entend pour passer au patron cette rare faiblesse. Alors qu'il se montre habituellement intransigeant et expéditif, Patrice n'arrive pas à écarter le dossier qui ne contient pourtant aucun élément digne de réanimer l'enquête.

Peut-être parce que cette affaire est la première dont il a pris connaissance en arrivant à la brigade, peut-être à cause de l'acharnement d'Émilien Bonnefoi ou peut-être parce que le fondement de l'enquête repose en des mains étrangères dont il doute, Patrice n'arrive tout simplement pas à renoncer.

En rentrant de déjeuner, il fait mine d'ignorer les sourires moqueurs de l'équipe quand il demande à Félix Dumas, la dernière recrue, de passer le voir à son bureau. Il s'éloigne, comme si la clameur des gagnants de l'inévitable pari ne l'atteignait pas. Qu'il reste encore quelqu'un pour parier sur cette affaire, voilà qui l'étonne. Le reste… pour autant qu'ils rigolent, ça va.

Il tend à Dumas une feuille où figurent le nom, la profession, les dates où Marie-Thérèse ou Marité Rihoit aurait séjourné au Canada en lui demandant de dénicher tout ce qu'il peut sur cette femme et ses allées et venues depuis 1972.

« Ouais... Dites donc, vous n'auriez pas une date de naissance qui pourrait réduire le champ des recherches ? Oui, bon je demandais ça comme ça... Ça urge ?

— Vous vous débrouillez pour ne pas y passer la semaine. »

Pas follement enthousiaste, Dumas laisse Patrice se concentrer sur une affaire complexe qui a le mérite d'être de première fraîcheur.

* * *

À la fin février, Émilien Bonnefoi met la dernière main à son bilan domestique : son appartement est parfaitement en ordre et dénudé et il a revu son testament. Il s'estime chanceux de ne pas éprouver plus de douleur, mais il se tient prêt à l'assaut final du cancer que son médecin lui a minutieusement décrit. Sa solitude ne lui pèse pas, il se passerait volontiers du soutien prévu par le service des soins palliatifs, mais un homme qui s'est toujours incliné devant ses supérieurs hiérarchiques ne peut se muer en révolté du jour au lendemain. Il laisse donc l'appareil médical œuvrer pour le soulager des inconvénients de sa maladie sans jamais se plaindre ni poser la moindre question. Pour lui, l'affaire est entendue, il disparaîtra entre juin et septembre.

Son seul tourment, sa seule déception, c'est de mourir sans être parvenu à savoir ce qui est vraiment arrivé, le 1er juillet 1972 à Montréal, dans un appartement de la rue Marie-Anne Est.

Émilien est bien conscient que si le commissaire avait découvert le moindre indice intéressant grâce à Marité

Rihoit, il le lui aurait fait savoir. Désœuvré, obligé de battre en retraite si ce n'est de renoncer, Émilien tourne en rond dans son bureau parmi les piles de documents, photocopies et souvenirs d'Isabelle. Cette pièce est la seule de son logis qui soit restée intacte. C'est le cœur de sa vie. Et c'est ce qui le fera mourir. La mort de sa fille au loin, massacrée par des mains inconnues, a abîmé le reste de ses jours dans une lancinante question : pourquoi ?

Le 1er mars, un coup de froid oblige Émilien à garder le lit dix jours. Quand il constate la vulnérabilité avec laquelle il devra désormais vivre, il se décide à écrire à Patrice Durand. Autant il lui a été facile d'utiliser son cancer pour manipuler son ancien gendre, autant il répugne à faire cet aveu au commissaire. Il a la sale impression de jouer sa dernière carte.

Monsieur le Commissaire,

Il y a de cela cinq semaines, nous nous sommes rencontrés pour discuter de Marie-Thérèse Rihoit, un témoin potentiel dans la mort de ma fille, Isabelle Deschamps.

N'ayant reçu aucune nouvelle de votre part, j'en conclus que la piste n'était pas valable. Il y a cependant un point dont je ne vous ai pas entretenu et qui pourrait s'avérer important. Je suis atteint d'un cancer terminal et les médecins me donnent peu de temps à vivre. Loin de moi l'idée de susciter la pitié, j'ai seulement cru bon de vous en informer. D'une certaine manière, cette enquête sera close à ma mort. Je suis la seule personne qui espère encore la vérité sur ce qui s'est passé, je suis la seule personne qui en ait besoin. La cruauté de ce qui est arrivé à Isabelle ajoutée à celle de mon impuissance est une torture quotidienne dont vous ne pouvez avoir idée.

Depuis trente-cinq ans, l'image de ma fille au ventre saccagé de coups de couteau et celle de ma petite-fille morte gisant près d'elle me hantent.

Je n'aurai pas vécu en paix.

Est-il trop tard pour espérer mourir apaisé ? Probablement.

Mais tant que j'aurai un souffle, j'espérerai.

Vous êtes la seule personne au monde qui s'en soucie, je vous confie ma fille et l'horreur de sa fin. Je vous en supplie, ne renoncez pas.

Je n'espère rien des gouvernements ni des bureaucraties.

J'espère tout de votre conscience professionnelle et de votre humanité qui, jamais, ne se sont démenties à mon égard.

Quoi qu'il advienne, je vous en remercie sincèrement,

Émilien Bonnefoi.

* * *

Ce n'est pas que Dumas se soit montré négligent, mais Marité Rihoit n'a pas laissé beaucoup de traces de ce côté de l'Atlantique. De toutes les personnes susceptibles d'endosser le rôle, Patrice n'en a retenu que trois. Une première, Thérèse Rihoit, qui habite maintenant Toronto et qui est âgée de quarante-sept ans… ce qui fait treize ans à l'époque du meurtre, donc, trop jeune. La seconde, plus intéressante parce que l'âge serait parfait, est malheureusement décédée à Lyon en 1990. Cette Mariette Rihoit était au Canada de 1969 à 1973, soit de dix-huit à vingt-deux ans. Elle accompagnait sa famille et a terminé ses études de droit civil à l'Université de Montréal. Le père, diplomate de carrière, était affecté au secteur économique du consulat de France. Vérifications faites auprès du Quai d'Orsay, contacts pris auprès des parents, rien, absolument rien n'indique que Mariette — qui n'a jamais été surnommée Marité, surnom qu'elle détestait — se soit liée d'amitié avec une jeune femme du nom d'Isabelle Deschamps ou Bonnefoi.

La dernière candidate est, elle, un peu trop âgée au goût de Patrice, mais elle a l'avantage d'avoir été dans les parages en 1972. Marie-Thérèse Rihoit avait trente-cinq ans en 1972 et elle était résidante de l'île de Saint-Pierre dans l'archipel de Saint-Pierre et Miquelon. Née à Lisieux, elle a immigré outre-mer vers 1955 et rien n'indique qu'elle soit revenue en France depuis.

L'interrogatoire de la famille à Lisieux n'a rien donné : Rihoit a coupé les ponts depuis très longtemps, personne ne sait où elle est et tout le monde s'en fout. D'après Dumas, ces gens sont si frustes et si fermés que les renier lui apparaît une option tout à fait raisonnable.

Patrice a bien essayé de fouiller de son côté, mais il a fait chou blanc : il est plutôt aisé pour quelqu'un habitant Saint-Pierre et Miquelon de passer au Canada, à Terre-Neuve par exemple, ou dans une des Provinces maritimes, d'y fonder une famille ou même d'y mourir sans que les autorités françaises en soient averties. Les DOM-TOM sont difficiles à contrôler, ce n'est une nouveauté pour personne. Et voyager d'une île à l'autre ne présente pas vraiment de problèmes douaniers, il y a des dizaines de ports peu ou pas du tout surveillés.

Patrice allait prévenir l'escouade de Montréal quand Dumas, qui se révèle un élément très combatif, lui apporte des détails sur les allées et venues de Marie-Thérèse Rihoit.

« Très intéressant, le cas Rihoit. J'ai enfin mis la main sur ses déclarations d'impôts et elle est réglo jusqu'en 1971. Tenez-vous bien, sa profession est sage-femme. En 1971, donc, dernières déclarations. Mais — et c'est là que ça merde — mariage et déclaration de naissance le 23 juillet 1972, à l'île de Saint-Pierre, avec un dénommé Hervé Ferran. La naissance, déclarée le 10 juillet 1972, est celle de leur fille, Justine. Si elle a eu un enfant à Saint-Pierre, elle n'a manifestement pas pu promettre d'assister sa copine à Montréal alors qu'elle-même allait accoucher !

— Non, mais on peut lui demander ce qui est arrivé à sa copine, à qui elle parlait, quelles étaient ses fréquentations…

— Si on met la main dessus, on peut, oui. Elle n'est plus à Saint-Pierre.

— Où est-elle ?

— Rien. Que dalle ! On ne sait pas. Après son mariage et la naissance de sa fille, cette femme disparaît dans la nature.

— Intéressant…

— N'est-ce pas ? Vos Canadiens, ils pourraient pas essayer de creuser un peu de leur côté ?

— Certainement. Sa famille à Lisieux, ils savent quelque chose sur le mariage et l'enfant ?

— Pas fort, la famille. Le plus vieux parle de trois enfants et les autres le traitent d'idiot fini. En revanche, il ne s'en trouve pas un pour croire qu'elle a pu dénicher un mari.

— Ah bon ? On peut savoir pourquoi ?

— Ce serait le genre à ne jamais tirer le bon numéro : le mec déjà pris ou alors des types franchement peu recommandables. Une vie amoureuse en dents de scie, on va dire. Si on décide de croire sa famille…

— On la comprend donc un peu de ne pas avoir tenu à leur présenter son mari.

— D'autant qu'il est mort.

— Pardon ?

— Décembre 1972. À l'âge de soixante ans… et elle en avait trente-cinq, je vous signale.

— Mariage de convenance alors... l'enfant n'était peut-être même pas de lui.

— Si on en croit sa famille, question plumard, elle n'était pas difficile à convaincre, la Marité.

— Et il avait du bien, monsieur Ferran ?

— Fonctionnaire d'État. Petit pécule. Petite rente. Assez pour vivre, si on n'est pas exigeant.

— Et quand on est sage-femme, on peut se débrouiller, arrondir ses fins de mois… sans avoir à déclarer quoi que ce soit.

— On s'arrange, quoi ! On bidouille. »

Patrice tape le bout de son crayon contre son bloc, hésitant : « Qu'est-ce qu'elle pourrait nous dire sur Isabelle, cette Rihoit ? Est-ce utile de remuer ciel et terre pour la trouver, vous pensez ? »

Dumas a déjà pas mal réfléchi à la question et il ne se fait pas prier : « Selon moi, elle avait d'autres chats à fouetter. Sa copine, si c'est sa copine, elle habite quand même à quoi ? Plus de mille kilomètres ? C'est pas la porte à côté ! Marité s'est débrouillée pour trouver un père à son enfant et pour l'épouser, ça occupe vachement, vous savez. J'ai revu le dossier : pas une seule lettre de Marité dans les affaires d'Isabelle Deschamps. Et les passages la concernant dans les lettres à son ex sont plutôt du genre "elle me comprend tellement", "Marité sait ce que c'est", vous voyez le style ? Tu m'as larguée, elle s'est fait larguer, bref, on se console en se racontant combien on s'est fait chier avec nos mecs.

— Comment se seraient-elles connues ?

— Isabelle a pu aller voir si elle ne serait pas mieux

en terre française, à Saint-Pierre et Miquelon. Ça lui faisait moins loin que de retourner en France... Et, comme ça, elle pouvait garder un œil sur son mari... pour le jour où il plaquerait sa nana. Ou alors, elle a pris des vacances là-bas, je ne sais pas, question de se changer les idées, sortir de son isolement. Elle quitte Montréal au moment où son homme est parti batifoler en Californie, elle s'occupe, histoire de ne pas crever à force d'attendre.

— Sans le dire à son père ? Elle n'avait pas un rond.

— Alors, c'est l'autre, Marité, qui est passée par Montréal. Elles ont fréquenté le même bistro français ou, je ne sais pas, un endroit où les compatriotes se rassemblent. Elles ont sympathisé parce qu'elles étaient dans la même panade et elles ont cassé du sucre sur le dos de leur mec respectif. Si ça se trouve, Rihoit est tombée enceinte à Montréal et, quand elle a compris que le père ne jouerait pas son rôle, elle s'est cassée : retour dans son bled et recherche hyperintensive d'un type pour jouer le papa. Ça semble avoir plutôt bien fonctionné d'ailleurs.

— Bon... L'une ou l'autre hypothèse ne nous apporte pas grand-chose sur d'éventuelles relations qu'aurait entretenues Isabelle.

— Je ne sais pas pour vous, mais selon moi, Rihoit ne cadre pas avec Isabelle. C'était une connaissance, tout au plus. Vous savez, même si on coupe de moitié le discours familial, Rihoit n'a jamais rien foutu d'autre que de courir derrière des types sans avenir. Une paumée, voilà ce que c'était.

— Justement ! Est-ce que l'un de ces types aurait tenté de cambrioler Isabelle ? Ça tourne mal et ça se termine comme on sait ?

— Avec la complicité de Rihoit ? Jolie copine !

— Avec ou sans, peu importe. Voilà peut-être le

chaînon manquant, cette Marité. Celle par qui l'assassin est passé.

— Et on peut savoir pourquoi elle n'a pas été interrogée ?

— Mais parce qu'elle n'était plus à Montréal ! Elle est retournée chez elle avant le meurtre. Elle ne l'a peut-être jamais su, ce qui était arrivé à sa copine. En mai ou en juin 1972, enceinte de quoi ?... sept ou huit mois, Marité Rihoit pige que ça ne vaut pas la peine d'insister auprès du père de l'enfant qu'elle porte. Elle retourne chez elle, épouse Ferran et s'occupe de sa petite famille. Elle en avait plein les bras avec un bébé naissant et ce mari malade qui est mort quelque six mois plus tard.

— Probable, en effet... Vous savez, patron, elle a peut-être cru qu'Isabelle avait agi de même, qu'elle était retournée en France retrouver les siens après la naissance du bébé. Élever un enfant toute seule en pays étranger, sans ressources, sans relations, c'est pas évident. C'est ce que je lui aurais suggéré, moi, à la petite. Surtout avec les hivers qu'ils ont, là-bas.

— Surtout avec un mari comme le sien, vous voulez dire ! Bon, très bien, laissez-moi ça. Je vais essayer de voir ce que Montréal peut faire pour mettre la main sur Marité Rihoit. »

Mais l'affaire n'est pas si simple. Tout d'abord, Patrice Durand doit déployer toutes ses ressources diplomatiques pour arriver à convaincre le patron de l'escouade montréalaise des crimes non élucidés de la nécessité de chercher Marité Rihoit. L'éventualité que cette femme possède un élément d'intérêt pour l'enquête est jugée trop faible pour y consacrer de l'énergie. Après un échange musclé par courrier électronique, Patrice obtient finalement qu'un sous-fifre pioche un peu les registres québécois à la recherche de Marie, Marie-Thérèse ou Marité Rihoit ou Ferran, une femme qui atteindrait l'âge de soixante-dix ans au mois d'avril.

Le résultat des recherches ne tarde pas à lui être communiqué et c'est « Néant ». Personne de ce nom ne figure sur aucun des registres officiels du Québec, qu'ils soient de l'impôt, de mariage, de divorce ou de décès. Cette personne n'habite pas officiellement le Québec. Officieusement, Patrice peut toujours s'amuser à chercher si le cœur lui en dit en demandant à la Gendarmerie royale du Canada ou aux services de police de chaque province de fouiller les registres. Pour ce qui est de Rémy Brisson, le grand patron de l'escouade à Montréal, ses faibles effectifs sont débordés par des dossiers franchement plus urgents et il soutient qu'il ne peut absolument pas persister à creuser une piste aussi mince.

Quand Patrice lui demande d'effectuer une recherche supplémentaire avec le nom de Justine Ferran ou Rihoit, il ne reçoit aucun commentaire, seulement la liste de l'annuaire téléphonique, et il comprend que ce sera à lui d'effectuer les appels pour vérifier si l'une de ces personnes pourrait être la fille de Marité.

Dumas se charge des quelques appels et revient bredouille.

« Encore heureux qu'elle ne s'appelle pas Dumas… J'en aurais eu pour deux jours. »

Pour en avoir le cœur net et s'assurer qu'il a vraiment fait le tour des possibilités, Patrice demande à Brisson d'écumer encore les registres civils du Québec avec, cette fois, l'espoir d'un mariage avec une Justine Rihoit ou Ferran. Un Rémy Brisson excédé lui envoie un rapport aussi mince que décourageant. Il a même pris la peine d'ajouter un post-scriptum : *Si ces personnes sont originaires des îles de Saint-Pierre et Miquelon, vous savez comme moi que ce sont des ressortissantes françaises et qu'elles relèvent de votre autorité. Dans l'éventualité où vous obtiendriez de nouveaux éléments grâce à vos recherches, il me fera plaisir d'en tenir compte et de les inclure dans notre enquête concernant le meurtre d'Isabelle Deschamps.*

Et toc ! Pas besoin de dessin, Patrice saisit que les territoires d'enquête sont circonscrits et que la collaboration, pour amicale qu'elle soit, est limitée : après tout ce temps, votre dame de soixante-dix ans ne nous intéresse pas et on a vraiment autre chose à faire.

Patrice ne peut pas lui donner tort, il aurait strictement la même attitude. Ce n'est pas son enquête, c'est la leur. Il n'est qu'un invité, il doit rester poli et respecter leur manière de procéder. En fait, s'il n'avait pas reçu la lettre d'Émilien Bonnefoi à ce moment-là, il aurait fermé le dossier… jusqu'à l'année suivante.

L'annonce qu'il n'y aura pas d'année prochaine pour Émilien change tout. Patrice est incapable de se résoudre. Il lui faut tenter une ultime démarche. Il n'est pourtant ni romantique ni même habituellement sensible à quelque forme de chantage. Ce serait plutôt le contraire. Mais la douleur d'Émilien Bonnefoi a touché il ne sait quelle corde en lui et il n'arrive pas à se blinder contre cette empathie. Il doit apporter une réponse à cet homme avant qu'il ne soit trop tard. Il s'en fait la promesse et il en prend les moyens.

* * *

En discutant de son projet de déplacement avec le grand patron, Patrice change complètement d'approche.

Le dossier Deschamps constituera une entrée en matière pour un programme beaucoup plus imposant : étudier le savoir-faire canadien en matière d'enquête sur des dossiers laissés en attente depuis plus de vingt ans. L'expertise nord-américaine étant plus ancienne et plus étoffée en ce qui a trait aux *cold cases* — comme ils appellent ce genre de cas —, Patrice étant responsable d'une brigade similaire qui en est encore au stade de la définition, il n'a aucun mal à convaincre ses supérieurs de l'intérêt de ce genre de perfectionnement. Si, de surcroît, il parvient à élucider un des dossiers les plus anciens et ce, main dans la main avec Montréal, le ministre de l'Intérieur en sera ravi et tout le monde pourra se féliciter d'une exceptionnelle entente de coopération avec le Canada.

La démonstration de Patrice est non seulement convaincante, mais immédiatement appuyée par ses supérieurs. C'est du côté canadien qu'il doit se battre : Rémy Brisson décline fermement l'offre d'une visite, alléguant encore une fois le peu d'éléments nouveaux permettant de rouvrir le dossier Deschamps. Pour ce qui est des velléités de Patrice d'étudier le système québécois et de parfaire ses méthodes, il n'en dit pas un mot, laissant celui-ci évaluer sa force de persuasion ou l'intérêt que représente son projet du point de vue canadien.

L'adversité, l'opposition ou même la contradiction sont de puissantes motivations pour Patrice Durand : voilà exactement le genre de comportement qui fouette ses ardeurs. La réaction de Montréal, loin de le décourager, renforce sa position et le rend encore plus déterminé.

Il prend une quinzaine de jours pour distribuer les tâches, répartir les responsabilités parmi les membres de son équipe, raffiner son approche et il rend visite à Émilien plusieurs fois. Finalement, juste avant l'embarquement de son avion, il informe Brisson de sa venue imminente en lui transmettant le numéro de son vol et son heure d'arrivée à Montréal.

En inclinant son siège pour s'offrir un petit roupillon, Patrice n'a aucun doute qu'il sera accueilli à l'aéroport. Chaleureusement ne sera pas nécessaire, accueilli lui suffira.

2

Alanguie, engourdie par le plaisir et la chaleur, Vicky se déplace délicatement et quitte le lit où Martin dort profondément. Il émet une sorte de soupir et se détourne, une jambe tout enroulée dans le drap.

Le plancher frais de la cuisine sous ses pieds nus, les croissants qu'elle sort du sac de papier qui affiche déjà des ronds sombres prouvant le « pur beurre » dont se vante la boulangerie, le café qu'elle met sur le feu, tout, absolument tout dans ce matin est divin.

Et c'est samedi ! Et il fait un temps à pardonner à ses pires ennemis !

En prenant une bouchée de croissant qui laisse des miettes sur sa camisole, Vicky passe sur la terrasse. Vingt-quatre degrés ! Un 5 mai... La planète est en folie, c'est sûr, mais quel bonheur, ce soleil, et même cette petite humidité collante qu'elle va trouver malvenue dès le mois prochain. Aujourd'hui, au sortir du printemps froid et neigeux de Montréal, c'est extrêmement agréable.

Elle rentre préparer un plateau avec le café qui glougloute, les confitures « fait mains » de la belle-mère et, au moment précis où elle va s'en saisir, le téléphone sonne.

Vicky grimace et se penche pour voir de qui il s'agit sur l'afficheur.

« Wo ! Pas le samedi ! »

Elle ignore superbement le clignotement rouge de la messagerie et va rejoindre son homme que la sonnerie a réveillé. Il n'ouvre qu'un œil et sourit en la voyant poser le plateau sur le lit : « En plein ce que j'espérais !

— Ben oui : t'as même fait semblant de dormir pour que j'y aille. »

Martin prend un croissant et s'arrête subitement : « C'était quoi, le téléphone ? Tu vas pas travailler ? C'est pas pour te faire pardonner, ça ?

— C'est beau, la confiance…

— La connaissance, tu veux dire : d'habitude… »

Le téléphone cellulaire se met à vibrer et à tressauter sur la table de nuit. Vicky regarde Martin, découragée : « Brisson ! »

Martin étire le bras, prend le téléphone et le lui tend.

« Oui ?... Dix heures et demie le samedi matin, Rémy, devinez si vous me dérangez !... Quoi ?... Qui ça ?... Demandez à Laplante, envoyez une limousine, je sais pas… Allez-y, vous ! C'est vous, le boss, ça va l'impressionner *all right* si c'est ce que ça prend !... »

Elle se lève et n'émet plus que quelques onomatopées avant de noter quelque chose et de refermer l'appareil : « Crisse !

— Viens pas me dire que vos vieux cadavres sont devenus des urgences qui se déplacent en limousine ? »

Elle s'assoit sur le lit, prend une gorgée de café : « Faut que j'aille ramasser un Français à l'aéroport à midi et demi. Rémy peut pas, sa sœur baptise le petit dernier. C'est une grosse gomme, ça a l'air qu'y a réveillé Rémy à trois heures du matin.

— Ouache ! D'où y sort pour appeler à trois heures du matin ? Y a jamais entendu parler de fuseaux horaires ?

— Ouain… Pis ça se dit commissaire ! Imagine ce que ça va être ! »

Elle regarde Martin étendre de la confiture sur un bout de croissant et l'engouffrer. Elle passe son doigt sous la ligne de la lèvre inférieure où un peu de confiture a coulé : « J'avais un autre projet, moi…

— Tu vas aller le chercher, tu vas le déposer à son hôtel, et quand tu vas revenir, je serai douché, rasé de près et j'aurai acheté de quoi faire notre premier barbecue de la saison. T'en reviendras pas d'être aussi bien traitée et de fréquenter un homme aussi fantastique que moi ! »

Vicky rit, se lève et retire sa camisole qu'elle lance sur le lit : « Tant qu'à être parfait, tu pourrais aussi aller nous choisir un film au club vidéo. »

Il ne peut rien répondre, le son de la douche couvrirait sa voix.

* * *

Patrice Durand gardera un souvenir cuisant de son arrivée à Montréal.

Une étuve, la ville est une étuve ! Lui qui s'était muni de son imper Burberry, d'une écharpe de cachemire et même d'un couvre-chef, il se retrouve sous les tropiques. Et les tropiques humides, qui plus est ! Exactement ce qu'il exècre.

En sortant enfin de la zone réservée aux douanes, il pousse son chariot avec une seule idée en tête : trouver l'espace fumeur.

Il est si à cran qu'il passe à côté d'une femme tenant une affichette sans lui porter attention. Il n'a qu'une priorité, une clope et ça urge !

Il se joint au groupe des rejetés de la société qui tirent avidement sur leur cigarette et il inhale avec délice.

Après quelques bouffées, il peut enfin retrouver ses esprits et il se met en devoir de plier son manteau et son foulard qu'il avait balancés en hâte sur ses valises.

Sans hésitation, Vicky a identifié son visiteur. Tenant sa pancarte bien en vue, elle a la surprise de voir l'homme accélérer, lui passer sous le nez et sortir. Décontenancée, elle le suit des yeux et comprend, à le voir aspirer goulûment, qu'elle a affaire à un fumeur. Et à un fumeur frustré.

Elle l'observe de loin et sourit. Elle ne sait pas pourquoi les erreurs vestimentaires de monsieur Durand la réjouissent tant, mais elle y voit à peu près tous les clichés d'usage concernant le fameux froid québécois. Comme il doit suer dans son impeccable pantalon de gabardine de laine, avec ses bottillons de chevreau et sa veste de cuir !

Il n'est pas très grand, mais plutôt bel homme… si on aime le genre délicat. Mince, belle tête, c'est un châtain qui grisonne avec élégance, elle doit le reconnaître. Il a une mâchoire à la Bob Morane, enfin, ce qu'elle a toujours imaginé être la mâchoire de Bob Morane. Elle lui donne soixante ans parce que, si c'est le cas, il ne les fait pas et que, si c'est faux, ça l'insulterait sûrement.

Voilà, ça lui apprendra à lui voler son samedi de congé !

Elle sort et place sa pancarte à vingt centimètres du visage fermé : « Monsieur Durand, n'est-ce pas ? Je crois qu'on s'est ratés. Vous attendiez probablement Rémy Brisson. Il a été retenu. Vicky Barbeau. »

Assez étonné, Patrice serre la main qu'elle lui tend. Elle a parlé si vite qu'il n'a pas tout saisi : « Bardot ?

— Non ! Celle-là, je vous la laisse. Beau, Barbeau. Vicky Barbeau.

— Ah ! Pardon ! Patrice Durand, commissaire à la Brigade criminelle. »

Elle ne sait pas trop ce qu'il attend, mais il l'observe comme s'il venait de révéler un lien direct avec la reine d'Angleterre, une annonce qui mérite une quelconque manifestation de respect.

« Ma voiture est par là... Vous avez besoin d'aide ? Je peux prendre quelque chose ?

— Non, laissez, ça va. J'y arrive. Je vous en prie, après vous. Je vous suis. »

Vicky ne se le fait pas dire deux fois et elle part en direction du stationnement. Elle ne sait pas s'il a l'intention de rester longtemps, mais il ne voyage pas léger, elle a compté trois valises.

Quand ils s'arrêtent devant sa petite voiture passablement cabossée, Durand lève un sourcil : « C'est votre bagnole ? »

Au lieu de répondre, Vicky ouvre le coffre et s'active à faire de la place : s'il est commissaire, il devrait pouvoir déduire tout seul qu'il s'agit en effet de sa voiture.

Le transfert des valises est tellement laborieux qu'ils sont tous deux en nage quand tout est enfin casé.

Se croyant sans doute doué pour établir une ambiance sympa, Patrice, tout en s'essuyant le visage avec son mouchoir impeccable, lui fait remarquer qu'au pays des grosses cylindrées, son choix de voiture étonne.

« Comme vous pouvez le constater, on a un problème avec le réchauffement de la planète. J'essaie de faire ma part, ce qui fait que je n'ai pas l'air climatisé non plus. »

Dès qu'il range son mouchoir, Patrice sort son paquet de cigarettes et en glisse une entre ses lèvres en marmonnant pour la forme : « Permettez ?

— Non. Désolée, mais pas dans l'auto. Si vous voulez absolument en fumer une, je peux vous attendre. Ça ne me dérange pas, mais pas dans ma voiture. »

Le ton a beau être poli et posé, Patrice explose : « Bon, écoutez, y en a marre ! Je viens de me taper huit heures sans fumer, coincé dans un avion où on m'a servi une bouffe dégueulasse, je me suis fait chier aux douanes où un empoté de première ignorait totalement ce qu'est un commissaire du Quai des Orfèvres, on m'interdit de fumer alors qu'on n'est même pas foutu de me rendre mes valoches et voilà que vous en rajoutez avec vos règles d'intégriste non fumeur. Comme si cette caisse méritait le moindre égard ! C'est quoi, ce pays de merde ? »

Vicky met le contact et démarre : « Le Québec, monsieur. »

* * *

Le dimanche, vers cinq heures du matin, des orages violents éclatent. Vicky se précipite pour fermer les fenêtres. Incapable de se rendormir, elle s'installe au salon avec l'épais dossier qu'elle est passée chercher la veille au bureau en revenant de sa mission avec le commissaire. Durand ayant évoqué le cas, elle a fait semblant de savoir de quoi il s'agissait, mais au fond, l'affaire ne lui revenait que vaguement. Elle a eu la désagréable impression qu'il testait son professionnalisme. C'était vraiment flatteur, d'avoir l'air d'une idiote devant Patrice Durand !

L'orage fouette la porte-fenêtre de la terrasse, de grandes flaques se forment dehors ; voilà qui devrait chasser l'humidité. Comment a-t-il dit ça, déjà, le Français ? « Climat tropical de chez Tropiques. »

Elle ouvre le dossier et la vue de la première photo de la scène de crime suffit à tout lui rappeler. Ce cas est revenu régulièrement sur son bureau, il fait partie du fonds d'archives de l'escouade. Quand celle-ci a été mise sur pied, il y a dix-sept ans, le cas d'Isabelle Deschamps incarnait à lui seul toutes les raisons que le gouvernement avait d'instaurer un service d'enquêtes sur des crimes majeurs non résolus. Vicky appartient à l'escouade depuis le début, elle en a même été l'instigatrice avec Brisson. Le cas de cette Française tuée le jour de la Fête du Canada en 1972 est resté complètement opaque, aucune piste sérieuse n'a jamais été trouvée. En trente-cinq ans, le dossier a été rouvert quatre fois et, à chaque fois, le mystère est demeuré entier. Vicky n'y a travaillé qu'une seule fois, il y a dix-sept ans, quand ils ont systématiquement revu chaque dossier à la formation de l'escouade.

Elle étale les photos sur le tapis du salon et sort un nouveau carnet à spirale dans lequel elle note tous les éléments comme si elle procédait à l'enquête pour la première fois.

Isabelle Bonnefoi-Deschamps, vingt-deux ans, une citoyenne française mariée à Pierre-Philippe Deschamps, est arrivée au Québec en 1969. Son mari, un enseignant, venait y effectuer son service militaire comme coopérant.

Donc, ce Pierre-Philippe enseigne à Montréal et sa femme reste au foyer pour l'attendre. Petite vie sans remous apparents jusqu'en 1971, date où monsieur commence à éprouver les effets de la révolution culturelle qui a pour fondement la marijuana et le haschisch. Le jeune prof s'acclimate très bien au Québec. Tellement bien qu'il reçoit une sévère mise en garde de la direction de son école qui le soupçonne d'avoir copiné d'un peu trop près avec ses jeunes étudiantes.

Finalement, en octobre 1971, Pierre-Philippe commence une liaison très avouée avec une de ses collègues, professeur d'anglais. En décembre 1971, sa femme tombe enceinte et Pierre-Philippe, qui a des idées évoluées et qui s'amuse ferme, organise une excursion à New York pour obtenir un avortement. De son propre aveu, Pierre-Philippe n'a jamais désiré l'enfant et il n'est pas question pour lui de changer d'idée à ce sujet. Selon son mari, Isabelle s'entête à le garder, refuse de discuter et c'est l'ultimatum qui se termine par une séparation.

Comme le statut de coopérant ne permet pas beaucoup de latitude, Isabelle déménage ses pénates, mais demeure officiellement mariée à Pierre-Philippe qui lui verse une maigre partie de son salaire. Aux vacances scolaires de 1972, monsieur Deschamps entreprend un voyage de « formation » en Californie. D'après les enquêteurs, il allait *triper* fort en baisant sa belle collègue québécoise (qualifiée de « méchant pétard » dans le rapport) et en s'envoyant un peu de L.S.D. dans le système pour voir le monde en couleurs. Bref, pendant que sa femme accouchait, lui s'offrait un *rebirth*.

Le bébé est prévu pour août, et Pierre-Philippe jure qu'il avait l'intention de revenir au Québec à la fin juillet pour seconder Isabelle qui n'avait personne sur qui compter. Il jure également que l'enfant devait être reconnu puisqu'ils étaient encore officiellement mariés.

C'est bien là que le bât blesse : après sa séparation, la jeune femme s'est isolée, refermée sur elle-même. Elle vivait recluse dans son deux et demi de la rue Marie-Anne, elle ne parlait à personne ou presque. Elle n'avait consulté aucun médecin, on ne lui connaissait pas d'amis. Personne ne savait où elle avait l'intention d'accoucher. Son mari supposait qu'elle s'était arrangée avec ce problème, mais il n'avait jamais vraiment demandé ce qui en était.

Vicky tourne une page de son carnet et y inscrit : *Les faits prouvés.*

1. Le 1er juillet 1972, à dix-sept heures, le corps d'Isabelle Deschamps est trouvé dans son appartement de la rue Marie-Anne Est à Montréal. Son bébé, une fille mort-née, a été placé près d'elle. Cause de la mort : hémorragie massive.

2. Isabelle a l'utérus et le bas-ventre lacérés d'au moins vingt-cinq coups de couteau.

3. Le couteau, qui ne porte aucune autre empreinte que celles d'Isabelle, est abandonné sur le tapis du salon. Isabelle est couchée sur le divan-lit du salon qui est aussi sa chambre à coucher.

4. Isabelle a été trouvée par la voisine d'en face, qui habite sur le même palier, madame Monique Blouin. En rentrant des célébrations du Dominion Day vers quinze heures, elle avait vu la porte demeurée entrouverte, mais elle était restée discrète. En ressortant vers dix-sept heures, la porte étant toujours entrouverte, elle avait frappé et avait constaté le massacre.

5. Le rapport d'autopsie situe la mort entre onze heures et quatorze heures. Il a été établi avec certitude que le bébé était mort-né et que les coups de couteau ont suivi la naissance. Aucune drogue, aucun médicament n'a été retracé dans le système d'Isabelle. Elle aurait donc accouché de façon naturelle et aurait ensuite été attaquée.

6. Le sac à main, le portefeuille, les affaires personnelles de la victime, tout a été retrouvé sur place. Aucune autre empreinte que celles de la victime et de la voisine n'a été relevée.

Sur une autre page, Vicky inscrit : *Autour d'elle.*

1. Le mari. Pierre-Philippe Deschamps, vingt-deux ans. A toutes les raisons de se débarrasser d'Isabelle, mais alibi irréfutable : même le grand gourou californien avait confirmé. Vérifié et contre-vérifié en 1972, en 1975 et enfin en 1979.

2. La voisine, Monique Blouin, quarante-six ans. Bibliothécaire, célibataire. Voyait la victime de temps en temps. Essayait de l'aider un peu, mais essuyait toujours des refus. S'est découragée et s'est contentée des salutations d'usage. En six mois, elle n'a jamais vu personne d'autre que Pierre-Philippe chez sa voisine.

Le seul bruit qu'elle entendait était celui de la radio ou du tourne-disque, toujours du classique, jamais de yé-yé ou autres « musiques de sauvages » et toujours à un volume très raisonnable. Alibi non vérifiable, mais crédible, ne serait-ce que par l'ampleur du choc de la dame qui a dû passer la nuit à l'hôpital.

3. Clément Faguy, trente-neuf ans, marié, père de trois enfants, directeur d'une petite agence de publicité qui engageait quelquefois Isabelle pour faire des voix hors champ. Sa diction était parfaite. La carte d'affaires de Faguy a été retrouvée dans les papiers d'Isabelle. Il a tout de suite avoué la payer comptant et sans contrat pour éviter des ennuis à Isabelle qui ne voulait pas demander l'autorisation de travailler au Québec. Leur dernière rencontre remontait au 12 juin. Rien de personnel entre eux. Alibi incontestable : monsieur Faguy était depuis le 24 juin à Pinepoint, dans le Maine, pour deux semaines de vacances en famille. Il loue le même chalet depuis 1966. Vérifié et contre-vérifié.

4. Berthe Moisan, cinquante-quatre ans. Mariée, deux enfants, sage-femme. Aucune reconnaissance de la profession au Québec en 1972. Elle a été formée par la pratique. S'est présentée d'elle-même à la police après avoir lu les articles relatant le meurtre. En décembre 1971, à deux reprises, elle a rencontré Isabelle en prévision d'un accouchement à la maison, en août 1972. Comme Isabelle n'a pas rappelé et qu'elle n'a pas non plus répondu aux deux appels de madame Moisan, celle-ci a cru que la jeune femme était retournée en France pour avoir son bébé près des siens. Isabelle lui avait semblé extrêmement fragile, déprimée et hésitante. C'était d'ailleurs inscrit au dossier qu'elle avait ouvert à son nom en décembre. Il y est aussi mentionné qu'Isabelle a pu opter pour l'accouchement à l'hôpital puisqu'elle était seule et sans soutien. C'était d'ailleurs la suggestion de madame Moisan : l'hôpital et du personnel pour prendre en charge les premiers jours si difficiles.

Vicky tourne les pages restantes du dossier. Elle passe rapidement sur les rapports entre les enquêteurs de la Sûreté et les représentants français, elle soupire devant la masse de rapports et de mémos que la nationalité de la victime a imposés. Toujours compliqué quand on a affaire à un ressortissant étranger ! Un coopérant, en plus.

Elle en vient enfin à la dernière partie : les annexes où sont répertoriées toutes les réactivations du dossier. La piste la plus encourageante avait été celle de 1975 quand l'arrestation d'un infanticide maniaque avait permis de résoudre six meurtres. Malheureusement, aucune corrélation n'avait pu être établie avec Deschamps, le meurtrier étant à Sorel sans possibilité de se rendre à Montréal le jour du meurtre d'Isabelle.

Vicky allait ranger le dossier quand elle aperçoit une feuille écrite à la main par Brisson : les noms de Marité, Marie-Thérèse Rihoit ou Ferran y sont inscrits, suivis de Justine. Un gros zéro barré, suivi de février 2007 et du nom de Patrice Durand ainsi que ses coordonnées à Paris. Elle a bien envie de réveiller Rémy tout de suite pour lui demander de lui expliquer pourquoi il ne lui a pas dit ce qui se passait exactement. Brisson dirige l'escouade, il ne fait pas d'enquête. Pourquoi cette entourloupette ? Et pourquoi Durand est-il venu jusqu'ici ?

Martin arrive, encore tout endormi. Il considère l'étalage sur le tapis, fait une grimace devant les photos : « Je pensais qu'on avait dit que tu n'apportais plus ce genre de choses chez nous.

— Sauf urgence.

— Qu'est-ce qui presse ?

— Le Français. Je pense que c'est pour ça qu'il est ici. Pas du tout pour explorer nos façons de faire. »

Martin attend la suite, estimant que le voyage Paris-Montréal ne constitue pas en soi une urgence. Vicky se penche, ramasse les documents qu'elle range dans la chemise : « Bon, O. K., j'ai un peu triché. Disons que c'était urgent que j'aie pas l'air folle lundi matin au bureau. Brisson m'a l'air d'organiser quelque chose sans en parler.

— Ce sera pas la première fois ! Avec le Français, son plan ?

— On dirait, oui… Regarde, j'ai fini, là, je touche plus à rien de la journée. »

Martin sourit et n'a pas l'air très impressionné : « Ta tête, elle, qu'est-ce qui me dit qu'elle ouvre pas le dossier ? »

Elle laisse la chemise bourrée de papiers sur la table à café, prend Martin par la main et le ramène vers la chambre : « Viens, je vais t'expliquer ce qui est dans ma tête. »

* * *

Lundi matin, en arrivant rue Parthenais, Vicky croise Mathieu Laplante dans le stationnement. Elle l'attend en essayant d'équilibrer son attaché-case, son sac à main en bandoulière, son café et son parapluie. D'excellente humeur, affichant le sourire d'un gars satisfait de sa fin de semaine, il tient galamment la porte ouverte à Vicky qui le trouve pas mal détendu : « T'étais où, toi, samedi matin ?

— Occupé… »

L'œil brillant ne laisse aucun doute sur le genre d'occupations.

« T'avais pas ton cellulaire ?

— Oui, oui…

— Mat ! Niaise pas ! Brisson t'a appelé, t'as pas répondu.

— Ben non : c'était Brisson ! J'ai attendu de voir si toi, t'appelais. Quand j'ai vu que non, j'ai laissé faire. Tu connais Brisson, c'est le genre à partir le système d'alarme à chaque fois qu'y se gratte ! Pourquoi tu demandes ça ?

— Parce que c'est moi que Brisson a appelée. Parce que tu m'en dois une, mon beau Mat. »

Mathieu s'arrête net : « Bon, c'est quoi, là ? »

Vicky se hâte vers l'ascenseur et attend d'être arrivée à l'étage pour répondre.

Au fond du couloir, le bras levé pour les inviter à accélérer le mouvement, un Rémy Brisson tiré à quatre épingles les attend. Vicky chuchote : « Des mondanités, Mat, tu vas adorer ça ! »

L'escouade au grand complet est autour de la table de conférences. D'habitude, Brisson anime la réunion du lundi matin en revoyant les priorités de la semaine et en assignant les nouvelles demandes d'enquêtes.

Ce matin, assis en bout de table, un Patrice Durand

frais comme une rose arbore une cravate et un complet-veston qui réussissent à faire paraître anodins les efforts vestimentaires de Brisson. Vicky n'en croit pas ses yeux : quelle perte de temps ! Il pouvait bien avoir tant de valises.

Elle répond d'un signe de tête à la salutation de Patrice et elle attend les présentations officielles et, surtout, le projet de mission qui leur vaut ce deuxième coq dans la basse-cour. Après la présentation des sept enquêteurs à Durand, Brisson lui offre un joli récapitulatif de la naissance de l'escouade : « Au début, nous étions trois seulement et il s'agissait avant tout de démontrer notre utilité au ministère de la Justice. Je ne sais pas comment cela fonctionne chez vous, mais ici, dans l'appareil étatique gouvernemental, il y a deux problèmes majeurs auxquels nous sommes continuellement confrontés : les restrictions budgétaires et leur corollaire, les coupures de personnel. Donc, de 1990 à 1997, nous avons littéralement créé l'escouade de toutes pièces, Vicky, Robert Poupart, qui est en face d'elle, et moi-même. L'idée étant, comme vous le savez déjà, de ne pas laisser péricliter les dossiers non résolus. Généralement, après un délai de six mois, si aucune piste intéressante ne surgit, une affaire criminelle est reléguée au second plan, les nouveaux crimes exigeant toute l'attention des enquêteurs. Notre escouade est entièrement vouée aux dossiers non résolus. Les enquêtes criminelles peuvent faire appel à nous, mais en dernière instance, c'est nous qui décidons de nos priorités. À moins, bien sûr, que le ministre ne place un appel… (Il rit et il est bien le seul.) En 1997, l'escouade a obtenu une légère bonification de son statut et une meilleure assise. En langage clair, cela signifie de nouveaux bureaux, un budget annuel plus solide et du personnel. Bruno Séguin, à ma gauche, Alain Pelletier et Yves Tremblay se sont joints à l'équipe. Mathieu Laplante, notre plus jeune recrue, est aussi le grand spécialiste informatique. De nos jours, c'est essentiel.

— Et vous êtes le supérieur hiérarchique immédiat ? »

La question de l'invité est purement technique, mais dans le silence surpris de Rémy Brisson, dans le mouvement de Vicky qui relève subitement la tête pour fixer curieusement son « supérieur hiérarchique », Patrice croit sentir un léger malaise.

Brisson toussote : « Pas vraiment, non. Enfin… c'est une équipe, nous sommes avant tout une équipe, même si, effectivement, je suis directeur et responsable des relations avec… les étages supérieurs. Vicky a déjà assumé ces fonctions au début. Mais elle préfère le terrain… »

Vicky saute sur l'occasion : « Parlant terrain, on peut-tu savoir ce que monsieur Durand attend de nous avant de retourner à nos dossiers ? »

Pendant que Patrice se penche pour cueillir sa serviette, Brisson conclut : « C'est une visite amicale pour prendre connaissance de nos services et comparer nos approches et nos manières de procéder. »

Vicky est très heureuse de l'apprendre. Brisson se met à détailler les activités qu'il a prévues pour le bénéfice de leur invité et, de toute évidence, il compte s'emmerder ferme pendant toute la semaine. À mesure qu'il parle, sa diction s'affine et se précise, il adopte de plus en plus des formules ampoulées destinées à impressionner le commissaire. Vicky constate que Brisson a bien du mal à ne pas « franciser » son accent, il prononce avec préciosité. Elle juge cette façon de s'exprimer bien insultante pour « l'équipe » qui, en temps ordinaire, ne bénéficie pas d'un tel effort. S'il y a une chose qui l'irrite, c'est bien ce langage « *mid-Atlantic* » qui n'existe en fait ni sur une rive ni sur l'autre et que certains Québécois adoptent immédiatement en présence des Français.

Son laborieux laïus terminé, Brisson propose à Durand de visiter les bureaux, ce qui provoque la levée de l'assemblée et un brouhaha que Patrice interrompt : « Permettez ? J'aimerais quand même préciser certaines choses. »

Chacun se rassoit, un peu gêné d'avoir laissé paraître son contentement de quitter la réunion.

« J'aimerais rebondir sur ce que vient de souligner si brillamment mon éminent confrère… »

Vicky baisse les yeux, accablée : c'est reparti et pour longtemps. Ça va être l'escalade, la grosse compétition de formules creuses et prétentieuses. Ils vont se donner du « cher collègue » et du « pour être bref » pendant une heure. Elle réprime un énorme soupir et essaie de planifier mentalement sa matinée.

Le téléphone de Pelletier fait sursauter tout le monde et Vicky le voit sortir précipitamment avec envie. Qu'est-ce qu'elle donnerait pour s'enfuir ! Pelletier revient et glisse un mot à Brisson qui lève un doigt poli pour interrompre l'invité : « Excusez-moi, monsieur, mais nous avons une urgence qui ne peut pas attendre. »

Vexé, Durand grommelle un : « Je vous en prie. C'est la nature même de l'urgence de ne pouvoir attendre. »

Ils sont tous tellement pressés de se lever et de partir qu'ils entendent à peine cette fine remarque.

Vicky ne traîne pas et elle est à la porte quand elle entend Brisson l'appeler : « Vicky ! Je te demanderais de tenir compagnie à monsieur Durand, pendant que je m'occupe de ceci. Tu peux peut-être commencer la visite des locaux ? »

Et il sort, le traître ! Deux fois qu'il lui fait le coup. Elle se retourne vers Durand qui a déjà ouvert son ordinateur devant lui.

« Asseyez-vous, mademoiselle Barbeau... ou madame ? »

Vicky revient à la table, Durand la fixe de ses yeux bleu acier, attendant cette précision.

« Appelez-moi Vicky... On va commencer par mon bureau, j'aimerais ça déposer mes affaires et prendre mes messages.

— Je vous attendrai ici.

— Vous voulez pas visiter ? »

Le regard bleu quitte l'écran pour se fixer sur elle et Vicky a le plaisir d'y déceler de l'ironie : « Non. Nous avons, vous et moi, beaucoup mieux à faire. Je vous attends. »

Vicky prend son temps, mais comme elle ne veut pas que Brisson trouve leur invité laissé à lui-même, elle finit par revenir à la salle de conférences. Elle y trouve Durand en train de fumer.

« Désolée, monsieur, mais c'est interdit de fumer à l'intérieur des édifices gouvernementaux.

— C'est parce que ça vous dérange ? »

Elle ne répond pas. Elle attend, debout, près de la table où Durand a étalé ses papiers.

Il obtempère, de mauvaise humeur, et cherche des yeux : « Les ayatollahs n'ont pas prévu de cendriers ? »

Elle saisit une poubelle métallique et la lui tend. Il éteint grossièrement sa cigarette contre la paroi et jette son mégot encore fumant. Vicky le reprend et le met dans un gobelet de café presque vide que Pelletier a laissé sur la table. Une fois le gobelet dans la poubelle, elle croise les bras et s'abstient de tout commentaire : si cet homme lui dit un mot désagréable, elle va lui tourner le dos et aller travailler en paix.

Mais Durand passe à ce qui l'intéresse : « Monsieur Brisson m'a dit que vous étiez la personne responsable du dossier d'Isabelle Bonnefoi-Deschamps. C'est exact ?

— Une fois. J'y ai travaillé une fois.

— Et... ?

— Si ça avait donné des résultats, on vous l'aurait dit, monsieur.

— En France, contrairement au Canada, le dirigeant de la Brigade est également un homme de terrain. Ce dossier est le mien et je bosse dessus depuis dix ans.

— C'est un crime qui relève de la Sûreté du Québec, monsieur. Perpétré sur notre territoire.

— Vraiment ? »

Voyant qu'il n'ira pas loin sur ce ton, Patrice change de stratégie : « Vous voulez bien vous asseoir et me permettre de vous informer des éléments qui pourraient relancer l'enquête ? Sans engagement de votre part ? Je vous invite à seulement m'écouter. Comme, de toute façon, on ne vous a pas laissé le choix et que vous voilà coincée avec moi... »

Vicky s'assoit et laisse Durand expliquer les nouveaux faits et en quoi Marité leur offre une perspective imprévue, ne serait-ce qu'en ayant acquis un nom de famille. Durand est convaincu que celle-ci est le chaînon manquant, celle qui a probablement présenté Isabelle à son meurtrier. La seule personne qui connaissait la victime en dehors des témoins déjà interrogés, la seule personne susceptible de lever le voile sur les activités et les fréquentations de la jeune femme. Le pan de sa vie qui leur a toujours manqué pour approfondir les recherches.

Une fois sa démonstration terminée, il fixe Vicky, anxieux de connaître son avis. C'est la première fois qu'elle éprouve un peu de sympathie pour cet homme. Elle essaie de le ménager, même si son point de vue n'est pas favorable à la réouverture du dossier.

« Vous avez d'un côté une femme de vingt-deux ans qui est tuée à Montréal pendant que sa "copine", comme vous l'appelez, est en train d'accoucher à l'île de Saint-Pierre. Parce que cette femme est française et qu'elle est sage-femme, parce que vous venez d'apprendre un nom de famille pour creuser, ça suffirait pour conclure qu'elle était proche d'Isabelle ? Ça marche pas, ça. Un, comment elles se sont rencontrées ? Deux, comment elles se sont revues ? Où ? Saint-Pierre, c'est au moins à mille cinq cents kilomètres de Montréal. On a relevé le prénom dans les lettres, comme vous, mais il n'y avait aucune trace de Marité nulle part dans les affaires d'Isabelle. Rien : pas de lettre, pas de mention dans le carnet d'adresses, même pas un petit « M » à côté d'un nom de famille, rien. Pour être franche, on a pensé que la Marité, c'était une bénévole sur une ligne d'écoute pour gens en détresse. Quelqu'un qu'Isabelle appelait quand elle n'en pouvait plus, quand sa solitude était trop grande. Ça s'appelle *Tel-Aide* et, avant que vous le demandiez, oui, on est allés les voir. Non, ces gens-là ne pouvaient pas révéler le nom des bénéficiaires. C'est un service anonyme. Et il y a plus qu'une Française qui avait eu recours au service. Votre Marité, c'est probablement le surnom qu'Isabelle a donné à la personne qui l'aidait, parce qu'aucune bénévole ne s'appelait comme ça. Ça n'a rien à voir avec votre Française de Saint-Pierre.

— On pourrait se donner la peine de vérifier, non ? Éliminer la piste ?

— Mille cinq cents kilomètres, monsieur. Je sais pas

c'est quoi, vos budgets, mais ici, quand on dépense deux ou trois mille dollars pour enquêter, ça prend un filon un peu plus solide que ça. On n'a pas le temps ni l'argent d'aller faire un tour à Saint-Pierre et de demander à une Marité si elle a connu une Isabelle il y a de cela trente-cinq ans. Votre histoire de fréquentations douteuses, ça se tient pas. Quand on fréquente quelqu'un, ça laisse des traces.

— Hé ben voilà ! Voilà qui est étrange ! Aucune trace ! Ça mérite notre attention, non ?

— Non. Si cette femme-là avait été à Montréal début juillet, je ne dis pas. Mais voyager dans sa dernière semaine de grossesse, quand on le fait, c'est pas en avion et c'est parce qu'on peut vraiment pas faire autrement. Une sage-femme sait ça.

— Il y avait peut-être urgence, justement. »

Un long silence s'établit. Vicky n'a pas envie d'argumenter sur des détails. «*Off the record,* monsieur, vous savez ce que l'expression veut dire ?

— Évidemment !

— *Off the record,* ma conclusion en ce qui concerne Isabelle Deschamps, c'est ceci : le 1er juillet 1972, elle a accouché toute seule d'une enfant qui était morte. Sa fille est née morte, c'est écrit dans le rapport d'autopsie. Il est possible que le cordon ait été enroulé autour du cou. On ne peut pas savoir parce qu'il avait été coupé. Et proprement coupé. Avec le couteau avec lequel on a ensuite lacéré le ventre et l'utérus de la mère. Quand je considère son âge, sa détresse, sa solitude conjugale, son absence de souci médical pour la naissance, le fait que le bébé est arrivé six semaines avant terme, quand je pense à son état d'esprit au moment où elle a pris sa fille et qu'elle a constaté que, même là, sa vie était un échec, je pense qu'elle a pris le couteau et qu'elle s'est acharnée sur son ventre.

De rage. De désespoir absolu. Parce qu'il en faut pour s'infliger une souffrance pareille.

— Se faire hara-kiri ? Et où aurait-elle pris la force physique ? Vingt-cinq coups de couteau, vingt-cinq ! C'est impossible ! Il faudrait un acharnement hors du commun. Qu'est-ce que c'est que cette histoire ? Jamais il n'a été question d'un suicide !

— *Off the record,* monsieur. Mon avis personnel.

— Bon, admettons... Et parce qu'elle est courtoise, pour éviter une décomposition qui risquerait d'empuantir tout l'immeuble, elle prend soin d'entrouvrir la porte avant de procéder ? Vous plaisantez ?

— C'est sûr que vu de même...

— Si on avait pu imputer cette mort à un suicide, ce serait fait depuis longtemps. En ce qui me concerne, ce n'est pas une hypothèse de travail valable.

— En ce qui me concerne, il n'y a aucun élément valable pour rouvrir le dossier.

— Dieu soit loué, ce n'est pas de votre ressort. »

Vicky se contente de sourire en pensant qu'il ne connaît vraiment pas ce que la notion d'équipe veut dire dans l'escouade. Il l'apprendra en approfondissant leur fonctionnement, elle n'a aucune envie d'entrer dans un débat avec cet homme.

Patrice fait les cent pas. Énervé, il desserre sa cravate et défait le premier bouton de son col de chemise. Il a tout de suite l'air plus humain.

« Et quand on veut fumer, ici, on fait quoi ?

— On sort, monsieur. On prend l'ascenseur, on se rend à dix mètres de la porte d'entrée, exactement là où il n'y a plus d'abri et où il nous pleut sur la tête. (Elle se lève, prend son parapluie qu'elle avait laissé contre le mur et le lui tend.) C'est tout ce que je peux vous offrir pour vous faciliter la tâche. Et si vous trouvez que nos règles sont un peu sévères, je suis d'accord avec vous. »

Il saisit le parapluie : « Ravi de vous l'entendre dire. »

* * *

Il est plus de midi et Vicky est encore au téléphone quand, après un coup bref à la porte, Brisson fait irruption dans son bureau. Elle lève un doigt pour lui imposer le silence, termine sa conversation et Brisson n'attend pas qu'elle puisse noter son renseignement pour lui réclamer le dossier d'Isabelle Deschamps qu'il cherche partout : « Qui a pris ça ? J'en ai besoin. »

Elle pose son stylo et le regarde, très mécontente : « Ah oui ? Pourquoi ? Pour faire plaisir au petit fendant qui va venir nous montrer comment on enquête ? Pour l'amuser pendant son séjour ? Vous auriez pu me prévenir qu'y venait travailler là-dessus ! C'est quoi, ces cachettes-là ?

— Il s'agit pas de cachettes ! C'est une victime française, y s'intéresse au dossier. Normal.

— Vous savez aussi bien que moi qu'il vient rouvrir le dossier. (Elle exhibe la feuille annotée de la main de Brisson.) Et ça ? Qui a fait la recherche pour ça ? Laplante ? Pourquoi ne pas me le dire ?

— Parce que t'as autre chose à faire que de répéter à Durand qu'on n'a rien de neuf sur le dossier ! Franchement, Vicky, fais-moi un peu confiance. Déjà que je l'ai dans les pattes pour une semaine…

— Envoyez-le à Saint-Pierre et Miquelon chercher sa Marité : ça vous fera trois jours de gagnés.

— Si je pouvais ! »

Il se laisse tomber dans un fauteuil, face au bureau.

Vicky se lève : « Non, non. Installez-vous pas. J'ai faim. On va parler de ça en mangeant. Venez ! »

Rémy se relève, découragé : « Tu penses ben que je suis de service pour le "déjeuner"... Pas question de le laisser manger tout seul ! Dufour va y être en plus...

— Méchant party ! On vous attend pas avant la fin de l'après-midi, alors ? »

Elle lui tend le dossier Deschamps. Il hésite, puis se jette à l'eau : « À mon avis, c'est tout ce qui l'intéresse ici. Y s'en fout de nos méthodes. Ce qu'il veut, c'est nous forcer la main... et je suis pas sûr de pouvoir l'arrêter.

— Envoyez-le là-bas ! C'est son territoire, c'est parfait. Qu'y s'amuse !

— Mais elle est pas là ! Elle a disparu de la circulation depuis presque vingt-cinq ans. Ce qu'il veut, c'est qu'on la cherche, ici, au Québec.

— Pas sérieux ? Pourquoi on ferait ça ? C'est pas un gros zéro que vous avez inscrit sur votre feuille ? Mathieu a rien trouvé ?

— Rien. Pis avec un nom pareil, c'est facile. Y en a pas des centaines, des Rihoit ou des Ferran sans "D".

— Même avec un "D", j'ai cherché, y en a pas ! »

Ce qui fait sourire Brisson. Ça ne l'étonne pas qu'elle ait cherché. Il s'estime chanceux qu'elle ne partage pas l'opinion de Durand parce qu'alors, il devrait sûrement se résoudre à payer leurs déplacements. Vicky est d'une rare détermination. Il l'écoute attentivement, sachant qu'il aura besoin d'arguments tout à l'heure.

« Je sais pas où il l'a trouvée, sa Rihoit, mais c'est pas solide. Si n'importe qui de l'équipe vous arrivait avec si peu, ce serait non et vous le savez très bien. On a des dossiers pas mal plus chauds, pas mal plus encourageants et on n'a même pas le temps de fouiller. Venez pas me dire qu'on va perdre du temps avec une victime dont le meurtrier est peut-être déjà mort tellement ça fait longtemps !

— En effet. Je m'en occupe.

— Bon lunch !

— Oh, juste une chose, Vicky : pas un mot là-dessus ce soir aux bureaux du consulat de France. Je veux pas d'incident diplomatique. Je donnerai ma réponse à Durand demain. Aujourd'hui, je le laisse espérer. »

Le pire, c'est qu'elle avait complètement oublié ce pot offert à l'équipe pour célébrer leur partenariat si harmonieux.

* * *

En rentrant du cocktail, ce soir-là, Vicky abandonne ses talons hauts près de la porte d'entrée et elle laisse éclater sa mauvaise humeur pendant que Martin remue une petite sauce pour accommoder le filet de porc.

« Si tu veux, tu peux gager. Moi, je mets pas une cenne sur Brisson : il vient mou comme de la guenille quand y est devant les Français. Licheux. Téteux. Y est toute en courbettes, en accent pointu ! La première chose que je vais savoir, c'est qu'on prend l'avion pour Saint-Pierre et Miquelon, l'hostie de Français pis moi !

— Ça, c'est pour le dossier qui était sur le tapis du salon, hier matin ?

— J'ai-tu bien fait de le relire, tu penses ?

— Les brocolis... veux-tu t'en occuper ? »

Elle s'exécute et, le temps qu'ils se mettent à table et commencent à manger, elle change d'humeur. Martin cuisine beaucoup mieux qu'elle et il le fait presque toujours avec enthousiasme. Vicky apprécie énormément ces bonnes dispositions chez Martin et elle reconnaît que, sans lui, son régime aurait pour base tout ce qui fait l'objet d'une livraison et qui s'inscrit dans la lettre « P » — poulet, pizza, patates, pâtes et autres paradis de gras trans et de mauvais cholestérol.

Martin, qui a eu une journée tranquille, l'interroge sur les conséquences de la visite française et, une fois bien informé des tenants et aboutissants, il conseille à Vicky de sortir son sac de voyage. « Mon idée, c'est que ton Brisson va faire payer tes frais par la France et qu'il va se trouver champion d'avoir réussi son coup. »

Vicky le trouve pas mal champion lui-même : « C'est exactement le genre de *deal* à la Brisson, ça ! Que je perde mon temps et que je me fasse chier avec Durand, ça rentre pas dans le budget ! Bon, on change de sujet parce qu'on va mal digérer. Et c'était trop bon pour mal digérer. »

Depuis quatre ans qu'elle habite avec Martin, Vicky n'en revient pas comme sa vie est devenue simple et harmonieuse. Cet homme sait tout faire, il est magnifique et il l'aime. Elle se demande bien ce qu'elle a fait pour mériter une telle bénédiction dans sa vie. Martin prétend que toutes ses histoires de cœur ratées lui ont préparé le chemin, mais elle sait bien que, douée pour se tromper comme elle l'était, elle aurait facilement pu le laisser passer. Et c'est bien ce qui avait failli arriver. Si Martin ne s'était pas montré aussi farouchement entêté, elle n'aurait pas cédé.

Treize ans. Treize années les séparent. Et c'est elle qui a l'avantage numérique, comme le dit Martin. Et c'était la chose la plus impossible qui soit aux yeux de Vicky. Pour une aventure, une liaison torride, elle n'avait aucun problème avec la différence d'âge. Au contraire. Mais pour vivre avec quelqu'un, partager sa vie avec lui, devenir un couple, c'était un pari qu'elle refusait de relever. Pour Martin, ce n'était ni un problème ni un pari ni même un sujet de discussion. Il l'aimait, elle, point à la ligne. Comme il le disait si bien, quand quelqu'un annonce qu'il est amoureux, la première question qui vient n'est pas : « Quel âge ? », mais « C'est qui ? ». Il a toujours refusé d'en discuter. Les « si » et les « oui, mais » ne sont pas du tout son style. C'est un esprit scientifique et, tant qu'ils n'ont pas de problèmes, il ne voit pas pourquoi il s'amuserait à les résoudre. Le seul vrai problème que leur union a soulevé, c'est celui de la mère de Martin qui ne peut pas se faire à l'idée que son trésor adoré en qui elle a mis toutes ses complaisances fréquente une femme qui n'a que sept ans et demi de moins qu'elle. Martin, devant l'intransigeance de sa mère, a proposé une solution radicale : si sa mère préfère ne pas être contrariée, il évitera de la voir. C'est tout ce qu'il peut faire pour l'aider. Si elle veut protester, se plaindre ou critiquer, elle le fera sans lui et surtout pas devant Vicky. À prendre ou à laisser. La pauvre mère avait espéré que sa pénitence ne durerait pas longtemps, mais après une première fête de Noël sans son fils, elle a capitulé et déposé les armes.

Les relations entre Hélène Grenier et Vicky demeurent plutôt fraîches, mais un semblant d'entente règne, suffisamment en tout cas pour ne pas assombrir les fêtes de famille. Depuis que Mélanie, la sœur cadette de Martin, s'est mariée et a eu deux enfants en autant d'années, il y a moins de silence autour de la table familiale pour permettre aux malaises d'Hélène de s'exprimer. Vicky ne s'illusionne pas : la mère de Martin ne l'aimera jamais.

Mais comme elle-même ne lui trouve pas tant de qualités, elle ne chipote pas et se montre bravement aux quelques réunions de famille.

Martin a une façon bien à lui de riposter aux sous-entendus acrimonieux qu'Hélène ne peut s'empêcher de glisser dans la conversation. Dès qu'elle laisse voir un « penchant à l'animosité », Martin aborde le sujet de son éventuel mariage avec Vicky. La chose est hors de question pour Vicky, mais l'effet pacificateur de l'argument est si immédiat qu'il lui semblerait dommage de ne pas l'utiliser.

Il a cessé de pleuvoir et ils marchent jusqu'au parc Lafontaine. La soirée est douce et les bourgeons des lilas qui n'étaient que des grappes serrées il y a deux jours sont en train d'éclore, stimulés par la chaleur et la pluie.

Souvent, quand une enquête devient préoccupante, ils en discutent ensemble et le seul fait de devoir être précise, de décrire, de résumer les éléments pour Martin, apporte à Vicky un nouveau point de vue, une sorte de tableau plus objectif. Il leur arrive de coter une affaire, d'évaluer la possibilité de la résoudre dans un ordre de 1 à 10, 10 étant la réussite. Ce soir-là, après le récit détaillé du cas d'Isabelle Deschamps, la question ne semble même pas se poser. Martin hoche la tête, plutôt négatif : « D'après moi, elle n'a même pas 5, ton affaire ! Ça fait tellement longtemps. T'as presque aucune chance de trouver quelqu'un qui était là à l'époque et t'as encore moins de chances que la personne se souvienne de quelque chose de signifiant. Mon pronostic, c'est 3 sur 10. Toi ?

— Deux. Mais essaye pas de faire comprendre ça à Patrice Durand.

— T'imagines le gars qui a fait ça ? Le gars ou la fille, d'ailleurs... Ça fait trente-cinq ans, y s'est pas fait prendre.

Si y a une chose que cette personne-là doit pas s'imaginer, c'est que quelqu'un cherche encore.

— Qu'est-ce qui est pire, Martin ? Laisser un assassin courir parce que, même si on le prend, on n'aura probablement pas de preuves suffisantes pour l'inculper, ou priver une femme que tout le monde a abandonnée de la plus petite justice qui lui reste ?

— Moi, Vicky, je m'en tiens à notre codification : si l'affaire a pas 5 sur 10, tu prives une autre victime qui a plus de chances d'obtenir justice. C'est bien triste pour Isabelle Deschamps, mais je pense pas que ça fasse une grosse différence pour elle maintenant. Et c'est pas certain que l'assassin ait recommencé à tuer. »

Pour Vicky, l'affaire Isabelle Deschamps se clôt parce qu'elle a la certitude que c'est un crime d'opportunité. L'occasion a fait le larron. Ce n'était ni calculé ni prémédité, et une certaine chance additionnée au hasard ont fait en sorte que les éléments pouvant mener à une résolution de l'affaire n'ont jamais refait surface. C'est aussi choquant que quand elle connaît l'identité de l'assassin sans disposer de preuves irréfutables. Mais c'est comme ça. Elle conclut qu'elle peut peut-être expliquer cela à Patrice Durand.

3

Vicky déteste les petits avions. Elle détache sa ceinture, déjà excédée. Ils n'ont pas encore décollé, que des bourrasques secouent le frêle appareil et donnent une impression de tempête.

Patrice Durand est tout sourire, malgré l'interdiction de fumer. Il a même fait un remarquable effort et il a limité son bagage à un sac et à un attaché-case.

Air Saint-Pierre… ce n'est certainement pas avec cette compagnie qu'elle va accumuler des points ! C'est leur consolation, à Martin et à elle, quand elle doit voyager pour le bureau : elle gagne des *air miles* pour améliorer leurs vacances ou pour se payer des fins de semaine à Boston ou à New York.

Elle sort un magazine et, dès qu'elle se met à le feuilleter, Patrice lui parle. Ce genre de comportement l'horripile : il ne voit pas qu'elle lit ?

« Et comment désirez-vous procéder ? »

Elle le fixe sans dire un mot : pour ce qui est de la procédure, c'est un peu tard. Si ce gars-là ne lui a pas forcé la main, s'il n'a pas usé de son autorité pour faire en sorte qu'elle soit assise dans un avion trop petit, en partance pour un territoire qui n'est pas le sien et à la recherche d'une supposée copine de la victime, elle ne sait plus ce que veut dire le mot manigance !

Insensible à la froideur du regard posé sur lui, Patrice

poursuit : « Vous êtes du genre à poser des questions, à prendre des notes, vous enregistrez le tout ? Vous pouvez me donner les grandes lignes, question de se mettre à l'unisson ? »

Il doit se trouver très souple, très ouvert. Comme les hélices de l'avion se mettent à tourner, Vicky déglutit et grommelle un : « Plus tard !

— J'adore ces avions de brousse ! Voilà qui donne la sensation de voler. Vous percevez la vibration de l'effort pour s'extirper du sol ?... Vous en faites une tête ! Vous êtes sujette au mal de l'air ?

— Non. Je trouve ça moins excitant que vous, c'est tout. »

Patrice se penche vers le hublot en hochant la tête : « Ces nanas qui ont tout vu, quand même… »

Elle ouvre ostensiblement son magazine et s'y concentre. Une fois en altitude, elle n'a pas à s'inquiéter de la loquacité de son compagnon, il s'endort tout de suite. « Quand même, ces mecs qui font la sieste à la première occasion ! » Elle se sait de mauvaise foi étant donné que Patrice est en plein décalage horaire, mais ça lui permet d'exprimer la contrariété qu'elle n'a pas pu montrer à Brisson. Le brave homme lui a fait porter son billet d'avion par Patrice ! Tout un courage. Il a procédé exactement comme Martin l'avait prédit : c'est la France qui paye.

* * *

Leurs méthodes se révèlent très différentes. Après avoir déposé leurs effets à l'hôtel, Patrice a jugé bon de commencer par un « gueuleton », question de récupérer un peu.

Assis dans un restaurant qui ne tient pas vraiment de

la « binerie », Patrice étudie la carte des vins : « Rouge ou blanc ?

— De l'eau.

— Allez ! C'est la France qui régale, y a pas de souci.

— Je ne bois jamais le midi.

— Vous ne fumez pas. Vous ne buvez pas. Dites donc, ça vous arrive de vous amuser ?

— À l'occasion, oui. Mais là, je travaille.

— L'un n'exclut pas l'autre, Vicky. »

Elle s'absorbe dans le menu et se répète qu'elle en a pour trente-six heures, pas une de plus. Il est presque quinze heures trente quand elle réussit à l'arracher au confort de son siège. Elle trépigne déjà depuis une heure. Si les bureaux ferment, ils devront rallonger leur séjour et, pour Vicky, il n'en est absolument pas question.

L'île de Saint-Pierre n'est pas très grande et tout le monde se connaît et se salue. La ville est coquette, colorée. Petite, elle se traverse en quinze minutes, surtout qu'un vent froid les force à accélérer le pas. Fort de son expérience montréalaise, Patrice a opté pour des vêtements légers et il grelotte. « Qu'est-ce qu'on caille, ici !

— Si vous voulez, je peux vous prêter un polar, j'en ai plus qu'un.

— Un policier ? Vous croyez que j'ai le temps de bouquiner ? Je déteste cette littérature loufoque.

— Non, un chandail comme le mien !

— Un polaire ? Avec votre accent, j'ai entendu polar. Curieux, non ? »

Vicky n'explique rien et elle se contente de répéter son offre : « Si jamais vous voulez arrêter de geler, j'en ai un qui est un peu plus grand. Houp-poup-poup ! Stop ! C'est ici ! »

C'est le genre d'exclamation dont Patrice ne se lasse pas. Mais il se garde de le dire pour ne pas exciter la susceptibilité de sa collègue.

L'employé de l'État qui les reçoit est dévoué et ravi de leur répondre, mais il est trop jeune pour se rappeler Marité Rihoit ou son mari, Hervé Ferran. Il est né à Saint-Pierre en 1974 et il avoue tout net ne pas être le bon candidat pour les renseigner autrement que par ce qui est inscrit dans les registres. Il confirme la naissance de Justine Ferran, le 10 juillet 1972. Mère, Marité Rihoit, et père, Hervé Ferran. Justine est née à Saint-Pierre, à la maison familiale. Il retrouve également — et avec un petit sourire de connivence — le mariage qui a suivi et non précédé la naissance, soit le 23 juillet 1972. « Mieux vaut tard que jamais, n'est-ce pas ? »

Vicky note scrupuleusement, même si rien de tout cela ne constitue une nouveauté. « Et la profession de Marité Rihoit ?

— Ferran. En France, à cette époque, la femme adoptait toujours le patronyme du mari. Marité Ferran était… est, puisqu'elle vit toujours, sage-femme. Pas étonnant qu'elle n'ait pas accouché en clinique.

— Et si elle avait pratiqué son métier… disons à Montréal, il y aurait moyen de le savoir ?

— Pas dans nos registres, non. Dans les vôtres par contre… »

Il fouille encore, relève la tête et leur sourit : « J'ai quand même quelque chose de particulier ici : le mari, Hervé Ferran, est décédé l'année même du mariage. En décembre. Il ne l'aura pas connu longtemps, son mioche ! »

Devant leur mine tranquille, il demande à Patrice : « Ça ne vous avance pas du tout, ce que je raconte ?

— Ça confirme, c'est déjà ça. Selon mes collaborateurs à Paris, madame Ferran n'a plus soumis de déclaration d'impôts après 1972. Vous pouvez jeter un œil ?

— Alors là, dans l'immédiat, ce sera difficile... »

Vicky les laisse se faire plaisir et radoter ce qu'ils savent tous déjà. Voilà exactement ce qu'elle appelle une perte de temps. Faire tout ce voyage pour consulter des registres auxquels ils ont accès par Internet !

Elle interrompt les deux hommes puisqu'ils en sont à vanter la débrouillardise de Marité qui a réussi à se faire épouser *in extremis* : « Excusez-moi, mais comme je suis québécoise...

— Ça s'entend, oui.

— Je ne suis pas familière avec vos traditions : peut-être que c'est à votre mère que je devrais poser la question, mais accoucher avec une sage-femme, c'est très courant sur l'île ?

— Oh, je peux répondre sans problème : c'est une pratique très répandue. C'est même la norme. Bon... peut-être est-ce moins fréquent aujourd'hui, mais auparavant, se rendre en clinique, ça signifiait qu'il y avait un problème d'ordre médical. Et un problème majeur qui plus est.

— Il y a un endroit où on peut joindre les sages-femmes ? Une association professionnelle ?

— Oui, oui, bien sûr... Effectivement, je peux vous dénicher les coordonnées. »

Il tape sur son ordinateur et il lui tend une feuille où il a inscrit l'adresse : « Voilà ! On devrait pouvoir vous renseigner par là. »

Elle remercie, se lève et attend patiemment que Patrice cesse de papoter. Il est incroyablement volubile, à croire que retrouver un peu de son accent change sa personnalité. Enfin, il serre la main du jeune homme et se dirige vers la sortie. Vicky se retourne à la dernière minute et Patrice, surpris, s'arrête juste avant de lui rentrer dedans.

« Excusez-moi, monsieur…

— Touranger.

— Touranger, oui. Juste comme ça, vous êtes né à l'hôpital ?

— Moi ? Ah non… du tout. Comme toute ma génération, c'est Mamie Belin qui m'a mis au monde. C'est une institution, ici, cette femme. Un vrai trésor national. On l'appelle tous Mamie, c'est vous dire… En 2002, pour ses quatre-vingts ans, nous lui avons organisé une méga-fête avec tous ceux qu'elle a mis au monde dans l'île. Tous ! Qu'est-ce qu'elle était émue… Elle ne cessait de répéter : c'est mieux que la Légion d'honneur. Ma mère l'adorait.

— Elle est décédée ?

— Madame Belin ? Non, ma mère.

— Nous en sommes désolés. Vous venez, Vicky ?

— Attendez… Elle habite où, cette madame Belin ?

— Sur la place, à deux pas ! La maison rose en face de la cathédrale. Vous n'avez qu'à demander, tout le monde la connaît. »

Dès qu'ils mettent le pied dehors, Patrice allume une cigarette. Il frissonne, remonte le col de son veston léger : « Qu'est-ce qu'on en a à foutre de cette femme ?

— Vous êtes du genre filière officielle, vous ? S'il y a quelqu'un ici qui peut nous parler de Marité, c'est certainement cette femme-là.

— Ça se tient… mais vous oubliez que Marité n'a plus bossé depuis 1972.

— Ça l'empêchait pas de connaître la reine des

sages-femmes ! Pour une fois qu'on est sûrs de tomber sur quelqu'un qui a plus que trente ans, on va toujours ben essayer.

— Vous avez raison, ça ne mange pas de pain. »

Il jette sa cigarette et lui emboîte le pas.

* * *

La maison de Berthe Belin est étroite, bâtie en hauteur. La femme qui vient leur ouvrir ne fait pas ses quatre-vingt-cinq ans. Alerte, replète, elle a l'œil vif et les considère aimablement : « Oui ? Vous désirez ? »

La voix est haut perchée, ce qui fait sourire Vicky pour qui c'est tellement typique des intonations françaises. Patrice exhibe sa carte et ses titres et il n'a pas à expliquer quoi que ce soit que la dame s'exclame en tenant la porte grand ouverte : « Entrez ! Entrez ! Allez ! Qu'est-ce que ça souffle, aujourd'hui ! »

Elle referme la porte et les pousse vers le long corridor assombri par tous les cadres qui ornent les murs étroits. Des dizaines de photos cordées qui ne laissent pas un seul espace vacant.

« Vous prendrez bien un petit café, histoire de vous réchauffer ? Venez, venez par ici. Alors, vous êtes commissaire… Et vous, ma belle enfant ? Asseyez-vous, j'en ai pour deux minutes. Installez-vous. »

L'endroit pourrait être une boutique d'antiquités tellement il est encombré. Des tables, des guéridons où les objets s'entassent, du papier peint jusqu'au plafond, des dentelles, des jetés, des plaids, des ornements de toutes sortes et de toutes matières, la pièce croule sous les objets et elle en devient exiguë.

Une odeur vanillée, poudrée, additionnée d'un relent de fumée, et une chaleur sèche achèvent de décourager Vicky qui a déjà l'impression d'étouffer.

Patrice, lui, prend ses aises, avise un cendrier et il a l'air ravi d'avoir enfin chaud. Vicky ressort son calepin pendant que monsieur le commissaire allume et se cale dans son fauteuil Louis XIII. « Vous notez tout ? Très bien ! »

Madame Belin arrive avec un plateau aussi chargé que la pièce. Elle le place en équilibre sur un repose-pied qui n'en fait même pas la surface et se met en devoir de remplir les tasses. Vicky s'empresse de l'informer qu'elle n'en prend pas.

Madame Belin est déjà debout : « Vous préférez un thé, une infusion de menthe ? Qu'est-ce qui vous ferait plaisir ?

— Rien, merci. Rien du tout.

— Ma collègue est très consciencieuse, comme vous voyez : ni alcool, ni tabac. Même pas un café ! Je me suis permis de fumer, ça ne vous gêne pas ?

— Du tout ! Je fume également. Ça devient carrément désagréable, ces interdictions partout.

— Carrément. Permettez ? »

Obligeant, il se penche, le briquet tendu. Vicky sent que la visite sera longue et enfumée. Elle s'efforce d'accélérer les choses avant de faire une crise d'asthme.

« Nous avons quelques questions à vous poser pour une enquête qui remonte à 1972.

— Hou là ! C'est pas trop tôt ! Vous n'êtes pas pressés, au Canada ! »

Patrice est aux anges. Il la laisse aller de l'avant en dégustant ses plaisirs.

« C'est à propos d'une certaine Marité Ferran…

— Quoi ? Il lui est arrivé malheur ? À Marité ?

— Vous la connaissez ?

— Bien évidemment que je la connais ! Elle a été mon apprentie, mon amie, ma pupille, presque ma fille. Enfin, nous étions très, très liées. Que lui est-il arrivé ?

— C'est exactement ce que je pensais vous demander. Pour être plus claire, ce n'est pas elle qui a été victime de violence. Mais comme le nom de Marité est survenu dans l'enquête, on vient vérifier certaines choses avec vous.

— C'est que... Ça fait quand même un bail que je n'en ai plus eu de nouvelles. Si ça se trouve, vous en savez davantage que moi.

— Ça m'étonnerait. Quand est-ce que vous l'avez connue ?

— Précisément, je ne saurais vous dire. Attendez... à coup sûr, c'est avant 1958. Je m'explique : en mai 1958, j'ai perdu la jeune femme qui m'assistait depuis dix ans. Elle est morte en mer, la pauvre, noyée. Un terrible accident. À cette époque, déjà, Marité m'avait demandé à quelques reprises de la patronner, si vous voulez, de lui montrer le métier, quoi ! Jusqu'à cet accident, j'avais refusé parce que je la jugeais trop jeune, trop écervelée. À ma décharge, il faut dire qu'elle ne s'emmerdait pas, Marité. Elle avait ce qu'on appelle le diable au corps. Elle était dessalée, comme on dit. Je sais que vous êtes du continent, mon enfant, je sais bien qu'à notre époque, tout est permis et je précise que je ne suis pas bégueule. Mais reportons-nous aux années 60 et ce n'est plus du tout la même musique. Une sage-femme, vous savez, elle en reçoit des confidences. Et ce n'est pas toujours très jojo. Ceci pour vous expliquer que j'avais entendu parler de Marité bien avant de la connaître. Sa réputation la précédait et elle n'était pas flatteuse, loin de là. Ici, vous savez, c'est petit. Tout le monde connaît tout le monde. Alors, bien sûr, quand Marité a débarqué dans l'île à dix-huit ans et que son seul souci a été de draguer tout ce qui portait un pantalon, ça a commencé à causer. Forcément. Elle était mignonne, très mignonne. Et, croyez-moi, elle n'avait aucun mal à se tenir occupée. Mais l'avoir à mes côtés quand il s'agissait d'accoucher des femmes dont elle avait mis le mariage en péril, vous avouerez que ce n'était pas idéal. Nous avons donc conclu une entente : à partir du moment où elle devenait mon assistante, elle s'engageait à ne plus fréquenter aucun homme marié. Et là-dessus, je n'aurais pas transigé. Elle avait alors vingt et un ans et, pour tout vous dire, je crois que notre entente la soulageait. Elle en avait bavé, vous savez. Sa vie, c'était une trahison après l'autre. Des histoires lamentables, je ne vous dis pas ! »

Vicky la voit éteindre sa cigarette avec soulagement. Elle essaie d'accélérer les choses avant qu'elle n'en rallume une autre. « Et elle est restée votre assistante longtemps ?

— Des années ! Jusqu'en 70, par là. Attendez, c'est qu'il y a eu un flottement, des va-et-vient. Procédons plutôt à rebours si vous le voulez bien : Marité a eu sa fille en 72… elle est partie en 71. Voilà ! De 58 à 71… faites le calcul !

— Treize ans.

— Voilà ! J'espère que ça vous est utile.

— Elle est partie parce qu'elle s'est mariée ?

— Dieu du ciel ! C'est pourtant vrai ! Je l'avais complètement oublié, celui-là. Hervé… comment c'était déjà ? »

Elle se retourne vers Patrice comme si, jusque-là, il avait été d'un grand secours.

« Ferran, non ?

— Voilà ! Ferran ! Hormis les noms, j'ai une excellente mémoire. Je peux reconnaître n'importe qui, mais pour ce qui est du nom… alors, là, impossible ! Je n'y arrive pas. Remarquez, j'ai des excuses, j'ai mis au monde la moitié de l'île. J'ai une photo qui a été prise… »

Les témoins bavards sont terribles, il faut les tenir, les orienter sans cesse. Vicky intervient avant que madame Belin ne donne la liste exhaustive de ses hauts faits.

« Et vous pensez que ce n'était pas à cause de son mariage qu'elle avait arrêté ?

— Du tout. C'est le vœu. Son fameux vœu. Elle l'a tenu ! Personnellement, elle m'embêtait avec ce vœu. Et elle aurait sûrement eu besoin d'un revenu d'appoint. Mais elle y tenait mordicus. Que vouliez-vous que je dise ? C'était parfaitement ridicule. On s'est d'ailleurs un peu brouillées par la suite. Elle était d'un susceptible !... Moi, vous savez, travailler avec des gens qui prennent la mouche pour la moindre vétille, je trouve que c'est lassant.

— C'était quoi, son vœu ?

— De tout plaquer et de se consacrer exclusivement à son môme. Ce qu'elle a fait, du reste. Et c'est dommage, si vous voulez mon avis. Très dommage. Parce qu'elle était douée. J'ai dû renoncer : il n'y avait rien à faire pour la convaincre. C'est qu'elle était têtue, Marité. Elle s'est installée au bout de l'île, isolée, dans un taudis ou presque. Elle n'avait pas un rond et elle refusait de bosser. Je vous demande un peu !

— Et son mari ne lui a rien laissé ? À sa mort, en 1972 ?

— Lui ? Il n'avait rien. Pas d'économies, pas de biens. Un flambeur ! Coureur, flambeur, menteur. Bon, il s'est amendé à la fin si on veut, mais on ne lui aurait pas décerné une médaille pour autant, on va dire.

— Vous n'étiez pas d'accord avec ce mariage, c'est ça ?

— D'accord, pas d'accord… c'était de la façade tout ça. Une sorte de service qu'il rendait à Marité. S'il croyait racheter son passé avec si peu, il s'est gouré. Il en aurait fallu davantage, je vous prie de me croire. Il était loin du compte. Hervé Ferran était instituteur, célibataire et coureur. Quand les fillettes atteignaient l'âge de quinze ans, il fallait se montrer drôlement rusé pour les soustraire à ses vilaines pattes. Il les appréciait jeunes et tendres et il habitait la bergerie, pour ainsi dire. De nos jours, il serait bien embêté, mais à l'époque… le silence, les mensonges, tout a contribué à lui autoriser ses excès. Il se trouve que Marité, en débarquant dans l'île, avait entretenu des liens étroits avec Hervé. Et, ma foi, ça a duré… un peu plus d'un an. Il avait ses fantaisies. Elle était docile, à l'époque. Bref, sans entrer dans les détails, Marité a été initiée par Hervé et quand il l'a jetée, elle avait tout un réseau de… relations, si vous voulez. Ce qui ne l'empêchait pas d'être malheureuse comme les pierres. Moi, je prétends qu'on aurait dû agir et faire cesser ces coucheries déshonorantes. Mais que voulez-vous ? Quand le malfrat et la gendarmerie sont comme cul et chemise !... Oh ! Pardon, je ne voulais pas… »

Patrice s'empresse de se faire rassurant : « Du tout. Ce sont des choses qui arrivent, malgré tous nos efforts.

— Revenons au mariage, madame Belin. Hervé savait que l'enfant n'était pas de lui ?

— Forcément ! Marité avait trente-cinq ans, aucun intérêt pour Hervé, impensable même. Du reste, il était beaucoup moins fringant à l'époque. Il n'en avait plus pour longtemps et il le savait. Mais bon, il a quand même donné un nom à cette petite. Ce qui ne le dédommage pas entièrement pour tous ces bâtards qu'il a fait souffrir.

— De qui était l'enfant ?

— Benoît. Le grand amour de Marité. Son "Ben". Ah, on peut dire qu'elle se débrouillait pour les choisir, ses jules : tous plus pourris les uns que les autres. Mais bien sûr, Benoît, ce n'était pas la même chose. Il était différent, il allait tout balancer pour elle, il était fou d'elle... on connaît la chanson ! Jamais je ne comprendrai comment des femmes douées d'intelligence peuvent avaler autant de couleuvres. Elle n'était pas la seule de sa catégorie, Marité. Elles sont légion ! J'en ai accouché qui...

— Vous l'aimiez pas, son Ben ?

— Qu'est-ce que j'en sais, moi ? Je ne l'ai jamais rencontré, vous pensez bien ! Il l'a plaquée, comme les autres. Tous des dégonflés !

— Mais c'est quand même petit, ici, vous le disiez tantôt : vous avez bien dû l'apercevoir quelque part ?

— Ah, mais c'est qu'il n'était pas d'ici ! Il était étranger. Du continent. De chez vous, ma belle enfant. La France n'a pas l'exclusivité des fripouilles, loin s'en faut.

— Montréal ? Vous voulez dire qu'il était de Montréal ?

— Hé oui ! C'est loin, mais c'est plus vaste comme terrain de chasse. Ce qui s'est passé, c'est qu'après 1960, Marité n'a pas réussi à se faire une vie. Comme notre entente l'empêchait de se tourner vers les hommes mariés, c'était plus difficile, forcément. Il y a eu cette exposition universelle en 67 et Marité a fait le voyage. Elle en est revenue amoureuse et enchantée. Dès lors, elle est régulièrement retournée sur le continent. Benoît était marié, bien sûr, mais comme je ne risquais quand même pas d'accoucher sa femme, j'ai laissé passer. Et voilà Marité qui se trouve enceinte. Elle était transformée, heureuse à ne pas croire. Rien ne pouvait ternir son bonheur. Benoît pouvait rester avec sa femme, elle s'en foutait. Puis, elle a perdu l'enfant. Une fausse couche banale, bête. Ç'a été terrible. Elle l'a très mal vécu. Une horreur. De ce jour, elle n'a plus eu que cette obsession : retomber enceinte et arriver à terme. Elle ne pensait qu'à ça. Les voyages, les allées et venues, je ne vous dis pas. C'était ces va-et-vient dont je vous parlais tout à l'heure. À force, elle se fatiguait et elle mettait sa grossesse en péril. Et bien sûr, ça n'a pas manqué : elle a fait des fausses couches à répétition. Alors, quand elle s'est trouvée enceinte pour la cinquième fois, je l'ai suppliée de ne plus bouger de Montréal et d'y rester jusqu'au sixième mois au moins. Ce n'était plus possible, elle s'étiolait, la pauvre, elle n'avait plus de santé. Bon, nous n'étions dupes ni l'une ni l'autre, ce Benoît ne lui donnerait sûrement pas autre chose qu'un enfant. Mais puisque c'était ce qu'elle désirait ! Elle pouvait toujours revenir ensuite et c'est ce qu'elle a fait. D'ailleurs, à cette époque, le Canada ne reconnaissait pas la profession de sage-femme, elle n'y avait aucun avenir. Quoique… avec ce vœu stupide… Mais, dites-moi, ça s'est quand même amélioré de ce côté, je crois ?

— Oui, mais je voudrais savoir: où a-t-elle accouché ?

— Ici, en France. À Saint-Pierre.

— Avec vous ?

— Non… Il y a eu un contretemps. J'étais en travail avec une parturiente, je ne sais plus bien, je devais venir la trouver et il y a eu un délai... Résultat des courses, elle l'a eue toute seule. Sans problème, remarquez. Mais sa fille est née en France, Marité y tenait beaucoup, vous pensez bien.

— Ben oui… Vous aviez son adresse, à Montréal ?

— Ma foi, non, c'est bête. Je n'aime pas écrire et elle non plus. Alors… De toute façon, elle en changeait assez souvent, ça n'a rien eu de facile, vous savez. Dieu merci, cette enfant est arrivée. Comment vouliez-vous que je lui en veuille de s'y consacrer ? Elle l'avait tant espérée !

— Elle avait des amis à Montréal ? Elle vous en parlait ?

— À part Benoît, je ne vois pas. Ah si ! Quelquefois, elle fréquentait l'Alliance française. Elle y allait dans l'espoir d'y croiser des compatriotes qui souhaitaient obtenir les services d'une sage-femme. Donner naissance à un enfant en pays étranger n'est pas toujours facile. Ce qui est une joie se transforme en mélancolie. Ça fout le cafard. Être assistée par une compatriote peut tout changer. Enfin, je ne vous servirai pas mes théories, nous en aurions jusqu'à demain. Mais voilà comment Marité bouclait ses fins de mois pendant sa grossesse.

— Elle vous a parlé de ses clientes de Montréal ?

— Pas vraiment, non. Pas que je me souvienne. Elles étaient paumées, voilà ce qu'elle en disait. Un peu comme Marité qui, sans vouloir vous offenser, se trouvait en terre étrangère et abandonnée par son Benoît.

— Pourquoi elle est pas revenue ici pour attendre son bébé ?

— Pour ne pas le perdre, pardi ! Et elle a fichtrement bien fait. Elle a attendu qu'il s'accroche bien et elle n'est revenue qu'à la toute fin, quand ça ne risquait rien.

— Et c'est quand, ça ?

— Oh… vous m'embêtez, il y a si longtemps. Ce doit être un mois avant la naissance, dans ce bout-là. Sa grossesse était bien avancée en tout cas…

— Vous ne vous souvenez pas de la date exacte ?

— Précisément, non. Mais vous l'obtiendrez sans difficulté à la préfecture : ils tiennent les registres de naissances, vous savez. »

Patrice regarde Vicky avec un drôle d'air, mais elle persiste : « Juste comme ça, de mémoire, ce serait plus le 1er, le 15 ou la fin de juillet ? »

Perplexe, madame Belin porte la main à sa bouche, indécise : « Je suis tellement nulle avec les dates. Chose certaine, c'était avant le 14 juillet, je peux l'affirmer avec certitude parce que, à quelques jours près, elle se serait appelée Marianne, sa petite. » Devant l'œil interrogateur de Vicky, elle précise : « 14 juillet… Marianne… vous saisissez ? »

Vicky se dit que les garçons nés le 24 juin ne s'appellent pas tous Jean-Baptiste, mais elle hoche la tête et elle n'a plus qu'une envie : sortir du cendrier qu'est devenue la pièce. Elle referme son calepin, jette un œil sévère à Patrice qui joue encore du briquet pour madame Belin et toussote.

Patrice lui adresse un petit signe convenu et il continue d'interroger la dame, comme s'il était en présence d'une vieille amie. Vicky constate que son approche est tout, sauf officielle. Il se cale dans son fauteuil et regarde autour de lui, souriant, détendu : « Vous en avez eu, toute une vie, dites donc ! Tous ces souvenirs…

— Ah ça ! Je pourrais vous en raconter, des histoires…

— Et c'est que vous êtes douée, on vous écouterait des heures durant. Vous avez le chic pour décrire les gens, situer les événements…

— Un autre café, peut-être ? »

Crispée, Vicky espère qu'il aura le bon sens de ne pas accepter. Elle avance légèrement, au bout de son fauteuil, ce qui ne fait pas sourciller Patrice qui refuse tout de même : « Elle vous manque, Marité ? Vous ne vous sentez pas trop seule ? Ne me dites pas que vous travaillez toujours ?

— Pensez-vous ! Il y a longtemps que je suis rangée des voitures ! Ce qui n'empêche pas qu'à l'occasion, on me consulte. L'expérience… ça n'a pas de prix ! Pour tout vous dire, je ne m'embête pas. Nous sommes un petit groupe de retraités dans l'île, tous les jeudis après-midi nous nous réunissons chez l'un, chez l'autre. Nous faisons de petites excursions. Et puis, je connais tout le monde ! Pour discuter, je n'ai qu'à sortir.

— Vous voyagez ? Vous êtes retournée en France ? Ça ne vous manque pas ?

— Écoutez-le ! Mais *je suis* en France ! Et je suis née ici. Paris ne me manque pas, je n'y ai jamais mis les pieds. Vous êtes comme tous les Parisiens : il n'est de bon bec que de Paris ! »

Patrice sourit, se lève. Vicky est tout de suite debout : « Merci, madame Belin. Vous nous avez beaucoup aidés.

— Vraiment ? Vous ne le dites pas pour me faire plaisir ? C'était si agréable, cette visite… »

Patrice lui tend sa carte : « À tout hasard, madame Belin, si jamais Marité vous faisait signe, nous aimerions bien lui parler de Montréal et des amis qu'elle y avait dans le temps.

— Pour votre enquête ? D'après moi, vous n'obtiendrez rien d'elle. Du jour où elle a été enceinte, rien d'autre n'a existé que cet enfant. Je n'aime pas dire du mal des gens, mais la pauvre n'avait plus toute sa tête. Et puis, il faut bien le reconnaître, elle lui en a fait baver, sa fille.

— Ah bon ?

— Les mômes… c'est pas tout de les désirer, de les gâter, c'est qu'il faut les éduquer aussi, savoir sévir, inculquer des règles, toutes choses que Marité se refusait à faire. Elle lui passait tout, à sa fille. Cela frisait l'idolâtrie. Comment voulez-vous qu'une enfant soit gracieuse dans ces conditions ? Et puis, quoi qu'on en dise de cette société, je prétends que c'est utile pour les enfants uniques. Vivre en recluse, ce n'est pas une façon d'outiller une enfant pour la vie.

— Attendez un peu : voulez-vous dire que Marité vit encore ici ? Dans l'île ?

— Mais bien sûr que non ! Je vous l'aurais dit tout de suite, vous pensez bien. Mais elle débloquait avec cette petite et les gens... on ne peut pas les empêcher de juger, de discuter. Marité n'en faisait qu'à sa tête, elle s'est isolée et elle n'a plus eu de contact avec qui que ce soit. Au final, elle a quitté l'île.

— Pour où ?

— Une autre île : on ne se refait pas !

— À Montréal ?

— Pensez-vous ! Pour Marité, Montréal, ce n'est pas une île. Enfin, pas selon notre conception des choses à nous. Je ne veux pas vous froisser, mais...

— C'est pas grave. Quelle île ?

— Plus au nord. Les Îles de la Madeleine. Vous connaissez ? Et ensuite, mais il y a des lustres de cela, elle est allée à cet endroit qui porte le nom d'un stylo... Bic ! Marrant, n'est-ce pas ? Et ensuite, je ne sais plus... Joli, ça vous semble possible ? Vous avez de ces noms !

— Mont-Joli ?

— Voilà ! Vous voyez un peu ce que je veux dire ? Une vie d'errance, cette pauvre Marité n'a jamais su se poser, prendre racine.

— Madame Belin, d'après ce que vous dites, Marité pourrait être morte et vous ne le sauriez pas ? »

Un peu déroutée par le côté brutal de la question, la vieille dame réfléchit et finit par admettre que l'hypothèse est strictement exacte. Ce qui la laisse songeuse.

Vicky en profite pour adresser un léger signe de tête à son collègue qui, pour une fois, ne l'ignore pas et se dirige vers la sortie. Il est tout sucre tout miel pour remercier madame Belin de son aide incommensurable.

Vicky sourit sans rien ajouter : elle croirait entendre Brisson dans ses pires moments de flagornerie.

Après s'être informée de l'endroit où ils étaient descendus, après l'avoir approuvé et leur avoir recommandé un restaurant et deux ou trois endroits à ne pas rater, madame Belin les laisse enfin partir.

Une fois sur le trottoir, Vicky prend une profonde inspiration et expire en exhalant un « Ouaf ! » qui fait bien rigoler Patrice. « Volubile, la mamie, n'est-ce pas ? »

Elle aurait été plus sévère que lui dans son appréciation ! Elle met cela sur le compte de sa bonne humeur. Évidemment, il triomphe. Mais elle ne le trouve pas tellement plus avancé : son hypothèse est confirmée, Marité est bien passée par Montréal dans les années 70-72, mais il ne peut rien en tirer.

Patrice propose de s'installer dans un café pour se réchauffer et discuter, mais Vicky a le cerveau plus qu'enfumé. Elle l'invite plutôt à prendre l'air. Patrice grimace : « Sans moi ! Retrouvons-nous dans le hall de l'hôtel, disons, autour de vingt heures ? Nous irons dîner dans ce resto dont Belin vantait les mérites. D'ici là, quartier libre. D'accord ?

— Absolument.

— Et dites : j'accepterais volontiers votre offre… cette laine polaire dont vous parliez. »

Pas de danger qu'il dise polar ! Elle hoche la tête et s'éloigne. Encore une chance que ça se lave à la machine, parce qu'elle ne doute pas qu'il va sentir la boucane, son polar.

* * *

Pour Vicky, Patrice est un mystère. Dès qu'elle croit l'avoir cerné, il se dérobe et change d'attitude. Autant il peut l'irriter, l'exaspérer, autant il peut être charmant et doué d'un sens de l'humour qu'elle apprécie.

Ce soir-là, il a enfin abandonné le complet-veston pour un jeans, un col roulé et le polar noir qui lui va plutôt bien.

« Vous n'avez jamais froid, vous ? »

Le nez dans le menu, elle murmure : « Jamais. Ça doit être mon sang indien… »

Elle est ravie de le voir marcher à fond. L'œil intéressé, Patrice mord à l'hameçon : « Sans blague ? Vous en avez tous un peu, n'est-ce pas ?

— Oui, oui. On a tous des plumes aussi. On ne les porte pas toujours, mais on en a.

— Et ça se trouve rigolote ! Et ça se fend la gueule à mes dépens ! Riez ! Riez ! Je vous attraperai bien à mon tour ! »

Madame Belin avait raison sur un point : ce restaurant est excellent. Tout ce qu'ils mangent est exquis, et le vin choisi par Patrice est parfait. Ils ne parlent pas du tout de l'affaire. Ils se racontent plutôt comment, chacun de son côté, ils ont imposé leurs vues à leurs supérieurs pour mettre sur pied le service des *cold cases.* Deux têtes fortes, deux acharnés qui partagent une même passion.

Patrice vide ce qui reste de vin dans le verre de Vicky : « Et on peut savoir pourquoi Brisson vous a sifflé la direction du service ? »

Elle retient sa main sur la bouteille : « Hé ! C'est assez. Essayez pas de me soûler. »

Patrice vide le vin dans son verre : « Dommage que vous ne bossiez pas que le soir. Vous êtes vachement sympa après dix-huit heures. Alors ? Brisson ?

— Pas intéressant.

— Vos épaules disent tout le contraire. »

Elle prend son verre et lui jette un regard suspicieux : « Ah oui ?

— Vous ne croyez tout de même pas que je ne fous rien ? Je vous ai observée, moi, depuis trois jours. Vous gardez un visage impassible, mais les épaules, vous n'y arrivez pas. On vous contrarie et toc, vous vous cabrez.

— Bon, bon, bon !...

— Allez, soyez mignonne... À charge de réciprocité. »

Alors là, elle est vraiment abasourdie. Elle ne comprend rien de ce qu'il raconte. Ça le fait sourire : « Voyez l'ingratitude... Depuis vingt heures, je n'ai pas fumé une seule clope. Pour vous, madame ! Et voilà mon salaire, vous ne le relevez même pas !

— Ben oui ! Je trouvais que ça allait bien, aussi. Merci infiniment. Merci du fond de mes poumons.

— Je peux ?

— Difficile de dire non, han ?

— Ça vous gêne tant que ça ?

— Ben non, c'est correct. Ici, au moins, y a de l'espace.

— Vous prendrez un café ? Histoire de nous tenir éveillés pour la discussion ?

— Jamais de la vie : pas de café, pas de discussion non plus. Il est trop tard pour les deux. Vous êtes pas en décalage, vous ?

— Le café de madame Belin était très corsé. On procède comment, alors ?

— Je vais rentrer toutes mes notes sur l'ordinateur demain matin. Après, vers onze heures, on pourrait faire le point. L'avion est à quinze heures, on a le temps.

— Et la cathédrale, et le phare, toutes ces merveilles à ne pas rater ?

— Ben on va les rater ! On peut discuter dans l'avion, aussi…

— Pas si on décide de changer de cap.

— Changer de cap ?...

— Mais enfin, Vicky, où avez-vous mis votre opiniâtreté ? Il faudra bien finir par la trouver, cette Marité !

— Pour quoi faire ?

— Pour en apprendre davantage sur Isabelle et, partant, sur ce qui lui est arrivé. »

Vicky se tait, soufflée. Elle ne le croit pas ! Il va encore insister pour dépenser du temps et de l'argent pour rien du tout. Pour trouver une vieille folle qui ne se rappellera même pas d'Isabelle. Qui ne pourra probablement pas leur donner le nom d'une seule rue de Montréal. Si, après la conversation qu'ils ont eue avec Belin, il n'arrive pas à la conclusion que Marité pourra tout au plus confirmer qu'elle a été engrossée et abandonnée exactement comme Isabelle, c'est qu'il est bouché.

Furieuse, elle s'apprête à lui dire sa façon de penser. Il lève les deux mains, comme pour la faire reculer : « Hé ! Ho, l'Indienne ! On se calme ! Allez, enterrez-moi la hache de guerre, vous n'aviez qu'à bien vous tenir tout à l'heure. »

Elle doit admettre qu'il l'a eue. Totalement.

* * *

Redoutant quand même que l'humour de Patrice contienne une part de vérité, Vicky se lève très tôt pour mettre de l'ordre dans ses idées et fourbir ses armes. Elle s'efforce de procéder honnêtement, de vider son esprit de toute forme de préjugés pour débusquer la plus petite piste porteuse.

Elle va quitter sa chambre pour manger au restaurant de l'hôtel quand le téléphone sonne : quelqu'un la demande à la réception.

Elle descend rejoindre son plaisantin : il n'est que dix heures, elle le trouve bien pressé.

C'est l'employé de la préfecture, Didier Touranger, qui l'attend et se confond en excuses : « J'espère ne pas interrompre une réunion importante... Je n'ai pas osé déranger votre patron. Je peux vous parler quelques minutes ? »

Vicky se retient de corriger cet esprit si prompt à la hiérarchie, elle se répète que c'est culturel, cette tendance à ne voir les femmes qu'à des postes subalternes : « Nous allons déranger mon collègue, voyons ! On ne le laissera pas rater ça ! »

Elle a beau laisser sonner, pas de réponse. L'employé de la réception confirme que monsieur Durand est sorti.

Vicky entraîne son fonctionnaire dans la salle à manger et l'écoute tout en prenant son petit-déjeuner.

Il lui apparaît que monsieur Touranger a à cœur de bien éclairer monsieur le commissaire parisien. Elle ne sait pas si c'est un zélé comme il en a l'air ou s'il n'a rien à faire de son temps, mais il s'est donné du mal.

« À strictement parler, j'ignore l'objet précis de votre enquête, mais je me suis dit qu'avec un peu d'efforts, j'arriverais à mieux vous renseigner. Hum… Je me trompe ou l'administration française ne vous est pas familière ?

— Du tout.

— C'est assez complexe, la jurisprudence a énormément changé depuis les années qui vous intéressent. (Il tripote une masse de petits papiers et Vicky se demande pourquoi il n'a pas tout écrit sur une seule grande feuille.) C'est bien 1972, exact ?

— Excusez-moi, mais de quoi vous parlez ? Quelle jurisprudence ?

— Je parle de la jouissance de la pension de retraite de l'instituteur, monsieur Ferran.

— O. K., là je vous suis. Allez-y doucement, si je vous perds, je vous arrête.

— A priori, sa veuve et son enfant ont droit à la prestation de veuve et d'orphelin, à la condition expresse qu'ils satisfassent aux exigences prévues par l'article 6 du décret du 20 juin.

— Je vous arrête tout de suite : laissez faire les décrets, les dates et…

— Oui, mais voilà : c'est que la législation a changé ! Surtout en ce qui concerne la prestation de réversion.

— Et… c'est quoi, ça ?

— La pension.

— Bon : la pension de Marité. Est-ce qu'elle l'a eue ?

— Non, c'est exactement le sujet qui me préoccupe : en 1972, contrairement à 2004, date à laquelle la loi a fait l'objet d'une révision majeure, le mariage est survenu trop tard et la pension de veuve lui a été refusée pour la raison que le conjoint survivant doit absolu…

— D'accord. Donc, rien pour Marité. Et l'enfant ?

— L'enfant ayant été reconnu avant le mariage devient selon les termes juridiques un enfant naturel dont la filiation est légalement établie et il pouvait prétendre à la prestation additionnelle d'orphelin qui, dans le cas qui nous occupe, n'est pas une prestation additionnelle, mais une prestation unique servie sous forme de rente. »

Vicky constate que Touranger va encore s'enfoncer et lui faire part de toute sa science. Elle pose une main sur les petits papiers : « On se résume : Marité Ferran a touché la rente de sa fille de 1972 à... ? »

Touranger farfouille et extirpe un post-it : « Juillet 1989 ! Et voici qui devient intéressant parce que la veuve ayant cinquante-deux ans à l'époque de la fin de cette rente aurait pu alors bénéficier d'une petite somme en raison d'un changement de la législation, le décret du... »

Cette fois, il s'interrompt de lui-même et reprend : « La rente d'orphelin a été versée jusqu'à l'âge de dix-sept ans. Si la veuve n'a pas contracté un nouveau mariage, si elle ne vit pas en concubinage reconnu, elle pouvait à partir de l'âge de cinquante-cinq ans, soit 1992, réclamer la réversion de la pension qui lui est due selon les nouveaux termes de la loi.

— Qu'êtes-vous venu me dire exactement, monsieur Touranger ?

— Que madame Ferran pourrait réclamer de la Trésorerie des sommes qui lui sont redevables à la condition expresse qu'elle n'ait ni vécu en concubinage ni...

— ...Qu'elle se soit remariée ? Très bien, je lui ferai le message si je la trouve. Vous me laissez votre carte et elle vous contactera. Je vous remercie beaucoup du mal que vous vous êtes donné. »

Dépité, Didier Touranger pose sa carte de visite

devant Vicky et il refait une pile proprette de l'ensemble des papiers.

« Cela peut vous sembler dérisoire comme montant, mais on ne sait jamais : cette dame aurait aujourd'hui soixante-dix ans et elle pourrait avoir grand besoin de ses prestations, si, bien entendu, la rente lui est reconnue. Cela valait la peine de demander, vous ne croyez pas ?

— Bien sûr, vous avez très bien fait.

— Évidemment, elle a pu se remarier, c'est même très probable. Elle n'avait que trente-cinq ans à l'époque… Voilà ce que je me suis dit : elle a sûrement rencontré quelqu'un et refait sa vie. Dans ce cas, y a pas de souci, elle ne pourrait prétendre à la réversion.

— Elle a sûrement rencontré quelqu'un. Dites-moi, monsieur Touranger, comment elle était versée, la pension de sa fille ?

— En argent.

— Oui, je me doute que c'était pas des bons du Trésor, mais le chèque était envoyé où ?

— Maintenant, ce sont des virements bancaires effectués par le centre de paiement. Il suffit d'envoyer un relevé d'identité bancaire lors de l'inscription au Grand Livre de la Dette Publique.

— En 1972, monsieur Touranger ?

— A priori, les paiements devaient se faire par chèques émis au nom du bénéficiaire.

— Si Marité Ferran a encaissé ces chèques jusqu'en 1989, où étaient-ils envoyés ?

— Je l'ignore. Cela vous serait-il d'une quelconque utilité dans le cadre de votre enquête ?

— D'une très grande utilité, même. Pourriez-vous me trouver l'information avant midi ?

— C'est un peu précipité, mais je vais tenter le coup.

Le cas échéant, je peux peut-être vous le faire savoir par mail ? »

Vicky lui tend sa carte à son tour. Il est vraiment déçu de ne pas l'avoir impressionnée plus que ça. Elle lui tend la main, chaleureuse : « Merci beaucoup. Je compte sur vous.

— Et transmettez mes salutations respectueuses au commissaire.

— J'y manquerai pas. »

* * *

Vicky fait les cent pas dans le hall quand Patrice arrive enfin de sa promenade. Étonné, il consulte sa montre : « Vous êtes en avance, non ?

— On a du nouveau. On retourne chez madame Belin. Venez, je vais vous expliquer en chemin. »

Monsieur Touranger a vraiment été efficace : trente minutes après avoir quitté l'hôtel, il rappelait Vicky pour lui donner le renseignement.

Madame Belin est prête à sortir, gantée, chapeautée, le filet à provisions à la main. Malgré tout, ravie de les voir, elle ne montre aucune gêne quand Vicky lui demande d'expliquer sa signature et l'encaissement des chèques de Marité Ferran.

« Ma chère enfant, c'était tellement plus simple de cette façon ! Marité n'ayant aucune idée de l'endroit où elle se fixerait, j'ai accepté de lui rendre ce petit service. C'est tout bête : elle avait rédigé une procuration, j'encaissais le chèque qui à l'époque était en francs C.F.A., je les convertissais en dollars et je lui faisais parvenir la somme par mandat postal.

— Où ?

— Mais là où elle se trouvait, quelle question ! Tous ces endroits dont je vous ai parlé, hier… je n'en ai pas fait mystère, tout de même ! Quand je vous dis qu'elle a eu une vie d'errance, je l'ai bien pris quelque part, je n'invente rien.

— Vous avez encore les adresses ?

— Tout d'abord, ce ne sont pas des adresses, mais bien des boîtes postales et ensuite, cela fait un bail… sûrement quinze ans, au bas mot.

— Dix-huit. La dernière prestation de Justine Ferran a été versée le 30 juillet 1989.

— Voyez ! C'est bien ce que je disais. Marité s'est sans doute posée… mais ne me demandez pas où elle est actuellement, je n'en ai pas la moindre idée.

— Aucune ?

— Néant ! Voyez comment sont les gens… Bon, elle a eu sa part de difficultés, j'en conviens, mais de là à ne plus jamais téléphoner… c'est dur !

— Elle vous appelait ?

— Régulièrement. Elle n'aimait pas écrire pour la simple raison qu'elle ne savait pas bien le faire. Marité n'est jamais restée sur un banc d'école. Elle avait une orthographe déplorable. C'est à se demander ce qu'elle a bien pu lui enseigner, à sa fille. Enfin ! Oui, elle m'appelait et c'est moi qui casquais, ai-je besoin de spécifier ?

— Pourquoi vous nous l'avez pas dit hier, madame Belin ? Vous saviez qu'on la cherchait.

— Vous l'avez dit vous-même : il y a dix-huit ans de cela. Qui plus est, je n'avais qu'une boîte postale dans les Îles de la Madeleine et à toutes sortes d'endroits aux noms saugrenus. Comment voulez-vous que je m'y retrouve ? Sans compter que vers la fin, Marité s'est beaucoup déplacée et les villes changeaient constamment. Et vous croyez que je me rappelle tout ça ? Je n'ai rien à cacher, moi. Je n'ai rien fait de mal et elle non plus. À moins que ce ne soit devenu criminel d'avoir une vie pitoyable ?

— Non, en effet. Excusez-moi si je vous ai donné l'impression de vous accuser de quoi que ce soit. »

Généreusement, Patrice prend le relais et adoucit l'humeur de madame Belin. Il réussit si bien qu'ils repartent munis des adresses des boîtes postales. La page du carnet d'adresses était si barbouillée que Berthe Belin a dû transcrire le peu qui était encore lisible.

Sans discuter, ils se dépêchent d'aller faire leurs bagages et se donnent rendez-vous dans le hall de l'hôtel.

Vicky apprécie à sa juste valeur que Patrice lui épargne la moindre remarque ironique sur son style d'interrogatoire. Pressée d'en savoir davantage, elle a vraiment failli indisposer le témoin et rater son coup. Elle n'est pas très fière d'elle.

* * *

Grâce à la carte géographique qui se trouve à la fin du document de vol d'Air Saint-Pierre, Vicky peut montrer le périple de Marité Ferran à Patrice. À mesure que celui-ci énumère les endroits des boîtes postales, Vicky pointe sur la carte : Mont-Joli, Rimouski, Le Bic, Cabano, Carleton, Bonaventure, les Îles de la Madeleine, Port-Daniel, L'Anse-à-Beaufils, Rivière-au-Renard, Gros-Morne, Cap-Chat, Les Méchins…

« Elle a fait ce qu'on appelle le tour de la Gaspésie avec… deux voyages aux Îles de la Madeleine. Si c'était une touriste, je trouverais ça normal, mais là…

— Qu'est-ce que c'est que cette embrouille ? Elle est

incapable de se fixer, cette nana ? Elle cherche quoi, exactement ?

— Sans compter qu'elle a sa fille avec elle... Seize, dix-sept ans, elle n'a pas dû étudier beaucoup.

— Telle mère, telle fille !

— Vous pensez que sa fille était aussi... délurée que Marité ?

— Du tout ! Ma remarque concernait l'instruction de la petite. Pour ce qui est de Marité, sa vie semble être une succession d'emmerdes. Vous croyez qu'elle foutait la pagaille dans un patelin et qu'elle passait ensuite au suivant ?

— Je sais pas trop... Comme elle était pas immigrante ici, ça pourrait être une sorte de fuite au cas où la police se serait trop intéressée à elle.

— Elle risquait gros ?

— Non... Dans les années 70, au bout du monde de même, je pense pas. À moins qu'elle ait volé, là ce serait pas pareil.

— Chaparder pour survivre, vous voulez dire ? Elle touchait tout de même cette pension.

— Sans compter qu'elle avait le tour avec les hommes.

— Jolie périphrase !

— Non, mais quand même ! Si on regarde ce qu'on sait d'elle, si on exclut sa fille, les hommes ont l'air d'avoir été la grosse affaire de sa vie. Ça me surprendrait pas d'apprendre que sa famille a abusé d'elle. Elle a tout à fait le profil d'une enfant victime d'inceste. Regardez ce qu'elle fait en débarquant à Saint-Pierre : elle devient immédiatement la petite amie d'un pédophile ou pas loin. Deux ans plus tard, elle a ce que madame Belin appelle poliment "un réseau de relations".

— Ah! Qu'en termes galants ces choses-là sont mises…

— Vous essayez de m'impressionner avec vos citations?

— Du tout : c'est de moi…

— C'est ça, monsieur Molière! J'ai été à l'école, moi, contrairement à Marité.

— Revenons à nos moutons, voulez-vous? Elle fait la pute pour son instit, ensuite, elle renonce à ses activités pour devenir sage-femme. Elle se fait engrosser au Canada par un type marié qui ne veut rien entendre, elle revient au pays, s'isole, ne s'occupe plus que de sa môme et finit par tout plaquer et partir en cavale au Canada.

— Au Québec.

— C'est pas le Canada?

— Une province particulière, je vous expliquerai ça plus tard. Mais si vous voulez avoir l'air informé, c'est le Québec qu'on dit. Donc, son parcours, c'est Montréal, Saint-Pierre, les Îles de la Madeleine, Rimouski… disons jusqu'à ce que sa fille quitte l'école, autour de quinze ans, et là, c'est n'importe quoi. Pensez-vous qu'une femme pareille peut nous être utile? Malgré son amitié, madame Belin a quand même dit qu'elle était pas endurable, qu'elle avait un caractère de cochon. Cette femme-là, on le sait maintenant, en avait bien assez avec ses problèmes. Je ne la vois pas se préoccuper des autres. Même si c'est Isabelle et ses malheurs. Je me trompe?

— Elle n'en a rien à secouer, vous avez raison.

— Bon! On est d'accord.

— Mais — et j'y tiens — cette nana savait s'entourer de tristes sires qui ont pu fréquenter Isabelle Deschamps par la suite. Voilà en quoi ce serait utile de lui parler.

— Franchement Patrice! Vous pensez qu'elle a gardé

son carnet d'adresses de Montréal après tout ce temps-là ? Même le père de sa fille, elle doit pas savoir où il est ! Imaginez comme elle doit l'avoir loin, Isabelle Deschamps ! Même si on la retrouvait, même si par miracle elle a gardé un peu sa tête, ce dont je doute, cette femme ne pourra rien nous donner pour remonter à l'assassin d'Isabelle.

— Bon, bon... c'est probable, en effet. Décevant, mais probable. »

Il se cale dans son siège, mécontent, et il ferme les yeux pour réfléchir. Vicky a le temps de terminer son rapport avant qu'il ne se manifeste à nouveau.

« Avouez qu'elle est bizarre, quand même : alors qu'elle peut jouer la veuve peinarde à Saint-Pierre, elle choisit de mettre les bouts et de s'exiler. Sans papiers et sans jamais chercher à se mettre en règle. Elle trimballe sa môme de ville en ville. Alors que cette enfant était censée incarner le rêve de sa vie !

— Ça s'est pas bien passé avec sa fille, madame Belin nous l'a dit. Remarquez que ça ne devait pas être très drôle non plus de toujours être toute seule avec sa mère.

— Mais pourquoi partir ? Pourquoi quitter ce pays qu'elle aimait au point de vouloir absolument y donner naissance ?

— L'ambiance était pas terrible... les gens l'aimaient pas.

— Pourquoi aller se foutre dans le pétrin alors qu'elle était peinarde ?

— Je pense qu'on le saura pas, Patrice.

— Ça ne vous agace pas, ce genre de truc ?

— Oui, oui, ça m'agace. Mais j'ai d'autres chats à fouetter. On a fait ce qu'on pouvait pour Isabelle Deschamps, vous êtes d'accord ?

— Oui, mais ce ne sera pas suffisant.

— Pour rouvrir le dossier, non. Pour le remettre en attente, oui. »

Elle n'aime pas du tout, mais alors pas du tout, le silence de Patrice qui fait mine d'observer les approches de la piste d'atterrissage.

* * *

Ce qu'il y a de bien avec les fumeurs, c'est qu'une fois que l'obsession les prend, tout le reste disparaît. En passant les portes de l'aéroport, Patrice s'empresse d'allumer. Vicky sort son téléphone cellulaire : « Prenez votre temps, Patrice, j'ai un ou deux coups de fil à donner. C'est urgent. »

Elle s'assoit dans la voiture et le laisse faire les cent pas en fumant. Quand il prend place près d'elle, elle referme son cellulaire. Obligeant, il s'informe si tout va bien.

« Très bien. Je viens de régler un point agaçant. J'ai appelé madame Belin qui m'a confirmé ceci : Marité voulait garder sa fille avec elle constamment, elle refusait de l'envoyer à l'école. Les gens de Saint-Pierre ont essayé de faire pression sur elle, elle est devenue "vindicative", selon Belin, et elle a fini par partir. Ici, au Québec, comme elle n'était pas une citoyenne reconnue, personne ne l'a obligée à quoi que ce soit. Belin a répété que Marité était un peu timbrée. Ça répond à vos questions ? »

Patrice émet un petit sifflement approbateur : il doit reconnaître qu'elle ne s'embête pas longtemps avec les faiblesses d'un témoignage.

Vicky embraye : « Ça vous dérangerait beaucoup qu'on aille directement au bureau ? Y a du monde qui m'attend.

— Du tout. Je vous ai fait perdre suffisamment de temps comme ça. »

Elle n'aime pas plus cet excès d'humilité que son silence concernant l'abandon de la piste Marité. Elle commence à connaître l'oiseau : c'est quand il se tait qu'il prépare ses mauvais coups. Même si le voyage ne s'est pas trop mal passé, Vicky ne sera pas fâchée de remettre son invité à Brisson et de reprendre ses dossiers là où elle les a laissés.

Dès qu'elle met les pieds au bureau, c'est la spirale infernale, comme elle l'appelle, et elle est totalement absorbée. Il est plus de six heures quand elle dépose son rapport sur le bureau de Brisson qui s'étonne de son efficacité. Il lui répète les bons mots que Patrice a eus à son égard et conclut par des félicitations chaleureuses : « Tu l'as vraiment impressionné, le Français !

— Il est où, là ?

— Rentré à l'hôtel. Je pense que tu l'as épuisé. »

Parfait ! Rien ne peut la réjouir davantage. Elle aussi va rentrer. Elle réclame le dossier Deschamps avant de partir, ce qui fait sursauter Brisson : « Une chance que je l'ai fait photocopier deux fois ! Je pensais que c'était réglé, ça ? Durand m'a demandé la même chose tantôt, pour “comparer nos codes concernant les entrées d'information”. »

Vicky prend le dossier en levant les yeux au ciel : « Y va pas recommencer ?

— Ben, pourquoi tu le veux, toi ?

— Pour avoir des arguments pour l'empêcher de nous payer une autre excursion.

— Ben voyons ! Pas question que tu repartes, Poupart a besoin de toi sur l'affaire Boyer. T'as vu comment y s'est fait avoir, le petit Joncas ?

— J'ai vu, oui. Mais Patrice Durand lâchera pas.

— Laisse-moi m'occuper de ça. Inquiète-toi pas. »

Comme s'il avait fait preuve d'une grande efficacité jusque-là ! Vicky garde sa réflexion pour elle et s'enfuit vers son Martin qui l'attend à la maison avec un carré d'agneau tendre à souhait.

Elle ne revoit Patrice que le lendemain après-midi. Il rentre de déjeuner et il semble très reposé et d'humeur agréable. Vicky est débordée et elle doit regagner la salle d'interrogatoire où Poupart l'attend.

« Vous êtes à la bourre ? J'aurais aimé discuter...

— Pas aujourd'hui, O. K. ?

— Demain, treize heures, vous pourriez vous libérer ? »

Elle ne sait pas, elle n'a pas le temps de consulter son agenda, elle trépigne près de la porte de son bureau. Patrice l'ouvre obligeamment : « Je passe vous prendre. Nous irons déjeuner chez monsieur Beaufort, vous allez adorer.

— Wo ! C'est où, ça ? Je connais pas ce monsieur-là !

— Ce que vous pouvez être méfiante ! C'était, dans les années 70, le délégué de l'Alliance française. Il se trouve qu'il s'est par la suite installé ici, à Montréal. Coup de pot. »

Contrariée, elle se hâte vers son rendez-vous : « Je vous reparle. Je sais pas si je peux ! »

Patrice est tout sourire : il ne doute pas un instant qu'elle va l'accompagner : « Allez ! J'insiste. C'est notre affaire, après tout !

— On verra. »

* * *

L'appartement de monsieur Beaufort est un *penthouse* lumineux qui donne sur le mont Royal. Patrice est très impressionné. Guillaume Beaufort est grand, mince comme un fil, les cheveux plus sel que poivre et d'une grande courtoisie. Âgé de soixante-dix-sept ans, ce qu'il révèle dès le début de l'entretien probablement parce qu'il ne les fait pas, il s'est installé à Montréal en 1982, à la fin de son mandat de délégué de l'Alliance française.

« Qui prend mari prend pays, mais qui épouse une Québécoise reste au Québec, ou alors, ce n'est pas une Québécoise ! »

Parmi les quelques « bricoles » dont s'est occupé monsieur Beaufort depuis son départ de l'Alliance, il y a des expositions dans différents musées du Canada. Amateur d'art, spécialiste des années 1920 à 1950, sa résidence témoigne magnifiquement de ses goûts.

Sa femme, une artiste peintre peu connue, paraît quinze ans de moins que lui. Vicky n'est pas sûre de pouvoir lui donner soixante ans. Simple et rieuse, Mylène Soucy s'entend tout de suite très bien avec Vicky. Elle n'a pas la moindre affectation et elle a conservé ses expressions québécoises.

Le déjeuner que redoutait Vicky s'avère extrêmement agréable. Guillaume Beaufort ayant acquis de ses fréquentations quelques connaissances fondamentales sur la nature spécifique du Québec et de ses habitants, il en fait profiter un Patrice plutôt époustouflé et très attentif.

Cela commence avec le vin que refuse de boire Vicky. Voyant Patrice insister, Guillaume l'arrête : « Mon vieux, inclinez-vous tout de suite. N'insistez pas. Sans le savoir, vous bénéficiez déjà d'une grande concession : les Québécois ne "déjeunent" pas, ils prennent un en-cas à la sauvette et ils se remettent au boulot. Ce que nous nous apprêtons à faire est une perte de temps. N'est-ce pas, Vicky ?

— Ben là... »

Mylène ne s'embarrasse pas de formules pour confirmer : « Ben oui, voyons ! Y a personne qui est capable d'être efficace après une demi-bouteille de vin et un gros repas ! Vous ronflez pas au bureau, mais c'est ben juste ! »

Le ton est donné et il ne se dément pas de tout le repas. Guillaume Beaufort raconte avec beaucoup de finesse l'époque où il travaillait à l'Alliance. Il évoque les relations franco-québécoises dans les années 70, le dynamisme de la société, l'épanouissement des arts. Pour répondre à une question de Patrice, Mylène résume sa rencontre avec l'homme qui est devenu son mari : « En 1970, j'avais vingt-quatre ans, c'était ma première grosse expo et Guillaume a été mon premier acheteur.

— Alors, elle m'a récompensé et elle a accepté de m'épouser.

— Ça m'a pris du temps à dire merci : on s'est mariés en 1980.

— Vous voyez, Patrice, la femme québécoise ne se laisse pas facilement avoir. Il faut beaucoup de détermination pour l'épouser. (Il se tourne vers Vicky) Vous êtes mariée ?

— Oui et non. »

Mylène éclate de rire devant l'air dubitatif de Patrice : « Ça veut dire qu'elle est mariée, mais qu'elle vit avec quelqu'un d'autre. C'est ça, Vicky ?

— Exactement. Vous, Patrice ?

— Séparé. Vous avez des enfants, Guillaume ?

— En France, de mon premier mariage, oui. Ici, non.

— Ça a été assez compliqué avec les premiers, on n'était pas pour partir une autre famille ici ! »

La conversation glissant d'un sujet à l'autre, ce n'est qu'au café que Guillaume Beaufort aborde ce qui les a réunis : « Vous allez constater que je suis un homme d'ordre et d'archives, Patrice, au grand désespoir de Mylène qui, elle, jette tout. J'ai consulté mes agendas de l'époque et j'ai noté tout ce qui concerne Isabelle Deschamps. Permettez, je vais aller chercher ce que je vous ai préparé. »

Mylène commence à desservir et elle refuse toute assistance de Vicky : « Occupez-vous de votre dossier, moi, j'ai rien que ça à faire. » Et elle disparaît vers la cuisine.

Vicky jette un regard plutôt sombre à Patrice : « Vous lâchez pas, han ? »

Patrice lève deux mains ouvertes en guise de réponse, comme si le hasard était entièrement responsable des événements.

Guillaume revient et ses notes témoignent de sa méticulosité. « En 1971, en décembre, au cours de la petite fête annuelle de Noël, j'ai rencontré Isabelle. Je m'en souviens encore très bien. Probablement parce que ce qui lui est arrivé par la suite a imprimé son souvenir à jamais. Petite, délicate, extrêmement jeune et perturbée. Son mari venait de la quitter, ou s'il était encore avec elle, ce n'était qu'une question de jours. Comme elle était arrivée au Québec en tant qu'épouse d'un coopérant, elle avait besoin d'aide. J'ai fait ce que j'ai pu. »

Patrice veut des détails, mais Guillaume ne peut pas vraiment élaborer, Isabelle n'ayant qu'animé un groupe de conversation française à deux reprises. Ensuite, à cause de son état, elle a ralenti le tempo. « Selon moi, elle projetait de rentrer au pays après la naissance de son enfant. Son mari lui avait fait comprendre qu'il ne reprendrait pas la vie conjugale. Surtout pas avec l'enfant. Vous savez qu'il y était fortement opposé ?

— Il n'était peut-être pas de lui ? Avait-il des doutes ?

— Alors là, Patrice, si cette Isabelle trompait son mari, Sarah Bernhardt aurait pu lui réclamer des leçons. C'était une enfant complètement subjuguée par Deschamps. Elle ne parlait que de lui. Elle croyait désespérément qu'il allait lui revenir une fois l'enfant né.

— Vous connaissiez Deschamps ?

— Personnellement, non. Je lui ai parlé une fois au téléphone. Désagréable… (Il consulte ses notes.) En février 1972.

— À quel sujet ? Si vous pouvez le révéler, bien entendu.

— Il n'y a pas de mystère : j'ai tenté d'agir de façon paternelle. J'ai voulu secouer ce type et lui rappeler certaines de ses obligations. En vain. Elle l'embêtait avec ses histoires. Il prétendait avoir toujours été très clair en ce qui concerne les enfants. Curieux, n'est-ce pas, comme certains hommes peuvent se délester de leurs responsabilités à peu de frais ? Ils décrètent, à l'autre d'agir. Ce Deschamps ne s'est jamais inquiété de la moindre contraception, j'en jurerais. C'était l'affaire de sa femme. »

Beaufort est de plus en plus sympathique à Vicky. Comme l'implication de Pierre-Philippe Deschamps dans le meurtre de sa femme a été écartée depuis longtemps, elle essaie de creuser les autres pistes : « Et Marie-Thérèse Ferran… non, Rihoit à l'époque, vous la connaissiez ?

— C'est vrai, Patrice m'avait demandé aussi pour cette dame. Malheureusement, je n'ai aucune mémoire et encore moins d'archives concernant une Marie, une Thérèse, une Marie-Thérèse Rihoit ou… »

Mylène, qui est revenue de la cuisine avec du café frais, provoque toute une commotion : « Marité ? Marité Rihoit ? Ben oui, tu la connaissais, Guillaume ! Des yeux noirs, noirs, maigre, pas grande… J'avais jamais vu des yeux aussi foncés de ma vie. Tu te souviens pas?

— Du tout! Ça remonte à quand?

— Au même party de Noël! C'est moi qui te l'ai présentée… pour m'en débarrasser! Me semble qu'elle connaissait personne. On s'est trouvées côte à côte, elle m'a pas lâchée. Elle m'a fait un grand discours sur je sais pas quoi… Moi, j'essayais de trouver le tour d'y demander de photographier ses yeux. C'est fou, je pourrais pas répéter un mot de ce qu'elle a dit, mais je pourrais dessiner ses yeux.

— Vous ne vous rappelez pas l'avoir présentée à Isabelle? Ou les avoir vues ensemble? »

Mylène explique que cette fête était une des premières manifestations officielles de Guillaume à laquelle elle acceptait d'assister. « En fait, c'était la deuxième. J'avais assisté au 14 juillet. Fallait que je sois amoureuse, parce que j'ai jamais aimé ça. Je tiens à préciser qu'il ne s'était encore rien passé entre nous. Guillaume faisait toujours semblant que l'art l'intéressait plus que l'artiste… »

Ce qui fait sourire l'intéressé : « J'ai eu du mal à la convaincre! »

Mais Patrice est très préoccupé : « Vous a-t-elle dit d'où elle venait, quel était son métier? Je parle de Rihoit.

— Probablement, mais je n'ai pas fait attention. C'était pas une artiste en tout cas, ça je m'en serais souvenu.

— Il y a des photos de cet événement? »

Guillaume est certain que quelques clichés officiels sont dans les archives de l'Alliance. Patrice revient à Isabelle Deschamps, aux personnes à qui elle a parlé ce soir-là, aux amis, aux connaissances qu'elle a pu se faire.

Mylène se souvient de lui avoir parlé brièvement : « J'étais allée aux toilettes et, comme c'était occupé, j'attendais. Isabelle est arrivée, pâle, pas bien du tout. Elle avait mal au cœur, elle allait être malade, c'était évident. Pour vous dire comment elle était, elle ne voulait ni cogner à la porte ni entrer dans les toilettes des hommes, ça se faisait pas pour elle. Moi, j'ai cogné, la personne est sortie et je l'ai poussée dans les toilettes. C'est tout ce que j'ai réussi à faire pour elle. Et je m'en souviendrais pas si elle avait pas été assassinée. »

À la fois excité et déçu, Patrice reprend ses questions, s'efforce de réveiller la mémoire des Beaufort, mais rien de bien nouveau n'émerge de la discussion. Vicky doit retourner au bureau et elle s'excuse, laissant Patrice en compagnie de Guillaume avec qui il a l'intention d'effectuer une visite des bureaux de l'Alliance. Vicky ne doute pas une seconde que les photos de Noël 1971 vont sortir des dossiers… et que la liste des invités à cette fête — si elle subsiste quelque part — sera scrutée à la loupe.

* * *

Il est près de dix-neuf heures quand Robert Poupart et Vicky terminent leur dernier entretien avec un témoin important. Le dossier Boyer est enfin classé et bien classé.

Attablés à la terrasse du seul café du coin, alors que le soleil de mai est encore haut, ils trinquent à leur réussite.

Robert est un enquêteur assez terne, mais il est tenace. Vicky trouve que son manque d'éclat et son air un peu mollasson font merveille sur les petits témoins rusés qui sont certains de l'embobiner facilement. À chaque fois, leur vanité ne résiste pas à l'apparente insignifiance du bedonnant Poupart. Alors que les menteurs se méfient tout de suite de Vicky, ils deviennent imprudents avec Poupart. Les deux enquêteurs ont mis au point une approche raffinée qui vient encore une fois d'être couronnée de succès.

Robert termine sa bière et regarde Vicky : « As-tu le temps de manger avec moi ?

— On remet ça. O. K., Poupe ? Avec mon voyage à Saint-Pierre, j'ai pas vu Martin de la semaine.

— Appelle-le ! Je peux appeler Ginette.

— Une autre fois, O. K. ?

— Ah ! Les petits couples jeunes qui veulent tout le temps être tout seuls ! Envoye ! Vas-y parce que ton Français s'en vient par ici avec Brisson. Je vais payer. Vas-y ! »

Vicky se lève et s'éloigne rapidement. Elle fait un peu semblant de ne pas entendre Patrice qui lui crie un « Hé ! Vicky ! », et elle continue son chemin jusqu'à sa voiture.

Elle est au coin de Parthenais et Sherbrooke quand son cellulaire sonne. Comme c'est Brisson, elle le prend. Sans lui laisser le temps de placer un mot, elle lui sert sa façon de penser : « Y est presque huit heures du soir, Rémy. C'est jeudi. Me semble qu'après la semaine que je viens de passer à trimballer votre Français pis à ramer avec Poupe, j'aurais le droit d'avoir une soirée, qu'est-ce que je dis, la moitié d'une soirée tranquille ? Ça peut pas attendre à demain ?

— Voilà strictement ce que je souhaitais vous communiquer : demain, huit heures, à la salle de conférences, en compagnie de Rémy.

— Patrice ?

— Ça vous va ? Vous survivrez à cette nouvelle exigence ? »

Elle renonce à argumenter, surtout qu'il a pris son petit ton d'officier supérieur offusqué.

« O. K., demain. Bye ! »

Patrice tend le cellulaire à Brisson : « Elle est enchantée à la perspective de remettre ça ! »

Rémy en croit à peine ses oreilles. Il range son téléphone qui se met à sonner. C'est Vicky, à qui il jure que c'est sérieux et officiel : ils ont un nouvel élément à lui soumettre.

Résignée, Vicky passe le reste de la soirée à relire le volumineux dossier d'Isabelle Deschamps pendant que Martin s'endort devant la télévision.

* * *

Sur le tableau de la salle de conférences, en plein centre, une photo a été collée. À partir de chaque personne figurant sur le cliché, une ligne fléchée s'étire jusqu'à un nom ou à un point d'interrogation.

Vicky s'approche et reconnaît tout de suite Mylène Soucy qui discute avec un homme qui s'appelle Bruno Debré, selon celui qui a écrit sur le tableau. Près d'elle, de trois-quarts dos, une silhouette habillée à la mode des années 70 identifiée comme Isabelle Deschamps. À l'arrière-plan, Guillaume Beaufort, une certaine Mimi, un monsieur Bricart, une madame Bricart et un point d'interrogation, puisque la personne qu'on voit totalement de dos ne semble pas avoir été identifiée. À gauche de la photo, pas tout à fait net, un serveur tend un plateau à une femme qui se trouve coupée par le cadrage maladroit. La flèche indique Marité Rihoit. Entre Beaufort et le serveur, un homme identifié comme Gervais Lanciault.

« Pas mal, n'est-ce pas ? Vous l'aviez loupée, l'Alliance française ! »

Elle se retourne vers Patrice : « Non. On les avait appelés, on avait même parlé à Beaufort. Pas moi, les agents chargés de l'enquête. En 1972, ils ont parlé à Beaufort. C'est dans le dossier.

— Qui ne se rappelait pas du tout de Marité, je vous signale.

— Et pourquoi y s'en serait rappelé ? Y a pas de raison. Elle est venue faire un tour à une fête de Noël. *Big deal* !

— Vous savez, quand on creuse, on trouve toujours… Mais qu'est-ce qu'il fout, Brisson ?

— C'est pas lui certain qui a décidé de l'heure de la réunion. Y a de la misère à être là à neuf heures. Il le sait déjà ce que vous voulez me dire, non ?

— En partie, oui.

— Donnez-moi cette partie-là ! »

En remontant la filière de l'Alliance, Patrice a réussi à parler aux anciens employés et à certains membres de la communauté française encore au pays. En mettant les services du consulat à contribution, il est même parvenu à trouver deux femmes qui ont eu recours aux services de sage-femme de Marité Rihoit. L'une, en août 1971, qui n'avait que des louanges pour son « ange Marité » et l'autre, beaucoup moins enthousiaste, qui avait accouché en février 1972.

Patrice conclut : « J'attends encore un appel du consulat, il se pourrait qu'une femme veuille nous parler.

— D'Isabelle ?

— Non, de Marité.

— On perd notre temps, Patrice. Même si Marité a été celle qui devait accoucher Isabelle, même si elles étaient devenues amies, ça nous avance à rien ! Marité Rihoit est rentrée à Saint-Pierre un mois avant son accouchement... au plus tard, ça nous mène autour du 24 juin, ça. Je suis sûre et certaine que si elle avait l'intention d'accoucher Isabelle, elle serait revenue à Montréal à la fin de juillet. Disons même une semaine avant l'accouchement prévu au début d'août. Et qu'est-ce qu'elle faisait le 23 juillet ? Elle se mariait avec son Ferran de soixante ans. Ajoutez le vœu niaiseux de ne plus jamais accoucher personne parce qu'elle se prenait pour la Sainte Vierge et l'Enfant Jésus et vous avez ce qu'on appelle une impossibilité physique. La même sorte d'alibi que le mari. Et parce qu'une fois qu'elle a eu son bébé elle ne s'est plus occupée de rien d'autre, Marité n'a peut-être jamais su ce qui était arrivé à Isabelle Deschamps.

— Ça reste à voir. Ça vous dit d'apprendre ce que la deuxième cliente avait à raconter sur Marité ?

— Ça me dit, oui.

— Il y a eu un pépin. Le mari de la dame a énervé notre sage-femme qui s'est montrée bien peu sage en l'occurrence. Il semblerait qu'elle a pété les plombs et qu'elle les a plantés là, en plein travail. La dame a été transportée d'urgence en clinique où elle a accouché d'un fils en excellente santé.

— Bon : Marité aimait mieux travailler sans les maris, ça vous surprend ? »

Patrice lève un doigt pour l'interrompre : « Permettez ? Cette dame, Jeanne Avril, a alerté l'Alliance pour leur déconseiller de recommander qui que ce soit à Marité. »

Il se tait, satisfait de sa démonstration.

Vicky se demande bien ce qu'il vient de démontrer : « Oui ?... Pis ? »

Patrice saisit le feutre et inscrit à mesure qu'il parle : « Janvier 1972, Isabelle ne relance pas la sage-femme avec laquelle elle avait pris contact pour son accouchement. On est en droit de penser qu'Isabelle a décidé d'engager Marité. Février 1972, Marité fait un faux pas, elle est signalée à l'Alliance et, du coup, elle perd ses chances de revenus d'appoint. Je ne crois pas faire preuve de mauvais esprit en imaginant que Marité a tenté d'escroquer Isabelle en lui faisant croire qu'elle s'occuperait d'elle.

— Bon : disons qu'elle prend effectivement son argent et qu'elle part ensuite accoucher chez elle. Ça nous donne quoi, concrètement ? Qu'encore une fois, Isabelle Deschamps s'est fait avoir ! Pas très nouveau.

— Observez bien la photo. Près de Marité, il y a un type. Il travaillait au gouvernement canadien... non, québécois. J'ai réussi à le trouver. Dieu merci, il a un nom inusité.

— Oui ?

— Attendons Brisson. Pour l'instant, j'aimerais tout de même que vous notiez le caractère de Marité, son côté ombrageux, malveillant. Elle a eu, je crois, une fort mauvaise influence sur Isabelle, elle l'a incitée à s'isoler davantage, à ne plus voir personne.

— Vous le savez, ça ? Ou vous le supposez ?

— Notre métier, Vicky, consiste à glaner des renseignements et à les mettre en corrélation avec des comportements humains. J'essaie de décrire les gens à qui nous avons affaire, de cerner leurs personnalités pour mieux déchiffrer leurs actes et, partant, analyser une situation qui présente de fortes probabilités criminelles. »

Quand il devient sentencieux, elle s'obstinerait à mort. Elle choisit la fuite : « Bon, je vais sauter la conférence si vous voulez bien. Vous viendrez me chercher dans mon bureau quand Brisson se sera montré. »

Patrice change de ton immédiatement. Il pose sa main sur le bras de Vicky : « C'est important, je n'y arriverai jamais seul. Restez, je vous en prie. »

Brisson arrive et Patrice retire vivement sa main, mais un peu tard pour que le geste échappe à l'œil contrarié de Brisson : « Excusez-moi, le trafic… »

Comme s'ils n'étaient pas tous venus en voiture !

Patrice s'approche du tableau et pointe l'homme qui se tient près de Marité : « Gervais Lanciault… J'ai finalement discuté avec lui hier en soirée. Heureusement pour nous, le type a bonne mémoire et il n'a rien oublié de cette soirée. Québécois (il se tourne vers Vicky), vous remarquerez que je ne dis plus canadien, il travaillait alors pour l'État, à la mise sur pied d'un office pour la jeunesse en relation avec la France. Attendez, j'ai inscrit quelque part… voilà : l'O.F.Q.J., l'Office franco-québécois pour la jeunesse. Le mec a assisté seul à la petite sauterie offerte par l'Alliance, sa femme étant sur le point d'accoucher. »

Vicky le voit venir : « Bon, quoi ? Il a engagé Marité pour assister sa femme à l'accouchement ?

— Du tout : il l'a sautée.

— Pardon ?

— Vous avez bien entendu, il l'a baisée, quoi ! Il est devenu son amant. Pour peu de temps, j'en conviens, mais tout de même…

— Ça se peut pas : "Ben", son fameux Benoît ? Elle était supposée être folle de lui ! Et elle aurait couché avec cet homme-là ?

— Un super-coup, selon Lanciault. Pour ce qui est

de Benoît, il avait déjà mis les voiles. Leur histoire n'a pas tenu. Est-ce que l'enfant y était pour quelque chose ? L'histoire ne le dit pas.

— Justement ! Elle était pas enceinte, elle ? »

Patrice lui accorde un regard moqueur : « Vous croyez que c'est incompatible ? Les femmes enceintes ont une sexualité, vous savez.

— C'est pas ça ! Mais si elle était si amoureuse de son Ben, enceinte de lui en plus…

— Ne soyez pas fleur bleue, Vicky : elle est surtout larguée et elle n'a pas un rond. Elle se débrouille comme elle peut. Lanciault se l'envoie et, dès la seconde rencontre, elle lui demande du pognon, histoire de la dépanner.

— Il vous a dit ça ?

— On a sympathisé, si vous voulez. Il a tenu à venir me rencontrer, je lui ai payé à boire et de fil en aiguille… Pour ce qui est de votre argument concernant la grossesse, j'ai demandé, vous pensez. Lanciault n'a rien vu, rien remarqué, il était vachement surpris. Je vous souligne qu'il rentrait ensuite retrouver sa femme ballonnée par huit mois et demi de grossesse. Ceci explique cela.

— Formidable ! Quel beau témoin !

— N'est-ce pas ? Un homme qui a le sens des valeurs. Et voici où ça devient intéressant… Après leurs petites séances de relaxation, Lanciault a déposé Marité là où elle habitait. C'était chez une copine, rue Marie-Anne Est. Au 287. »

Patrice savoure l'instant. Une pure stupéfaction traverse les deux visages qui le fixent. Il peut presque voir la connexion de neurones suivie de l'organisation folle des nouvelles données dans les yeux de Vicky. Le silence n'est pas très long, elle réagit : « Pas possible. La voisine l'aurait su. Cette femme-là n'avait rien d'autre à faire que surveiller ce qui se passait alentour, elle l'aurait vu. Elle nous l'aurait dit !

— Attendez, Vicky, je vous répète les dates : le petit raout a lieu le 22 décembre et le mec a laissé tomber autour du 2 janvier, son fils étant né le 30 décembre. C'est Noël, la voisine a pu s'offrir une visite en famille, un petit voyage, est-ce que je sais ? Chose certaine, Isabelle s'est montrée généreuse, mais elle n'avait pas vraiment les moyens physiques ni financiers d'héberger quelqu'un. D'où le petit côté mercantile de la liaison de Marité. »

Brisson s'éclaircit la voix avant de parler, il n'est pas content de la tournure des événements : « Vous êtes certain pour l'adresse ? Il pourrait se tromper de numéro, votre témoin. Après trente-cinq ans…

— Il est formel. En juillet de cette année-là, quand le meurtre d'Isabelle est survenu, il s'est rendu sur place vérifier qu'il s'agissait bien du même endroit. Il a suivi l'affaire dans les journaux, se demandant anxieusement si Marité serait citée ou non. »

Furieuse, Vicky lui demande si l'envie ne l'a pas pris de se rendre à la police et de donner les renseignements qu'il possédait.

Patrice comprend très bien son mouvement d'humeur : « Voilà exactement ce qu'il redoutait : qu'on découvre sa boulette, qu'il soit obligé d'avouer et que ça foute son mariage en l'air. Il n'avait pas de quoi être fier, notre homme ! Comme il le dit lui-même, les choses se gâtaient avec sa femme et la découverte d'une liaison n'aurait vraiment rien arrangé. Bien évidemment, il n'a pensé qu'à sa petite personne. Et comme il n'avait pas de quoi se vanter, il a fait l'impasse. Depuis, il a divorcé, ce qui simplifie les choses.

— Pour lui, oui ! Crisse d'imbécile ! »

Patrice regarde Brisson qui agite vaguement la main sans expliquer quoi que ce soit.

Vicky fait les cent pas et réfléchit furieusement à ce que cet élément apporte à l'enquête. Brisson la suit des yeux, en espérant qu'elle arrivera aux mêmes conclusions que lui. Elle finit par s'appuyer contre le mur, bras croisés. Elle observe les deux hommes qui ont l'air d'attendre son verdict : « Quoi ? Qu'est-ce que vous voulez que je dise ? »

Patrice sourit : « Si vous préférez partir demain ou dimanche. »

Impassible, elle regarde Brisson qui a l'air tout à fait d'accord.

« Partir pour où, Patrice ? Je comprends que vous voulez la voir… Mais où ?

— J'ai étudié son périple et, selon moi, il y a deux endroits susceptibles de nous intéresser : Rimouski, ou enfin Bic qui est tout à côté, et les Îles de la Madeleine où elle a résidé un certain temps. C'est d'ailleurs le premier endroit où elle s'est rendue lorsqu'elle s'est exilée. Je suggère donc de commencer par là.

— Vous étiez pas supposé rentrer en France dimanche ?

— De toute évidence, j'ai mieux à faire ici. »

Elle se dégage du mur, ramasse ses affaires en murmurant : « De toute évidence, vous avez raison. »

Brisson s'empresse de tomber d'accord, d'expliquer qu'il s'occupe du budget, des billets pour la destination qu'ils jugeront la plus susceptible… Vicky l'interrompt : « Pas avant dimanche après-midi. Je finis mon rapport avec Poupe et je prends le reste de la journée. J'ai besoin de réfléchir. (Elle regarde Patrice.) Y a un Français qui est en train de faire débloquer une enquête qui traîne depuis trente-cinq ans. Bravo, Patrice. »

Patrice la regarde sortir et se tourne vers Brisson : « Elle est furax ou quoi ?

— Je pense qu'elle vient de vous féliciter. »

4

Encore une fois, un vent féroce secoue l'avion qui descend vers la piste. Vicky serre les dents et s'en remet à toutes les forces occultes qui règnent sur l'univers, incluant Dieu s'il existe. Patrice a un flair infaillible pour ses faiblesses : « Rassurez-vous, on va y arriver. »

Elle déteste sa bonne humeur et ce petit côté triomphant qu'il a adopté depuis vendredi matin. C'est à croire qu'il est venu à Montréal pour se sentir enfin utile. Elle est de mauvaise foi et elle le sait, mais malgré toute l'envie qu'elle a de régler ce dossier, quitter Montréal pour une improbable rencontre avec une Marité très certainement introuvable et sûrement mauvais témoin, ne l'intéresse pas. Surtout que ce sera l'anniversaire de Martin dans une semaine et qu'elle a envie de le célébrer en étant près de lui. Elle se dit qu'elle se fait trop vieille pour ce genre de travail et que l'escouade devrait engager de jeunes inspecteurs fringants pour courir les routes. Et elle sait qu'elle serait bien insultée si une chose pareille se produisait.

Une fois les formalités expédiées, ils se dirigent vers le stationnement où la voiture de location les attend. Le soir est tombé et le vent est glacial. Patrice tend la main vers les clés : « Si ça ne vous embête pas, j'adore conduire. »

Elle lui donne les clés, prend place et déplie la carte sur ses genoux.

Au grand soulagement de Vicky, Patrice conduit bien : ce n'est ni un chauffard ni un flanc mou. Il a de l'assurance, manœuvre sans brusquerie mais sans traîner, et il n'engueule personne. Il a même le loisir de la surveiller du coin de l'œil : « Ça va ? Je suis soumis à un test si je comprends bien. Alors ?

— Pas mal. Arrêtez d'aller à la pêche aux compliments, ça vous donne l'air vaniteux.

— Mais je suis vaniteux ! Qu'est-ce que vous croyez ? Imaginez l'effet quand vous me jugez sévèrement.

— Je fais pas ça.

— À d'autres !

— Houp-poup-poup ! Pas trop vite, à gauche, c'est l'hôtel. »

Il se range, coupe le contact : « Vous savez ce qui serait bien, Vicky ? Arriver à travailler de concert, paisiblement, sans se livrer sans cesse à cette provoc. »

Elle ouvre la portière, fait une drôle de grimace : « Je sais pas pantoute de quoi vous parlez ! »

Patrice répète son « pantoute » et va prendre sa valise. Elle est déjà loin devant et elle n'attendra sûrement pas qu'il lui tienne la porte.

La tête de Patrice quand il entend la jeune fille à la réception réjouit beaucoup Vicky. Il ne comprend pas un seul mot.

Une fois les portes de l'ascenseur fermées, il s'inquiète tout de même un peu : « C'est quoi, ce dialecte ? Une sorte d'anglais ?

— L'accent des Îles, Patrice… vous allez vous y faire.

— M'étonnerait.

— En tout cas, c'est du français. Venez pas les insulter en disant qu'ils parlent anglais.

— Ce n'est pas ce qu'on appelle le "chiac" ?

— Non, ça, c'est dans une région du Nouveau-Brunswick. Ici, vous êtes toujours au Québec.

— Le pays du joual.

— Ça fait longtemps que c'est fini, ça. Va falloir mettre votre culture générale à jour, Patrice.

— Je compte sur vous pour m'épauler. Vous venez ?

— Non, je suis au deuxième, allez-y. »

Il lève un sourcil moqueur, sourit et sort sans rien ajouter.

Vicky appuie sur le 2 en haussant les épaules : comme si elle avait fait exprès de ne pas se trouver au même étage. Ridicule !

Elle a à peine fini de sortir ses dossiers et son ordinateur qu'on frappe à la porte. Patrice lui tend son polar noir parfaitement plié : « En vous remerciant, ma bonne dame.

— Gardez-le, vous allez en avoir besoin ici.

— Qu'est-ce que vous racontez ? J'ai fait mes courses… et la lessive. »

Vicky touche le polar : effectivement il est tout propre : « Je ne vous savais pas si méticuleux.

— Et poli. Et propre sur ma personne. Veinarde : tout ce qu'il vous reste à découvrir ! Je peux ? »

Il s'avance dans la chambre sans attendre sa réponse, regarde autour : « Ben dites donc ! Vous n'êtes pas mieux nantie : c'est aussi vilain ici que chez moi. Il ne se trouve rien dans le patelin qui soit du style auberge de charme ? C'est quand même démoralisant, cette déco façon Ibis.

— Faut choisir Patrice : ou on a le charme ou on a la connexion Internet. Sans compter que notre gouvernement a des normes très strictes pour ce genre de dépenses... Comptez-vous chanceux : demain vous allez constater que vous avez une vue sur la mer. Le seul autre hôtel qui correspond aux normes gouvernementales a une vue imprenable sur un hôpital.

— Vraiment ? Voilà comment ça se présente ? Dans ce cas, je m'incline. »

Il se dirige vers la porte : « On fait comme on a dit pour le planning ?

— Cout donc, Patrice, vous savez pas quoi faire de votre peau ?

— Dites, vous n'avez pas faim, vous, après ce long voyage ?

— Vous avez vu l'heure, Patrice ?

— Et alors ? Il doit bien y avoir un resto ouvert dans ce bled ? On a une bagnole, ça devrait pouvoir se trouver, non ? »

Vicky soupire et hoche la tête : c'est vrai que les grignotines de l'avion n'ont réussi qu'à masquer son appétit : « Donnez-moi dix minutes et on y va. Je ne vous garantis rien, par exemple ! C'est pas sûr qu'on trouve encore quelque chose d'ouvert. »

* * *

Le seul restaurant ouvert qu'ils trouvent est désert et éclairé brutalement : aucun risque de rater ce qu'il y a dans l'assiette. Vicky opte pour des pâtes aux fruits de mer et Patrice commande un steak frites. Il est fort peu impressionné par la « liste des vins » qui se résume à cinq noms répertoriés sur un petit présentoir plastifié.

« Pas étonnant que vous ne buviez pas. Quelle misère ! »

Les choses ne s'arrangent pas quand il goûte à son rouge. Vicky sympathise et promet qu'ils essaieront de trouver mieux dès le lendemain.

Depuis vendredi après-midi, depuis que Patrice a trouvé un lien certain entre Marité et Isabelle, Vicky a repris le dossier Deschamps en priorité. Elle est maintenant totalement concentrée sur l'affaire et Patrice comprend pourquoi Brisson estime tant sa collègue. Il y a en elle de la détermination et une grande capacité d'adaptation. Autant elle semblait réfractaire à l'idée de rouvrir le dossier, autant elle est maintenant complètement absorbée dans l'analyse des faits. Sans réserves.

« Patrice, ça vous dérange si on parle travail pendant qu'on mange ?

— Ça ne pose pas problème, d'autant qu'il se fait tard. Comment voulez-vous procéder ?

— Commençons par résumer ce qu'on a. Je vous donne les points principaux, vous complétez, d'accord ?

— D'accord. »

Pendant que Patrice se bat avec son steak qui est plus « semelles de bottes » qu'à point, Vicky refait le portrait du meurtre et des rares éléments qui l'éclairent. Elle conclut : « Après trente-cinq ans, la voisine et la sage-femme qui avait été renvoyée par Isabelle sont mortes. L'ex-mari ne nous est d'aucun secours et l'ex-employeur épisodique non plus. Vous ajoutez à ces gens dont nous avons épuisé les ressources un nouvel Européen dont la police a pris la déclaration il y a trente-cinq ans, monsieur Beaufort, et surtout sa future femme qui, elle, n'avait pas été interrogée,

Lanciault, qui s'était caché, et Marité. Le cas de Marité se dessine de plus en plus, grâce à madame Belin et au fonctionnaire Touranger. Je vous accorde qu'elle donne envie de fouiller et d'en savoir plus. Mais il y a toujours un gros problème et c'est que Marité n'était pas sur les lieux quand le crime a été commis. Je sais : elle peut nous mener à beaucoup de gens, dont certaines sages-femmes *on the side*, peut-être même des charlatans qui n'ont pas aidé la cause des sages-femmes au Québec dans ces années-là. Là encore, ça fait trente-cinq ans. On risque de trouver un assassin déjà mort. Mais soyons optimistes, peu importe l'aspect punitif de la chose, on veut savoir ce qui s'est passé. J'ai essayé de voir ce que vos trouvailles changent à la compréhension des faits. Voici mes conclusions. Un : la sage-femme, Berthe Moisan, est remerciée de ses services après la rencontre d'Isabelle avec Marité. On peut raisonnablement conclure qu'Isabelle a changé de sage-femme parce qu'elle s'est vraiment liée d'amitié avec Marité. Elle avait confiance en elle. Quand une fille est trop gênée pour aller vomir dans les toilettes des hommes — oups ! excusez-moi, Patrice, le détail n'est pas très agréable — bref, quand une fille est aussi timide, j'imagine le courage que ça a dû lui prendre pour dire à madame Moisan qu'elle ne voulait plus d'elle.

« Deux : effectivement, notre victime n'est pas sociable, pas facile à approcher. C'est ce que j'appelle une fille fermée par son malheur. Elle n'ira pas vers les autres — je pense à la voisine qui a bien essayé, à Beaufort même —, elle attend qu'on vienne vers elle. Résultat : c'est une proie pour les profiteurs, les exploiteurs, ce qui ne m'apparaissait pas du tout à la lecture des rapports d'enquête. Trois : Marité et son mystère. A-t-elle voulu exploiter une bonne poire ou s'est-elle identifiée au malheur d'Isabelle ? Chose certaine, elles ont le même destin : enceintes toutes deux d'un homme qui les abandonne. Sans moyens financiers, absolument déterminées à mettre leur enfant au monde. Je dirais même que les deux femmes avaient complètement réduit leur vie à l'enfant à venir. Chez Isabelle, l'enfant était vu comme un empêchement de vivre avec son mari. Elle pouvait même croire que, sans lui, son mari serait resté avec elle. Personnellement, je la trouverais bien naïve si c'est le cas, mais bon… Chez Marité, c'est l'enfant qui est devenu une religion. Elle lui sacrifie tout, elle abandonne tout pour elle, elle part dès qu'on menace ses choix maternels, son autorité, elle se consacre uniquement à elle. Pour moi, elle capote, elle perd tout bon sens avec sa fille. Mais une chose est certaine : y a rien au monde, ni l'amitié, ni la sympathie, ni la pitié, qui pouvait détourner Marité de son but. Son but, ça s'appelait mettre son enfant au monde et le faire en terre française. Le reste, elle s'en foutait. Qu'est-ce que Marité change au dossier ? C'est une fille instable psychologiquement, c'est une fille sans grande morale, habituée à se servir des gens, qui n'a aucun respect pour son corps, qui s'en sert pour vivre depuis toujours, c'est une excessive qui fait les choses avec juste un peu trop d'ardeur : je pense à sa passion pour Benoît (je voudrais bien le retrouver celui-là !), sa passion pour sa fille et même son vœu qui lui retire son seul moyen de subsistance. Je sais, elle a sa petite pension, mais quand même… »

Vicky pose ses notes : « Alors ? Pour l'instant, je pense que Marité avait promis à Isabelle d'être là, avec elle, à l'accouchement. Isabelle la croit, elle renvoie madame Moisan. Marité devait accoucher autour du 10 juillet, Isabelle au début août selon le mari qui n'a aucune raison de nous mentir là-dessus. C'est très court comme laps de temps. Pourquoi ne pas accoucher à Montréal et être sur place pour Isabelle ? La nationalité française qui m'a l'air d'être toute une affaire pour Marité. Personnellement, je pense que c'est moins la France que le fait de sa situation d'immigrante non déclarée au Québec. Ce qui avait pour conséquence de rendre impossible la déclaration de l'enfant à Montréal. C'est une illégale. Il faut qu'elle parte pour accoucher. Quitte à revenir pour Isabelle. Mais c'est une sage-femme, elle doit bien savoir qu'on ne se tape pas mille cinq cents kilomètres et des poussières après avoir accouché. Je suis sûre qu'elle avait un plan, quelqu'un qui pouvait aider Isabelle, quelqu'un de fiable qu'elle avait présenté à Isabelle. Au cas. Si jamais elle ne peut pas revenir, quelqu'un devait pouvoir la remplacer. Et le 1er juillet, c'est la panique pour Isabelle : le bébé s'en vient en avance. Est-ce que c'est la mort du bébé *in utero* qui a provoqué les contractions et l'accouchement ? On ne sait pas, c'est possible. De toute façon, le bébé s'en vient, mort ou vivant, elle accouche. Elle est toute seule, Marité est repartie à Saint-Pierre. Elle appelle sans doute la personne recommandée par Marité pour l'assister. Et c'est là que ça se gâte. Ce quelqu'un n'est pas du tout compétent. Ce quelqu'un n'arrive pas à faire le travail. Ce quelqu'un panique probablement devant l'enfant mort, mais aussi devant l'état de faiblesse extrême d'Isabelle. Ce quelqu'un panique, point. Isabelle est très mal, sûrement évanouie. À l'autopsie, ils ont établi qu'elle était en très mauvaise santé, gravement anémiée, sous-alimentée ou quelque chose du genre. Elle a perdu beaucoup de sang. L'anémie sévère a pu provoquer un manque d'oxygénation du cerveau qui la conduisait irrémédiablement à un état végétatif. Bref, le bébé est mort et la mère est en train de mourir. La personne recommandée n'a plus qu'une idée en tête : sauver sa peau, ne pas être tenue responsable du massacre. C'est là qu'elle décide de dissimuler ses erreurs en rendant le ventre d'Isabelle impossible à analyser et qu'elle s'en va.

« Cette personne est l'assassin. D'après moi, c'est une femme que Marité formait, exactement comme elle-même a été formée par Belin. On peut même penser que Marité voulait faire équipe avec elle pour gagner sa vie sans transgresser son vœu : elle guide et l'autre exécute. Elles se partagent les revenus. Mais bon, son plan de carrière a changé à Saint-Pierre quand elle s'est trouvé un mari. Ce que la confirmation de Marité dans les parages d'Isabelle prouve, c'est que le meurtre est lié à l'accouchement et qu'il ne peut pas être le résultat d'un cambriolage ou même d'une mauvaise fréquentation de Marité qui aurait surgi au moment de l'accouchement d'Isabelle. Ce serait insensé. »

Patrice approuve tout ce que Vicky a dit sauf un point : « Gardons tout de même la possibilité que Benoît y soit pour quelque chose. Je ne sais pas pourquoi, mais ce type ne m'inspire pas confiance.

— Moi, je sais pourquoi, mais bon.

— Outre sa propension à profiter d'une femme sans assumer...

— Si on avait pu le coincer, ce serait fait. On a vraiment essayé, Patrice.

— Mon instinct me dit que Marité ne s'est attachée qu'à des souteneurs toute sa vie.

— Mmm... pas d'accord. Avec les hommes qu'elle aime, peut-être, mais pour le reste, c'est une entêtée, une enragée qui ne fait pas de concessions. Une femme exaltée qui prend des décisions sous le coup de l'émotion. Relisez ce que Belin en a dit. Elle n'a aucune raison d'inventer le vœu de Marité et de broder sur son caractère.

— Selon moi, si vous dites vrai, cette femme savait forcément qu'elle ne reviendrait jamais assister Isabelle.

— Donc, vous allez dans mon sens : elle a probablement référé Isabelle à quelqu'un de sa connaissance ?

— Pourquoi Isabelle ne relance-t-elle pas la première sage-femme, alors ? Cette madame Moisan. Ça me paraîtrait logique.

— Deux raisons : Isabelle est incapable de rappeler quelqu'un envers qui elle estime avoir des torts et surtout, elle n'a rien pour la payer. Avec la copine de Marité, elle pouvait prendre des arrangements.

— Ça cadre… Mais pourquoi n'avoir jamais soufflé mot de cette personne ? Rien ! Nulle part dans ses lettres…

— Là encore, l'étrange entêtement d'Isabelle, son caractère renfermé. Elle n'en parle pas parce qu'elle était persuadée qu'elle n'y aurait pas recours. Dans son esprit, c'est Marité qui l'accouche. Le reste, les problèmes soulevés par le statut ou l'état de Marité, ça ne compte pas. Un peu comme son mari qui devait revenir une fois l'enfant né. Je pense qu'Isabelle était très crédule. Très romantique et très vulnérable.

— Une môme perdue qui ne suit plus, une désemparée qui n'assume pas… Ça oui.

— Vous avez rencontré sa famille, vous. Dites-moi une chose : pourquoi personne n'est venu l'aider, la sortir d'ici ou, je ne sais pas, l'assister pendant qu'elle accouchait ? Elle n'avait pas de mère, cette fille ? »

Patrice soupire. Il jette un regard autour d'eux et il n'y a personne sauf la serveuse qui se ronge les ongles, debout près de la caisse, en équilibre sur une jambe. Elle a l'air d'un flamant perdu. Vicky sourit : « Vous pouvez fumer. Je ne pense pas qu'elle dise quelque chose. On ira dehors, sinon. Parlez-moi d'Isabelle.

— Si je suis venu jusqu'ici vous embêter avec ce dossier, Émilien Bonnefoi en est la cause. C'est le père d'Isabelle. La mort de sa fille a détruit sa vie. Depuis le 1er juillet 1972, cet homme ne vit plus que pour le fantôme de sa fille. Un peu tard pour se préoccuper d'elle me direz-vous et je vous l'accorde. Je crois même que son incurie passée est la cause de son acharnement présent. Il faut que vous sachiez qu'Isabelle avait un frère de cinq ans son aîné, Ludovic. Un enfant difficile, colérique, incapable de bien se tenir. Inutile de préciser que Ludovic a exigé une attention constante de ses parents. L'arrivée d'Isabelle a semble-t-il provoqué des problèmes de comportement majeurs chez son frère. Heureusement, Isabelle s'est avérée une enfant délicieuse et docile. Tout à l'opposé de son frère. Monsieur Bonnefoi étant enseignant, il a eu beaucoup à faire pour discipliner son fils, lui mettre un peu de plomb dans la tête. Le gamin, au lieu d'étudier, faisait bien sûr les quatre cents coups. Alors qu'Isabelle a toujours eu un parcours scolaire exemplaire, son frère ruait dans les brancards et exaspérait ses parents. À douze ans, il commettait de menus larcins et se posait déjà comme un futur Al Capone. Il a littéralement épuisé les ressources de patience de ses vieux. De son côté, Isabelle ne demandait rien, n'exigeait rien. Pour autant que je sache, personne ne s'est jamais soucié de cette fille. Allez savoir pourquoi, en 1968, alors que Paris s'enflamme pour Cohn-Bendit, Isabelle devient du jour au lendemain une pasionaria qui ne quitte plus les barricades. Voyez comment sont les gens : alors que Ludovic n'a cessé de les inquiéter sans pour autant les décourager, les parents réagissent brutalement au changement d'attitude d'Isabelle. Ils refusent de comprendre, ils refusent même de discuter. À la première incartade, ils la foutent à la porte. Et je vous signale que, tout ce temps, Ludovic, lui, a droit aux explications, même orageuses. Celui-là, on ne l'inquiète pas. Et puis voilà qu'Isabelle s'entiche de Pierre-Philippe. Coup de foudre. Plus rien n'existe que ce mec. Elle a dix-huit ans, on ne lui a jamais vu ou connu le plus petit béguin et la voilà qui prend feu. Elle annonce à ses parents qu'elle l'épouse et qu'elle part vivre avec lui au Canada. Ce départ et surtout les circonstances qui l'ont provoqué ont un effet fulgurant sur Émilien. "Il connaît son erreur", comme le dit si bien Racine. Il se trouve que Ludovic a été déclaré coupable d'un casse de six mille francs juste après le départ d'Isabelle. La goutte qui a fait déborder le vase. Émilien en a été très ébranlé. Pour la première fois de sa vie, il a refusé de passer à la caisse pour son fils et il a tenté de reprendre contact avec sa fille. Il lui a écrit, il s'est amendé un peu, mais elle refusait toujours de le revoir. Pas du tout à la manière brutale de son frère, mais elle avait sa vie, elle voulait la paix et surtout elle ne désirait pas que son père sache dans quel guêpier elle s'était fourrée avec Pierre-Philippe. On peut comprendre, remarquez. Émilien n'a cessé de lui écrire et, en 1971, quand elle a annoncé la venue du bébé, il a réagi avec enthousiasme. Il s'est même interdit tout commentaire malveillant à l'égard de son gendre quand celui-ci a quitté Isabelle. Et ce n'est pas l'envie qui lui manquait, je vous l'assure. Ces deux-là se détestent cordialement. Mais Émilien ne voulait pas blesser sa fille, il a fait comme si la lâcheté du gendre était temporaire, comme si rien n'était vraiment foutu pour elle, comme si elle était en droit d'espérer un retour dont il doutait sérieusement. Il envoyait de l'argent de temps en temps, mais jamais, en aucun temps, sa fille ne s'est ouverte de ses difficultés financières. En apprenant le meurtre, Émilien a aussi appris quelles étaient les conditions de vie matérielle de sa fille. Il en a été effondré. Depuis, la culpabilité le ronge.

Il me tanne régulièrement, comme il l'a fait précédemment avec les autres responsables du dossier. Depuis le 1er juillet 1972, cet homme ne connaît plus de paix.

— La mère, elle ?

— Décédée en 1992, soit vingt ans après sa fille. Je ne l'ai pas connue, étant responsable de cette affaire depuis dix ans. Selon moi, c'est une femme qui n'a pas dit un mot plus haut que l'autre de toute sa vie. Pardon, quand même : Émilien m'a rapporté qu'elle n'en avait que pour son fils qui était, ça ne vous étonnera qu'à moitié, son enfant chéri. Étrangement, Émilien, lui, n'a compris son attachement à sa fille qu'une fois celle-ci partie.

— Ça vous surprend ? Pas moi. Chez nous, c'est ce qu'on appelle prendre les gens pour acquis. Elle fait pas de vagues, elle se tient tranquille, pas besoin d'y faire attention. Si elle rouspète, c'est dehors. Alors que l'autre a toujours réussi à être considéré, consolé.

— Et con !

— Exactement ! Qu'est-ce qu'il est devenu, le Ludovic délinquant ?

— Un vaurien. Une petite frappe limite honnête. On le trouve toujours sur place quand ça merde quelque part, mais ce n'est jamais lui le fauteur si vous voyez…

— Il a fait de la prison, alors ? Il a un dossier ? »

Patrice la fixe en silence, voyant un peu où elle veut en venir.

« Rien d'assez costaud pour lui coller le meurtre de sa sœur.

— Il était où, le 1er juillet 1972 ? »

Sans rien dire, Patrice jette une note sur son carnet. Il pianote sur la table, fait la moue : « Tiré par les cheveux, improbable, sans motif véritable. Il lui a pourri l'enfance, d'accord. De là à la zigouiller... Cinq mille cinq cents kilomètres les séparent et cette mort ne peut rien lui apporter. Au demeurant, je vous signale qu'Isabelle n'a jamais été jalouse de son frère, qu'elle ne l'a jamais embêté.

— Ça, c'est le papa qui le dit. On va demander l'avis de Pierre-Philippe, voulez-vous ? Tant qu'à reprendre l'enquête, on va essayer d'explorer toutes les pistes systématiquement. Ludovic en est une. Et une belle, si vous voulez mon avis. Vous vous en occupez ? »

Rien ne peut plaire davantage à Patrice que ces dispositions à l'acharnement. Il sourit et prend note.

« Dites, ça vous ennuierait qu'on termine ce travail à l'hôtel dans ma chambre ?

— Vous n'aurez pas plus le droit de fumer dans votre chambre. C'est dehors ou c'est rien, Patrice.

— Je vais me gêner, tiens ! »

Il se lève, ramasse ses papiers : « J'ai quelque chose à vous montrer qui devrait vous intéresser. Curieux, parce que je l'ai apporté pour vous convaincre de reprendre l'affaire. »

Évidemment, Vicky veut savoir ce que c'est, mais Patrice refuse d'en dire davantage. Elle n'est pas très chaude à l'idée de le suivre : « Il est tard, Patrice. Rentrons, on verra pour la suite. »

Il ouvre la bouche pour argumenter, se ravise et hoche la tête en s'éloignant.

« Pense ce que tu veux, Patrice Durand, je n'irai pas dans ta chambre », murmure Vicky.

Elle fait signe à la serveuse qui est vraiment contente d'en finir avec ses clients.

Il est plus d'une heure du matin quand ils regagnent l'hôtel. Vicky n'évoque rien d'autre que la hâte de se coucher et elle laisse Patrice au premier, soulagée qu'il n'insiste pas pour continuer le travail. Elle finit de se brosser les dents quand un coup discret est frappé à sa porte : Patrice entre dès qu'elle ouvre et va poser son ordinateur portable sur la table de travail de Vicky : « Voici une petite vidéo que j'ai bricolée. C'est Émilien Bonnefoi. La voix hors champ est la mienne, je posais des questions pour l'aider. Bon, forcément, c'est pas Truffaut ni Buñuel, mais ça vous permettra de saisir le personnage. »

L'éclairage est brutal et il accuse à la fois l'âge et la fatigue d'Émilien. Le teint est gris, le pli de la lèvre amer, et il répond laconiquement aux questions prévisibles de Patrice. En fait, c'est assez raté et Vicky lève les yeux vers Patrice qui n'attend pas son verdict : « On y vient, on y est presque, patientez ! »

En effet, les yeux d'Émilien s'animent brusquement quand Patrice lui conseille de s'adresser à ceux qui, au Canada, cherchent encore l'assassin de sa fille. Son regard bleu devient intense, et Vicky se demande presque s'il ne l'a pas vraiment vue pour s'adresser à elle avec tant d'émotion.

« Je ne sais pas qui vous êtes. Je sais que je ne vous suis rien. Un nom dans un dossier. Le père anonyme d'une Française anonyme. Ma fille Isabelle est venue se faire tuer chez vous. Elle était seule, abandonnée. Je ne parle pas que de son mari. J'ai abandonné ma fille. Je ne l'ai ni soutenue ni protégée. J'ai manqué à tous mes devoirs. Il est sans intérêt de vous décrire ce que je pense de moi. Je veux vous parler d'Isabelle. À vingt-deux ans, ma fille n'avait jamais enfreint aucune loi, jamais mal agi envers qui que ce soit.

C'était une personne généreuse et réservée. Jolie, délicate, elle avait mes yeux et peut-être aussi mon stupide aveuglement. Pour des raisons toutes plus mauvaises les unes que les autres, elle a dû subir une violence qui n'était jamais son fait, une violence que j'ai tolérée, à laquelle j'ai contribué. Elle n'était pas battue, comprenez-moi, elle était ignorée. Le silence, voilà ce qu'elle a reçu toute sa vie. Et quand elle a eu besoin de moi, elle s'en est tenue à la règle majeure de son éducation, elle s'est tue. Elle n'a rien demandé. Elle est demeurée seule dans un pays étranger, espérant qu'un homme égoïste et soucieux de ses seuls plaisirs lui revienne. Elle n'a jamais connu que des brutes préoccupées exclusivement de leur petite personne. Elle n'a jamais rencontré un cœur aussi grand que le sien. C'est pour elle qu'il faut trouver son assassin. Pour honorer sa mémoire, pour ne pas l'abandonner jusque-là. Je le demande pour elle, parce qu'il se trouve peut-être quelqu'un chez vous qui pourra compenser tout le mal que je lui ai fait par mon silence et mon absence. Le silence qui entoure sa mort fait écho à celui de sa vie et cela m'est intolérable. Il faut briser le silence. Mettre fin à cette solitude de ma fille morte sans personne. Il faut que cela cesse. Il faut qu'elle repose en paix. Je vous en supplie, ne l'abandonnez pas comme je l'ai fait. »

Il baisse les yeux et la main qu'il pose devant son visage pour cacher sa détresse achève Vicky. Il y a tant d'accablement dans cette tête inclinée, tant d'impuissance avouée.

« Tu parles d'une vie ! »

Patrice éteint l'ordinateur. « Chaque année, depuis dix ans que je suis à la Brigade, il se présente à mon bureau pour me convaincre de ne pas lâcher. Il a fait la même chose avec mes prédécesseurs. Comme si c'était possible de renoncer. Vous en avez sûrement un, vous aussi, qui s'accroche et que rien ne peut décourager. »

Elle l'observe en silence, se demandant jusqu'où la culpabilité d'Émilien Bonnefoi vient réveiller et toucher celle de Patrice Durand. Elle n'est pas dupe, elle sait fort bien que les victimes ou les affaires qui s'incrustent et deviennent des obsessions personnelles sont celles qui rappellent implacablement une situation très privée qui a pris depuis longtemps le statut de hantise. Patrice partage quelque chose avec cet homme défait, elle ne sait pas ce que c'est et ce n'est pas à elle de le trouver, mais elle comprend un peu mieux son opiniâtreté.

« On va essayer, Patrice. Je ne sais pas en quoi cette Isabelle vous importe tant, en quoi ce père-là vous touche autant et j'ai pas besoin de le savoir. C'est mon dossier aussi. C'est notre travail et on va le faire. Il est peut-être trop tard, mais on va essayer. »

Piqué, Patrice se rebiffe : « N'allez pas croire qu'il s'agit d'une croisade personnelle… »

Elle ne le laisse même pas finir : « Si vous saviez comme c'est pas grave…

— J'insiste ! Il n'y a rien de perso dans…

— Ben oui, insistez ! Mais y est tard, moi je veux me coucher. À huit heures trente en bas, prêt à partir ?

— Sans problème. »

Elle le regarde sortir, encore vexé d'être privé de ses explications. Il l'épuise.

* * *

Le lendemain, un ciel limpide et un soleil généreux permettent à Patrice d'apprécier la beauté du paysage. Le vent n'est pas tombé, mais le vallonnement des champs qui laissent toujours voir la mer, comme s'ils s'inclinaient devant elle, les petites maisons colorées posées comme des jouets au hasard, les falaises de grès rouge, tout enchante un Patrice volubile.

Vicky a dessiné un parcours et Patrice conduit. Ils s'attaquent en premier lieu aux bureaux de poste où Marité recevait les mandats expédiés par madame Belin. Après plus de trente ans, tout a changé, y compris l'édifice de la poste.

La jeune fille qui les reçoit ne travaille que depuis dix-huit mois et ne peut leur être d'aucune utilité. Ils prennent en note le nom de la dame qu'elle a remplacée et font systématiquement le tour des comptoirs postaux, ce qui les amène à faire le tour des Îles.

Partis de l'île du Cap-aux-Meules, ils remontent vers l'Étang-du-Nord, Fatima, Havre-aux-Maisons, l'île de la Pointe-aux-Loups, pour finir à Grosse-Île et à Grande-Entrée. Ils décident de remettre la visite du Havre-Aubert au lendemain. En dehors des noms évocateurs et de la beauté impressionnante du paysage, ils ne gagnent pas grand-chose.

Personne n'a entendu parler ou n'a souvenir d'une Rihoit ou Ferran, accompagnée d'une enfant nommée Justine. « Sage-femme » n'est d'aucune utilité puisque la pratique n'était pas très courante à l'époque et que seules quelques révolutionnaires y ont eu recours. Le plus efficace demeure « la Française » ou « une Française ». À cet énoncé, les regards s'allument et les souvenirs abondent, mais il ne s'agit jamais de « leur » Française.

L'excursion devient vite frustrante pour Patrice puisque, selon ses propres aveux, il ne « pige que dalle » de l'accent des Madelinots. Vicky estime que ce n'est pas une mauvaise chose quand elle entend les commentaires un peu acrimonieux d'un hôtelier concernant certains touristes français mécontents de n'être pas compris ou mal servis par des gens de la place déroutés. Mais les Madelinots se montrent accueillants, ouverts et soucieux d'aider la « police française ».

Attablés dans un café qui donne sur le port de pêche de l'Étang-du-Nord, ils résument leur journée en cinq secs : rien. Ils n'ont rien. Pas la plus petite piste, pas le moindre vestige du passage de Marité Rihoit-Ferran.

Pour Vicky, il s'agit d'un résultat prévisible. Marité n'a certainement pas quitté Saint-Pierre pour venir se lier avec les gens des Îles. Elle est venue là pour s'isoler, avoir la paix et en faire à sa tête avec l'éducation de sa fille.

« Inutile d'éplucher les vieux dossiers des commissions scolaires, Justine Ferran n'a jamais mis les pieds dans une école, je le jurerais.

— Alors, quoi ? Vous déclarez forfait ?

— Ben non !

— Vous avez l'intention de frapper aux portes jusqu'à ce qu'un individu se souvienne d'une dame avec un accent qui ne sera pas Marité ? Autant chercher une aiguille dans une botte de foin !

— Non, mais peut-être que les C.L.S.C., les services de santé ici... Elle a pu pratiquer son métier, on ne sait jamais.

— Et son vœu, vous en faites quoi ?

— Franchement ! Elle a cinq ans, sa fille ! Elle risque pas de disparaître si sa mère fait un accouchement ou deux pour leur payer à manger. C'est si elle ne travaille pas qu'elles risquent de mourir de faim.

— C'est officiel comme filière, vos services de santé ?

— Han ?

— Ces endroits où elle aurait cherché la parturiente, s'ils sont officiels, elle n'a aucun intérêt à s'y manifester. Rappelez-vous qu'elle est sans papiers. Sa situation est totalement irrégulière ici. Non, ça ne colle pas. Nous ne gagnerons rien à explorer les voies officielles. »

Vicky partage ce point de vue. Elle réfléchit, les yeux posés sur le port où les bateaux de pêche sont nombreux en fin de journée et l'activité très ralentie. L'idée survient en même temps que chez Patrice qui observe quelques pêcheurs qui réparent un moteur : « Dites donc, et si elle avait cherché le client là où ça ne laisse pas de trace ? Elle a exercé le plus vieux métier du monde par le passé. On peut dire que ça ne se perd pas. Elle dispose de certaines ressources. Elle a quoi ? Trente-cinq ans... Elle n'est pas de première fraîcheur, mais bon, l'expérience peut compenser. Un port, des marins… voilà qui lui ressemble. Ça cadre, non ?

— Oui. C'est beaucoup plus probable que les accouchements. Mais là, comment on va réussir à trouver des hommes prêts à avouer qu'ils ont couché avec elle ? Et payé !

— Alors là… ça coince.

— Si c'est vous qui le demandez, ils vont penser que vous êtes de la famille et que vous voulez la venger. Si c'est moi…

— Ils vont la boucler ! Pas très utile, le badge, pour ce genre de questions.

— Sans compter que, même si on voulait, vous pourriez pas y aller tout seul, vous comprenez rien de ce qu'ils disent.

— Hé là, doucement ! J'y arrive. Je vous signale que c'est moi qui ai commandé ce café... excellent au demeurant.

— Des fois, Patrice, vous avez pas d'allure : la serveuse vous comprend, y est pas là le problème, c'est vous qui comprenez pas.

— Du tout. Au début, peut-être, je ne dis pas, mais là… ça va. Je m'y suis fait. Tenez, je vais aller cloper par là… question d'échanger avec ces types. Attendez, vous verrez bien. »

Elle le regarde s'éloigner en hochant la tête : comment peut-il argumenter sur une chose aussi évidente ? Elle le voit parler avec un groupe d'hommes, offrir une cigarette qu'on lui refuse. Elle sourit et jette des notes sur son calepin. L'idée est bonne, Marité a sûrement opté pour la prostitution si elle était dans le besoin. Mais c'est tellement le genre d'activités dont on ne parle pas, ni du côté client ni du côté fournisseur. À moins qu'elle n'ait trouvé un homme. Un seul. Mais Vicky ne voit pas comment Marité aurait accepté de partager sa fille avec qui que ce soit. Elle inscrit *réputation* et elle reste indécise.

Au bout de quinze minutes, elle relève la tête et voit Patrice s'éloigner du groupe d'hommes et revenir vers le café. Dans son dos, un des marins lève le majeur dans une gestuelle universelle et non équivoque. Un Patrice plutôt satisfait s'assoit près d'elle : « Sympas, les mecs… »

Il s'agite, commande un espresso puisque le Café la Côte possède l'équipement adéquat pour réussir un café digne de ce nom que Patrice apprécie beaucoup après le liquide pâle et insipide de l'hôtel. Souriante, Vicky attend.

« Non, ne faites pas cette tête, vous avez tout faux. Je saisis fort bien ce jargon. L'ennui, c'est qu'ils ne l'ouvrent pas. Ils sont méfiants en diable.

— Qu'est-ce que vous leur avez demandé ? S'ils

avaient couché avec une Française, il y a trente ans ? Avez-vous vu l'âge de ces gars-là ? Y en a pas un qui a cinquante ans !

— Mais si, j'ai vu ! Ne vous faites pas de souci, c'est tout vu.

— Et ? Vous êtes resté là vingt minutes ! Y a ben dû se passer de quoi !

— Des nèfles, je vous dis ! Ils n'en ont rien à cirer, des vieilles putes ! Françaises ou non, c'est pas leur truc.

— Évidemment ! On est aux Îles de la Madeleine, on n'est pas sur la rue Sainte-Catherine à Montréal.

— Vous croyez qu'on ne couche qu'à la ville ? Vous m'étonnez.

— Je pense que quand on paye quelqu'un, on fait tout ce qu'on peut pour tenir ça mort. En ville et en région. Je pense que c'est encore pire dans une île où tout le monde sait tout sur tout le monde. Alors, le coup d'aller demander aux gars si y aurait pas quelqu'un dans le coin qui fait ça pour pas cher, excusez-moi, mais c'est niaiseux.

— Niais.

— Niaiseux ! Niaiseux pour moi, niais pour vous. Pis je veux pas de débat linguistique. On a perdu une journée, je perdrai pas cinq minutes sur le glossaire, le genre, la grammaire ou ben l'accent. O. K. ? On se comprend ? C'est-tu clair ?

— Ce qu'il y a de bien avec vous, c'est que vous cultivez le mystère. »

Elle s'impatiente et elle a envie d'être désagréable. Ce n'est pas lui, c'est la journée pourrie qui se solde par un gros rien. Pour éviter d'envenimer les choses elle ramasse ses affaires et s'apprête à partir.

« On peut savoir où vous allez ?

— M'aérer. Je vais m'aérer, Patrice. Vous avez pas de problème avec ça ?

— Et pour le planning, on fait quoi ?

— Dans une demi-heure, je reviens et on rentre à l'hôtel. Vous aurez peut-être reçu des nouvelles de la France, pour Ludovic.

— M'étonnerait. Paris, vous savez, ce n'est pas Montréal. Les délais y sont vachement plus longs. »

Elle sourit, sensible à son effort : « Traître à sa patrie en plus ! À tantôt ! »

À son tour, il la regarde s'éloigner. Le soleil se couche et le port est enveloppé d'un rose soutenu. Inquiet, Patrice voit sa collègue s'approcher des marins auxquels il a parlé. Elle se contente d'observer. Elle ne semble parler à personne, mais Patrice la distingue mal à cause de la lumière qui décline. Il doit faire un effort considérable pour ne pas se ruer dehors et la rejoindre. Comme il la voit remonter vers la route et qu'il la perd de vue, il se rassure et commande un autre espresso en se payant une tentative d'accent des Îles.

* * *

Le lendemain matin au petit-déjeuner, Patrice pose deux feuilles devant Vicky.

« Les allées et venues de Ludovic Bonnefoi entre janvier et juillet 1972. Je vous ai mis son casier judiciaire, vous constaterez que c'est du menu fretin. Le type n'a pas l'étoffe d'un dur, c'est un frimeur et un *loser*.

— Ça a été vite, quand même. Votre équipe s'est dépêchée. »

Il la laisse rire sans mentionner que ses collaborateurs ont trouvé un message plutôt stimulant en rentrant au bureau. Patrice a misé sur le décalage pour obtenir ces infos sans délai.

Vicky dépose les feuilles : « Ils travaillent bien, vos collègues. C'est précis, complet... et ça ne donne aucun alibi valable à Ludovic.

— Qu'est-ce que vous allez chercher ? Il est hors de cause ! Sa mère l'accompagnait en Provence.

— Sa mère, oui. Justement, sa très dévouée, très serviable, très accommodante maman ! C'est pas ce que j'appelle un alibi, ça.

— Si vous voulez insinuer qu'elle a menti pour le couvrir, vous êtes gonflée. C'était sa fille, je vous signale.

— Ah oui ? Et quand est-ce qu'elle a fait preuve de sévérité envers Ludovic pour protéger sa fille ? C'est pas ça qu'il disait, Émilien Bonnefoi ? Du silence, de l'absence, on passe n'importe quoi au fils et on exige tout de la fille ? Ça sonne pas une cloche, ça ? Si on fouille un peu, je suis sûre qu'on va trouver une ou deux occasions où maman a épargné la prison à son grand garçon en manipulant un peu les heures et les dates où il est rentré coucher. Vous voulez essayer ? Ça ne demandera pas beaucoup de temps à l'honnête travailleur français, garanti. Un alibi de cette femme-là, à mes yeux, c'est un gros zéro. Pas crédible pour deux cennes.

— Vous semblez oublier que le mari, lui, n'aurait pas laissé passer ce genre de chose. Il l'aurait dénoncée. »

Vicky réfléchit. Elle est d'accord avec l'argument. Elle reprend une feuille, l'examine : « Il prenait quoi ? C'était quoi, sa dope ?... Regardez, le 15 février 72, il entre en clinique de désintoxication. Il en sort le 25. C'est pas long, ça, pour se refaire une santé.

— Le but était probablement de calmer un inspecteur zélé et de montrer patte de velours. Du style “voyez comme je suis repentant, j’entre en désintox de mon plein gré, bla, bla, bla…”. Le truc a bien fonctionné, il n’est pas allé en taule du tout cette année-là.

— Peut-être parce qu’il n’était pas là non plus…

— Alors là, je n’y crois pas. Regardez : mai 72, il perd son emploi chez un libraire et madame Bonnefoi l’emmène à la maison de campagne familiale pour lui éviter les faux pas. Ils y demeurent jusqu’à l’annonce de la mort d’Isabelle, le 2 juillet pour eux.

— C’est où, le mont Garlaban ?

— Vous n’avez pas lu Pagnol ? Aubagne, tout près de Marseille.

— Tiens ! Là où il y a un aéroport international ! Avouez que c’est pratique.

— Ça ne tient pas la route, Vicky. Où aurait-il pris le fric ? Il est à sec. Il aurait détesté sa sœur ou il lui en aurait voulu, je ne dis pas. Mais là… il n’a aucune raison, mais vraiment aucune, de se donner tout ce mal pour aller la buter. »

Elle prend une gorgée de café, grimace : « Je suis sûre que vous allez être d’accord avec ma proposition : on va au Café la Côte prendre un *latte* digne de ce nom. Et dites-moi pas qu’on est débordés, je le sais ! Y a tellement de monde à interroger ici, ça arrête pas. »

Une fois assis sur la terrasse, à l’abri du vent, il fait presque chaud. Vicky suggère qu’ils entreprennent la tournée des maisons de retraite et des résidences pour les aînés afin de rencontrer des gens qui ont vécu les années 70 et qui sont en mesure de les évoquer.

L’idée de faire face à des clones de madame Belin avec

accent inintelligible en plus ennuie passablement Patrice, mais comme il n'a vraiment rien de mieux à proposer, il s'incline.

Vicky lui tend la liste des endroits qu'elle a recensés sur Internet et en appelant les services sociaux des Îles.

« Si vous préférez, je peux commencer toute seule pendant que vous contactez Émilien Bonnefoi pour confirmer l'alibi. »

Patrice n'en revient pas : « Vous savez que vous êtes limite teigneuse ?

— C'est fou, ça sonne pas comme un compliment.

— Ce n'en est pas un. (Il sort son téléphone cellulaire.) Laissez-moi le temps de demander à Dumas de passer chez Émilien.

— Pourquoi vous l'appelez pas directement ? »

Patrice referme son téléphone : « Parce que si cet homme reçoit un appel de ma part, ce sera pour lui annoncer que l'affaire est résolue. Rien d'autre. Il en a suffisamment bavé. Inutile de le décevoir davantage. »

Vicky le laisse appeler en paix.

* * *

Au début de la tournée, Patrice avait émis l'opinion que s'ils étaient vernis, ils tomberaient peut-être nez à nez avec Marité. Autour de seize heures, le ton a beaucoup changé. Même si Vicky veille à lui offrir des pauses cigarette, il s'irrite dès qu'il ne « pige que dalle » des longs récits enthousiastes des aînés.

Vicky constate que son compagnon éprouve de très grandes difficultés avec la vertu de patience et qu'il est à deux doigts d'engueuler les vieux parce qu'il ne les comprend pas. Même pour elle, l'affaire n'est pas facile : l'accent est quelquefois très lourd et si le témoin a le malheur d'avoir laissé son dentier dans le tiroir de la table de nuit, décrypter le discours tient de la prouesse. En plus, il faut souvent se taper de longs récits sans rapport aucun avec ce qui les intéresse. Chose certaine, Patrice peut constater que citer la nationalité française remue pas mal de souvenirs chez les Madelinots.

En arrivant à la maison de retraite *Les beaux lendemains*, Patrice émet un long soupir : « Avouez qu'il s'agit d'un humour particulier. S'appeler *Les beaux lendemains* pour une résidence de ce type… dans un endroit qui s'appelle Havre-aux-Maisons qui plus est. Ça ne va pas être possible. Je rêve !

— C'est pour ne pas les décourager.

— Vraiment ? Que personne ne s'avise de m'offrir ce type de consolation, même centenaire. Ils sont pourtant loin d'être idiots, ces vieillards. Allez ! Venez, on va se poiler. Je ne me tiens plus de joie. »

Contre toute attente, l'endroit sent le propre, le frais et dégage une ambiance agréable.

À l'accueil, une bénévole les écoute aimablement pour ensuite les diriger vers la salle commune.

Elle présente un monsieur en chaise roulante à Patrice en lui expliquant qu'il s'agit d'un compatriote. Monsieur Maumoussin a quatre-vingt-douze ans bien sonnés et, n'était de ses jambes, il habiterait seul à l'Étang-du-Nord. Dès que la bénévole s'est éloignée, il fait un clin d'œil à Patrice : « Vous fumez ? Voici le programme : prenons ma veste et foutons le camp à l'extérieur pour discuter. D'accodac ? »

S'il est d'accord ! Vicky ne l'a jamais vu si empressé.

Elle demeure dans la salle pour en écumer les

possibilités. Dans un coin, près de la fenêtre, une dame fait un jeu de patience. Le teint rose, le cheveu immaculé, elle a l'œil vif. Dès que Vicky s'approche, elle l'apostrophe : « Maumoussin s'est trouvé des cigarettes ? Y va encore étouffer à soir. Tant pis pour lui. Votre mari va revenir chercher la bonbonne d'oxygène dans vingt minutes, j'aime autant vous le dire. Deux cigarettes pis paf ! Y étouffe ! Pensez-vous que ça le fait arrêter ? Pantoute.

— C'est pas mon mari.

— Tant mieux. Y est plus vieux que vous. Déjà qu'y sont moins endurants que nous autres. Faut pas les prendre plus vieux. Moi, je suis veuve de mon deuxième depuis treize ans… Je pense pas d'me remarier.

— Vous êtes pas d'ici, vous non plus ?

— Phftt ! Ça fait assez longtemps pour me dire d'ici. Je peux prendre l'accent quand je veux. Si je veux. Je viens de Gaspé, de l'autre bord. Y sont tout morts, à quoi ça servirait d'y retourner ? Sont à veille d'être tout morts icitte aussi. »

Elle prononce « tou morts » et elle déplace ses cartes sans arrêt. Elle ne laisse pas le temps à Vicky d'orienter la conversation.

« Vous vous ennuyez ? Vous faites du bénévolat ?

— Non. »

Surprise, la dame lève les yeux de son jeu et attend la suite. Vicky sourit, s'assoit et se tait. La vieille ramasse ses cartes, en fait un paquet bien net et place ses deux mains dessus, comme si Vicky menaçait de les confisquer : « J'm'appelle Gilberte… vous ?

— Vicky.

— Êtes-vous anglaise ?

— Non, de Montréal.

— La grand'ville ! N'avez pas large pour respirer… Cé que vous voulez ?

— Je cherche une femme qui était ici dans les années 1977, 78.

— Je peux pas vous aider, je suis ici depuis cinq ans. Cadeau de mon gendre. J'y ai jamais aimé la face, j'avais ben raison.

— Non, pas à la résidence. Aux Îles.

— Ça a l'air de rien, mais c'est grand, les Îles, quand on cherche quelqu'un.

— Elle s'appelle Marité Rihoit ou Ferran. C'est une Française.

— Cé que vous y voulez ?

— Vous la connaissez ?

— Vous êtes tout' pareils. Vous pensez que parce qu'on s'ennuie, on va vous dire toute ce qu'on sait. M'ennuie pas, moi, Vicky. »

Elle reprend ses cartes, les bat et les étale. Vicky ne sait plus du tout si Gilberte la mène en bateau ou non : « Je suis de la police. Marité est un témoin important dans une affaire criminelle. J'aurais besoin de lui parler pour résoudre un meurtre.

— Comment vous savez que c'est un témoin important si vous y avez jamais parlé ?

— Parce que c'est le seul témoin qu'on a. »

Gilberte lève la tête et cesse de jouer : « Avez-vous un insigne, comme à TV ? Vous êtes pas supposée me montrer ça en premier ? »

Vicky fouille dans son sac et essaie de rester très sérieuse : « Voilà pour l'insigne. J'ai aussi une carte d'identité. Regardez. »

Gilberte prend bien son temps, examine attentivement la photo puis lui redonne la carte et l'insigne : « J'ai connu un Barbeau dans le temps... Ignace. C'est pas rien, s'appeler Ignace ! »

Vicky ne la presse pas, ce qui plaît bien à Gilberte.

« J'avais cinquante-six ans en 1977. J'avais perdu mon mari depuis quatre ans. En mer. Je suis restée toute seule à Fatima. C'était dur. Ma fille avait quinze ans, mon fils étudiait en Gaspésie. J'en ai arraché pour leur payer le voyage. Mais y ont travaillé. Y ont étudié. Pis après, y ont gagné eux autres aussi. Une fois qu'y ont travaillé, y m'ont aidée, c'est pas des sans-cœur.

— À part le gendre… »

Le rire de Gilberte est très clair, très jeune. Alors qu'elle s'attendait à voir Vicky insister avec ses questions, elle est ravie de constater qu'elle sait écouter.

« Perdez pas votre temps avec moi, je la connais pas, votre Marité Ribas. La seule Française dont j'ai vraiment entendu parler dans les Îles, c'était pas celle-là.

— C'était qui ?

— Me souviens pas de son nom, je pense que je l'ai jamais su. Pour être ben franche, la fois où j'en ai entendu parler, c'était pas en bien.

— Qu'est-ce qu'elle avait fait ?

— Ce que font ben des femmes : elle avait joué dans le mariage d'une autre. Ça s'est su vite, laissez-moi vous le dire. Elle a sacré le camp, la Française !

— Pour où ?

— Je sais pas.

— Et celle qui s'était fait voler son mari, c'était quoi son nom ?

— Oh ! Inquiétez-vous pas pour elle, elle est restée pognée avec, son gros Jean. Y est revenu, piteux, la queue entre les deux jambes. Y en menait pas large !

— Il habitait Fatima, comme vous ?

— Oui. C'te pauvre Irène avec ses cinq enfants pas tenables pis son gros, pas plus fin que les autres… Je te dis que les hommes, y ont le cerveau bas des fois. (Elle désigne son entrejambe.) Quand tu penses avec tes… ça !

— Le vôtre aussi ? Le deuxième, je veux dire ?

— Pareil aux autres ! Pas plus fin que les autres. C'est Armand, mon premier, qui était le bon. Y en a toujours un qui est le bon. Les autres, c'est comme pour te faire voir le bon. As-tu trouvé le bon, toi ?

— Je pense, oui… Oui.

— T'as l'air d'avoir essayé pas mal.

— Essais et erreurs, vous voulez dire ?... Qu'est-ce qu'il avait, votre deuxième mari, qui faisait pas ?

— C'était pas Armand. Mais c'était pas un coureux de galipotte comme le gros Jean à Irène, par exemple, vous me ferez jamais dire ça.

— Elle est où, Irène ?

— Cimetière. Gros Jean avec. Pis y bougera pas de là, garanti ! »

Gilberte observe Vicky qui essaie de faire bonne figure, malgré sa déception.

« Ça fait pas votre affaire, mais c'est ça pareil. Est pus dans les Îles, votre Française. Perdez pas votre temps à la chercher ici.

— Si je pouvais au moins parler à quelqu'un qui l'a connue… Ça m'aiderait tellement.

— L'affaire, ma belle, c'est que les femmes qui l'ont connue, y ont pas aimé ça. Y aiment mieux pas s'en souvenir. Pis les maris sont morts. Es-tu ben pressée ? »

Vicky hésite : si elle dit oui, elle perd peut-être une chance de trouver quelqu'un qui a fréquenté Marité : « Le plus vite sera le mieux.

— Pourquoi tu me laisses pas m'occuper de ça ? Je vais téléphoner à du monde pis je vais te le dire, moi, ce qui en est.

— Vous feriez ça ? Vous auriez besoin de combien de temps ?

— Ça dépend : je peux frapper un nœud pis je peux frapper d'adon... Je sais pas.

— Je peux revenir vous voir tous les matins. On se fait une petite réunion, on voit où on s'en va... »

Gilberte a l'air estomaquée : « Tous les matins ?

— Ça vous convient pas ? C'est trop ?

— Arrête, toi ! C'est le paradis !

— Mais vous vous ennuyez pas, vous l'avez dit...

— Tu dois être une bonne police, toi, tu te souviens de toute ce qu'on te dit. Pas comme les vieux ici ! Tiens ! V'là Maumoussin ! Qu'est-ce que j'avais dit ? Y va se cracher les poumons le reste de la journée. Pour notre... réunion, à dix heures le matin, ce serait parfait. À cette heure-là, ça fait déjà deux heures qu'on fait rien... pis le dîner est à onze heures et demie. »

Vicky promet d'être là à dix heures précises.

Patrice, un peu secoué par la réaction de Maumoussin, a quand même adoré son discours.

« Qu'est-ce qu'il est rigolo... un gamin qui s'amuse à dire des grossièretés, à faire le mariolle ! Rien d'intéressant pour notre enquête, remarquez. Mais bon... Du moins sommes-nous certains que si Marité avait exercé ses activités parallèles ces quinze dernières années, il l'aurait non seulement su, mais il en aurait tâté.

— Quinze ans ? Savez-vous l'âge que ça y fait, ça, à Marité ? Cinquante ans !

— Et alors ? À Paris, vous savez, elles ne sont pas toutes de la première fraîcheur. Y se trouve des types pour apprécier. On a ses petites habitudes et on n'en change pas.

— Non, ça marche pas de même aux Îles, j'en suis sûre. Marité faisait ça quand elle pouvait pas faire autrement, vers la fin du mois... probablement la semaine avant de recevoir son mandat.

— Plutôt d'accord. Et ça tombait quand, ce mandat ? On a l'info ? »

Vicky feuillette son calepin jusqu'à l'entrevue avec madame Belin : « Fin de mois. »

Ils s'assoient dans la voiture, Patrice se tourne vers elle : « Alors ? Qu'attendez-vous pour me le dire ? (Devant son air surpris, il se met à rire) Vos épaules ! Je vous assure que c'est là que tout se joue. Vous n'arrivez pas à les contrôler. Visage impassible et épaules frétillantes ! Allez ! Racontez-moi ce qu'elle vous a dit, la cartomancienne. »

Elle résume le peu qu'elle a appris et insiste sur la possibilité d'en savoir vraiment davantage grâce au réseau de Gilberte. Patrice est loin de partager son enthousiasme. D'après lui, c'est de l'esbroufe, Gilberte ne connaît personne qui puisse les faire avancer, mais elle tient à recevoir des visiteurs et elle a trouvé le filon.

Vicky ne discute pas. Elle sait bien que c'est mince, mais elle est persuadée de ne pas être victime d'une manipulation-à-la-visite. Elle garde ses commentaires pour elle.

Les deux autres maisons pour aînés tenues par des particuliers ne leur apportent rien du tout. La première, où les gens sont atteints d'Alzheimer, ils l'auraient fuie en courant tant ils y trouvent ce qui rend cette maladie si effroyable. Les trois « aînés » sont en perte de vitesse, mais ils n'en sont pas arrivés à l'oubli total. Leurs efforts pour avoir l'air de se souvenir, pour paraître un tant soit peu en possession de leurs moyens font mal à voir.

Patrice et Vicky ne désiraient pas leur parler, mais ils se trouvent coincés dès leur arrivée par un monsieur Dubé très content de les revoir.

Les efforts de monsieur Dubé pour entretenir une conversation vouée à l'échec sont si désespérés que Vicky et Patrice se mettent à collaborer et à discuter comme s'ils se connaissaient. Quand une petite dame encore plus perdue vient se joindre à eux, une sorte de cacophonie de sens s'installe. La tour de Babel, non pas des langues, mais des esprits confondus. Incapables de les abandonner sans leur laisser l'impression que la rencontre a été un succès, Patrice et Vicky s'engluent dans un tourbillon de redites et d'hésitations.

Ils réussissent enfin à quitter l'endroit.

En traversant la large véranda qui court tout le long de la façade, ils entendent quelqu'un les appeler. C'est le propriétaire qui s'excuse pour l'imbroglio, s'explique à son tour sur l'absence d'accueil et les remercie d'avoir eu la gentillesse de ne pas brusquer ses pensionnaires. Il leur offre un café et, devant leur refus, propose de leur indiquer le chemin pour leur prochaine étape… ou pour ce qu'ils voudront.

Vicky le remercie et décline toutes ses offres : « Je ne dirai pas malheureusement, mais vous êtes trop jeune encore pour celle qu'on cherche.

— J'ai toujours fait jeune, mais j'ai cinquante ans, vous savez. »

Effectivement, il ne les fait pas. À croire que s'occuper des vieux garde jeune. À tout hasard, Patrice explique et refait son laïus sur une Française…

Le propriétaire hoche la tête, déçu : « Non… Vraiment pas. La seule personne que je connais ici qui peut s'approcher d'une Française, elle a dans les trente ans et elle n'est pas Française. Elle a juste l'accent des fois... C'était la blonde du frère d'un de mes amis... Pas du tout celle que vous cherchez. Désolé.

— Vous dites « était »... Elle n'y est plus ? Qu'est-il arrivé ?

— Non, non : y sont plus ensemble, c'est tout. Ça a pas marché.

— À tout hasard, vous avez son nom, l'endroit où on peut la trouver ?

— Jocelyne... Attendez... Jocelyne... Bon, ça va bien ! Si y faut que je m'y mette moi aussi ! Elle est installée à Bassin, pas loin de Havre-Aubert... Jocelyne Dupuis ! Bon, c'est ça : Dupuis. Une beauté rare, si vous voulez mon idée. »

Une fois derrière le volant, Patrice se demande s'ils ne devraient pas pousser une pointe vers Bassin, histoire de ne rien négliger. Elle n'est pas dupe un instant : « Histoire de ne rien négliger, Patrice, je propose de visiter la seconde maison privée pour aînés. Et s'il nous reste du temps, il y a cette Bernadette qui était postière en 1977.

— Bon ! Moi, ce que j'en disais... Elle est peut-être Française, non ? Ça peut toujours servir.

— Ça dépend pour quoi. Si elle a trente ans, c'est sûrement pas à l'enquête qu'elle peut être utile.

— Ça va ! Ça va... je ne discute plus. »

Lorsqu'ils arrivent à la maison de Bernadette Valois, ils sont carrément épuisés. Appuyé contre le capot de la voiture, Patrice a droit à sa cigarette pendant que Vicky tend son visage au soleil. Elle ne bronche pas quand elle entend Patrice : « Il y a tout de même un truc dont on ne s'est pas préoccupés jusqu'ici... et c'est la fille de Marité.

Dites donc, et si elle était demeurée aux Îles, contrairement à sa mère ? »

Vicky sourit, n'ouvre même pas les yeux : « J'espère que vous voyez mes épaules, Patrice, parce que, franchement, je vous vois venir.

— Enfin quoi ? Avouez qu'il y a du vrai dans ce que je dis ! »

Vicky se redresse et lui fait face : « Justine aurait trente-cinq ans. Elle venait de naître : tout un témoin, ça ! Il n'y a aucune chance qu'elle ait connu ou croisé Isabelle Deschamps. Aucune ! Si elle était restée aux Îles quand Marité est partie, elle aurait eu six ans. Pas débrouillarde en monde, la petite ! S'il y a une chose qui nous sert à rien, c'est bien de retrouver une fille qui va se faire un plaisir de nous raconter que sa mère était une sorte de folle qui l'a trimballée de ville en ville toute son enfance.

— On n'en sait rien. On ne sait jamais. Elle peut du moins nous indiquer où la trouver, cette Marité. J'ai pour règle de ne rien laisser au hasard. Quitte à m'emmerder ferme avec des centenaires qui sont durs de la feuille et qui marmonnent un sabir totalement incompréhensible.

— Rien laisser au hasard, oui ! Il a fallu insister pour vérifier l'alibi de Ludovic. Dites-le donc carrément que vous avez surtout retenu que la Jocelyne était une beauté et que ça vous chatouille d'aller voir si c'est vrai.

— Et quand ce serait ? Quel mal y a-t-il à ce que ce soit agréable ? Faudrait peut-être pas trop la ramener, non ? »

Comme elle ne comprend pas exactement ce qu'il veut dire, Vicky hausse les épaules et se dirige vers la maison de Bernadette… qui ouvre la porte avant même qu'elle ait pu sonner.

« Je vous ai vue en train de parler dehors. J'ai pensé que vous étiez perdus. Ça arrive souvent, l'été, avec les touristes : y savent plus si y vont vers le nord ou ben vers le sud. Entrez ! »

Malheureusement pour Patrice, Bernadette est bavarde et elle prend un immense plaisir à évoquer le passé et, surtout, à déplorer à quel point tout a changé, tout s'est dénaturé.

La dame parle bien, Patrice la comprend parfaitement, mais il en a vraiment marre de ces explications interminables. Ce n'est certainement pas avec ces papotages qu'ils avanceront, il en est convaincu. Pour presser les choses, il se lève, prêt à partir, et Vicky lui lance un regard étonné. Plutôt cavalier, il l'ignore et tend la main à Bernadette : « Nous vous remercions infiniment de votre aide… c'est précieux… et apprécié ! »

Vicky ne bouge pas, furieuse. Elle sourit aimablement à Bernadette : « Mon collègue est un fumeur et c'est ça qui le fatigue. Allez-y, Patrice, je vous rejoins dans cinq minutes ! »

Dès que Patrice est sorti, Bernadette se penche vers Vicky et prend le ton de la confidence : « Je voulais pas choquer votre ami et ça me gênait de parler de cela devant un homme, mais votre Marité, tout d'abord, je m'en souviens très bien et puis… c'était pas une femme comme il faut. Elle a fait beaucoup de torts aux gens d'ici. C'est pas parce qu'elle était Française, là, on n'est pas de même, ici, c'est surtout qu'elle avait pas de principes.

— Vous l'avez connue ?

— Je l'ai vue le dernier jour de chaque mois pendant… Un an et demi certain. Même quand elle est partie de la paroisse, elle revenait chercher le mandat. Toujours ben régulière là-dessus. Elle arrivait avec la petite par la main. Pauvre enfant, va !

— Elle a habité où quand elle est partie d'ici ?

— Ah ! C'était toute une *run :* à Grande-Entrée, à l'autre bout. Entendre parler que là non plus, elle a pas impressionné grand-monde. Elle a changé de place, mais elle a pas changé d'habitudes. C'est gênant à dire, mais y ont pas vraiment le sens de ce qui se fait pas, les Français... pas de morale.

— Parlez-moi d'elle un peu.

— Elle était pas propre. »

Comme si tout était dit, Bernadette se tait, l'air sévère. Vicky comprend bien que le terme s'applique au moral comme au physique.

« Est-ce qu'elle avait des amis ? Est-ce que quelqu'un l'a fréquentée d'un peu plus près ? »

Bernadette hoche la tête négativement.

« Est-ce qu'il y a un homme, un mari qui a quitté sa femme pour elle ? Est-ce qu'il y a eu un scandale ?

— Vous comprenez pas, je pense. Personne a jamais voulu quitter sa femme pour elle. Ça empêche pas que c'est scandaleux... Le curé a dû intervenir.

— Comment ?

— Y est allé les trouver un par un pis y les a emmenés sus le docteur Méthot.

— Un psychiatre ?

— Non, non : un docteur. Elle était en train d'infecter toutes les Îles avec sa maladie honteuse ! Avez-vous une idée comment c'était gênant pour les femmes d'aller au docteur se faire piquer parce que leurs maris les avaient trichées avec une Française de mauvaise vie même pas propre ? Demandez-moi pas si y a eu un scandale ! Ça a pris des années avant qu'on s'en remette. Moi, au bureau de poste, l'été, quand y avait des Français qui venaient, j'étais polie, mais ben juste... c'était plus fort que moi ! Je me méfiais. Bon là, ça fait longtemps… Votre ami, c'est juste que c'est pas facile à dire devant un homme, ces choses-là… »

Bernadette reprend le long monologue des gens esseulés qui sont trop heureux d'avoir enfin l'occasion de se raconter. Vicky essaie de ramener la conversation sur Marité, mais elle ne glane presque rien de plus. Seule la date de la dernière visite de Marité est restée gravée dans la mémoire de la postière. « C'est elle qui m'a dit qu'elle reviendrait plus. J'ai demandé où je devais envoyer son courrier et elle a dit qu'elle avait pris soin de ça toute seule. Comme de fait, j'ai jamais rien reçu pour elle après août 79. J'ai voulu être gentille et donner un bonbon à la petite. J'en gardais toujours dans mon tiroir, des “paparmanes”. La petite me fixait comme si j'étais le diable en personne. Pas plus fine, sa mère l'a approuvée de rien accepter des étrangers. Comme si je voulais l'empoisonner ! Je m'en souviens comme si c'était hier : j'avais glissé le bonbon de l'autre bord du guichet, en souriant. Rien. Quand je l'ai vue partir avec la petite par la main, pas de bonjour, pas de merci… Je me suis dit : bon débarras ! C'est là que c'est arrivé : tout à coup, une fois rendue à la porte, la petite a lâché la main de sa mère pis elle est venue chercher la “paparmane” pis est repartie en courant sans regarder sa mère qui criait après elle. Quand elle l'a rattrapée dehors, elle lui a fourré les doigts dans la bouche, elle a jeté le bonbon et elle s'est mis à lui donner des claques par la tête ! Je suis sortie pour l'engueuler, lui dire d'arrêter ça, mais c'est comme si elle entendait rien. Une vraie folle ! J'ai pris ses deux mains et je l'ai retenue. Ça l'a paralysée. C'est fou comme y sont, les enfants. Tout de suite, la petite m'a donné un coup de pied en criant : “Laissez ma mère tranquille !” Je veux ben croire que c'est dans leurs habitudes de donner des claques par la tête, mais quand j'ai vu cette enfant-là défendre sa mère, j'en revenais pas ! C'est sûr qu'on pouvait pas s'attendre à mieux : telle mère, telle fille. Dans tous les cas, on l'a pas regrettée personne, la Française.

— Vous l'aviez déjà vue, sa fille ?

— Tout le temps ! La Française l'emmenait toujours. Pas besoin de vous dire que pour l'école, c'était non. Faut pas se demander pourquoi elle était si sauvage.

— À Grande-Entrée, vous auriez un nom, une adresse où je pourrais obtenir d'autres informations sur Marité ? »

Bernadette jure qu'il n'y a plus personne pour perdre du temps à évoquer une femme si peu aimable.

Vicky garde un doute. « Et le nom sur le mandat ? C'était Ferran ?

— Dites-moi pas que c'était pas son vrai nom ? »

Vicky ne lui offre pas de nouveau scandale et la remercie.

Patrice fait les cent pas près de la voiture et, dès qu'elle s'approche, pour éviter une volée de bois vert, il passe à l'attaque, sur la défensive : « Ras-le-bol de ces dondons intarissables ! Qu'est-ce qu'on s'en tamponne du climat dans les années 70 ! Je ne comprends pas où vous trouvez la force d'avoir l'air captivée par autant d'idioties. Pour moi, ça dépasse les limites du supportable. Désolé de vous avoir fait faux bond, mais vous ne voulez pas savoir ce qui se serait passé si j'avais persisté.

— Du tout. Excellente manœuvre, Patrice. »

L'œil est pour le moins dubitatif. Il cherche fébrilement l'ironie. Vicky a l'air de très bonne humeur. Elle ouvre la portière : « Six heures. On a mérité une petite bière, trouvez-vous ? »

Tu parles qu'il trouve !

La nuit est tombée et ils sont toujours attablés au Café la Côte. Patrice sort de temps en temps pour fumer, ce qui leur permet de réfléchir et de reprendre la discussion avec de nouveaux arguments.

Pour Vicky, malgré la confirmation apportée par Bernadette, ils piétinent. Rien ne permet de croire qu'ils sauront ce qu'est devenue Marité à partir des Îles. Bien pire : comme elle a été détestée des Madelinots, tout ce qui risque d'être affirmé la concernant est hautement suspect et devra être vérifié. De plus, Brisson, qui vient aux nouvelles quotidiennement, s'impatiente et trouve que beaucoup d'argent est investi pour de bien maigres résultats… et il est poli en le formulant comme ça.

C'est le genre d'argument qui laisse Patrice de glace. Ils y sont, ils vont épuiser toutes les possibilités de l'endroit. Pas question de revenir bredouilles. Qui plus est, si ce n'est aux Îles, c'est à Rimouski qu'ils iront et ensuite à Matane, Gaspé…

Vicky juge bien minces leurs chances de trouver Marité en se tapant un tour de la Gaspésie.

« Et si elle était morte, Patrice ? Si elle était morte au Québec, qu'est-ce qui serait arrivé ? Dans le cas où on retrouve ses papiers français, on avertit Saint-Pierre, mais si elle ne les a pas ? C'est quand même beaucoup d'années !

— Vous oubliez sa fille. Elle l'aura inhumée dans un cimetière. D'où l'intérêt de la chercher, cette môme. Comme quoi, quand je parle, je sais ce que je raconte. Allez ! On inscrit Bassin sur le planning de demain.

— C'est fou comme elle vous intéresse, celle-là ! Qui m'a traitée de teigneuse pas plus tard que ce matin ?

— Qui parlait d'épuiser toutes les pistes pas plus tard que tout à l'heure ? »

* * *

Gilberte a sans doute craint de ne pas revoir Vicky. À son arrivée, elle a un petit mouvement du torse qui n'est pas loin du frétillement de fierté.

Vicky pose un café *latte* sur la table, près des cartes : « Je suis passée au Café la Côte et j'ai pensé qu'un vrai café vous plairait.

— Le Café la Côte…Y doit y avoir du monde à ce temps-ci de l'année. Ça vient de rouvrir. Quand le banc de glace disparaît, la pêche aux homards commence pis la vraie vie des Îles reprend. Merci. »

Gilberte a bien fait ses devoirs et elle a adoré. Comme elle le dit, Marité — qu'elle connaissait sous le nom de la Française — n'aurait pas gagné un concours de popularité aux Îles. Femme sauvage qui ne parlait à personne, qui se comportait en femme facile avec beaucoup d'hommes, elle était ouvertement détestée.

Gilberte a parlé à deux hommes qui l'avaient connue et ils s'entendaient sur une chose : c'était une folle, une vraie.

« Fallait en avoir envie en maudit pour aller avec elle. C'était pas loin d'un taudis, son chez-eux. Une cabane. Pas d'électricité… ça veut dire pas d'eau chaude, ça ! Un ancien hangar à peine correct pour l'été, avec juste un petit poêle à bois pour chauffer en hiver… tu sais ben, une truie, là, pas gros. Un nique à feu, c'te place-là ! Ben ça a brûlé ! Elle, elle était partie depuis longtemps. Ça a brûlé pis je me demande si c'est pas une des femmes trompées qui a fait ça. Tu peux même pas aller voir les souvenirs : y reste plus rien !

— À l'Étang-du-Nord ?

— T'es ben renseignée. Oui, juste passé le village.

— Quand est-ce que ça a brûlé ?

— Ça fait ben quinze ans… si c'pas vingt. Je l'avais oublié, c'est Jean-Paul à Maurice qui me l'a rappelé.

— Ça appartenait à qui ?

— Le terrain ? À du monde de Québec qui venait jamais. Des fois, l'été, y venaient un mois… des touristes ! Sa cabane à elle, c'était comme une *shed,* c'était pas leur maison d'été, c'était à côté, l'abri pour les affaires du jardin. Elle a jamais payé de loyer certain. Y savaient rien de ça, eux autres, y s'en sacraient : du monde de la ville. Y ont rien dit non plus quand ça a brûlé.

— Est-ce qu'elle avait laissé des choses dans la maison ? Des traces, je sais pas, des souvenirs ?

— Si tu savais comme c'était pas le genre à souvenirs ! Elle, c'était sa petite, pis ça s'arrêtait là. Pis touchez-y pas ! Ça, c'est Lorraine qui me l'a dit : même pour être fine, fallait pas approcher de la petite.

— Vous saviez qu'elle était sage-femme ?

— La fille ? C'est ce qu'elle est devenue ?

— Non. Marité.

— Personne m'a parlé de ça. Guidoune, oui. Sage-femme… ça me surprendrait. Ça va pas ensemble, en tout cas. Ça pourrait-tu être une autre ?

— Je sais pas, je pense pas… vous pouvez vérifier auprès de vos sources ? »

Gilberte est trop contente de se dévouer. Elle indique sa chambre à Vicky, afin qu'elle vienne la rejoindre là le lendemain : « Tu comprends, je manque des appels en restant ici. Ça sonne sans bon sens depuis hier. Bye ! À demain ! »

Elle s'éloigne d'un pas allègre, une vraie jeunesse !

* * *

Par acquit de conscience, Patrice et Vicky se rendent à l'Étang-du-Nord où ils ne trouvent aucune trace de l'ancienne cabane et poussent ensuite jusqu'à Havre-Aubert et son bureau de poste. Personne ne sait plus rien de Marité Rihoit-Ferran. Après avoir avalé un en-cas, Patrice reprend le volant, direction Bassin et Jocelyne Dupuis.

La maison est petite, peinte en bleu lavande et, quand ils frappent, personne ne leur répond. C'est ouvert, Patrice entrouvre la contre-porte moustiquaire : « Madame Dupuis ? Il y a quelqu'un ? »

Il referme la porte et suit Vicky qui fait le tour de la maison.

Ils se retrouvent devant la mer, légèrement en surplomb. Vicky observe la plage en contrebas et elle indique du menton une femme assise près d'un enfant qui joue.

Patrice sourit : « On y va ? », et sans attendre de réponse, il dévale le sentier vers la plage.

Le vent souffle encore assez violemment, ce qui force Patrice à hausser le ton : « Madame Dupuis ? »

Elle sursaute et lève la tête du dessin qu'elle crayonnait sur une tablette dont les feuilles sont maintenues en place avec des clips. Elle pose son attirail sur le siège pliant et se lève en croisant son cardigan sur sa poitrine, au moment où Vicky arrive derrière Patrice. Elle retire ses verres fumés un instant, comme par politesse, et Patrice en perd son arrogance — des yeux d'océan, des yeux à mettre à genoux.

Subjugué, il tend la main : « Patrice Durand, commissaire divisionnaire à la préfecture de Paris. »

Elle serre sa main, un peu surprise, et remet ses verres.

Patrice ignore ou oublie complètement Vicky : « Vous êtes bien Jocelyne Dupuis ? »

Elle hoche la tête affirmativement.

Vicky s'avance : « Vicky Barbeau, de la Sûreté du Québec. »

Jocelyne tend la main et Vicky n'a pas le temps de la toucher que la jeune femme se raidit en fixant la plage derrière elle : « Lucien ! Non, non, Lucien ! », et elle s'éloigne vers son enfant qui, sans réel danger, a trottiné de quelques pas vers l'eau.

Patrice la suit des yeux, totalement fasciné. Elle revient vers eux, le bébé dans les bras. Le vent fait danser les boucles du petit garçon qui sont exactement du même blond que celles de sa mère. Vicky se dit que rien n'est retouché chez cette fille.

Jocelyne les regarde sans parler, elle attend qu'ils s'expliquent.

Comme Patrice a l'air d'avoir été foudroyé, Vicky prend le relais : « On voudrait vous poser quelques questions en rapport avec une affaire criminelle… »

Jocelyne l'interrompt, abasourdie : « Criminelle ? Vous voulez dire… ?

— … un meurtre.

— Ah bon ! »

Elle n'a pas l'air tant surprise que soulagée. Elle reporte son attention sur son fils, relève le capuchon de son chandail pendant que Vicky poursuit : « Vous êtes née où, madame Dupuis ?

— Pardon ?

— Où êtes-vous née ? Dans quel pays ?

— Voulez-vous dire que ce meurtre me concerne ?

— Ma question est pourtant simple… »

Sans laisser Vicky finir sa phrase, Jocelyne se tourne vers Patrice : « Qu'est-ce qui se passe ? Vous me soupçonnez de meurtre ? »

Patrice s'empresse de calmer les choses : « Absolument pas ! Il se trouve que quelqu'un nous a dit que vous étiez française et je dois avouer que je n'arrive pas à identifier votre accent… charmant, au demeurant.

— Merci. »

Elle le fixe sans lui donner un échantillon plus riche de ce fameux accent. Vicky trépigne et Patrice ne la laisse pas braquer la jeune femme. « Ne me dites pas que vous n'avez rien de français, madame Dupuis…

— Jocelyne, s'il vous plaît… J'ai fréquenté des Français.

— Famille ?

— C'est vraiment ce que vous êtes venus me demander ? »

Effectivement, l'accent de Jocelyne Dupuis est assez variable. Comme un accessoire, elle en use à sa guise, passant de léger à fortement marqué, du français très pointu à celui typique des Îles. L'effet est très confondant et, de toute évidence, séduisant aux oreilles de Patrice : « Pas vraiment, non. Dites-moi, Jocelyne, vous êtes beaucoup trop jeune pour nous être utile, mais à tout hasard, le nom de Marité Rihoit ou Ferran vous est-il familier ? »

Elle hoche la tête et son fils l'imite : « Non. Pas du tout. »

Lucien s'agite, il veut être posé par terre. Il répète : « Douer Ucien. Maman, douer ! »

Jocelyne sourit et Vicky se dit que Patrice va sans doute perdre connaissance.

Jocelyne pose son enfant par terre : « Il veut jouer. » Lucien repart en courant vers sa chaudière et sa pelle.

Jocelyne se redresse, regarde Patrice : « Et cette femme est… ? »

Patrice et Vicky parlent ensemble. Patrice dit : « Française », alors que Vicky dit : « Un témoin », ce qui amuse Jocelyne qui n'ajoute rien.

Devant le silence admiratif de Patrice, Vicky reprend les rênes de l'entretien : « On peut savoir depuis quand vous habitez les Îles ?

— On peut, oui : 1987.

— Voilà donc vingt ans cette année ! Vous étiez jeune, très jeune…

— Je venais d'avoir dix-huit ans. »

Patrice ajoute un : « Comme dans la chanson de Dalida… »

Il est si pathétiquement conquis que Vicky en grince des dents : « Ben oui, Patrice ! Ça date un peu comme référence. Donc, vous êtes née en… »

Jocelyne lui laisse le soin d'effectuer le calcul par elle-même… ce que Vicky exécute avec impatience. « … En 1969. Vous étiez seule ? Vos parents vous ont laissée partir comme ça ? »

Jocelyne fronce les sourcils, contrariée : « C'est quoi, le rapport avec votre enquête ? »

Patrice s'empresse de la rassurer : « Aucun. Vous avez raison. Simple curiosité… C'est un peu notre boulot, vous savez, d'enquiquiner les gens. Excusez-nous, nous avons fait preuve d'indiscrétion.

— Votre fils, Lucien, il est âgé de… ? »

Cette fois, la réponse est faite du bout des lèvres : « Deux ans. »

Patrice est très sensible à la réticence de la jeune femme, mais il ne peut empêcher Vicky de poursuivre : « Et il s'appelle Dupuis, lui aussi ?

— Il s'appelle Bergeron, mais vraiment, je ne vois pas en quoi cette information vous concerne !

— On nous a dit que vous étiez française, pouvez-vous au moins confirmer ?

— Non.

— Non quoi ?

— Écoutez, y en a marre ! Je n'ai pas à répondre à ce genre de questions ! »

Elle s'énerve et ses joues rosissent. Elle retire ses lunettes en regardant Patrice qui vole à son secours et tend la main : « Ravi de vous avoir rencontrée, Jocelyne. Vraiment. Nous vous laissons à Lucien et à vos occupations. Vous venez, Vicky ? »

Immobile, Vicky laisse le vent tourner les pages de son carnet. Patrice touche son coude pour la faire avancer. Elle regarde Jocelyne qui se détourne vers son fils.

« Excusez-moi, mais juste pour ne pas avoir à vous déranger une autre fois pour des niaiseries, monsieur Bergeron a sûrement un prénom ? »

Jocelyne fait volte-face, franchement agacée, et elle lance en s'éloignant vers son fils : « Jean-Michel. Et non, il n'habite plus ici. »

Patrice amorce un mouvement de repli en faisant un petit signe de la main à Jocelyne. Cette fois, c'est fermement qu'il saisit le coude de Vicky. Elle se dégage avec brusquerie et remonte vers la voiture à toute vitesse. Une fois en haut, elle s'aperçoit que son collègue a traîné en chemin et qu'il est toujours en bas, sur la plage. Elle le regarde monter, souriant. Béat, gaga, constate Vicky ulcérée.

Patrice la rejoint, cool : « On peut savoir quelle mouche vous a piquée ? On ne vous apprend pas les bonnes manières à la Sûreté ? Quel besoin aviez-vous d'agir ainsi ? Vous n'obtiendrez rien en jouant les terreurs !

— Et vous ? Pourquoi êtes-vous venu ici ? Pour vous rincer l'œil ?

— Et quand bien même ce serait ? Admettez qu'elle vaut le détour. Elle est super canon, cette fille.

— Qu'est-ce que vous êtes allé lui dire ? Une enquête, c'est pas un terrain de chasse, vous savez !

— Ce que vous pouvez être lourde ! Ce à quoi vous vous livrez avec cette femme, c'est de l'intrusion.

— Patrice, je vous avertis, si vous êtes allé vous excuser pour moi...

— Alors là, bravo ! Vous êtes gonflée ! Oui, je me suis excusé pour vous. Pour la République ainsi que pour la province du Québec ! Et c'était bien vu, parce qu'elle était soufflée, la pauvre. Votre attitude était inqualifiable.

— Et la vôtre ? On va en parler de votre réaction de macho touché en pleine libido ? Vous en voyez plus clair. Pas capable de poser une seule question sensée. Dalida ! Ça se peut-tu !

— Non, mais je rêve ! Si vous pouviez la boucler de temps à autre, j'aurais le loisir d'en poser, des questions !

— Y faut ben que je parle, vous êtes même pas capable de me présenter ! Vous faites comme si j'étais votre secrétaire.

— Voilà ce qui vous gêne ? Fort bien ! Autre chose ? Allez-y franco, videz votre sac qu'on en finisse. »

Ils sont tellement fâchés qu'ils ne trouvent plus rien à ajouter. Ils claquent leur portière et Patrice reprend la route.

Ils ne se disent rien de tout le voyage de retour. Quand Patrice arrête le moteur, il déclare qu'il compte dîner seul. Comme il coupe un peu l'herbe sous le pied de Vicky, qui avait bien l'intention de manger sans lui, elle se contente de demander une mise au point de l'enquête dès huit heures le lendemain matin. « Y a Brisson qui veut savoir si on a avancé et, au cas où vous l'auriez oublié, y a des gens à Montréal qui attendent après moi. »

Patrice n'a aucun problème avec ce programme. Il prend congé avec ironie : « Si vous avez besoin de quoi que ce soit, si vous désirez en rajouter une couche, n'hésitez pas à me joindre : mon portable est ouvert en permanence. »

Comme s'il ne s'agissait pas d'un numéro européen ! Elle le trouve tellement prétentieux ! Elle hoche la tête sans rien ajouter et elle rentre à l'hôtel.

Deux heures plus tard, alors qu'elle est absorbée dans le dossier et ses notes, c'est Patrice qui appelle : « Dites donc, vous n'avez pas besoin de la bagnole, ce soir ?

— Non.

— Parfait. Je peux en disposer sans problème ?

— Est-ce qu'il y a une urgence, Patrice ?

— Du tout. Je réfléchis mieux en roulant, voilà tout.

— Je vous en prie : réfléchissez ! »

Ce n'est qu'en mangeant dans le restaurant désert de l'hôtel que le doute l'effleure. Elle se met à imaginer que Patrice est parti rencontrer Jocelyne à Bassin. Qu'il ne peut pas s'empêcher d'essayer de lui mettre le grappin dessus. La seule idée la choque tellement qu'elle l'écarte immédiatement : Patrice est un enquêteur chevronné qui n'utiliserait jamais sa position pour séduire un témoin. Ce serait un tel abus d'autorité, si flagrant, qu'elle se reproche sa mauvaise foi et s'accuse de chercher des poux à son collègue par pur dépit.

Vers minuit, alors qu'elle confond les lignes de son rapport tant elle est fatiguée, elle jette ses lunettes sur la table de travail et se prépare à aller au lit. Sans éprouver une grande fierté, elle cède à la tentation et va voir si l'auto est dans le stationnement. Rien. Elle essaie de se convaincre que Patrice roule. Mais elle n'y parvient absolument pas.

Il est une heure du matin et elle ne dort toujours pas. La voiture n'est pas revenue. Elle saisit son cellulaire et compose le numéro de portable de Patrice. L'appel est relayé sur la boîte vocale. Elle ne laisse pas de message.

À six heures et demie, elle se sent aussi fatiguée que si elle n'avait pas fermé l'œil de la nuit. « On va être beaux à voir tous les deux ! »

Quelqu'un a glissé un papier sous sa porte. C'est un fax provenant du collègue de Patrice, un certain Félix Dumas. Au moins, ce fax a l'avantage de confirmer que Patrice est finalement rentré. Selon l'enquêteur et selon monsieur Bonnefoi également, on peut croire que Ludovic aurait eu la possibilité de faire ce qu'il voulait pendant son séjour à Aubagne. Sa mère le couvrait toujours. Quoi qu'il fasse. Et ce n'est pas Isabelle ni sa mort qui auraient pu changer quoi que ce soit à cet état de fait : madame Julie Bonnefoi n'avait aucun discernement quand il s'agissait de Ludovic. Elle croyait tout ce qu'il racontait. Elle avait versé des sommes astronomiques à la seule demande de son fils, sans jamais se soucier d'en connaître les raisons. Et si l'envie lui prenait de poser la question, la réponse la plus farfelue lui convenait. Rien, jamais, n'avait altéré la conviction absolue de madame Bonnefoi qu'avec un peu d'aide, son fils trouverait son chemin dans la vie.

Pour finir, l'enquêteur citait les paroles d'Émilien : « La crédulité de ma femme alliée à mon inexcusable incurie ont fait de Ludovic une loque humaine. »

Le dernier paragraphe du rapport résumait l'opinion de Dumas : *Ludovic a certainement eu la latitude et les moyens physiques et financiers de se rendre à Montréal. La chose a été vérifiée et elle demeure possible. Monsieur Bonnefoi ne s'est montré ni surpris ni même offusqué par mes questions concernant cette éventualité. Sa seule réserve — et la mienne également, je l'avoue — demeure le mobile. Ludovic n'aimait pas particulièrement sa sœur, mais il ne la détestait pas davantage. C'est un voyou, un camé, un mou, un pleutre pressé d'éprouver des sensations fortes, de suivre des combinards, des types peu recommandables. Il n'a rien d'un tueur, il est trop pusillanime pour cela. Entraîné par les autres, à la rigueur, il pourrait tuer par mégarde. Mais de lui-même, par rage ou jalousie, la chose m'apparaît très improbable sinon douteuse.*

Entre parenthèses, écrite à la main, une note de Patrice : *Selon moi, c'est Isabelle qui aurait eu un fort bon mobile pour le meurtre de son merveilleux frère !*

Vicky soupire, reprend ses notes et trace un gros *X* sur le nom de Ludovic.

Elle considère les maigres noms restants sur sa feuille de suspects, Marité, l'éventuelle apprentie sage-femme, Benoît.

Aussi bien dire qu'elle n'a rien du tout ! Cette apprentie, c'est tout son espoir et elle doute fort de jamais mettre la main dessus.

Quelquefois, quand une enquête piétine, Vicky laisse l'arbitraire — et non l'instinct, elle fait une grosse différence entre ces deux notions — la guider.

Elle prend une nouvelle feuille qu'elle intitule *M'énerve* et elle y jette en vrac tout ce qui l'agace dans le cours de l'enquête, tout ce qui risque de la distraire de son but et pourquoi. Elle fait le ménage dans les mauvaises impressions qui pourraient troubler la vraie quête.

Isabelle Deschamps :
Sa mollesse
Sa crédulité
Son romantisme
Sa naïveté
Son manque de ressources
Pierre-Philippe Deschamps :
Son je-m'en-foutisme
Son manque de cœur
Son égocentrisme
Marité :
Suis incapable de la placer
Victime ou bourreau ?
Putain ou sage-femme ? (Les deux selon l'endroit)
Amie ou profiteuse ?
Mère dévouée ou acariâtre ?
Folle ou sensée ?
Sûrement égocentrique
Jocelyne Dupuis :
Quitte probablement Paris à 18 ans pour ne jamais y revenir.
Comme Marité et Isabelle… Curieux. Hasard ? Fouiller ?
Sans rapport :
Les chances de résoudre le meurtre sont de 20 %
Donc, je perds mon temps
Patrice Durand :
Venu ici se distraire ou chercher un meurtrier ?

Elle est injuste et elle biffe la dernière remarque parce qu'elle n'est l'expression que de sa contrariété.

Rendue là dans sa réflexion, Vicky repousse ses feuilles et se prépare à sortir.

Elle constate que la victime et son entourage qui devraient recevoir toute sa sympathie éveillent plutôt son agacement. Elle sait que c'est nuisible à son enquête. Généralement, elle doit éprouver un peu d'empathie pour la victime si elle veut décoder les événements avec justesse, si elle veut réussir à se mettre à sa place et à réfléchir en fonction d'elle. Avec Isabelle, c'est comme si elle lui en voulait d'avoir agi sans prudence, en se repliant sur elle-même. Elle regrette de ne disposer que des photos de la scène de crime. Elle devrait demander à Patrice s'il dispose d'un ancien cliché où elle pourrait se faire une idée plus positive d'Isabelle.

Elle est certaine qu'avec le rappel de qui était Isabelle dans l'éclat de ses vingt-deux ans, elle va récupérer sa motivation pour creuser et éclairer les circonstances de sa mort. Un peu comme la touchante intervention vidéo d'Émilien Bonnefoi semble soutenir et stimuler l'ardeur de Patrice.

* * *

L'œil vif, le teint frais, rasé de près et l'air au-dessus de ses affaires, Patrice pose un café *latte* du Café la Côte devant une Vicky très surprise de tant d'égards. Elle repousse la tasse de l'hôtel, remercie et ne peut s'empêcher d'ajouter : « Vous avez l'air d'avoir bien dormi, Patrice...

— Super ! »

Elle lève son café : « Vous savez que je fais ça quand je veux amadouer mes témoins. Comme Gilberte, hier.

— J'ai noté, vous pensez bien : pas bouché à l'émeri, le Français !

— Si c'est pour hier, je me suis énervée... un peu.

— On va dire ça comme ça... Et je n'ai peut-être pas fait preuve de souplesse non plus.

— On va dire ça comme ça. Dites-moi, pourriez-vous demander à monsieur Dumas qui me semble si efficace de jeter un coup d'œil dans les registres de naissances de 1969 de Paris… en France ? »

Patrice sourit : « Très drôle ! À propos de Dumas, vous avez pris connaissance de ses conclusions concernant Ludovic ?

— Oui et j'ai mis un gros X sur son nom. À moins d'une énorme surprise…

— Nous sommes d'accord.

— Pour ce qui est de notre présence ici, je ne vois vraiment pas ce qu'on peut faire de plus.

— Pas d'accord.

— Ah bon ?... Vous pouvez élaborer ?

— Primo, il y a votre vieille à l'hospice qui enquête pour vous. Et secundo, il y a cet endroit où Marité habitait… près de l'Étang-du-Nord.

— Brûlé. Rasé. Nous l'avons constaté hier. Que voulez-vous de plus ? Vous pensez trouver un agenda ou une photo compromettante en fouillant le sol, Patrice ? »

Il ne répond pas, l'œil au loin, pensif.

« Patrice ?

— Pardon ! Vous disiez ?

— Que Brisson ne va pas endurer de perdre des effectifs pour un feu vieux de quinze ans.

— Fort bien : dites-lui qu'on rentre demain.

— Pourquoi pas aujourd'hui, en fin de journée ? Si on se bouge assez vite, on devrait pouvoir y arriver.

— Pas question, Vicky, j'ai rancard ce soir. »

Il a l'air d'un chat qui tient une souris. Elle sent que leur belle réconciliation ne durera pas : « Dites-moi que ce n'est pas qui je pense ? »

Il la nargue en silence.

« Patrice, vous allez pas coucher avec un témoin ? Cette fille-là concerne notre affaire. Vous étiez le premier à vous poser des questions. Vous avez insisté…

— Et j'ai obtenu mes réponses. Pas vous ?

— Ça ne se fait pas ! C'est tellement pas professionnel, tellement choquant. Je peux pas croire que je dois vous expliquer ça. Vous essayez de me provoquer, c'est ça ?

— Du tout ! Je considère Jocelyne Dupuis comme une personne intéressante rencontrée dans le cadre d'une enquête. Elle n'est suspecte en rien.

— Ça veut dire que vous allez refuser de demander à Dumas ce que je cherche à savoir sur elle ?

— Vous rigolez ? Vous pouvez bien me bassiner avec votre professionnalisme ! Si ce n'est pas de l'usurpation, de l'abus de pouvoir, ou une dénégation du droit à la vie privée, je me demande bien ce que c'est. Votre acharnement contre cette fille frise la malhonnêteté basique.

— Vous étiez trop occupé à saliver pour remarquer qu'elle n'était pas très franche ?

— Vous êtes peut-être trop occupée à pâlir d'envie pour calculer qu'elle avait trois ans quand le meurtre a été commis !

— Vous le croyez, vous, que cette fille a trente-huit ans ?

— Et pourquoi pas ? Ça vous gêne à ce point ? Vous avez l'œil corrompu par vos vieilles peaux, tiens !

— Qu'est-ce que ça vous coûte de faire la vérification ? Si elle n'a rien à cacher, comme vous dites…

— Je vais sans doute vous étonner, Vicky, mais c'est par principe. En France, nous ne sommes pas enclins à piétiner les droits privés. Il se trouve que c'est sacré. Et, voyez comme c'est étrange, ça me plaît et je respecte cette façon de faire. Et vous auriez intérêt à vous méfier de la contagion de vos voisins : *Big Brother,* très peu pour moi.

— Vous êtes pas gêné, Patrice Durand ! Qui a insisté pour qu'on y aille ? Vous ! Qui disait même que ça pouvait être la fille de Marité ? Encore vous ! Et là, tout à coup, la fille est belle, prête à baiser, pis on se pose plus de questions sous prétexte qu'on n'est pas un disciple de Bush. Votre question est encore bonne, essayez donc d'être cohérent !

— Vous voulez de la cohérence ? En voici : Marité a accouché en juillet 1972 d'une Justine Ferran. Je vous accorde que Jocelyne, on peut toujours y aller au forcing et l'assimiler à Justine. Mais Ferran-Dupuis, ça ne colle pas ! Que ce soit 69 ou 72, ça ne colle pas davantage. Et puisque nous y sommes, réflexion faite, je ne vois pas comment Justine aurait pu tenir sa mère à distance. Marité, dans le genre crampon, on ne fait pas mieux. Là-dessus, tous les témoignages concordent : pour rien au monde, elle n'aurait lâché sa fille.

— Mais sa fille, elle, l'a peut-être lâchée. Moi, en tout cas, je l'aurais fait.

— Raison de plus pour éliminer Jocelyne : les Îles, c'était un territoire connu de sa mère. Si elle voulait mettre les bouts, la petite, elle aurait opté pour l'Ouest ou le Sud. Pas ici. Surtout pas ici. Ça ne tient pas la route, votre théorie.

— Elle ne serait certainement pas allée aux États-Unis avec un passeport français… d'ailleurs, elle ne doit même pas en avoir, de passeport. Et elle ne doit pas parler anglais non plus, avec l'éducation qu'elle a reçue ! Non, ça marche pas votre affaire, Patrice.

— Possible, mais ce n'est pas une raison pour harceler Jocelyne Dupuis. Foutez-lui la paix, elle n'a rien à y voir ! Son seul tort, c'est d'avoir un léger accent français et vous le savez.

— Traitez-moi de raciste tant qu'à y être ! Quand je pense que c'est vous qui avez soulevé la question. C'est votre hypothèse, la vôtre ! Y a toujours ben des limites ! Pourquoi vous avez dit ça ? »

Patrice hausse les épaules, un peu mal à l'aise quand même. Puis il sourit franchement, dégagé, léger : « Bon, d'accord… j'ai mes faiblesses… elle m'intriguait, cette beauté ! Je désirais la voir de près. Avouez qu'elle vaut le coup d'œil. Et elle est super sympa, cette fille. »

Le téléphone de Vicky se met à vibrer sur la table. Neuf heures, l'heure de Brisson. Patrice tend la main et arrête celle de Vicky qui se posait sur l'appareil : « Ne précipitez pas le départ, d'ac ? J'appellerai Paris. »

Vicky dégage doucement sa main et répond à Brisson.

* * *

« Elle est revenue ! »

Gilberte est tellement excitée que Vicky comprend à peine de qui elle parle : « Qui ?

— La Française. Assieds-toi. Ta Française, Marité, elle est revenue en 1983.

— Pour longtemps ?

— Non… Je le sais pas exactement… entre trois et six mois. Pis tiens-toi bien : elle cherchait sa fille ! Ça a l'air que c'était une fugueuse, la petite. »

Vicky exécute un rapide calcul : « Ça se peut pas : elle aurait eu douze ans… non, onze ans !

— C'est ça, une fugueuse ! Ça te surprend, toi ? Sont difficiles, les adolescents. Sont critiques. Imagine si la fille a découvert comment sa mère gagnait sa vie… Moi, c'est ce que j'ai pensé. Pas avoir de père, ça peut toujours passer, mais avoir une mère qui se fait payer pour… Non, ça, ça a pas dû passer !

— En effet. Mais qui vous a dit ça ? Va falloir que je lui parle, vous savez.

— Penses-tu que je le sais pas ? Une nouvelle de même, ça te prend des preuves. Des détails. C'est le vieux docteur Méthot, j'aurais dû y penser avant, mais en tout cas ! Y est retraité, ben sûr, mais y est encore notre docteur Méthot. On l'a tellement aimé, lui. Y est arrivé ici, c'était une jeunesse. Beau garçon, poli, discret. Pis fin ! C'tait fin, ça…

— Je veux pas vous précipiter, mais vous savez où je peux aller le rencontrer ?

— Y s'en vient. Y va être là dans dix minutes. Quand je te dis que je l'avais prévu ! Ça y faisait plaisir de venir, ça le dérangeait pas. »

Vicky regrette d'avoir laissé Patrice à l'hôtel. Maintenant, il est un peu tard pour retourner le chercher. « Permettez ? »

Elle sort son téléphone et compose le numéro de l'hôtel : il pourra toujours prendre un taxi. Comme elle n'obtient pas de réponse à sa chambre, elle parle à la réceptionniste afin qu'on lui fasse le message dès qu'il sera accessible. La jeune fille prend tout bien en note et rassure Vicky : « Dès qu'il va revenir, je lui dis.

— Revenir ? Il est sorti ?

— Ben oui, tu suite après vous. J'ai même appelé son taxi.

— Laissez faire le message. Merci. »

Songeuse, elle range son cellulaire. Pas besoin d'être un grand détective pour savoir que Patrice n'a pas pris un taxi pour se rendre au Café la Côte. Seigneur ! Cette fille est comme une drogue dure : il faut qu'il y retourne. Ce qui contrarie Vicky, c'est le laxisme de son collègue, son manque d'honnêteté aussi. Peu importent les différences d'opinions, dans une enquête, on doit pouvoir faire confiance à son partenaire. Trop de témoins mentent ou cachent des choses, s'il faut en plus se méfier de la personne avec qui on travaille, c'est foutu ! Quand elle voit comment Patrice agit avec elle, elle se trouve bien rigoureuse de l'appeler pour assister à la rencontre du docteur Méthot. Ou bien tarte. C'est selon, comme dirait Patrice.

Gilberte respecte son silence, mais elle a des antennes bien aiguisées : « Ça va ? Vous êtes pas pressée, toujours ? »

Vicky la rassure : elle a tout son temps.

* * *

Patrice n'est pas près d'oublier sa rencontre avec Jocelyne Dupuis. Cette beauté est aussi une soie. Pas très bavarde, mais chaude, passionnée. Chaque instant de cette nuit affolante le laisse pantois, bouleversé au plus profond de lui-même.

Tout s'est passé avec douceur, tout a coulé comme s'ils étaient faits pour cette rencontre, comme s'ils l'espéraient, l'un comme l'autre. Alors qu'il songeait vaguement à tenter de l'embrasser, Jocelyne avait fondu dans ses bras et la nuit avait pris feu. Une nuit haletante, exaltante, une nuit où Jocelyne s'était montrée affamée, joueuse, glorieuse même. Pas un instant, Patrice n'a hésité ou éprouvé de scrupules. Depuis longtemps, ses rapports avec les femmes sont épisodiques, liés aux hasards des rencontres. Et quand la chance passe, il la saisit. Depuis l'échec de son mariage pour cause d'infidélités, il a consciencieusement cultivé les amours de passage. Un peu comme s'il avait voulu donner raison à son ex et confirmer qu'effectivement, il ne parviendrait jamais à cette notion féminine de l'engagement qu'il qualifie plutôt d'emprisonnement.

À mesure que la nuit avançait, à mesure que leur plaisir s'approfondissait, il aurait juré n'importe quoi pour obtenir que cela ne s'arrête pas à l'aube. Dans son esprit, Patrice s'estime un « amant correct », quelqu'un qui a suffisamment d'expérience pour ne jamais laisser une femme insatisfaite et, si possible, pour la surprendre un peu. Il ne se sous-estime pas du tout et il apprécie toutes les fantaisies sexuelles. C'est même à ces bonnes dispositions qu'il attribue la lassitude qu'il éprouve assez rapidement avec ses partenaires.

La nuit précédente, avec Jocelyne, il avait eu l'impression d'être un géant. Un homme généreux, capable d'éprouver et de donner non seulement des sensations épidermiques, mais une forme d'éblouissement, celui qui est lié à l'être humain qui attend au fond du corps charnel que celui-ci s'ouvre de plaisir pour le libérer. Pour Patrice, cet instant fragile et fulgurant est ce qui se rapproche le plus de l'amour. Aussi, quand Jocelyne avait pris son visage dans ses mains et qu'elle avait chuchoté un « enfin » reconnaissant contre sa bouche, il aurait pu le répéter avec la même gratitude. Ce n'était plus seulement le soulagement de la jouissance, c'était le recommencement intérieur qui y prenait naissance.

À cet instant, Patrice s'était senti touché par la grâce. Et la sensation ne s'était pas évanouie quand l'aube était survenue.

Jocelyne avait été très claire : pas question pour Patrice de se trouver là au réveil de Lucien. Comme la condition avait été posée au moment même où sa bouche touchait la peau divine, il s'était engagé à partir quand elle le désirerait.

À cinq heures trente, alors qu'un soleil laiteux perçait

la couche de nuages, Jocelyne l'avait réveillé d'un baiser et lui avait tendu ses vêtements : « Il se réveille à six heures. »

Patrice n'avait presque pas dormi et il se sentait totalement reposé, il avait l'impression de planer.

Quand, à dix heures du matin, Jocelyne l'a appelé pour annuler leur soirée, Patrice a reçu le coup comme s'il était mortel. À force d'insister, parce que Lucien venait de commencer sa sieste, il réussit à obtenir de lui parler.

Dans le taxi qui le mène chez elle, Patrice se répète qu'il le savait, que ce n'est pas si grave, qu'il n'a qu'à dire au revoir sans rien ajouter. Il éprouve une telle angoisse, une telle détresse, qu'il ne parvient même pas à respirer normalement. Il n'est pas assez inconscient pour ignorer leur énorme différence d'âge, il sait parfaitement qu'ils n'habitent pas le même continent et que rien, absolument rien, dans leur vie respective ne permet le moindre espoir de se revoir. Rien n'y fait : il lutte férocement contre cette issue. Il la refuse catégoriquement. D'autant plus violemment qu'elle est inévitable.

Il ne se reconnaît plus dans l'homme oppressé, défait, qui entre chez Jocelyne.

Dieu ! Qu'elle est belle ! Il s'immobilise dès que les yeux pervenche rencontrent les siens. Instantanément, il revoit ce regard au moment de basculer dans la jouissance, ce regard qui se voile, qui chavire. Patrice se demande s'il va s'effondrer tant son cœur cogne durement dans sa poitrine.

Devant lui, Jocelyne attend sans bouger. Le bol de café qu'elle tient à deux mains semble avoir comme seul usage celui de les réchauffer. Elle a l'air vulnérable et si jeune. On ne lui donnerait pas trente ans.

« Tu m'offres un café ? »

Elle lui tourne le dos, le temps de remplir une tasse. Il fixe sa nuque où les cheveux bouclent. Il connaît exactement la teneur en sucre et en sel de cette cavité à la naissance du cou.

Il prend la tasse qu'elle lui tend, essaie de ne pas effleurer ses doigts.

Silencieuse, elle s'appuie contre le comptoir, reprend son bol et attend qu'il dise ce qu'il est venu lui dire.

Patrice n'a jamais connu une femme aussi réservée. Cet attrait est en train de le tuer.

Il ne comprend plus rien, ni à lui, ni à ce que cette femme provoque : « Je peux demander pourquoi ? »

Elle hoche la tête, c'est un hochement qui exprime davantage le découragement que le refus : « J'aime mieux pas, Patrice. »

Il comprend que c'est le revoir et non expliquer pourquoi qu'elle aime mieux pas.

Après avoir contenu à grand-peine le « pourquoi ? » qui hurle en lui, il se contente d'un laconique : « Je quitte les Îles demain. C'est sans danger, comme tu vois. »

Elle a ce petit sourire triste qui rallume l'espoir qui n'attendait que ce souffle d'air.

Il insiste : « Question de bien caler le souvenir… »

Comme s'il avait à être calé ! Il est déjà imprimé sur toutes les strates de sa mémoire. Elle fait non avec douceur et ajoute : « Je préfère pas. »

Fiévreusement, il l'écoute se taire, l'observe. Tous ses talents de limier sont mis à contribution. Il ne veut absolument pas se tromper et l'effaroucher, mais il jurerait qu'elle est déçue de sa décision, que c'est à contrecœur qu'elle le repousse.

Il fait un pas vers elle.

« Non, Patrice, s'il vous plaît ! »

Il recule, pose sa tasse sur le comptoir : « C'est sans risque : je ne te poursuivrai pas depuis Paris.

— Je sais.
— Alors ? Où est le mal ?
— Il y a quelqu'un dans ma vie, Patrice. »

C'est une sensation aiguë, juste sous les pectoraux. Une brûlure qu'il n'a jamais ressentie auparavant. Fulgurant.

Il bégaie un sourire : « Oui, bon… Je ne le menace pas vraiment, quand même. »

Elle ferme les yeux comme si ses arguments avaient été très porteurs : « Arrête. »

Soudain, un doute le traverse : « Jocelyne, tu sais que celui qui viendrait dîner ce soir s'appelle Patrice et qu'il ne sera ni commissaire ni questionneur ? »

Elle sourit franchement : « Qu'est-ce que tu racontes ?
— Je ne suis pas en mission avec toi. »

Elle ne répond pas. Il s'est trompé, elle n'a pas peur de ses questions. Cette fille n'a rien à se reprocher. Il a affaire à une conscience tranquille. Sauf… « Si tu aimes quelqu'un d'autre, pourquoi… la nuit passée ? »

Patrice n'arrive pas à croire que c'est lui qui pose une question pareille. Lui ! Qui a dû répondre toute sa vie à la même inquiétude chez des femmes qu'il rejetait. Il espère tout de même que les femmes qui la posaient n'avaient pas le cœur aussi plombé que le sien. Jocelyne réagit exactement comme il savait si bien le faire lui-même — elle se tait.

Il la trouve bien amère, sa propre médecine.

Il se demande ce qu'il perdrait à dire carrément ce qu'il pense.

« D'accord, Jocelyne, je vais te laisser. Je voudrais seulement que tu saches combien cette nuit avec toi a… compté. De toute ma vie, il n'y a qu'une femme qui m'ait fait pleurer, et c'est ma fille à sa naissance. Je ne sais pas pourquoi, mais je chialerais comme un gamin à la seule pensée de ne plus te revoir. Excuse-moi ! »

Il tourne les talons, abasourdi d'avoir avoué une chose pareille. Il n'atteint pas la porte, Jocelyne l'arrête avec sa question : « Comment elle s'appelle, ta fille ?

— Émilie. Elle a cinq ans et beaucoup d'autorité. »

Quand Jocelyne sourit, il respire plus à l'aise. Elle lève un doigt pour lui demander de patienter et va au salon. Elle en revient avec un livre pour enfants. Sur la couverture, un bien joli cerf-volant : « Tu lui offriras mon livre. De tous ceux que j'ai illustrés, c'est le seul dont j'ai également écrit l'histoire. Mon premier livre à part entière. »

Elle est si près, il perçoit sa chaleur, il pourrait la toucher, il n'est pas trop tard, tout n'est pas joué. Il se penche, la respire avant de prendre sa bouche.

Intacte, l'ivresse reprend son assaut.

Jocelyne s'éloigne, le souffle hachuré, le regard effrayé : « Non. Non. »

Elle est aussi tentée que lui, elle le désire, là-dessus, il n'a aucun doute : « Mais enfin, pourquoi ?

— Je ne veux pas, Patrice, c'est tout. Je ne veux pas m'attacher à toi. Je ne peux pas m'attacher. Comprends, veux-tu ?

— Et l'autre ? Tu acceptes de t'y attacher à l'autre ?

— Il s'appelle Lucien et il a deux ans... »

Patrice se trouve ridicule d'éprouver un tel soulagement. Comme si cela changeait quelque chose à sa décision !

C'est avec une douceur infinie qu'elle gagne son consentement : « Si j'avais su que tu me ferais cet effet-là, il n'y aurait pas eu une seule nuit, Patrice. »

Il se sent lamentable de quémander l'autorisation de lui envoyer des mails.

« Tant que tu parviens à ne pas espérer de réponse, ça va. J'aime pas écrire. »

Dans le taxi, le livre à la couverture rigide serré contre sa poitrine, Patrice pleure sans comprendre quelle fibre cette femme a touchée en lui.

* * *

Diplômé de la Faculté de médecine de l'Université de Montréal en 1966, Roland Méthot n'était venu aux Îles que pour acquérir de l'expérience sans avoir une foule de patrons autour de lui.

Pour un natif de l'Abitibi, les régions éloignées, c'était comme chez lui.

« Vous savez, je viens du pays de l'épinette et des mouches noires. Alors, quand j'ai mis le pied aux Îles, ça a été le coup de foudre. Ajoutez à cela qu'au bout de six mois, j'étais amoureux comme un fou d'une fille de Pointe-aux-Loups, et vous comprendrez qu'on vient aux Îles, mais qu'on ne les quitte jamais. »

Il n'a pas vraiment de rides, malgré les soixante-neuf ans qu'il avoue aisément. C'est un bon vivant qui apprécie les plaisirs de la vie. Il voyage, visite régulièrement ses petits-enfants et c'est un bricoleur passionné. « Un homme heureux, ça ride moins vite ! »

Vicky ramène le sujet de Marité sur le tapis et le médecin en parle avec beaucoup de compassion, ce qui est nouveau aux oreilles de Vicky.

« Vous savez, c'était pas facile de comprendre cette femme-là parce qu'elle nous donnait pas de chance. Elle était désagréable, sauvage, asociale, bref, aiguisée comme un couteau. Mais tout ça, c'était du bluff. C'est une pauvre fille extrêmement dépourvue, dans le fond. C'est facile de traiter quelqu'un comme elle de putain, et je dois dire que les Madelinots ne se sont pas gênés et qu'elle leur a donné raison. Mais c'était par nécessité absolue qu'elle faisait ça. Pour vivre. Pour que sa fille ne manque de rien. J'ai tellement essayé de la faire embaucher pour des petites jobs… même comme femme de ménage. Marité a jamais voulu laisser sa fille pour aller travailler. Y avait rien à faire : c'était avec sa fille ou pas du tout. Pas question de la laisser avec d'autres enfants sous la surveillance d'une bonne gardienne non plus. J'ai pas besoin de vous dire que la petite avait le même caractère épouvantable que sa mère ! Une sauvageonne qui mordait, ça, c'était Justine Ferran. C'était pas de sa faute, je vous l'accorde. On ne peut pas s'attendre à beaucoup d'amabilité de la part d'une enfant qui n'est jamais sortie des jupes de sa mère. Ça faisait tout un contraste, sa petite face d'ange et son caractère. Je me demande si elle était normale… J'ai bien essayé de prévenir Marité, de lui dire qu'elle aurait des problèmes si elle ne l'éduquait pas un peu. Mais c'était impossible de lui faire admettre ça : Marité avait rien que cette enfant-là dans sa vie et comme elle savait qu'elle n'en aurait jamais d'autre…

— Ah non ? Comment ça ?

— C'était déjà un miracle d'avoir réussi à en avoir un. Marité avait une malformation utérine qui rendait extrêmement improbable une deuxième grossesse. En fait, la première grossesse avait presque « brisé le moule » pour vous expliquer ça de façon imagée.

— Vous l'avez examinée ?

— Si vous avez posé des questions aux alentours, je ne briserai aucun secret professionnel en vous disant qu'elle souffrait de maladies vénériennes… qu'elle avait généreusement partagées dans la région.

— Savez-vous pourquoi elle est partie ?

— Parce qu'on ne voulait pas d'elle ici. Contrairement à ce qu'elle disait, ça devenait trop difficile. Et puis, la petite Justine avait des problèmes.

— Quelles sortes ?

— Rageuse, violente… elle tapait facilement, si vous voulez. Aucune retenue, polissonne. Elle avait volé à quelques reprises.

— Attendez un peu : quel âge elle avait ?

— Six… sept ans ? Mais je dois dire à sa défense qu'elle volait de la nourriture. À la fin, il n'y avait plus un épicier qui voulait laisser entrer Marité dans son commerce si la petite ne restait pas dehors. Comme elles étaient inséparables… Marité a décidé de partir. Elle avait un peu fait le tour, de toute façon.

— Vous voulez dire des clients potentiels ? »

Le docteur Méthot hoche la tête en souriant : « Elle est venue secouer les Îles et elle est repartie faire des remous ailleurs. Pauvre Marité ! »

Vicky n'est pas du tout certaine de partager la sympathie du médecin. Le visage de Gilberte clame bien haut que, pour sa part, ce n'était pas une grosse perte pour la communauté.

Vicky continue sans exprimer son avis : « Et elle est revenue en 1983 ? Vous savez pourquoi ?

— Sa fille ! Toujours pareil… elle cherchait sa fille. Je peux pas vous dire dans quel état elle était… épouvantable !

— Elle l'avait… perdue ?

— Fugue. Sa fille était une fugueuse. C'était la deuxième fois en plus. Et ça ne faisait pas trois semaines, là, ça faisait cinq mois que Marité la cherchait. Cinq mois ! Imaginez dans quel état de détresse elle était.

— Ben voyons donc... Elle avait onze ans ? Sa fille de onze ans avait fugué ? Mais c'était encore un bébé ! Et vous dites que c'était sa deuxième fugue ? J'en reviens pas.

— La première fois, elle avait neuf ans. Marité l'a retrouvée au bout de trois jours. Mais cette fois-là… Elle l'avait cherchée partout. Elle ne se possédait plus. Les Îles, c'était sa dernière carte.

— Elle était ici ?

— Non, bien sûr que non. Rien que pour traverser, ça prend de l'argent.

— Elle l'a retrouvée ?

— J'en sais rien. À mon avis, oui, parce que sinon elle serait revenue aux Îles pour chercher encore. J'imagine pas Marité arrêter de la chercher. C'était pas une mère poule, c'était une tigresse.

— Et, selon vous, pourquoi une enfant si jeune s'enfuyait comme ça, docteur ? »

Le médecin la regarde en silence. Il hésite, réfléchit longuement sans répondre. Vicky se tait à cause de Gilberte qui ne perd rien de la conversation.

Finalement, le docteur Méthot soupire un « sais pas » qui clôt la discussion.

Vicky fait ses adieux à Gilberte et elle accompagne le médecin jusqu'au stationnement.

Elle lui pose alors la question qu'elle a évitée devant Gilberte : « D'après vous, est-ce que les clients de Marité ont commencé à lorgner vers sa fille ?

— Ça se peut. Marité n'aurait jamais laissé faire ça. Je vous le jure.

— La petite aurait pu vouloir s'y mettre… pour faire comme sa mère ?

— Il faudrait qu'elle ait su que sa mère… »

Il s'arrête net, assez secoué à cette seule idée.

Vicky termine sa pensée : « Parce qu'y faut bien qu'elle s'en soit séparée de sa fille, le temps de… faire son métier. Où elle la mettait, vous pensez ? »

Effaré, le médecin hoche la tête. De toute évidence, la chose ne lui était jamais venue à l'esprit.

Vicky lui demande si Marité considérait ses activités lucratives avec honte. Roland Méthot est sûr que, pour elle, c'était une manière comme une autre de gagner sa vie. Il avoue même avoir attribué ce point de vue au fait qu'elle était française d'origine. Vicky se promet bien de répéter intégralement la chose à Patrice.

« Avant de vous laisser, docteur, est-ce qu'elle vous avait parlé de son vrai métier ? Sage-femme.

— Pardon ?

— Elle était sage-femme.

— Impossible ! Je n'arrive pas à le croire. Impossible.

— Pourquoi ?

— Elle n'avait aucun sens de l'autre, aucun respect pour les autres. Imaginez les souffrances d'une accouchée. Non, elle ne pouvait pas faire un métier qui demande autant d'humanité. Elle devait être très mauvaise sage-femme.

— Celle qui l'a formée m'a dit qu'elle était très douée.

— On n'a pas connu la même personne. »

C'est une impression que partage totalement Vicky. C'est à croire que, selon les gens à qui elle parle, il y a deux Marité. À moins qu'il n'y ait eu un avant et un après Justine. La maternité peut changer profondément une femme, Vicky l'a souvent constaté.

* * *

La carte du Québec déployée devant eux, Vicky indique à Patrice le parcours de Marité pendant les six mois qu'elle a cherché sa fille : un tour complet, minutieux de la Gaspésie.

Patrice a écouté son récit, songeur. Il est rentré à l'hôtel sans fournir la moindre explication au sujet de son périple du matin et Vicky l'observe sans se permettre aucune remarque. Elle constate seulement que la fatigue commence à paraître sur le visage fermé de Patrice.

Vicky réfléchit en tapant son crayon sur son calepin. Elle fait sursauter Patrice en parlant : « D'après moi, si on trouve Justine, on trouve Marité.

— Encore maintenant ? Faudrait pas charrier. À trente-cinq berges, elle a quand même dû quitter sa maman.

— Non : c'est maman qui ne peut pas quitter Justine !... Où vous iriez, vous ? »

Patrice fait un effort pour se concentrer, répondre quelque chose de sensé, alors qu'il n'a qu'une idée : se taire et s'isoler : « Je vous l'ai dit, là où Marité ne peut aller, chez les Anglais.

— Ouain… »

Le silence subit et laconique fait sourire Patrice : « Vous voilà bien agitée… »

Vicky tourne les feuilles de son carnet. Elle finit par le poser et regarder Patrice qui attend toujours le résultat de cette intense réflexion.

« J'essaie de voir si nos hypothèses de départ tiennent le coup avec ce qu'on a appris sur Marité. Et ça marche pas fort, mon affaire. C'est une sage-femme qui s'engage à accoucher quelqu'un en sachant pertinemment qu'elle ne sera pas là pour le faire. C'est une femme qui fait tout pour avoir un enfant et qui le trimballe ensuite d'un taudis à l'autre, sans lui donner la moindre éducation. C'est une mère qui — pour ne pas se séparer un instant de sa fille — se livre à la prostitution et rend peut-être sa fille témoin de ses activités. Comment on peut faire ça à un enfant ? Et en plus, elle l'a appelée Justine ! Vous la pensez capable d'humour, vous, Marité ?

— Elle est timbrée, nous le savons depuis le début. Une obsédée qui a reporté son obsession de son homme à son enfant. Ce qui me semble plutôt cohérent, au contraire.

— Vous pensez que c'est l'amour pour Benoît qu'elle a reporté sur sa fille ?

— Ça s'est déjà vu, non ?

— J'ai plutôt l'impression que l'enfant qu'elle voulait l'a rendue folle de Benoît. Que son obsession initiale et la seule de sa vie, c'était l'enfant.

— Et pourquoi donc ?

— À cause de son passé. À cause des hommes et de ses rapports avec eux. À cause de Ferran, le vieux prof qui se paie des enfants à même sa cour d'école. Le réseau de prostitution dont elle fait partie et surtout, la passe qu'elle a faite à Lanciault alors qu'elle était enceinte. Même si son besoin était financier, pourquoi se prostituer alors qu'elle est enfin enceinte ?

— Le besoin fort primaire de manger, ma chère.

— Ouain… On pourrait demander à Beaufort si elle était vorace avec le buffet de réception ou les petits fours. Mais, mon avis, c'est que Marité ne pouvait pas s'empêcher de se prostituer. C'était plus fort qu'elle. Une sorte de comportement automatique : elle voit un homme, elle essaie de le séduire. Regardez Lanciault, elle n'a pas demandé d'argent la première fois.

— Ce pourrait n'être qu'une forme de prudence, question de l'amadouer, de ferrer le poisson. Où allez-vous avec cette thèse ?

— J'essaie de la placer, de me faire une idée de Marité. Il y a le docteur Méthot qui en a pitié. Vraiment pitié. Belin qui nous dit qu'elle en a bavé avec sa fille.

Regardez ça, Patrice : un tour de Gaspésie épuisant, fou… Est-ce que Marité est une enfant abusée qui ne peut s'empêcher de se prostituer ou est-ce une enfant abusée qui a tout fait pour se réparer à travers son enfant… et qui a échoué ?

— Dans les deux cas, votre prémisse est la même : une enfant abusée. Est-ce bien certain ?

— Ben voyons : elle quitte la France à dix-huit ans et n'y remet jamais les pieds. Elle était mineure, je vous ferai remarquer. Vous interrogez sa famille, son entourage et ils n'ont *rien* à dire, sauf qu'elle était folle et assez portée sur la chose. Personne ne s'est inquiété d'elle, personne ne lui a écrit. Ça s'appelle un désert émotif, une famille comme ça. S'ils n'en ont pas abusé sexuellement, ils ne s'en sont pas beaucoup occupés et ils ne s'en sont pas du tout préoccupé.

— Il y a tout de même une marge… et de taille !

— O. K., on va dire "peut-être" abusée en France. Mais elle met le pied à Saint-Pierre et Miquelon et là, c'est de notoriété publique : Hervé Ferran qui a… (elle feuillette ses notes) quarante-trois ans entretient une liaison avec elle qui en a dix-huit. Il a vingt-cinq ans de plus qu'elle, si c'est pas de l'abus, c'est quoi ? Oubliez-vous qu'elle est mineure ?

— Pour la pleine majorité civile, d'accord, mais pas pour ce qui a trait au consentement sexuel. En France, l'âge de la majorité sexuelle a été fixé à quinze ans.

— Même dans les années cinquante ?

— Si ça se trouve, c'était treize ans à l'époque. Vous voulez que j'effectue la vérification ? »

Vicky est convaincue que, s'il l'offre, c'est qu'il est sûr de son coup. Elle revient à la charge : « Dix-huit ans, Patrice. Elle arrive, elle a tout quitté, elle est dépourvue, sans moyens, venez pas me dire que Ferran a pas profité de la situation ! Tout le monde le dit : il s'est amusé avec elle, il a monté un réseau.

— Dans les faits, il est possible qu'il ait tiré avantage de ses faiblesses. Il n'en demeure pas moins que, sexuellement, il s'agit de deux adultes aux yeux de la loi. Il n'y a pas faute.

— À mes yeux, c'est déjà un peu tordu : à dix-huit ans, aller vers un vieux de quarante-trois ans, c'est pas la pente naturelle, me semble.

— Qu'est-ce que vous êtes conventionnelle ! Une différence d'âge n'a rien d'un abus !

— Vingt-cinq ans, j'appelle ça beaucoup, moi. J'ai pas dit que ça ne se fait jamais, j'ai dit que c'est beaucoup. Dans les circonstances…

— Question de mœurs, je crois. En France, ce n'est pas choquant. Loin de là. Peut-être qu'en Amérique, on est pudibond… Quoi qu'il en soit, vous ne pouvez échafauder une théorie sur une telle base, ça ne tient pas la route. »

Vicky se tait et l'observe. Pourquoi sont-ils encore en train de se chamailler alors qu'elle essaie seulement de pousser sa réflexion ? Toujours ces petites remarques acides qui font perdre un temps fou. Vicky a envie d'être méchante et de lui dire que sa différence d'âge à lui avec la fille qu'il veut séduire est peut-être la vraie question qu'ils débattent présentement. Elle se demande si ça vaut la peine de continuer. Patrice a l'air complètement perdu dans ses pensées.

« O. K., on laisse ça de côté pour l'instant. On en rediscutera plus tard. »

Elle replie la carte sans que Patrice n'ajoute quoi que ce soit. Elle ramasse ses affaires et pose les clés de la voiture sur la table : « J'ai faim et vous allez être en retard. Bonne soirée, Patrice. »

Un peu ahuri, il la regarde s'éloigner. Il n'a porté aucune attention à la fin de la discussion, il n'arrive absolument pas à se concentrer. Il se sent malade.

Le trousseau de clés devant lui a l'air de le narguer.

* * *

Vicky fait les cent pas, le cellulaire collé à l'oreille. Depuis vingt minutes, elle ne décolère pas. L'attitude de Patrice la hérisse et, comme il faut bien que ça sorte quelque part, c'est Martin qui écope.

« … moi qui me suis tant plainte de Poupe ! À côté de Patrice, je te jure, Poupart est un modèle d'efficacité. Faut le faire, quand même !... Au moins, Poupe, y couche pas avec les témoins ! Pis y me traite pas de conventionnelle. (Elle rit) Tu peux ben me dire ça, toi ! Attends que j'arrive, tu vas voir ce que la vieille peut faire… Je me demande quel âge y a exactement, le Français… Je te mens pas, y doit avoir vingt ans de plus que la fille ! Crisse, y peut ben me trouver *straight* !... Bon, O. K., j'exagère un peu quand je dis un témoin… c'est peut-être une Française qui est aux Îles depuis vingt ans. Une fille pas fiable, une fille qui nous dit pas la vérité. Peut-être juste parce qu'elle aime pas les questions, pour le plaisir d'exercer ses droits, tu sais bien : pourquoi elle répondrait si elle est pas obligée ? Ça fait pas d'elle une coupable, mais ça m'agace. Pis c'est tellement français que ça agace rien que moi… Non, c'est pas juste ça, elle était sur la défensive, pas du tout contente de répondre à nos questions… Attends que j'y pense… la première chose, c'est quand on s'est présentés : elle a serré la main de Patrice et elle s'est arrangée pour pas serrer la mienne… pis après, quand on a dit qu'on faisait une enquête criminelle, elle a eu une sorte de… je sais pas comment le dire, c'est pas un soulagement, mais c'est un peu comme si ça la concernait plus du tout. Plus du tout menaçant, c'est ça que ça faisait… Y est là, le problème, Martin : je peux rien vérifier avec lui, y avait la bouche ouverte, y se pouvait pus, y voyait pus rien ! Remarque qu'elle les a, les yeux. Une maudite belle fille… mais c'est pas une raison ! Ça se fait pas, point ! Qu'y revienne quand l'enquête sera finie. Imagine la face à Brisson si je lui disais ça !... Ben non, tu sais ben que je dirai rien ! Sauf si ça compromet l'enquête. Mais ça, on le sait toujours trop tard. Tu vois si c'est bête, je suis obligée de me demander ce que la fille aurait à gagner en couchant avec Patrice. Alors que, si y avait pas fait une chose pareille, je serais déjà passée à autre chose. Y m'aide beaucoup, lui… Attends, Martin, ça frappe à la porte… »

Patrice se tient devant elle, une feuille dans les mains : « Je dérange ?

— Je te rappelle ! (Elle ferme son téléphone et prend la feuille) C'est quoi ?

— Probablement la preuve que vous avez du flair ou du bol, c'est selon. Il n'y a aucune Jocelyne Dupuis, que ce soit avec "uis" ou avec "uy", qui soit née en 1969 à Paris, France.

— Elle a menti ?

— Non, elle n'a rien dit, nuance !

— Pour cacher quoi ?

— Vous savez, il y a des gens qui ont tout simplement les questions en horreur. Ils ne supportent pas, voilà tout. (Il indique le cellulaire d'un mouvement du menton) Rappelez-le, sinon, il va s'inquiéter de votre visiteur de minuit. »

Il s'éloigne avant qu'elle puisse riposter. Il n'a aucune envie de discuter ce soir. Il est parfaitement conscient que quelque chose cloche dans cette enquête et qu'il a manqué de vigilance. Le savoir est une chose, se le faire dire en est une autre.

Vicky referme doucement la porte. Ébranlée, elle lit le bref compte rendu et rappelle Martin pour lui dire bonsoir sans rien ajouter sur le dossier Deschamps.

Parce qu'elle n'est plus sûre du tout que Patrice n'a pas compromis leur enquête. Et que, si tel est le cas, ils sont dans la merde tous les deux.

Elle se rassoit à sa table et reprend les faits, un à un.

* * *

Partant de l'hypothèse la plus désagréable à ses yeux, Patrice se répète qu'il n'y a pas matière à s'énerver. Si Jocelyne était la fille de Marité, elle serait tout au plus coupable d'un léger traficotage d'identité. Pas de quoi fouetter un chat. Cette fille ne peut plus piffer sa mère et elle s'installe aux Îles de la Madeleine sous une nouvelle identité.

Évidemment, ses réponses évasives deviennent douteuses, mais ce n'est pas nécessairement pour protéger sa mère comme pour se protéger elle-même qu'elle les a faites. Qui pourrait l'en blâmer ? Mais pourquoi s'installer ici ? Il ne sait pas. Il n'arrive pas à la voir comme la fille de cette toquée. Rien, absolument rien en elle ne peut être assimilé au caractère ou au métier de Marité. Rien. La seule chose qui laisse planer un doute et qui l'agace, c'est sa réticence à s'expliquer sur sa nationalité.

Jocelyne a sûrement ses raisons de demeurer vague quant à son identité. Et celles-ci peuvent fort bien n'avoir aucun lien avec Marité Ferran.

Un instant, il jongle avec l'idée de la rappeler pour éclaircir ce point. Il sait bien que ce n'est qu'une façon détournée d'entendre sa voix à nouveau, de prolonger le supplice. Il n'est pas dupe de son désir de s'approcher encore une fois d'elle. Il n'a aucun soupçon sérieux, aucune conviction de servir l'enquête. S'il l'appelle, ce sera pour lui-même et pour assouvir son obsession, de cela il est certain.

Il revoit chaque instant de la nuit passée avec elle, il analyse le peu qu'ils se sont dit et rien ne permet de rapprocher Jocelyne de Justine. Rien. Il le sentirait, il le saurait, il ne pourrait pas se tromper à ce point.

Il ne sait plus. Il n'y arrive pas. Il n'a plus aucun discernement, voilà sa seule certitude pour l'instant. Inutile d'essayer de réfléchir objectivement, il n'est que subjectivité accablée.

Il se met au lit, il n'en peut plus. Il a roulé longtemps avant de rentrer et de trouver ce rapport. Il est exténué.

Au moment de sombrer dans le sommeil, il revoit le visage de Jocelyne qui parle de son fils. Cet attachement exclusif à son môme, voilà qui ressemble de près à celui de Marité pour Justine.

Complètement réveillé, il s'assoit dans son lit et s'apprête à passer une nuit blanche.

* * *

À trois heures du matin, le frottement qu'il perçoit à sa porte n'aurait pas suffi à le réveiller. Patrice s'approche et se rend compte que le bruit est produit par des feuilles que quelqu'un tente de faire passer dans le mince interstice sous sa porte.

Il ouvre et trouve Vicky agenouillée. Elle se redresse, gênée. Elle porte un legging et un long polar qui la rajeunissent beaucoup.

« Je vous ai réveillé ? Excusez-moi ! Je voulais juste que vous trouviez ça demain matin. »

Patrice prend les feuilles : « Entrez. Puisqu'on ne dort ni l'un ni l'autre, on va s'y coller. »

La chambre est particulièrement agréable, Patrice a allumé des lampions un peu partout, son i-pod est posé sur une console-haut-parleur et elle entend la voix si chaude de Cecilia Bartoli, facilement identifiable même à faible volume. L'abat-jour quelconque de la lampe a été recouvert d'une pièce de tissu rosé qui change totalement l'ambiance.

L'étonnement qui se lit sur le visage de Vicky amuse Patrice : « Pas si mal pour une brute béotienne, n'est-ce pas ? »

Elle hausse les épaules, elle n'est pas venue l'accabler. L'état d'esprit de Patrice ne doit pas être au beau fixe. Elle est convaincue que sa conscience lui donne du fil à retordre et s'il y a une chose qui n'est pas son genre, c'est bien de frapper l'orgueil d'un homme humilié. Elle s'avoue soupe au lait, mais pas mesquine.

Elle se tait, le laisse constater par lui-même qu'elle n'est pas venue l'asticoter.

Il apprécie ce cadeau à sa juste valeur. Il agite les feuillets, prend ses lunettes : « Vous voulez un coup de rouge ? Servez-vous ! » et il s'absorbe dans la lecture.

Vicky s'approche du lit où est étalée la méthode de travail de Patrice : disséminées dans un ordre qu'elle ne peut décoder, des fiches 3 x 5 sont déposées sur le couvre-lit.

Elle lit les noms, les endroits, les dates et constate que plusieurs fiches sont barrées d'un trait diagonal. Sur quelques fiches, des post-it de couleur ont été collés avec d'énormes points d'interrogation.

Peu à peu, elle comprend que Patrice en arrive pratiquement aux mêmes questions qu'elle.

Patrice pose les feuillets, retire ses lunettes et passe une main sur son visage : il est cerné, sa barbe forte fonce ses joues et son menton, mais Vicky le trouve plus séduisant comme ça. Il a un petit quelque chose de cassé, de défait, qui le rend presque attirant. Une vulnérabilité qu'elle n'aurait pas soupçonnée. D'un coup de reins, il se redresse et la rejoint : « Bon ! Allons-y. Voyons cette hypothèse. »

Il retire les fiches placées sur le lit et, en écrivant sur de nouvelles fiches, il recrée un ordre à mesure qu'il parle : « Selon vous, Marité n'a pas menti et, au lieu de retourner accoucher à Saint-Pierre, elle s'incruste à Montréal pour tenir sa promesse et assister Isabelle comme prévu. En échange, Isabelle devra l'aider, elle, à donner naissance à son enfant. Le plan initial est donc le suivant : autour du 10 juillet 1972, Justine naît, et autour de la première semaine d'août, ce sera le tour de la fille d'Isabelle. Jusque-là, tout baigne. J'inscris tout de même une sérieuse réserve : pour Marité, la naissance de son enfant en terre française est vachement importante. Je double ma réserve avec ceci : son statut d'illégale en terre canadienne. Bon, québécoise. Continuons. Premier ennui : le bébé d'Isabelle s'annonce avec beaucoup d'avance. Un mois. Deuxième ennui, et là, c'est du sérieux, le bébé meurt. Ici, vous nous donnez le choix : ou bien Marité n'arrive pas à sauver l'enfant puisqu'il est mort *in utero,* ou alors elle arrive trop tard sur les lieux et l'enfant est mort. Question : où habitait-elle ? La réponse à ceci réglera cela. Dans l'hypothèse où elle procède à l'accouchement, son échec la met en furie et elle lacère le corps d'Isabelle avant de se casser. Dans l'hypothèse où elle arrive trop tard, le bébé est mort, Isabelle a perdu trop de sang pour être encore consciente, elle est probablement mourante... Marité l'achève à coups de couteau... Ce qui m'apparaît d'une humanité douteuse, mais bon, le personnage l'est !

« Enfin, et voilà qui me semble plus probable, Marité pourrait avoir tenté de camoufler une erreur professionnelle en rendant le ventre de son amie impossible à analyser. Ce qui servirait sa petite personne et ne pourrait nuire à sa réputation. Deux éléments pour, un contre. Pour : une erreur a pu effectivement être commise, impossible de savoir la cause de la mort de l'enfant. Les dommages physiques infligés au ventre d'Isabelle rendent également bien difficile l'identification des causes exactes de sa mort à elle : hémorragie due à l'accouchement ou hémorragie subséquente aux lacérations ? Enfin, avant de recevoir ces coups, quelles étaient les chances de survie d'Isabelle ? Impossible là aussi de savoir avec précision. Ses chances étaient minces, voilà ce qu'on a dit. Mais elles existaient si au lieu de l'achever on avait appelé une ambulance. Contre : ce vœu qui invalide l'hypothèse de sa réputation. En effet, pourquoi se soucier d'une réputation de sage-femme — et ce, jusqu'à tuer — alors qu'elle n'a aucune intention de persévérer dans cette profession ? Mais bon : cette Marité n'en est plus à une contradiction près. Et permettez-moi d'ajouter que reconnaître une erreur fatale ne me semble pas dans ses traits de caractère, peu importent ses plans de carrière. Donc, elle camoufle son erreur, abandonne Isabelle et s'arrange pour atteindre sa terre française avant la naissance de Justine. Mmm...

jouable : elle a dix jours. Votre estimation est la suivante : un train jusqu'à Truro, en Nouvelle-Écosse, ensuite un car jusqu'aux petits villages du Nord, dans l'île du Cap breton, et enfin un traversier jusqu'à Saint-Pierre. Pour ces détails d'itinéraire, je m'en remets totalement à vous et à vos connaissances géographiques.

« Ensuite, c'est la dégringolade absolue : elle s'isole avec sa petite, devient désagréable, asociale. Elle quitte Saint-Pierre, fout la chtouille aux mâles des Îles de la Madeleine, fuit encore et devient une errante qui court derrière une fugueuse. »

Il inscrit *fugueuse* et pose la fiche. « J'oublie quelque chose ?

— On oublie beaucoup de choses, mais je vais détruire ma théorie tout de suite : si c'est un accident, si la mort d'Isabelle était inévitable à cause de raisons médicales ou à cause d'un problème pendant l'accouchement prématuré, pourquoi lacérer le ventre ? C'était si simple d'appeler une ambulance.

— Parce que ce n'est pas un accident. Je retire la fiche.

— Donc, c'est une erreur professionnelle grave… et si Marité nous la laisse voir, l'analyser, ça risque de l'incriminer.

— Entendons-nous sur ce point : qu'elle ait achevé Isabelle à coups de couteau ou que ses efforts pour l'accoucher l'aient achevée, peu importe. Le résultat est le même : ça se passe mal, elle panique, fait l'impasse sur ses actes et s'enfuit.

— Attendez Patrice ! Marité commet une erreur. Le bébé meurt. Elle doit le sortir, Isabelle est en hémorragie. Qu'est-ce qui se passe ? Marité achève son amie à coups de couteau pour ne pas qu'on la soupçonne d'erreurs professionnelles ? Non. Ça se peut pas. Y a des limites.

Voyez-vous, quand j'arrive là dans notre raisonnement, je trouve que c'est beaucoup. Que l'enfant y passe, c'est possible, mais pourquoi Isabelle aussi?

— J'y vois deux raisons plausibles: Isabelle est témoin et elle peut faire condamner Marité pour erreur professionnelle ayant entraîné la mort de sa fille, et ensuite vous semblez oublier que Marité est à quelques jours d'accoucher dans un pays où elle est illégale. Voilà qui change tout. Elle panique, elle a peur. Considérez un instant tous les efforts investis pour avoir cet enfant, considérez également ce que madame Belin nous a dit, les fausses couches, les échecs, les pauvres types. Avec ce que nous savons de son instabilité d'esprit, ça colle. Parce qu'elle risque alors non seulement d'accoucher en prison, mais surtout qu'on lui retire la garde de son enfant. Vous imaginez un peu le cauchemar s'il fallait que Justine soit confiée à l'assistance publique? Ça se tient, surtout avec ce qu'on sait de cette femme. Et puis, cette théorie a l'avantage de rendre ce vœu à la con beaucoup plus utile: après cette erreur professionnelle, Marité ne désire plus jamais procéder à un accouchement.

— Non, Patrice: le vœu était antérieur à sa grossesse.

— Ah oui, c'est vrai... bon, ce n'est pas grave.

— Non, c'est grave d'autant plus que ça vous achale. Écrivez *Vœu?* et placez la fiche.

— Quand il n'y aura plus que ça pour nous embêter...

— En effet, parce que moi, j'en ai un gros point d'interrogation: si c'est elle qui a tué Isabelle, pourquoi elle est revenue au Québec? C'est dangereux, illégal. Elle peut se faire pincer. Pourquoi elle n'est pas restée là où elle est protégée? À Saint-Pierre, elle est veuve, pensionnée. Pourquoi repartir? Vous trouvez ça assez, vous, que les gens de Saint-Pierre aient eu des commentaires désagréables sur sa façon d'élever sa fille ?

— Pas fort, en effet.

— Pour moi, c'est ben pire que le vœu… c'est ce que j'appelle courir après le trouble. Alors ? C'est quand même pas sa fille qui a commencé à fuguer ? Pas à cinq ans, quand même ? »

Patrice sourit : « Voilà qui serait vachement balèze… mais improbable.

— Alors quoi ? Benoît ? Son fameux Ben ?

— J'en sais foutre rien… Vous la croyez capable de tout risquer pour un homme, vous ? Ce Benoît m'agace… Il ne me botte pas, ce type.

— À moins que… »

Patrice lève les yeux de ses fiches et la fixe par-dessus ses lunettes. Elle se lance : « Je sais pas, mais il l'a peut-être aidée en 1972. Pour s'enfuir, organiser son retour à Saint-Pierre. On est là à dire "elle panique, elle s'enfuit", c'est pas si facile ! Enceinte de huit mois, après le choc de l'accouchement raté… Admettons que, pour une fois, son Ben a fait quelque chose pour elle. Qu'il lui a prêté l'argent, je sais pas… qu'il a organisé son retour à Saint-Pierre. Le train, le traversier depuis un petit village côtier... tout ça. Cinq ans après, il lui fait signe, il est peut-être libre, elle y va… Pas par amour, là, mais parce qu'elle n'a pas le choix. »

Patrice couvre une fiche des mots *Pas le choix* et il la place sous 1977.

Vicky continue : « Ça fait quand même cinq ans, elle se dit que c'est fini, qu'on a cessé de chercher l'assassin d'Isabelle…

— Et elle n'a pas tout à fait tort, remarquez.

— C'est vrai que si le père d'Isabelle n'avait pas insisté, rappelé, elle aurait eu raison.

— Elle est tout de même une sans-papiers ici.

— Vous pensez que ça comptait pour elle ? J'ai toujours l'impression que c'est une femme qui se pensait au-dessus des lois. C'est fou, mais je la vois facilement regarder un policier dans les yeux et affirmer qu'elle a le droit d'être ici.

— Possible… Nous voici donc avec un témoin devenu assassin… et nous abandonnons la piste de l'apprentie sage-femme qui s'est gourée lors d'un accouchement difficile. (Il réfléchit, déplace la fiche *Pas le choix* et pose son index dessus) Reste à savoir pourquoi elle quitte sa planque de Saint-Pierre.

— D'après moi, c'est Justine qui va nous donner ça.

— Y a des chances, en effet… Et dites-moi, cette théorie, il y a longtemps que vous y pensez ?

— Depuis qu'on est ici et que j'entends parler de Marité numéro deux, comme je l'appelle. La femme qui a tant changé depuis la naissance de sa fille. Changer autant pour si peu…

— Alors que tuer et accoucher au cours du même mois… Ça a pu bousiller le peu de bon sens qui lui restait, en effet. L'hypothèse qu'elle ait été davantage qu'un simple témoin me semble fortement plausible. »

Ils réfléchissent chacun de leur côté au nouvel aspect de l'enquête. Patrice finit son verre de vin, Cecilia Bartoli entame un air de Mozart déchirant et il s'empare de la commande à distance pour arrêter le disque. Sans regarder Vicky, il pose sa question : « Selon vous, est-ce que Justine savait ? »

C'est un point difficile à éclaircir pour Vicky. La fille est-elle passée de victime à complice de sa mère ? Les fugues ont-elles été provoquées par le caractère exclusif de Marité ou par d'horribles secrets partagés ?

Vicky reste prudente : « Les fugues ont une cause, c'est sûr... Avec Marité, c'est pas les raisons qui manquent : prostitution, pauvreté, son besoin maniaque de contrôler sa fille... Imaginez la vie avec cette femme-là, l'isolement. Justine ne pouvait probablement jamais se faire d'amis nulle part. Elle était condamnée à vivre seulement avec sa mère. Fuguer à onze ans, au début de l'adolescence, c'est presque normal dans les circonstances.

— Et encore : c'était sa seconde fugue d'après vos sources.

— Oui... Je sais pas, Patrice, je ne vois pas pourquoi une mère avouerait une chose pareille à sa fille... »

Ils pensent tous les deux au gâchis que ce serait si Jocelyne était Justine et qu'elle se servait de sa liaison d'un soir avec Patrice pour refuser de leur répondre et les placer en position de défense. Il suffirait qu'elle sache bien utiliser les faits et c'en serait fini de leur enquête. Du moins, pour eux deux.

Vicky regarde Patrice et, sans aucune animosité, elle lui demande : « Vous qui connaissez Jocelyne... vous avez parlé ensemble... elle vous a dit d'où elle venait ? (Sans détourner son regard, Patrice hoche la tête négativement.) D'après vous, est-ce qu'il y a quelque chose dans cette fille qui nous permettrait de la rapprocher de Marité ?

— Je me suis posé la question, vous pensez bien. Rien. Il n'y a rien d'exalté ni de fanatique chez elle, rien de fêlé, rien de fuyant... Non, vraiment, si cette fille est la fille de Marité, c'est que les chiens font des chats. »

Vicky se dit que ça prend tout de même un certain courage pour ne pas la quitter des yeux comme il le fait. Il a un sourire dérisoire : « Il y a bien son côté extrêmement dévoué à son fils, une sorte d'exclusivité… mais ce peut être aussi un vieux truc pour larguer des types encombrants qui insistent bêtement. »

Ce n'est pas un malaise, mais une sympathie qui s'installe entre eux. Vicky hoche la tête et jette un œil au réveil : « Patrice, je dois vous dire que… Je ne veux pas que vous pensiez que je vous joue dans le dos… Je vais rencontrer Jean-Michel Bergeron, tout à l'heure.

— Je ne vois pas qui c'est.

— Le père de Lucien, l'ex de Jocelyne. Il est en mer à l'heure qu'il est. Je le rencontre vers onze heures, avant de prendre l'avion.

— Bien ! Merci de me tenir informé. J'ai intérêt à vous laisser y aller seule, je crois. Mais c'est peine perdue : cette fille n'est pas celle qu'on recherche.

— Essayez de dormir, Patrice. »

Elle arrive à la porte quand la voix de Patrice l'arrête : « Attendez, Vicky. Je sais que j'ai agi de façon… irrégulière, pour ne pas dire carrément répréhensible. Vous auriez raison de m'en vouloir. De… Je vous remercie et je m'en excuse. »

Elle se tourne vers lui : « Si on ne se laisse pas détourner de l'affaire, si on travaille ensemble, je pense qu'on va réussir à garder ça pour nous deux. Si ça foire, je pourrai pas vous couvrir. On se comprend ?

— Ça ne foirera pas.

— Non. Si jamais vous aviez un peu de temps, vous pourriez vérifier ce qui a pu se passer de vraiment désagréable pour Marité à Saint-Pierre, en 1977 ? Je me disais que votre belle autorité naturelle pourrait rafraîchir la mémoire de madame Belin. Un petit coup de fil demain ?

— À temps perdu ? Question de recadrer son témoignage ? Fort bien. »

* * *

Jean-Michel Bergeron est exactement le genre d'homme qui, avant Martin, faisait craquer Vicky. Grand, charpenté, c'est un châtain sombre au regard bleu foncé. Elle imagine facilement la séduction qu'il peut exercer sur une femme. Rien dans cet homme n'est apprêté ou régulier, ni son nez fort, ses sourcils broussailleux, un début de bedaine ou même les rides qui se creusent déjà sur son visage marqué par le travail en mer. Tout en lui dégage une force tranquille, un appétit vorace. Pour Vicky, c'est un mâle dans toute l'acception du terme, le genre d'homme qu'elle qualifie sans scrupules de « belle bête ».

Parti relever ses casiers à homards à cinq heures du matin, Jean-Michel est affamé et il mange sans se soucier d'animer la conversation. Quand il parle, c'est avec un accent à couper au couteau : jamais Patrice n'aurait pu le comprendre.

Dès qu'il a fini son assiette, Jean-Michel plante ses yeux dans ceux de Vicky : « Bon ! C'est quoua que vous voulez saouère ? »

Il a trente-trois ans et Jocelyne est encore la seule femme dont il est amoureux, il le dit sans ambages. Comme tous les hommes des Îles, il l'avait trouvée belle à mourir et distante à décourager les plus têtus. Jocelyne Dupuis ne se laissait pas attraper. Elle était gentille avec tout le monde et elle faisait sa petite affaire toute seule : son métier d'illustratrice de livres pour enfants le lui permettait, l'exigeait même. Jean-Michel l'avait toujours vue travailler chez elle avec ses crayons, ses pinceaux et son ordinateur. Il l'a connue le 31 décembre 1999, au bar Chez Gaspard lors du « méchant party » où la jeunesse des Îles a célébré le passage à l'an 2000 jusqu'au petit matin. C'est ce que Jean-Michel appelle une veillée inoubliable. Après, leur relation s'est construite très lentement, avec précaution. Jean-Michel est persuadé que la précipitation est l'ennemie de la réussite avec Jocelyne. Il a vécu avec elle pendant un an puis il est retourné vivre ailleurs tout en continuant de la voir. En septembre 2004, elle tombe enceinte et il est fou de joie. Jocelyne ne désire pas pour autant partager le même espace avec lui. À l'entendre, Jean-Michel s'est plié aux exigences de Jocelyne et à sa façon de concevoir leur relation en ayant toujours l'air de trouver cela parfait pour lui.

Malgré l'économie de mots et la discrétion de l'homme, Vicky voit bien que le pauvre n'en peut plus d'aimer et d'attendre. Quand il précise que leurs relations sont maintenant seulement liées à leur fils, elle comprend que Jean-Michel a fait marche arrière parce que la situation lui était intenable. Il n'en pouvait plus de se plier à des conditions qui le rendaient fou et détruisaient son envie de vivre. Il se tait et la regarde comme si elle tenait la solution au problème. Avoué, ouvertement, désespérément amoureux, Jean-Michel s'est éloigné parce qu'il « mangeait de la gravelle à chaque fois qu'elle l'envoyait loin d'elle ».

Elle en connaît un autre qui est en train d'avaler sa pelletée de gravelle… Quand elle essaie de savoir pourquoi Jocelyne se comporte avec autant de réserve, elle frappe ce qu'elle appelle le mur du témoin : « Est de même », voilà comment il comprend et accepte l'affaire.

Tant qu'il s'agit de lui, de ce qu'il pense, a vécu ou désire, il répond. Dès que Vicky tente de poser une question concernant Jocelyne, sa famille, ses parents, son origine même, il se ferme. Sa seule réponse est de lui recommander d'aller demander cela à Jocelyne. Quand elle insiste, il se tait et regarde au loin, ayant dit ce qu'il avait à dire sur le sujet.

« Est-ce qu'elle a une relation avec quelqu'un d'autre ? »

L'éclair de pure fureur qui traverse le regard de l'ex en dit long sur le travail de détachement qu'il lui reste à faire s'il veut vraiment s'éloigner. Jean-Michel est sûr et certain qu'elle n'a d'histoire avec personne d'autre. Il le saurait. Tout se sait dans les Îles.

Vicky comprend un peu mieux pourquoi Jocelyne a sauté sur l'occasion inespérée de se faire plaisir avec Patrice. Après le long hiver où les touristes n'abondent pas, cet homme de passage devait être très bienvenu.

« Qué cé que tu y veux, à Jocelyne ? »

Fascinée par cette franchise rude, par la force qui émane de cet homme, Vicky se dit que Jocelyne a en lui un défenseur farouche. Elle lui dit la stricte vérité parce qu'il ne se contenterait de rien d'autre. Il hausse les épaules : il a l'air de trouver que c'est bien du trouble pour quelque chose d'aussi ancien. Il n'était même pas né, lui, en 1972. Il ne cache pas que c'est ce qu'il appelle perdre son temps.

Vicky serre la main calleuse qu'il lui tend. Elle le regarde s'éloigner et se demande ce qui a bien pu empêcher Jocelyne de rester avec quelqu'un qui a de si belles fesses.

Sa conclusion, c'est qu'il est plus que temps qu'elle retrouve son homme.

* * *

L'aéroport des Îles est presque désert. Patrice fait preuve d'une exceptionnelle retenue en ne demandant pas tout de go des nouvelles de son entrevue. Il fait plutôt le compte rendu de l'interminable monologue de Berthe

Belin. Dans le fouillis de ses apartés, de ses avis personnels et le récit très illustré des méchancetés dont les gens sont capables, Patrice n'a rien tiré qui soit un tantinet suspect. Si quelque chose de précis a provoqué le départ de Marité, ce n'est pas Belin qui le sait, ou alors elle ment avec brio.

« Pour tout vous dire, ces ragots et ces commérages ne me convainquent pas des masses. Pas avec quelqu'un comme Marité. Vous la voyez, vous, s'offusquer de ce que les gens racontent ? Ça me semble drôlement improbable.

— Moi non plus, j'achète pas ça.

— Jolie, c't'expression. Alors, donc, voilà ! Sur ma lancée, j'ai également passé un coup de fil à notre dévoué monsieur Touranger. À tout hasard. Je l'ai mis sur le coup : il devrait nous rapporter les vols, cambriolages, abus de confiance, escroqueries, ce genre de bricoles qui seraient survenues en 1976-77. Histoire de vraiment faire le tour des possibilités. Il était ravi, Touranger. Je vous parie qu'en posant le pied à Montréal, je disposerai d'une liste exhaustive de tous les méfaits commis à Saint-Pierre et Miquelon de 1970 à 1980.

— Vous pensez qu'elle a été obligée de partir parce qu'elle s'est fait prendre à voler ? On le saurait, elle aurait un dossier.

— Non, rien de bien méchant… Je songe à de petits larcins, des emprunts non remboursés qui finissent par éveiller la suspicion. La petite volait chez l'épicier, elle l'a bien appris quelque part, non ?

— Oui, ça marche… C'est exactement le genre de choses qui auraient pu obliger Marité à partir. Je veux dire "avant" de se faire vraiment pogner. Ou même avant de se faire enlever sa fille qui aurait manifesté une tendance à la délinquance… (Comme elle veut lui éviter de poser des questions sur son entrevue du matin, elle enchaîne tout de suite avec ses nouvelles.) De mon côté, j'ai fait ce que j'ai pu, mais le monsieur n'a pas la parole facile et, quand il l'a, c'est certainement pas pour parler des autres. On n'est pas plus avancé et je ne sais même pas pourquoi cette Française n'en est pas une. Une chose est sûre, Marité Rihoit-Ferran, ça ne lui dit rien. Et je serais bien surprise que ce gars-là sache mentir. D'après lui, Jocelyne ne parlait jamais du passé et il n'est pas le genre questionneur.

— Ça ne m'étonne pas. Ils ont été ensemble longtemps ?

— De 2000 à la naissance du petit, en 2005... c'est un résumé, parce que ça variait. Disons que c'est une relation épisodique. C'est le fait de Jocelyne, le côté épisodique.

— Quand même ! Cinq ans, c'est davantage que je n'aurais cru.

— Ah oui ? Pourquoi ?

— Pas le genre de la dame, si vous voulez. Selon ses propres mots, elle ne veut ni ne peut s'attacher. »

Vicky médite la précision. En ajoutant ce qu'elle a appris ce matin, elle estime qu'ils ne peuvent pas l'éliminer, que Jocelyne Dupuis est un trop grand mystère pour ne pas tenter de le percer. Elle explique son point de vue à Patrice : le problème de Jocelyne semble être davantage l'attachement que la capacité d'aimer. Pour Vicky, voilà exactement le genre de réaction qu'elle aurait si sa mère l'avait trimballée et poursuivie toute sa vie : « Avoir eu Marité Ferran comme mère, ça doit laisser des traces.

— Précisément ! Jocelyne est beaucoup trop équilibrée, beaucoup trop saine pour être sa fille ! Elle n'a rien d'une déjantée. Nous cherchons Justine, je vous signale, une enfant privée d'éducation, une violente, une asociale, fort probablement S.D.F., une paumée, quoi ! Rien de tout cela ne concorde avec Jocelyne qui possède une maison, élève son fils, travaille depuis vingt ans, que sais-je !...

— Pas besoin d'avoir été à l'école pour dessiner, Patrice. Je m'excuse, mais...

— Elle a écrit un bouquin, ce n'est pas rien ! »

La surprise qu'il lit sur le visage de Vicky le force à nuancer : « C'est un livre pour enfants, mais bon, il faut le faire quand même ! Ça ne s'écrit pas tout seul. Ce n'est pas parce qu'elle parle avec un accent indéfinissable qu'elle en devient immédiatement suspecte. Nous nous égarons. Grave.

— Je savais pas pour le livre...

— Il n'en a rien dit, le type ?

— Non. »

L'appel des quelques passagers est lancé et ils passent les portes pour se rendre au petit avion. Une pluie froide les glace et ils avancent, arc-boutés contre le vent.

Une fois assis dans l'avion, Patrice pose le livre sur les genoux de Vicky : « Voilà qui distraira votre crainte des turbulences. C'est tout mignon, vous allez voir. »

Elle regarde la couverture, songeuse : « Seriez-vous contre que j'essaie d'en savoir un peu plus sur elle ? Je veux dire... l'éditeur, le numéro d'assurance sociale, les impôts... est-ce que ce serait encore du *Big Brother* pour vous ? »

Il la considère avec étonnement, sachant pertinemment qu'elle peut fort bien le faire sans le consulter. Il s'agit de son territoire et, à la limite, de son enquête.

Vicky devine ses pensées : « On est partenaires, Patrice. Vous me dites non et ce sera à moi de vous convaincre qu'on doit le faire. Pas de cachettes entre nous, c'est ma règle. »

L'ennui, c'est qu'il meurt d'envie d'en apprendre un peu plus sur Jocelyne. Et cette envie n'a rien à voir avec l'enquête : « Vous savez que vous m'emmerdez avec votre approche ?

— J'espère ! Pensez-y... Vous me direz ça à Montréal. »

Dès qu'ils ont atteint un peu d'altitude, elle ouvre le livre. Patrice incline son siège et dort profondément jusqu'à l'atterrissage.

5

« Ah ben ! Regardez donc qui c'est qui est venu nous chercher, Patrice ! Rémy Brisson, en personne ! Vous savez qu'y s'est jamais dérangé pour moi ?

— Voilà ce que c'est que de fréquenter de grosses pointures comme moi. »

Sans vouloir le décevoir, Vicky est plutôt encline à y voir les urgences de l'escouade. Rémy a dû craindre qu'elle prenne son vendredi après-midi de congé.

Dès qu'ils sont dans la voiture, Rémy ne parle que de ce qui le préoccupe. Mathieu a réussi à débloquer un dossier et il a besoin de Vicky pour continuer, puisqu'elle connaît l'affaire par cœur.

Vicky déteste ce genre de catapultage d'une affaire à l'autre et Brisson le sait très bien. Il est même d'accord avec elle, au lieu d'accélérer les choses, tout est ralenti quand on court deux lièvres à la fois. « Juste pour le mettre sur les rails, Vicky, seulement pour cet après-midi. Ça va tellement l'avancer. C'est un as pour les nouveaux programmes d'ordinateur, mais y faut le *feeder.*

— Si vous voulez un rapport complet sur les Îles pour lundi matin, va falloir choisir, Rémy : je ne travaillerai pas en fin de semaine, certain ! »

À leur grande surprise, Patrice s'offre pour rédiger le rapport. « Ça me connaît, la paperasse. Qui plus est, j'ai rien à foutre de tout le week-end. Allez ! À la limite, ça me distraira. Marché conclu ! »

Vicky n'a jamais vu quelqu'un d'aussi enchanté d'écrire un rapport. Avoir su, elle l'aurait mis à contribution avant.

Elle a à peine posé son sac de voyage que Mathieu se pointe dans son bureau, presque piteux de lui imposer cette séance : « T'as mangé ? Tu veux que je te monte une sandwich ? J'y allais. »

« Une » sandwich, ça lui fait un petit velours, ce féminin si peu normatif et si québécois. Elle s'aperçoit que, malgré tout, travailler avec Patrice l'incitait à surveiller son niveau de langage.

Elle s'absorbe totalement dans le dossier sur lequel Mathieu effectue des recherches. En effet, c'est un vrai petit génie en informatique. Ils travaillent sans répit jusqu'à ce que le cellulaire de Vicky sonne : il est dix-huit heures et Martin, venu chercher Vicky parce qu'elle a son bagage, est dans son bureau et l'attend.

Son homme s'est ennuyé d'elle et elle est bien contente de le constater. Il a cette façon légèrement insistante de glisser la main et d'évaluer la courbe de ses reins. Elle se dégage : « Dépêche, avant que Brisson me trouve une autre urgence ! »

Il la rattrape, l'enlace : « Attends ! Attends ! Dis-moi bonjour avant ! »

Elle adore ces baisers d'amoureux donnés alors qu'ils sont dans un endroit inapproprié. Tellement, tellement inconvenant et excitant.

Quand la porte s'ouvre brusquement sur Patrice, son « Vicky ! » devient un « Vic-ki ! Ki ! Oh ! Pardon ! », qui se clôt avec la porte.

Martin éclate de rire et Vick-ki-ki court rattraper son collègue : « Venez, Patrice ! Je vais vous présenter mon chum ! »

Elle n'en revient pas de le voir mal à l'aise pour une insignifiance pareille, alors qu'elle partage avec lui un secret d'alcôve drôlement plus gênant. Martin présenté, elle s'informe de ce qui pressait tant. Patrice agite quelques feuilles : « Monsieur Touranger, de Saint-Pierre… »

Vicky peut constater que l'honnête travailleur s'est encore une fois montré zélé. Elle tend la main : « Y a quelque chose ?

— Beaucoup de choses.

— Pour Marité ?

— J'ai pointé cinq ou six méfaits qui me paraissent de sa trempe. Mais nous verrons cela lundi. Bon week-end. Monsieur !

— Martin. Bonne fin de semaine.

— Hé ! Patrice ! Laissez-moi les feuilles, au moins. »

Elle n'en croit pas ses yeux : il est intimidé devant Martin ! Il s'en va et Vicky ramasse ses affaires en vitesse.

« Tu m'avais pas dit qu'il était beau, ma petite vlimeuse !

— Beau ? Voyons donc ! Tu trouves ? Quel âge tu y donnes, toi ?

— Pas loin de soixante… mais pas encore.

— Ben que trop vieux pour moi ! Tu sais pas que je les aime jeunes ? Très jeunes. C'est pas ta fête, toi, demain ?

— Ouais, ouais… je le sais que mon temps est compté : je suis presque trop vieux pour toi.

— Envoye, viens-t'en qu'on te célèbre… avant que tu sois trop vieux ! »

* * *

Le samedi est entièrement consacré aux préparatifs de la soirée d'anniversaire qu'organise Vicky. Elle adore faire les courses, disposer sur de jolies assiettes ce que le traiteur a cuisiné avec tant de talent. Comme ce n'est pas une surprise et que Martin l'a mise en retard en la ramenant au lit, ils s'activent ensemble, ce qui leur permet de se raconter les événements de la semaine. Martin a dû consacrer deux soirées à terminer ce qu'une collègue n'a pas réussi à remettre. C'est la deuxième fois qu'il travaille pour achever ce qu'elle n'arrive pas à faire. Vicky estime que si elle ne peut pas fournir à la tâche, elle devrait le dire au lieu de forcer Martin à mettre les bouchées doubles.

« Ça se fait, tu sais, se soigner et revenir après. Pourquoi toutes ces cachettes-là ? »

Selon Martin, ce dont souffre sa collègue fait partie des choses les plus difficiles à admettre : la dépression. Les signes sont évidents : elle arrive au bureau les yeux cernés, le teint livide. Elle est nerveuse, sursaute dès que quelqu'un survient près d'elle sans prévenir, elle tremble et grignote à peine à l'heure des repas. Elle a maigri et elle a des sautes d'humeur inexplicables. « Elle a engueulé la petite réceptionniste, hier… c'était pas beau à voir ! Pour rien ! Une niaiserie. Mais c'est comme si elle en avait profité pour sauter une coche. Aucun rapport entre la gaffe de la pauvre fille et la réaction de Line.

— C'était quoi, la gaffe ?

— Mesdames et Messieurs, voici la détective Barbeau à la barrière… elle s'élance, pose une première question… Je le sais pas, je m'en souviens plus ! Qu'est-ce que tu vas me sortir encore ?

— Qu'elle peut faire une dépression, mais qu'elle peut aussi avoir peur.

— Peur ? »

Il est carrément sidéré et attend qu'elle étoffe un peu sa théorie. Mais Vicky est en train de vider le dessous de la table à café où tous les livres intéressants, les magazines non lus des derniers mois attendent la journée de farniente où ils pourront les ouvrir. Il la libère d'une bonne pile et décide que la pause-café est maintenant officielle.

« Peur à en être malade ?

— Certainement... Peur de son mari violent, peut-être ?

— Je ne sais pas si elle a un mari...

— Si tu pouvais te rappeler de la gaffe si insignifiante à tes yeux, ça nous aiderait à savoir ce qui est important aux siens. »

Martin réfléchit. Il joue avec sa tasse, la fait tourner : « C'était quoi, donc ? Un appel... un message qu'elle a donné en retard. En retard ! Même pas : juste un message qu'elle n'a pas transmis tout de suite.

— De qui ?

— Comment veux-tu que je le sache ? Je travaille pas pour la Sûreté, moi !

— O. K. C'était quoi son discours quand elle a sauté sa coche ?

— Que c'était inexcusable, qu'elle ne pouvait compter sur personne, que c'était sa job à la petite de répondre et de transférer les appels, que si elle n'était pas capable de faire ce pour quoi elle était engagée, qu'elle démissionne ! Qu'à l'occasion, accepter ses limites avait du bon et qu'il était peut-être temps pour elle de se chercher un emploi à la hauteur de ses compétences. Genre *waitress*, mais que là non plus elle ne se rappellerait pas des commandes des clients. Tu vois le genre ? Assez *cheap* merci. Et c'est vraiment pas le genre de Line d'habitude.

— Elle serait plutôt petite souris besogneuse ?

— On dirait un totem scout ! Oui, dans le genre. Alors ? Ça sonne pas comme quelqu'un qui a peur, ça !

— Ça sonne comme quelqu'un qui répète ce qu'on lui a dit. En plus, c'est exactement ce que toi, t'aurais pu lui dire. Elle fait pas ce pour quoi elle est engagée, c'est toi qui le fais ! Elle est violente avec les faibles, parce que quelqu'un l'est avec elle. Et elle sait très bien comment humilier et piétiner…

— … parce qu'on lui a fait la même chose !

— Elle t'aurait jamais dit ça à toi. Ça me surprendrait pas pantoute qu'elle soit méprisante avec les serveuses au restaurant. Je peux même te dire que si c'est son mari qui la violente, c'est pas un as lui non plus. C'est un gros deux de pique qui fait le matamore avec sa petite femme.

— C'est beau comment tu décris ça… L'harmonie, l'équilibre conjugal, les joies du mariage. C'est pour ça que tu veux pas te marier avec moi ?

— Je te l'ai dit : t'es trop vieux ! En plus, aujourd'hui, t'es encore plus vieux. »

Martin attrape le pied nu de Vicky et le garde dans ses mains chaudes. Elle adore.

« Je fais quoi avec Line, docteur ?

— Compliqué. La violence, ça laisse pas toujours des bleus. Si c'est ce que je pense, elle va perdre tous ses moyens, elle n'aura plus assez de confiance pour avancer, elle va se faire renvoyer ou s'en aller et, si elle ne réagit pas, il va l'achever. Sans jamais lever la main sur elle. Il va la vider de l'intérieur. Y a rien qui va paraître extérieurement, mais en dedans, y aura plus rien. Tu peux pas faire grand-chose : si tu lui dis que tu sais, elle va avoir honte et elle ne te parlera plus jamais. Si tu dis rien, ça va dégringoler de son bord à elle et il va te rester à refuser de remplir ses mandats à sa place. Parce que ça l'aide pas. Faut qu'elle réagisse, Martin, faut qu'elle trouve le courage, l'estime d'elle-même pour dire que c'est assez, que c'est non. Si tu fais sa job, elle dira pas non à son mari, elle va en endurer encore un peu, elle va se rendre au vide complet. Quand tu l'aides, tu l'aides à endurer, pas à refuser la violence. Si tu l'aides pas, elle s'approche d'un point limite qui peut la réveiller. L'énergie qu'elle prend pour endurer, il faudrait qu'elle la prenne pour se sauver. Mais je te garantis que, sur le coup, elle n'appréciera pas le genre d'aide que tu vas lui donner en arrêtant de compenser pour elle. »

Martin ne la trouve pas très encourageante. De plus, il s'estime mêlé à une histoire qui ne le regarde pas. Pourquoi ce serait à lui d'agir pour provoquer une réaction privée dans une vie privée ? Le raisonnement fait sourire Vicky : « Ça, c'est ce qu'on appelle les coûts secondaires de la violence domestique, ceux qui ne sont ni recensés ni comptabilisés. On ne les retrouve jamais dans les statistiques et pourtant, ça fait des ravages. J'appelle ça l'effet domino d'une humiliation privée. Au bout du compte, tu fais deux fois ton travail pour la couvrir pendant qu'elle essaie de récupérer au bureau.

— Super ! »

Elle dégage son pied et le pose sur la cuisse de Martin. Il le saisit et sa main remonte doucement le galbe du mollet. Il le fait en réfléchissant, rêveusement. Vicky remue la jambe : « Hé ! Martin ! T'es où, là ? Qu'est-ce qu'il y a ?

— Je pense au message... Me semble que c'était pas son mari. J'arrive pas à me souvenir, ça m'énerve. On dirait que je le sais, pis non.

— Arrête d'y penser, ça va te sauter dans face. Si tu veux te distraire, y a l'aspirateur qui te fait des yeux doux.

— C'est pas ma fête, moi ? J'ai pas une exemption ?

— O. K., congé pour toi. Allez, je vais m'y coller, comme dit Patrice. »

Martin se lève et lui prend l'aspirateur des mains. Juste avant de s'y mettre, il lui rappelle que le lendemain, ils ont un dîner d'anniversaire chez sa mère.

Vicky hurle de joie : « Que c'est le fun ! Son petit garçon a trente-sept ans ! Et vous, Vicky, c'est le gros chiffre rond cette année, si je ne me trompe pas ? Cinquante ans, ça se fête ! J'ai eu une charmante idée, dernièrement : que diriez-vous… »

Le bruit de l'aspirateur couvre la fin de son numéro.

* * *

Même si la fête a duré jusqu'à trois heures du matin, Vicky se lève tôt. Elle ne possède pas comme Martin l'art de dormir et de récupérer. Pour elle, une nuit amputée à un bout ne repousse pas à l'autre bout. Ce qu'elle perd en sommeil ne se compense pas facilement.

Autant elle déteste l'aspirateur, autant refaire de l'ordre, mettre le lave-vaisselle en marche, ranger, ramasser, lui plaît. C'est une façon de reprendre possession de son territoire. Et comme elle n'a pas été chez elle depuis une semaine, le plaisir est encore plus grand. Un soleil glorieux baigne l'appartement et elle s'active sans bruit.

Ce n'est que vers huit heures qu'elle s'installe sur la terrasse avec son deuxième café et les feuillets remis par Patrice. Elle doit admettre que monsieur Touranger sait susciter l'admiration : c'est impeccable. Il y a les années 1975, 1976 et 1977 et tout est répertorié du plus petit accident de voiture au meurtre. À lire les colonnes de méfaits, il apparaît clairement que les îles de Saint-Pierre et Miquelon sont plutôt pacifiques, non violentes et que le principal problème consiste à supporter les voisins et leur tapage nocturne. Qu'est-ce qu'ils auraient dit de la fête de la nuit passée !

Vicky épluche consciencieusement chaque entrée en essayant de ne pas être influencée par les petits points verts inscrits par Patrice.

Deux choses étonnent Vicky : le nombre extrêmement bas de morts violentes et l'absence totale de prostitution. Aucune « sollicitation sur la voie publique » ou rien d'approchant. Les meurtres, au nombre de neuf (ce qui déjà apparaît comme extraordinairement faible à Vicky), ont pratiquement tous été résolus, ce qui la rend un peu envieuse. Elle se dit que le côté restreint des suspects doit aider un peu, mais quand même, un tel taux d'élucidation, c'est bien au-delà de ce qu'ils arrivent à faire à Montréal. Elle inscrit les deux meurtres non réglés dans son carnet de notes. Elle jette un œil sur les autres morts violentes recensées et constate que la noyade et les accidents de voiture en sont les deux principales causes — ce qui n'est pas étonnant, tout comme le fait qu'ils surviennent majoritairement en haute saison touristique, soit entre mai et octobre.

Elle passe ensuite aux autres actes criminels. En dehors des infractions visant la propriété, le saccage, le vandalisme, il y a une quantité intéressante de vols qualifiés, escroqueries et autres atteintes aux biens. Du nombre, il est certain que Marité a pu en accomplir et arrondir ainsi ses fins de mois. Est-ce ce qui explique l'absence de prostitution ? Ou est-ce que ce délit est peu considéré en sol français ? Il faudra demander à Patrice. Vicky inscrit la note.

Elle se consacre ensuite aux méfaits que Patrice a pointés et, évidemment, le parcours est probable. Si l'auteur en était Marité, c'était sans risque et cela permettait de bien vivre. Les vols recensés par Patrice se produisaient la troisième ou quatrième semaine du mois, des hommes seulement en étaient les victimes et les circonstances en demeuraient nébuleuses. Vicky peut facilement imaginer qu'une « petite gâterie » offerte généreusement et gratuitement devait être difficile à refuser... surtout dans un pays où la prostitution n'existe pas ! Une fois le monsieur dézippé et l'esprit ailleurs, c'était si facile pour Marité d'avoir une main baladeuse vers le portefeuille de sorte que le monsieur se trouvait soulagé de beaucoup plus qu'une petite tension sexuelle. Comme le portefeuille introuvable contenait les cartes d'identité et de crédit, les victimes étaient bien obligées de les renouveler en déclarant le vol. Patrice avait fait diligence ou alors, monsieur Touranger était vraiment doué : il avait joint les résumés des affaires répertoriées. À chaque fois que les cartes de crédit n'avaient pas été utilisées par le voleur, Patrice avait pointé. Évidemment, Marité n'était pas assez sotte pour se faire prendre : elle empochait le liquide et se débarrassait sans doute des cartes. Une seule carte de crédit avait été retracée parce qu'elle avait été utilisée. C'était en juin 1977 et aucune accusation n'avait été portée. La carte avait seulement été retrouvée.

Vicky joint son point d'interrogation à celui de Patrice. Elle ajoute dans son calepin : *Justine ? Serait-il possible que la petite ait volé une carte et ait tenté de l'utiliser ?* Voilà qui aurait eu pour effet de précipiter la fuite de Marité. Mais, à cinq ans, une enfant peut-elle vraiment essayer d'utiliser une carte de crédit, même pour jouer ? Surtout quand on n'a aucune éducation, ça paraît extrêmement improbable à Vicky. Personne n'aurait pris cette tentative au sérieux, aucun marchand. Elle pencherait vers quelqu'un qui, ayant retrouvé la carte par hasard, s'est essayé au petit jeu de la fraude. Quoi qu'il en soit, elle aimerait bien savoir ce qu'on avait tenté d'acheter avec cette carte. Il lui semble que ce serait instructif.

Vicky tourne une nouvelle page de son calepin et inscrit :

Justine. Témoin ou participante ? Enfant préservée par Marité ou mise à contribution ? Jusqu'où ? Vol — probable. Prostitution — improbable.

Pourquoi Marité fuit-elle ? Elle est prise sur le fait ou presque.

Pourquoi Justine fugue-t-elle ? Trop couvée ou trop utilisée par sa mère ?

À revoir : dossier de cartes de crédit utilisées. Rimouski : endroit où s'est réfugiée Marité quand elle a quitté les Îles de la Madeleine. Prostitution et vol sur le territoire de Rimouski : à vérifier.

Il est urgent de retrouver Justine et de déterminer sa position. L'enfant d'une criminelle devient-elle nécessairement une criminelle ? Non, absolument pas.

Martin pose un baiser dans son cou. Elle lève les yeux et constate qu'il est à peine habillé et qu'il dort debout : « As-tu lu Sade, Martin ? *Justine,* c'est un de ses livres, non ?

— Oh boy ! Ça, c'est sadique pour un comateux du saké ! »

Il réclame un hors-jeu jusqu'à l'effet bienfaisant des aspirines qu'il vient d'avaler. Vicky lui cède sa chaise longue et va refaire du café.

Quand le téléphone sonne, elle entend Martin crier : « Non ! Prends pas ça ! À cette heure-là, c'est pas un ami ! »

Vicky estime que dix heures, c'est quand même pas l'aurore : « Allô, oui ? »

C'est Patrice qui s'excuse de la déranger. Il en est à la troisième version du rapport et avoue qu'il cherche comment bricoler certains passages afin d'en présenter suffisamment à Brisson pour qu'il donne son accord à la poursuite des opérations… sans pour autant prêter le flanc à la critique. Les termes de Patrice font sourire Vicky. En fait, il n'a du mal qu'avec Jocelyne Dupuis et elle estime que c'était assez prévisible. Elle lui suggère de sauter le chapitre Jocelyne : « Je m'en charge de ce bout-là, je le ferai demain matin en rentrant. Dites donc, Patrice, la carte de crédit utilisée en juin 77… ça pouvait pas être un coup de Justine, ça ? Vous pourriez essayer de voir avec Touranger demain ? »

Elle entend le rire ravi de Patrice : « Croyez-vous que la similitude de nos conclusions équivaut à une confirmation d'hypothèse ? J'ai écrit exactement la même question sur un post-it. Autre chose ? »

Elle avoue qu'elle n'a pas travaillé des heures là-dessus. Elle commence à peine à s'y replonger. Ce qui confond Patrice : « Excusez-moi de vous avoir ramenée à ce genre de préoccupation. C'est dimanche, profitez-en bien. À demain ! »

Vicky décide de respecter scrupuleusement ce conseil.

* * *

La réunion hebdomadaire du lundi est rapidement expédiée. Patrice n'y étant pas convié, c'est Vicky qui résume les progrès du dossier Deschamps et qui obtient, comme prévu, un sursis pour ce qui est du rapport et de la décision de poursuivre ou non.

Robert Poupart lève la tête de ses mots cachés : « Comment ça, poursuivre ? Vous allez pas arrêter ça ? Vous avez déjà perdu une semaine aux Îles, deux jours à Saint-Pierre et Miquelon… et je ne parle pas des frais de déplacement. C'est quoi, cette histoire-là ? Vous avez presque rien ! As-tu une idée de ce qui t'attend sur ton bureau, Vicky ? Compte pas sur moi pour faire la job tout seul. »

Vicky se passe la réflexion que tout le monde n'a pas la gentillesse de Martin : ce n'est pas Poupe qui va la dépanner, certain. Elle trouve le silence des autres plutôt inquiétant. De là à croire qu'ils partagent l'avis de Poupart, il n'y a qu'un pas. Elle s'adresse à Brisson : « On a quelque chose… ça bouge. Vous prendrez la décision après le rapport, O. K. ? »

Brisson est déjà étranglé par les pressions que, de son côté, Patrice Durand exerce. Il est très heureux de déclarer que le rapport et les faits vont guider sa décision. Sur ce, il lève l'assemblée.

Vicky allait se ruer dans son bureau quand Brisson lui lance : « Vicky, peux-tu rester, s'il vous plaît ? »

Mathieu lui murmure un « Chanceuse, va ! » en passant près d'elle pour sortir.

Dès qu'ils sont seuls, Brisson écarte les deux bras en signe d'impuissance : « Y s'en va pas, le Français ? Y a rien à faire à Paris, ce gars-là ? Veux-tu me dire ce qu'y faut trouver comme argument pour qu'y reprenne l'avion ? Ça a aucun sens !

— Le meilleur argument, ce serait de résoudre l'affaire Deschamps.

— Très drôle, Vicky ! Au rythme où vous êtes partis, on va pouvoir fermer le bureau le mois prochain. Nos budgets vont déjà être défoncés.

— Y a pas moyen de partager les coûts ?

— Y a pas juste les coûts ! Faut les justifier. Durand

fait baisser mes statistiques en maudit, laisse-moi te le dire. »

Les statistiques de Brisson sont sa marotte et leur cauchemar à tous. Il ne défend ses budgets de fonctionnement qu'avec le rapport des statistiques. Brisson est un champion du coefficient d'efficacité. À lui seul, il a calibré tous les bureaux, toutes les escouades de la Sûreté et il a attribué à chaque employé un ratio à atteindre pour justifier la dépense qu'il entraîne. Ses calculs sont si emberlificotés, si compliqués que personne n'a encore osé les vérifier et encore moins les contester. Selon ses statistiques, l'escouade qu'il dirige remporte la palme et de loin : pour un prix extrêmement bas comparé aux autres services, son équipe se débrouille pour faire exploser le taux de réussite. Comme Vicky est l'élément le plus performant de cette équipe, il ne tient pas du tout à la voir investir du temps dans une affaire qui n'a aucune probabilité d'être résolue et qui, si elle l'est, ne les rendra même pas célèbres.

« Efficacité et renommée, Vicky ! Si un dossier n'aboutit à aucun de ces critères, on passe au suivant.

— Moi, j'ai compris. Vous expliquez ça à Patrice ? »

Brisson fronce les sourcils — il commence à l'avoir loin, le Français. « Il est tellement obstiné, lui ! Jamais vu une tête de mule pareille !

— Le pire, c'est qu'il a peut-être raison d'insister.

— Tu penses ?

— Laissez-moi finir le rapport, O. K. ?

— À cinq heures sur mon bureau. Demain matin, neuf heures, je vous vois tous les deux et ma décision est finale. »

Très peu impressionnée par cette démonstration d'autorité, Vicky rejoint Patrice qui trépigne d'impatience.

Elle l'avertit de fourbir ses armes, l'humeur de Brisson n'étant pas du tout à la poursuite des choses.

Ils mettent au point une stratégie d'action pour la journée et Vicky va rendre une petite visite à Mathieu. Elle le trouve enfoncé jusqu'au cou dans son dossier informatique.

« Je peux te déranger ? Je sais que c'est pas le temps, mais tu m'en dois une et c'est maintenant que j'en ai besoin. »

Il est trois heures quand Vicky rejoint Patrice. Il a l'air tellement allumé qu'elle le laisse commencer.

« J'ai eu Touranger au téléphone. Cette carte de crédit utilisée en 77 l'a été par une enfant.

— Justine ?

— Non. Élisa Vimont qui avait huit ans à l'époque et qui voulait acheter un vélo. Elle a prétendu que la carte lui avait été prêtée par une amie, afin de procéder pour elle à cet achat. Il s'agit de Justine, en l'occurrence. Marité s'est opposée formellement à ce qu'on interroge sa fille de cinq ans pour permettre à une gosse de riches beaucoup plus âgée de camoufler ses bévues. Le propriétaire de la carte n'a vraiment pas insisté pour qu'on fouille plus avant. L'affaire de la carte de crédit s'arrête là.

— Comment une fille de riches pouvait avoir fait la connaissance de Justine ? Pourquoi utiliser une carte volée si elle avait des sous ?

— À ce que je vois, la version d'Élisa Vimont vous semble la bonne. Vous pensez bien que j'ai essayé de savoir… Le jeune Touranger n'ayant aucune connaissance utile de cette époque, que croyez-vous que j'ai fait ? Rebelote chez Berthe Belin qui, elle, en connaît tout un chapitre sur la petite histoire de Saint-Pierre. Selon notre commère, c'est à la plage que les deux fillettes se sont connues. Élisa possédait une jolie bicyclette que lui enviait Justine. Toujours selon Belin, Élisa, qui connaissait un peu la vie, aurait expliqué à Justine comment se servir de la carte de crédit que celle-ci conservait dans ses trésors. Justine, incapable de se débrouiller, lui aurait demandé d'agir à sa place. Bien évidemment, le marchand connaissait à la fois Élisa, le propriétaire de la carte et les parents de la petite, des gens irréprochables au demeurant et qui se sont engagés à surveiller leur gamine. Pas de quoi fouetter un chat, quoi ! L'affaire a été oubliée vite fait et on n'en a plus reparlé pour une raison très simple : Élisa Vimont est morte en juin 1977. »

Vicky n'a pas à demander, Patrice enchaîne : « Noyée. Non, on ne peut lier cet accident à qui que ce soit. La petite est allée se baigner seule, malgré l'interdiction formelle qui lui en était faite. C'était à deux pas de chez elle. Son vélo était abandonné sur la dune avec ses affaires. Il n'y a pas eu d'enquête.

— On peut parler aux parents ?

— Ils sont repartis en France le mois suivant. Anéantis. Élisa était enfant unique. Monsieur Vimont est décédé. Madame Vimont est remariée, elle habite Orléans et s'appelle… Leroy. »

Il se tait et constate que Vicky réfléchit fébrilement aux possibilités que ce développement soulève. Elle se met à marcher dans la pièce. Il sait bien tout ce qui lui traverse l'esprit, il a lui-même fait le parcours : « Belin soutient que toute cette tragédie a secoué Saint-Pierre et que, par la suite, les gens s'étaient montrés particulièrement mesquins, accusant Justine d'avoir terni la réputation d'Élisa et de lui avoir gâché ses derniers jours. Belin maintient que la pauvre petite n'y était pour rien et que son chagrin était non seulement authentique, mais terrible. Élisa était la première copine de Justine, elles étaient très liées, malgré la différence d'âge. Avec Justine, Élisa pouponnait. Belin répète qu'elle a elle-même insisté auprès de Marité pour qu'elle soustraie sa fille à l'ambiance hargneuse qui ne lui valait rien. Voilà pourquoi elle a accepté de faire suivre l'argent de la pension. »

Vicky essaie de faire le tri dans ces nouvelles et elle n'y arrive pas totalement : « Vous pensez que Justine pleurait parce qu'elle avait tué son amie ?

— Mais qu'est-ce que vous allez chercher là ? Cinq ans, Vicky, c'est pas possible ! Ça ne peut pas être possible. Élisa en avait huit. Même menue, même délicate, elle faisait le poids devant une môme de cinq ans. C'est révoltant ce que vous suggérez. C'est à gerber.

— Bon ! Énervez-vous pas de même ! Je pose une question, j'accuse pas. Pis Justine, c'est pas votre fille.

— Comment savez-vous que j'ai une fille ? »

Déboussolée, Vicky hoche la tête, incapable d'expliquer qu'il s'agit d'une méprise due à sa façon de s'exprimer. Elle comprend mieux le mouvement viscéral de refus de Patrice.

« Je n'ai pas dit "elle n'est pas comme votre fille", j'ai lancé ça comme ça, pour dire "ce n'est pas comme si c'était votre fille", je savais pas, moi, que vous en aviez une ! Quel âge elle a, la vôtre ? »

Patrice se calme : « Cinq ans, et croyez-moi, une gamine de cet âge ne pourrait jamais noyer une fillette de huit ans. »

Vicky se déplace de long en large, énervée : « Alors ? Accident ? Meurtre déguisé ?

— Un accident bien étrange. Élisa savait nager, la mer n'était pas mauvaise ce jour-là...

— Marité ? Ça va prendre un mobile, Patrice, et un bon. (Elle essaie de se concentrer et s'arrête devant le dossier étalé sur la table.) Crisse ! Ça change toute ! C'est pas du tout la même affaire que rater un accouchement et se couvrir. C'est… Imaginez ce que ça prend pour tenir une enfant de huit ans la tête sous l'eau… On ne tue pas pour une niaiserie pareille ! C'était réglé, fini, l'affaire de la carte de crédit. Pourquoi risquer si gros ?

— Parce qu'elle n'en a rien à secouer. Parce qu'elle se croit au-dessus des lois. Parce que, s'il s'agit d'un meurtre, c'est une colérique et une dangereuse.

— Non, non ! Donnez-moi un mobile, Patrice.

— Il est possible qu'Élisa ait encore eu, sans le savoir j'entends, matière à compromettre la réputation de Justine. Voilà qui me semble beaucoup plus probable. Elle a éliminé un témoin menaçant.

— Vous voulez dire… quelque chose de plus important que la carte de crédit ? Quelque chose qu'on ne saurait pas encore ? »

Patrice constate que l'argument fait son chemin, rencontre l'adhésion de sa collègue. Il parle lentement, pour lui laisser le temps d'assimiler et de cadrer les éléments dans l'affaire, à mesure qu'il les ajoute : « Si on croit Belin — et je la crois — Marité vivait de bric et de broc avec sa fille. La bicyclette d'Élisa devient un objet de convoitise. Et qu'est-ce que nous trouvons sur le lieu de la noyade ? Le vélo, les affaires de la petite. Tout y est, intact. Moi, je vous jure que si Justine avait quelque chose à y voir, la bécane aurait disparu ! Et pour la récupérer…

— Y aurait fallu se lever de bonne heure. O. K., Patrice, arrêtez avec Justine, j'ai compris. Parlez-moi de Marité. C'est elle qui m'inquiète.

— Marité a ses petits secrets, elle tisse un réseau pour

se débrouiller. Elle s'en tire plutôt bien et on lui fout la paix. Jusque-là, rien ni personne ne l'a jamais inquiétée. N'oublions pas qu'elle a tout de même le meurtre d'Isabelle Deschamps sur la conscience. D'accord, il s'agit de circonstances particulières, d'une issue probable où elle n'avait qu'à entériner le sort, si je puis dire, lui donner un coup de pouce. Mais bon, il s'agit tout de même de la mort d'une copine. Et voilà qu'une gamine de huit ans partage les secrets de sa môme. Une gamine futée qui, elle, comprend ce que raconte innocemment Justine. Et si elle est un tant soit peu bavarde, il y a forcément danger qu'elle révèle des combines juteuses demeurées jusque-là secrètes. Voilà exactement ce qui arrive avec la carte de crédit. Est-ce que Marité va renoncer à sa survie et à celle de sa fille pour une petite maligne, une gosse de riches dont elle n'a rien à secouer ?

— Non. Mais elle pouvait s'en aller, comme elle l'a fait après la noyade. Elle pouvait partir sans tuer.

— Vous croyez qu'elle est du genre à laisser un témoin derrière elle ? Ne sommes-nous pas d'accord en ce qui concerne Isabelle Deschamps ? Elle l'a achevée pour camoufler une faute professionnelle.

— Pour se protéger, pour se mettre à l'abri de toute poursuite ! Mais pour Élisa, on n'a pas de mobile. Ça ne suffit pas, cette histoire de témoin.

— Quoi d'autre ?

— Quelque chose de plus vicieux, de plus pervers. Si Marité a tué cette enfant, Patrice, elle passe de l'accident meurtrier au meurtre prémédité, organisé, comploté. Ce n'est plus la même personne. Elle devient sans scrupules, sourde à tout ce qui n'est pas son bénéfice ou celui de sa fille.

— Alors là vous m'étonnez ! Qu'y a-t-il de neuf là-dedans ?

— On va trop vite. Quelque chose me met mal à l'aise. Pour moi, Patrice, ça change tout, on ne cherche plus la même personne. Je ne sais pas comment vous expliquer… »

Patrice s'assoit au bureau et croise les bras : « Je vous écoute. »

Vicky le regarde, sourit : « Non, non : on va aller en bas. Vous avez trop envie de fumer pour m'écouter comme il faut. »

Patrice lui accorde que, question psycho, elle est géniale.

« Si Marité a tué Élisa — et je tiens au si —, c'est pas pour protéger sa fille ou son style de vie ou même ses secrets. C'est par orgueil. Pour la remettre à sa place. Pour lui montrer qui est le plus fort, qui gagne à ce petit jeu. Je sais, c'est pas un jeu pour nous, mais pour elle, oui. C'est aussi parce que la petite s'est mêlée de ce qui ne la regardait pas. On ne menace pas Marité Ferran. On ne lui vole pas l'attention ou l'affection de sa fille bien-aimée. On ne lui vole pas le peu que la vie lui a donné, surtout pas quand on vient d'une famille aisée et qu'il suffit de demander pour obtenir ce qu'on veut.

— C'est plausible… j'achète, comme vous dites. Mais que ce soit par orgueil ou possessivité, pour protéger ses magouilles ou par vengeance, comment pourrions-nous en avoir la moindre preuve ? »

Le soleil de mai est infiniment doux sur le visage de Vicky. Elle est appuyée contre la brique chauffée de l'immeuble. Une chape de tristesse l'envahit, elle ferme les yeux, presque étourdie par l'ampleur de ce qu'elle pressent.

Patrice jette son mégot, s'approche d'elle : « Vicky ? »

Elle plonge ses yeux dans les siens : « Si elle est celle que je viens de décrire, Patrice, c'est une tueuse, et Élisa n'est pas la seule victime. C'est une tueuse qui se croit autorisée à tuer parce qu'elle n'a jamais été prise. Et sur son chemin, on va retrouver des cadavres. Et ça fait trente-cinq ans que ça dure…

— Venez ! On a du boulot. »

Pour prouver qu'Élisa a été tuée, ils estiment qu'il leur faut découvrir un autre « accident » sur le parcours de Marité. Cette hypothèse de travail blanchit totalement Justine, ce qui soulage autant Patrice que Vicky.

Vicky s'inquiète quand même : et si Marité avait décidé d'éliminer sa propre fille après ses fugues, un peu comme si chaque fugue était un défi à sa mère, une provocation contre elle ?

Patrice lui remet en mémoire le long périple pour la retrouver, ce tour de la Gaspésie et cette halte aux Îles de la Madeleine en 1983. « C'est l'affaire de sa vie, que dis-je, c'est sa raison de vivre, Vicky. Elle se tuera avant de la tuer, ça ne fait pas l'ombre d'un doute. Faites gaffe, vous vous emballez. »

Il a raison, et elle le sait.

Un à un, ils reprennent les déplacements connus de Marité — entre 1977 et 1979 aux Îles de la Madeleine, de 1979 à 1981 à Rimouski, ensuite Matane pour presque six mois — la tâche est surhumaine parce qu'il faut scruter chaque accident où il y a eu mort d'homme et relire le rapport du coroner qui a été établi à l'époque.

Ils concentrent leurs efforts sur les Îles de la Madeleine. Patrice se demande s'il faut considérer la maladie vénérienne généralisée qu'a provoquée Marité comme une tentative de meurtre, mais même cette hypothèse farfelue émise pour faire sourire est examinée sérieusement par Vicky.

De toutes les morts violentes recensées, ils dégagent trois cas qui pourraient être liés à Marité. Un incendie et deux noyades.

Fébrilement, Vicky se met à fouiller dans ses notes. « Un feu. Il y a quelqu'un qui m'a parlé d'un feu. Attendez… C'était la maison de Marité, enfin, la cabane où elle habitait…

— Mais si ! On a visité l'endroit ! Où allez-vous avec cette histoire ? Ce n'est pas du tout ce que nous cherchons !

— Entre 1985 et 1990… aucune chance qu'elle ait été là ?

— Mais vous divaguez ! Qu'est-ce qu'on s'en tape de sa cabane ! Je vous signale que nous cherchons une personne qu'elle aurait eu intérêt à éliminer en incendiant une maison. Vous désirez prendre une pause ?

— Non. Et faites-moi pas le coup de la fille qui capote, O. K. ? Je divague peut-être, mais quand quelque chose arrive à Marité, ça me donne une idée de ce que, elle, elle a déjà fait.

— L'incendie qui nous occupe est survenu en 1979, je dis ça comme ça… Pour votre gouverne, celui de la remise où habitait Marité est non seulement survenu plusieurs années après, mais il n'a fait aucune victime. J'insiste, personne n'est mort, personne n'y habitait plus et personne ne s'en souciait. On ne va pas s'embêter avec ce truc, non ?

— Bon, bon ! Alors ? Par le feu ou par l'eau ?

— Je prends les deux noyades, je vous laisse les flammes. »

Penchés sur l'écran de leur ordinateur respectif, ils s'absorbent dans la lecture des rapports. Le cellulaire de Vicky se met à vibrer sur la table.

« Brisson ! Crisse ! Je l'ai oublié, lui ! Y est six heures. »

Patrice resserre son nœud de cravate, enfile son veston : « Venez ! Je vous parie qu'il nous supplie de ne pas laisser tomber.

— Pis vous m'accusez de divaguer ?

— Laissez-moi le soin de lui présenter le rapport : tout est dans l'art et la manière ! »

Dix minutes plus tard, ils sont de retour dans leur salle de travail, investis d'une affaire qui vient de se voir attribuer le label « priorité absolue ». Patrice rigole et se moque des scrupules de Vicky : « L'essentiel, c'est de résoudre cette affaire et non pas de rendre Brisson moins con. Nous sommes bien d'accord ? Vous permettez ? »

Il exhibe son paquet de cigarettes et sort.

Vicky en profite pour appeler Martin qui trouve que la semaine part en lion s'il faut qu'elle travaille déjà le lundi soir. Elle lui dresse un portrait sommaire des nouveaux éléments et elle l'entend siffler : « Méchante madame !... Es-tu en train de me dire que tu cherches un tueur, ou plutôt une tueuse en série ?

— Non, c'est pas tuer qui l'intéresse, c'est juste que son réflexe de défense, c'est tuer.

— Je suppose qu'il y a une grosse différence pour toi là-dedans ?

— Ben oui !... Je t'expliquerai ça en personne. Toi, tu fais quoi ? C'était comment, ta journée ?

— Je t'expliquerai ça en personne… Comme tu ne viens pas souper, je vais me dépêcher et aller au cinéma. Es-tu jalouse ?

— Très. Tu peux pas savoir comme j'aimerais aller voir des horreurs pas vraies au lieu de me plonger dans de vraies horreurs.

— Courage ! Quand tu vas rentrer, je vais te faire des douceurs très vraies. »

Elle sourit parce qu'elle sait que c'est strictement exact. Martin a le pouvoir d'éloigner beaucoup des horreurs et des monstruosités qu'elle fréquente quotidiennement. Il a le don de lui faire poser son fardeau à la porte de chez eux. Elle ferme son cellulaire et se demande comment Patrice réussit à contrer ses démons, lui.

Une heure plus tard, ils résument ce qu'ils ont : Patrice estime qu'une des deux noyades mérite d'être étudiée plus à fond. Survenue en 1978, elle implique un adolescent de quatorze ans qui s'est aventuré en mer dans une chaloupe pourrie, sans ceinture de sauvetage. Personne n'a jamais compris ce qui a pu se passer pour l'inciter à se jeter à l'eau comme ça. D'autant plus que le temps était maussade et la mer agitée. Qui plus est, Sylvain Cadorette ne savait pas nager. Les parents, complètement atterrés, n'ont jamais pu trouver quelqu'un en mesure de les éclairer sur les événements qui avaient précédé la mort de leur enfant. Ils sont restés convaincus que quelque chose avait poussé leur fils à prendre la mer, mais ils ne pouvaient rien dire de plus. La noyade a été déclarée accidentelle par le coroner.

Vicky attend que Patrice lui explique en quoi cette noyade peut concerner Marité, mais il semble avoir tout dit.

« Quoi ? C'est tout ? Ça va être dur à prouver, votre affaire !

— Il y a l'endroit… ça s'est passé près de l'Étang-du-Nord.

— Oui… Pis ?

— Sylvain Cadorette était livreur pour l'épicier. Il a pu, en circulant dans la région, être témoin de ce qui se passait dans la cabane de Marité.

— Si vous parlez de la prostitution, tout le monde le savait, ça ! En tout cas, tout le monde l'a su. On s'entend-tu que les gens doivent le savoir pour consommer le service ? Et puis, comment elle aurait fait son compte ? Un gars de quatorze ans, ça se laisse pas faire de même ! Ça saute pas dans une chaloupe parce qu'une folle lui dit d'y aller.

— Non… Mais si cette folle lui demande de l'aider, si elle prétend que sa fille est en détresse, près de se noyer ? Si, même, elle se jette à l'eau et fait mine de nager vers un quelconque danger pour le pousser à se jeter à l'eau à son tour ?

— Seigneur ! Vous en avez de l'imagination ! Pourquoi ? Trouvez-moi pourquoi.

— J'inscris *mobile* et je me le réserve. L'autre cas est moins probant : une petite de sept ans emportée par les glaces. On n'a trouvé que ses seules traces de pas dans la neige. On a supposé qu'elle avait suivi un animal, ou peut-être un oiseau et que, ne doutant pas de la solidité des glaces, elle s'était aventurée trop loin… La glace a cédé, hypothermie. C'est arrivé à l'hiver 1979.

— Où ?

— Havre-Aubert, tout à l'entrée, là où la route est cernée d'eau.

— Sept ans… C'est l'âge de Justine en 1979…

— Mais les enquêteurs ont été formels : les traces de pas dans la neige sont celles de la petite uniquement.

— Mouin….

— Je garde ? J'exclus ?

— Gardez. On verra. De mon côté, je n'ai pas grand-chose non plus. L'incendie a fait deux morts : la mère et sa fille de dix ans. Le père et son fils de seize ans étaient partis chez… attendez, comment ça marche, donc ? Ah oui ! Monsieur Simard et son fils étaient partis travailler chez monsieur Simard père. Ils rénovaient quelque chose dans la maison. Restaient la mère et la fille dans la maison qui a pris feu et elles sont mortes asphyxiées. Les pompiers n'ont rien pu faire : il ventait à écorner les bœufs. Y ventait comme y vente toujours aux Îles. C'est une négligence qui a provoqué le feu : une boîte de cendres du poêle à combustion lente avait été laissée sur la galerie de bois. Les cendres n'étaient pas totalement éteintes, le feu a couvé lentement et il a éclaté en pleine nuit, aidé par le vent.

— Je ne vous suis plus, Vicky, la galerie ?

— La véranda. En bois, j'ai-tu besoin de le dire ?

— Donc, c'est un cas élucidé ?

— Oui et non… Monsieur Simard a maintenu que c'était pas dans leur manière de se débarrasser aussi mal des cendres, qu'ils étaient beaucoup plus prudents que ça, d'habitude.

— Oui, bon, le genre de truc qu'on dit après coup, parce que ça nous rend dingue qu'une chose pareille soit survenue.

— Remarquez que c'est quand même facile de déposer un sac ou une boîte de cendres brûlantes sur une galerie de bois.

— C'est pas béton, votre truc… trop hasardeux, non ?

— Je sais pas, quand on n'est pas pressé, quand on se dit que si ça marche pas, on essaiera autrement…

— Vous parlez d'un meurtre comme s'il s'agissait d'un hobby !

— Si c'est un incendie criminel, Patrice, c'est quelque chose que je n'ai jamais vu. Aucun accélérant, même pas une allumette, rien pour incriminer qui que ce soit. C'est assez brillant.

— Sauf si les gens n'en meurent pas. Ils peuvent témoigner qu'ils n'ont jamais déposé de cendres encore chaudes sur leur véranda.

— Y peuvent, oui, et personne ne va les croire parce que c'est gênant de s'avouer aussi négligent. Pensez-y, c'est drôlement rusé si c'est criminel : qui va penser que quelqu'un s'est pointé avec une boîte de cendres fumantes ? Personne. Regardez ce rapport : incendie causé par une négligence domestique.

— Elle fait fort, y a pas ! On ne s'emballe pas et on essaie de voir qui Marité visait : la mère ou l'enfant ?

— Je dirais l'enfant. Février 1979… Justine a six ans et demi.

— Elle est boiteuse, votre théorie, parce que Marité n'a filé que sept mois plus tard. Personne ne l'a inquiétée selon ce rapport ?

— Personne.

— Pourquoi se tirer, alors ?

— La maladie vénérienne et l'hostilité des Madelinots à son égard.

— Elle s'en tape.

— Pas si elle ne peut plus travailler : elle se fiche de ce qu'ils pensent, mais pas de ne plus faire d'argent.

— Revenons à l'incendie. Je vous renvoie votre question : pourquoi ?

— Pour éliminer la petite. Ça a marché une fois, pourquoi pas deux ? Même sans raison valable, Marité peut l'avoir prise en grippe.

— Alors là, ne venez pas bousiller vos propres

théories avec l'impondérable et le hasard ! Nous avons besoin d'un mobile sérieux et le hasard ou l'humeur du moment ne remplissent pas cet office.

— Je sais pas, moi, ça peut être aussi niaiseux que ça : Justine s'est faite amie avec la petite Simard et Marité endure pas ça. Elle la veut pour elle toute seule, sa fille.

— Oui, là vous y êtes ! Voilà qui me semble plausible. Aussi timbré qu'elle. D'autant que Justine fugue dès l'âge de neuf ans… ce qui laisse supposer qu'elle n'apprécie peut-être pas vraiment l'exclusivité de sa mère. Tout le monde s'entend pour affirmer que la gosse n'était pas facile. On le serait à moins, remarquez ! Impossible d'échapper à l'attention de sa mère, impossible de tisser le moindre lien avec quiconque, pas facile à larguer, cette Marité. Elle en a bavé, la petite. C'est bien d'être aimé, mais à ce point, ça devient suffocant… Je me demande comment elle a fini par la semer, sa mère… »

Vicky le fixe, incrédule : « Vous pensez pas qu'elle l'a tuée, quand même ?

— On va dire ça comme ça : si Marité est toujours vivante et que Justine a réussi à la distancer, c'est qu'elle est maligne. Très maligne.

— Chantage… Elle a compris ce que sa mère a fait et elle la tient comme ça.

— Bien vu… Tu me lâches les baskets ou je lâche le morceau. Vachement futée, la fille.

— Ouain… On l'a pas trouvée si elle est si fine que ça.

— Vous avez vu l'heure ? J'ai le cerveau en bouillie. Je m'enverrais bien un petit whisky, moi. Allez, ça suffit. On se barre et on reprend tout dès l'aurore. »

* * *

Martin est étendu dans le sofa et il lève les yeux de sa lecture quand Vicky rentre enfin.

Sans un mot, il pose son livre et tend les bras. Elle s'étend sur lui, cale son visage dans le cou de son homme qui referme les bras sur elle : « Dur ? »

Elle soupire, ne répond pas. Il éteint la lampe et frotte son dos avec douceur.

Vicky relève la tête : « Ton film ?

— Chut !... Tantôt.

— Tout de suite : distrais-moi !

— T'aimeras pas ça : maman m'a appelé pour m'annoncer que son frère venait de faire un ACV.

— Pas vrai ? Jules ? Comment y va ?

— On sait pas trop. Pour l'instant, il est paralysé d'un côté… et maman est en plein drame. J'ai fait du bénévolat et je suis rentré y a une heure.

— Et ta mère trouve que ce qui lui arrive est pire que ce qui arrive à Jules, parce que, elle, elle en est consciente.

— Dans le genre… As-tu mangé ? »

Ce souci de son bien-être lui ressemble tellement ! À chaque fois, Vicky en est émue. Elle se recale dans son cou : « Trop bien pour bouger.

— Endors-toi pas.

— Ta mère, c'est un méchant numéro quand même… »

Martin sursaute en disant : « Oh ! Mon dieu ! », et Vicky se redresse brusquement, surprise. Il sourit : « J'ai oublié de t'en raconter une bonne : je me suis rappelé du message qui avait tant choqué Line vendredi passé. Te souviens-tu ?

— Oui, oui : pis ?

— C'était pas son mari. Imagine-toi donc que c'était sa mère. C'est rock'n'roll en maudit… je pense que t'as raison, elle a peur d'elle.

— Ben voyons donc…

— À côté de ça, maman est une soie.

— Me semble, oui ! Ma théorie prend le bord, par exemple.

— Non, pas du tout et c'est ça la beauté de l'affaire : sa mère est en train de l'écraser et de la vider de sa substance, exactement comme un mari violent le ferait. C'est comme t'as dit : pas de bleus, pas de marques, juste un siphonnage en règle de l'intérieur. Elle est complètement vide. J'ai même essayé de lui faire un compliment un peu nono et, tu le croiras pas, elle avait les yeux pleins d'eau.

— Mais pourquoi elle s'en va pas ? Pourquoi rester ?

— Pourquoi je suis allé voir ma mère au lieu d'aller au cinéma, tu penses ? Parce qu'elles réussissent à nous manipuler et à nous faire croire que leurs besoins sont plus importants que les nôtres.

— Tu sais que t'es en train de m'aider dans mon dossier ?

— Certainement ! Et je vais même t'aider encore mieux : on va dormir. »

* * *

Il n'est pas tout à fait huit heures quand Vicky émerge de l'ascenseur. Malgré l'heure, elle sait tout de suite que Patrice est arrivé et ce n'est ni l'effluve discret de son *after-shave* ni le bruit qu'il fait qui le lui confirme : ça sent la cigarette.

Elle se pointe dans la salle. Tiré à quatre épingles comme toujours, rasé de près, les lunettes sur le nez, il est totalement absorbé. Elle le fait sursauter, malgré elle : « Vous dormez jamais, Patrice ? »

Il jette sa cigarette dans un fond d'eau couleur de thé où quelques mégots flottent — ce qui fait grimacer Vicky.

« Je sais ! Je sais ! Je vais le planquer, ne dites rien !

— C'est parce qu'y a une odeur aussi, monsieur le commissaire. Pourriez-vous la planquer ?

— Ça va, n'en jetez plus... Vous vous rendez compte un peu du temps investi en allées et venues pour en griller une ? Pas très productif, tout ça. »

Vicky ne répond pas. Si Patrice est d'une humeur aussi joyeuse à huit heures du matin, la journée risque d'être longue. Elle s'éloigne vers son bureau pour y déposer ses affaires et laisse Patrice débattre tout seul de la politique « sans fumée » du gouvernement du Québec, politique qui a réussi à faire des émules en France.

La lumière rouge de son téléphone qui clignote, la pile de messages roses posée au centre de son bureau et les paquets de dossiers qui forment des pyramides instables lui rappellent qu'elle a négligé les affaires courantes et que celles-ci sont en voie de se transformer en affaires urgentes. Elle jette un coup d'œil rapide sur les messages au cas où quelque chose concernant l'affaire Deschamps aurait surgi, puis elle retire sa veste pour la poser sur le dossier de sa chaise. Sur le siège, bien en vue, une feuille de papier avec un post-it affichant une gueule souriante. *Je te connais, comme tu vois ! Ce que tu m'as demandé a pris dix minutes. Je t'en dois encore une ! Mathieu.*

Vicky lit attentivement le contenu de la feuille et elle s'élance vers la salle où Patrice travaille : enfin, ils tiennent quelque chose, enfin, ils vont pouvoir avancer ! Ce n'est qu'en le voyant relever la tête et attendre qu'elle explique sa précipitation que Vicky se souvient que l'identité de Jocelyne Dupuis n'est pas seulement un élément d'enquête.

Patrice s'impatiente : « Ben alors ? Vous me faites quoi, là ? »

Vicky agite la feuille : « Y a du nouveau sur Jocelyne, Patrice... »

Il retire ses lunettes, essaie d'avoir l'air raisonnablement intéressé : « Je vous écoute. »

Après ses recherches sommaires, Mathieu a confirmé chez l'éditeur de Jocelyne son numéro d'assurance sociale. La piste est sûre puisqu'il a obtenu copie des déclarations d'impôts de celle-ci. Née le 24 août 1969 à Rimouski, Jocelyne Dupuis est la fille de Jeannine Beaudry, originaire de Rivière-du-Loup, et de Lucien Dupuis de Rimouski. Mariée en 1992, à l'âge de vingt-trois ans, à Philippe Mercier, elle a trois enfants : Vincent, né en 1994, Éloi, né en 1997, tous deux fils de Philippe Mercier, et Lucien, fils de Jean-Michel Bergeron, né en 2005 aux Îles de la Madeleine. Sa profession est comptable et ce, depuis 1990, et elle est travailleuse autonome. Elle est également illustratrice de livres pour enfants depuis 1992. L'adresse de correspondance est à Rimouski.

Un silence s'installe. Patrice tape ses lunettes sur la table. Après un long moment, il murmure : « Un prête-nom... Parce que ce n'est pas un vol d'identité, nous sommes bien d'accord ?

— Tout à fait. Un prêt d'identité, on dirait. Quelque chose qui m'a l'air parfaitement organisé et... consenti.

— Justine... Vous êtes sûre ? Je n'arrive pas à m'en convaincre. Vous imaginez le bordel pour combiner tout ça ?

— Regardez, on va y aller par étapes. On va commencer par Rimouski et après, si c'est confirmé, on interrogera notre Jocelyne des Îles sur tout le reste. »

Patrice a un mouvement de recul à l'idée de questionner, d'insister, de cuisiner Jocelyne. Il est hors de question qu'il puisse agir de la sorte, il en est convaincu. Il murmure pour lui-même : « Bonjour les dégâts...

— Patrice, si c'est la fille de Marité, on peut penser qu'elle s'en est sortie plutôt bien.

— Si elle s'en est sortie, c'est qu'elle aura tiré un trait sur sa mère, je ne sais pas comment, mais elle l'a fait. Et voyez comme c'est brutal : nous allons la ramener à son cauchemar, aux pires années de sa vie. Tous ces efforts... en vain !

— Ben non ! Pourquoi vous dites ça ? Si elle peut juste nous aider à savoir où trouver sa mère, on lui demandera pas de voir le reste. On va même la débarrasser : elle n'aura plus à s'en faire avec Marité qui court après elle ! »

Patrice rassemble ses papiers sans ajouter quoi que ce soit. Il est préoccupé, troublé.

Vicky s'occupe des détails techniques : elle fait les réservations sur le prochain vol pour Mont-Joli et appelle ensuite Rémy Brisson, certaine d'obtenir son consentement. Ce qu'elle n'attendait pas, c'est son intention soudaine de se joindre à eux. Elle se bat farouchement contre ce précédent : ni la présence de Patrice en tant qu'invité à impressionner ni l'envie subite de terrain ne justifie le déplacement et elle le sait. Brisson flaire la publicité liée au coup d'éclat et il veut être sur la photo. Elle manœuvre habilement pour l'inciter à demeurer à Montréal, promettant de lui refiler les informations au fur et à mesure, prétextant même que la discrétion est non seulement de mise, mais essentielle à la réussite de l'affaire : une femme comme Marité, si elle se sait en danger, deviendra menaçante et la Sûreté ne peut pas être tenue responsable d'un meurtre supplémentaire. Elle offre à Brisson exactement ce qu'il veut : le contrôle des médias et de la nouvelle. Encore mieux, elle lui demande de les mettre à l'abri de tous ces prédateurs. Patrice et elle auront donc l'ombre et la paix nécessaires à leur travail et Brisson jure de tenir les aspects médiatiques bien en main.

Ce n'est qu'une fois à l'aéroport, trois heures après sa discussion avec Rémy, que Vicky explique à Patrice ce qu'elle vient de lui épargner. Patrice a un sourire sans joie : « Me voilà donc doublement votre débiteur.

— O. K., Patrice, on va faire un *deal* : on n'en parle plus. J'étais la première à trouver ça poche, à vous accuser et à vous en vouloir d'avoir couché avec Jocelyne. J'ai rien dit, je deviens complice. Arrêtez de faire comme si je me sauvais pas la face, moi aussi. Vous me devez rien pantoute !

— Pantoute ?

— Vous l'avez pas, notre accent, essayez pas, c'est ridicule ! »

Cette fois, le sourire est nettement plus franc.

6

La vraie Jocelyne Dupuis n'a pas grand-chose en commun avec la fausse : rondelette, le teint moins clair, elle est brune et le bleu de ses yeux est loin d'atteindre la rareté de ceux de son double. Avenante, elle ouvre la porte et elle n'a même pas l'air surprise de les voir arriver.

Ils s'installent dans la salle à manger, de là où on voit le fleuve, et Jocelyne n'émet aucune objection à être enregistrée. Le café servi, elle leur annonce que Jocelyne l'avait prévenue que deux enquêteurs débarqueraient bientôt chez elle. Elle ne cache pas son plaisir de les surprendre : « Ça fait plus que vingt-cinq ans qu'on joue à ça toutes les deux, on est habituées. Je peux pas vous dire le fun qu'on a eu. Même si c'était important, sérieux et tout. Au début, on avait peur de se faire pogner, mais après cinq, six ans, ça allait comme sur des roulettes. C'est pas si compliqué, finalement.

— Procédons dans l'ordre, si vous le voulez bien. À quelle date précise Justine Ferran est-elle devenue Jocelyne Dupuis ?

— Ferland. Justine Ferland, son nom. Pas Ferran. Pis ça fait longtemps que personne l'appelle pus Justine. Elle, c'est "Jocelyne" — et elle le prononce de façon très pointue, très "française" — et moi, c'est Josse.

— Et selon vous, son patronyme serait Ferland ? »

Jocelyne se fige un peu, elle jette un regard empli de doutes à Vicky et, du coup, elle perd son plaisir et son naturel. Elle baisse les yeux, comme si elle avait mal agi, et réfléchit.

Vicky pose une main pacifique sur l'avant-bras de Patrice : « Je suggère qu'on laisse Josse nous raconter son histoire avec "Jocelyne" comme elle en a envie. On posera nos questions après. »

Les yeux de Jocelyne vont de Patrice à Vicky, encore incertains.

Vicky sourit : « On le sait qu'elle n'a rien fait de mal ! Vous non plus. »

Le sourire revient, éclatant, sur le visage de la jeune femme. « La première fois que je l'ai vue, elle faisait dur, c'est effrayant. Elle avait l'air aussi folle que la sorcière. C'est de même qu'on l'appelait, sa mère, parce qu'elle nous faisait peur. L'été, quand j'étais petite, on partait, mon frère Bruno et moi, pis on jouait dans le coin de la plage, au Bic. Une fois, on a vu une sorcière. Une femme qui en avait l'air en tout cas. Alors, notre jeu, c'était d'aller voir si la sorcière était dans sa cabane. On s'installait en haut de la butte et on lançait des cailloux sur le toit de la cabane en bas. On le faisait jusqu'à temps que la folle sorte en criant qu'elle allait nous tuer. Nous autres, on courait, on se sauvait en hurlant. On avait peur pis on avait du fun. C'était juste pour s'exciter, pas pour faire du mal, là. Pis les cailloux, on les lançait jamais dans les vitres, même si y en avait une de cassée. Elle était pas tout le temps là, la folle. Une fois, on a lancé des cailloux pis comme elle est pas sortie, on est allés jusqu'en bas pour regarder par la fenêtre. Jocelyne était là, toute cachée dans un coin, elle nous regardait avec des yeux épeurés. On savait pas que la sorcière avait une petite fille ! On l'avait jamais vue. Elle faisait non, non, de la tête, comme si elle avait très peur de nous autres. J'y ai fait un petit tata, pis on est reparti, Bruno pis moi. Ça, c'était en novembre, y avait pas encore neigé. Je dis ça parce qu'après, il est tombé une bordée de neige et quand on est retournés à la cabane, mon frère et moi, on voulait voir la fille de la sorcière. Mais elle était plus là. La cabane était vide, comme les autres chalets un peu plus loin. Maman nous avait pas crus, bien sûr, elle disait que c'était des histoires pour faire parler les curieux. Après coup, on était presque sûrs qu'on avait imaginé tout ça, Bruno et moi.

« La fois d'après, c'était dans le temps de Pâques, au printemps. On a toujours fait ça, mon frère et moi : on allait sur la plage pour marcher sur la petite glace et la faire casser. C'est là qu'on les a vues, toutes les deux. La sorcière marchait en parlant et la petite fille suivait. C'est niaiseux, je la connaissais pas, rien, mais j'étais tellement contente de la revoir. La vieille s'en est pas rendu compte, mais elle, elle nous a vus. Et elle a encore fait non de la tête avec un signe de la main pour qu'on s'en aille. On est partis. Mais là, on était sûrs que c'était vrai. On s'est mis à inventer toutes sortes d'histoires. C'est drôle, quand on est petit, on explique ce qu'on comprend pas en inventant. Pour moi, la petite fille était prisonnière de la sorcière qui la battait et lui donnait des vers de terre à manger. Finalement, c'était pas loin d'être ça…

« Quand on revenait de l'école, Bruno et moi, on allait tout le temps voir ce qui se passait à la cabane. Des fois y se passait rien, des fois y a des gens qui sortaient ou qui entraient, de la visite, là. Pis une fois, évidemment, la sorcière est sortie pis elle s'est éloignée vers la route. J'suis descendue voir pendant que Bruno guettait. Jocelyne était là, dans cabane. Je suis rentrée. Je peux pas vous dire comme je suis restée bête quand je l'ai entendue parler : elle parlait pointu comme à la télévision et elle avait l'air d'une guenilloux. Ça avait tellement pas de bon sens ! Elle parlait vite, vite ! Elle voulait que je promette de plus jamais revenir, de rester loin. Elle disait que c'était dangereux, que sa mère avait des pouvoirs magiques et qu'on pouvait mourir. Je le sais, ça a l'air complètement fou de dire ça, mais pour une petite fille de onze ans, c'était comme… possible. Pour moi, sa mère, c'était une sorcière, c'était normal qu'elle ait des pouvoirs. J'ai accepté de partir, mais je lui ai dit que je reviendrais en cachette, que mon frère et moi, on la protégerait. Elle s'est mis à crier et à me dire des affaires que je comprenais pas, mais ça sonnait comme "reste chez vous ! ". Je suis partie. On en a beaucoup parlé, Bruno et moi, mais on a décidé de ne pas le dire. Ni à maman ni à personne. On voulait savoir avant d'en parler. On a-tu ben faite, vous pensez ? Si y avait fallu qu'on en parle, Jocelyne — ben Justine — aurait disparu avec la vieille.

« On est devenues amies. Ça a pris du temps, par exemple. C'était compliqué, d'autant plus que Bruno s'est tanné de faire le guetteur et qu'il voulait la voir. Et elle, elle était trop peureuse pour voir quelqu'un d'autre que moi. J'ai négocié avec mon frère et il nous a laissées faire sans rien dire. »

Jocelyne s'interrompt pour prendre une gorgée de café. Ses deux interlocuteurs sont suspendus à ses lèvres et attendent la suite sans poser de questions.

« Sa mère, c'était pas une sorcière, mais c'était une vraie folle. Une malade. Quand elle partait, elle embarrait souvent Jocelyne, ben, Justine ! Je sais pas trop où elle pensait qu'une si petite fille pouvait aller, mais elle fermait la porte à clé. Comme j'étais très maigre dans le temps, je passais par la fenêtre. J'avais juste à placer quelque chose pour grimper, c'était facile. Jocelyne aurait pu le faire aussi, mais elle y avait pas pensé et quand j'en ai parlé, elle a juste refusé. Elle voulait pas abandonner sa mère. Elle voulait pas lui faire de peine. Elle l'aimait pas tant que ça, c'est pas ça, mais elle la protégeait. Ça a l'air bizarre, mais c'est comme ça. C'est pas vrai, c'est pas de même que ça se passait dans sa tête, c'est plus compliqué que ce que je dis. Disons que tant que Justine a pas vu que ça pouvait se passer autrement ailleurs, elle voulait rester avec sa mère. Après, quand on est devenues amies, ça a commencé à changer.

« Quand je l'ai connue, elle était très petite, toute maigre, pas forte du tout. Elle était sale aussi. Aujourd'hui, la protection de la jeunesse ferait de quoi pis vite… en tout cas. Ce que je veux dire, c'est que tout cet été-là, je l'ai nourrie, je l'ai soignée, j'ai même réussi à la débarrasser des poux. Oh ! Elle serait en maudit de savoir que j'ai dit ça ! Jocelyne est très secrète. Quand on dit privé, avec elle, c'est vraiment privé. En tout cas, j'ai pris chez moi tout ce que je pouvais pour qu'elle mange mieux, pour qu'elle arrête de tousser. On cachait tout ce que j'apportais : la barre de savon, la serviette, l'affaire au goudron qui pue pour les poux. On s'organisait pour que la sorcière voit rien. On avait une bonne cachette dans la réserve à bois des Gilbert un peu plus loin. On avait un code, parce que Bruno venait plus pour guetter : elle mettait quelque chose dans la fenêtre quand je pouvais y aller. Sinon, c'était tiens-toi loin, danger ! Même quand j'ai vu des gens sortir de la cabane, Justine voulait pas que j'en profite pour m'approcher. Sa mère aurait piqué une crise si y avait fallu que je me montre dans ce temps-là. Mais j'ai toujours respecté les codes. Pis, en octobre, Justine m'a avertie qu'elle s'en irait bientôt. Pour l'hiver. Sa mère l'emmenait vers le nord, comme toujours à l'hiver. Parce que la plage du Bic, c'était trop froid. Ça a été dur, je voulais le dire, essayer de forcer la folle à rester dans le coin. Justine m'a fait jurer cracher de jamais le dire parce qu'elle était sûre qu'y m'arriverait malheur. On s'est finalement mis d'accord : si y se passait de quoi, si elle était mal prise, elle savait mon numéro de téléphone par cœur, elle appellerait à frais virés en disant que c'était Jocelyne Dupuis qui appelait. C'est là que ça a commencé, je suppose. C'était juste un truc pour que ma mère dise oui aux frais, mais c'est resté.

« Je me suis beaucoup ennuyée d'elle pis c'est à cause de ça que je me suis faite pogner. Des fois, je parlais comme elle. Un jour, j'ai dit "Putain !" devant papa. Y a vraiment voulu savoir d'où ça venait. Il avait remarqué que j'ajoutais à mon langage des formules extrêmement étonnantes. Y voulait savoir d'où je sortais ça, ces expressions-là. Je le savais pas, moi, que c'était pas correct de dire "bordel de merde" ou "putain" ou "connasse", c'était rien pour moi, je comprenais pas du tout que ça pouvait être choquant. Pour moi, "merde", c'était presque poli, c'est "marde" qui était épouvantable à dire. Tout ce que je savais, c'est que mon amie parlait comme ça.

« Mes parents ont été extraordinaires. Ils ont compris qu'y se passait des choses assez terribles, mais c'est pas ce qu'ils m'ont dit. Ils ont seulement promis de garder le secret, de s'en mêler de loin, pour nous aider toutes les deux. Ils ont dit que si jamais Justine revenait, ils essaieraient de nous protéger.

« Quand j'y pense, maintenant que j'ai des enfants, je peux pas vous dire comme je les trouve merveilleux d'avoir réagi de même. Mon fils a un an de plus que ce que j'avais à l'époque et je ne suis pas sûre du tout que je ferais ce que mes parents ont fait.

« Quand Justine est revenue en avril, ça a tout pris pour pas qu'elle panique en apprenant que je l'avais dit.

Elle m'a appris que c'était son dernier été dans le coin, que sa mère avait décidé de repartir vers les îles françaises, qu'on se reverrait jamais. J'étais tellement désespérée, je peux pas vous dire. Elle aussi. J'étais la première amie qu'elle avait. Elle disait que quand elle serait grande, elle me retrouverait. Mais moi, je voulais pas prendre de chance. On s'est mis à organiser une fugue. Pour empêcher sa mère de l'emmener loin, mais aussi pour d'autre chose que Justine voulait pas me dire. En tout cas, Justine voulait s'en aller. Même si ça y fendait le cœur de faire ça à sa mère. Elle disait toujours : "Elle va crever si je la quitte. Elle va en crever." Moi, je répondais toujours que si elle restait, c'est elle qui allait crever !

« Je le sais pas pourquoi Justine m'a pas fait confiance, mais c'est ça qui est arrivé. On organisait une fugue, mais elle avait un autre plan et elle m'en a jamais parlé. Moi, je pensais qu'elle partirait en octobre, juste avant que sa mère l'emmène. Mais elle, à la mi-août, elle était partie. Le jour où je suis arrivée à la cabane, le code était pas là, mais y avait plus personne. J'ai attendu, je suis revenue, mais je savais qu'elle était plus là. J'ai fini par m'approcher et rentrer dans la cabane. C'est là que sa mère m'a pognée. Elle était folle raide. Elle me serrait le bras en hurlant et en me demandant où j'avais planqué Justine. Évidemment que je le savais pas où elle était, moi ! J'avais tellement peur, je voulais tellement voir maman que j'y ai dit que Justine était probablement chez nous. Quand ma mère l'a vue arriver ! Moi je pleurais, elle, elle criait... un vrai film italien !

« Quand la sorcière est repartie, maman m'a dit qu'à partir de là c'est elle et papa qui allaient s'occuper de Justine. Ils l'ont trouvée. À Saint-Fabien. Et ils l'ont ramenée à sa mère. Parce que Justine le demandait. Elle avait peur du monde, vous comprenez ? Elle savait juste se sauver, se battre et obéir à sa mère. Elle avait neuf ans, mais elle avait l'air d'en avoir sept. Elle parlait comme quelqu'un d'instruit, mais elle savait pas lire. Dans toute sa vie, à part sa mère, y avait juste moi à qui elle avait vraiment parlé. Sa mère l'a emmenée et y sont pas revenues. C'est long, han, voulez-vous que j'abrège ? »

Vicky la détrompe : non seulement ce n'est pas long, mais elle les aide énormément à mieux comprendre Justine. Le visage de Jocelyne s'éclaire : « C'est vrai ? O. K., d'abord. Pendant deux ans, j'ai pas eu de nouvelles. Rien. Deux ans ! J'étais sûre que je la reverrais jamais. J'étais inquiète, j'avais peur qu'il lui soit arrivé quelque chose. J'ai accusé mes parents, je leur ai dit qu'ils seraient responsables si jamais il lui était arrivé malheur. Tout ce qu'une fille de treize, quatorze ans peut trouver de choquant à dire, je l'ai dit. Mes parents aussi étaient inquiets. Mon père, son métier, c'était représentant de commerce. Y a toujours voyagé. Son territoire, c'était toute la Gaspésie, y a même eu la Côte-Nord pendant huit ans. Ben, à chacun de ses voyages, y demandait partout si on avait pas vu une Française avec sa fille. Jamais rien. Pis un jour, y s'est fait répondre qu'y avait une Française qui cherchait sa fille partout. Quand y est arrivé à la maison avec cette nouvelle-là, moi j'ai paniqué, mais lui, il était sûr que j'aurais des nouvelles de Justine. Il disait que si elle s'était sauvée, c'est vers moi qu'elle viendrait. Pis y a pas été tout seul à le penser : la sorcière est venue chez nous faire une scène et menacer de me tuer si je gardais sa fille avec moi. Aye, j'avais grandi, j'avais pus peur d'elle pantoute. Je l'ai engueulée et j'ai juré que si Justine venait me voir, elle serait en sécurité avec moi.

« Deux mois plus tard, Justine a appelé parce qu'elle était coincée. La police l'avait arrêtée pour rien, parce qu'elle traînait dans un parc à Percé. Papa et moi, on est partis la chercher : le plus beau voyage de ma vie ! Elle est restée deux mois chez nous.

« Au début, elle parlait juste à papa ou à moi. Elle se méfiait de maman et de Bruno, qui avait dix-sept ans. Mais papa, lui, mon dieu qu'elle l'aimait ! On a eu du fun, ces deux mois-là, c'est pas croyable. Justine a changé comme si, après deux ou trois semaines, elle s'était mise à y croire. Elle commençait à être bien avec nous autres. On aurait dit qu'elle devenait une autre fille. Complètement différente de la sauvage, une petite comique… une curieuse. Elle voulait tout apprendre et elle apprenait tellement vite !

« Ça s'est fini le lendemain de ma fête. C'est Justine qui avait fait mon gâteau avec maman. Mes quinze ans. Elle m'avait dessiné mon cadeau… une journée tellement belle ! En tout cas, le lendemain midi, la sorcière a débarqué, elle s'est jetée sur Justine et elle voulait l'emmener avec elle en la tenant par le chignon du cou. Justine avait l'air d'un animal pour l'abattoir. Papa s'est levé et il a amené la folle avec lui dans le salon. Maman est restée avec nous autres pour nous surveiller. Je le sais pas ce qu'ils se sont dit, mais j'ai regretté en maudit de pas m'être sauvée avec Justine. Y sont reparties. Justine pleurait pas. La bonne femme avait l'air encore fâchée, mais elle se retenait. J'ai pas parlé à mon père pendant une semaine. C'est injuste, un enfant, trouvez-vous ? Je comprenais rien de ce qui se jouait et je ne voulais rien comprendre non plus.

« Plus tard, quand papa est revenu d'un voyage avec un dessin de Justine pour moi, quand y m'a dit qu'y tenait parole et qu'il la surveillait, qu'il la perdait pas de vue, j'ai tellement regretté de pas l'avoir cru ! Parce qu'à partir de mes quinze ans jusqu'en 1987, l'année des quinze ans de Justine, mon père a toujours su où la trouver. Des fois, y m'emmenait la voir. Pas souvent. Mais surtout, après ça, à chaque été, la sorcière revenait dans le coin de la plage. Pas dans la cabane, dans un chalet que papa louait pour elles. Un vrai chalet tout équipé avec une douche, une cuisine. Justine, c'est presque devenu ma sœur jumelle tellement on était proches.

« Et puis, à l'été 1987, je suis allée à Québec avec maman pour visiter ma tante Émelyne. Je voulais pas y aller. C'est Justine qui m'a dit d'y aller. Bruno était dans l'Ouest canadien pour l'été. Y plantait des arbres et y apprenait l'anglais. Papa travaillait. J'ai pas su que c'est lui qui avait tout organisé, mais la troisième fugue de Justine, ça a été la bonne. Par chance qu'ils m'avaient rien dit ni un ni l'autre. Jamais j'aurais été capable de mentir à la sorcière. Cette femme-là m'a suivie partout pendant presque un an. Elle me guettait, elle m'engueulait, elle me menaçait, y a rien qu'elle a pas fait pour savoir où était sa fille. Rien. Mais j'étais tellement triste… Pis en même temps, je me disais que tant que la folle me collait après, c'était ça de gagné pour Justine. Au printemps suivant, en prétextant une tournée de ses clients, papa m'a emmenée aux Îles. Là, j'ai eu droit aux explications et surtout, j'ai compris que leur silence m'avait rendue encore meilleure pour aider Justine… ben, Jocelyne. Papa avait fait exactement ce qu'y m'avait promis : il l'avait protégée. Il l'avait aidée. J'ai plus jamais appelé Justine autrement que Jocelyne. Moi, ça faisait longtemps que c'était Josse. Le reste… vous le savez. Jocelyne va bien, elle a un emploi… Elle a surtout son fils, Lucien. Pis Jean-Michel… c'est changeant, mais on sait jamais. Vous pensez bien que si je vous ai raconté tout ça, c'est parce qu'elle m'a demandé de le faire. Sinon, vous auriez rien su. On s'appelle souvent. Philippe et moi, on a acheté une maison aux Îles, on y va chaque été. Pour dire comme Jocelyne : “Elle est pas belle, la vie ! ” »

Un silence s’installe. Vicky est presque assommée par le récit, et Patrice ne semble pas encore disposé à parler.

Vicky finit par remercier Josse : « On va sûrement avoir des questions à poser à vos parents. Pourriez-vous nous donner leurs coordonnées ?

— Papa est mort, y a deux ans. Maman habite pas loin d’ici. »

Pendant qu’elle écrit l’adresse, Vicky lui demande si elle a une idée de l’endroit où se trouve la mère de Justine.

Josse lève la tête et les regarde tour à tour, stupéfaite : « Elle ? Vous allez pas y dire ? Vous ferez pas ça ? Si y faut qu’elle apprenne que le fils de Jocelyne existe, je me le pardonnerais jamais !

— On la cherche, Josse. On veut obtenir des renseignements, pas lui en donner.

— Mais pourquoi ? Laissez-la crever dans son trou ! Ramenez-la pas par ici !

— Permettez ? Voilà exactement où on veut la voir : au trou. C’est pour la mettre hors circuit, hors d’état de nuire que nous la recherchons. N’ayez crainte, protéger Jocelyne est ma priorité. »

Josse l’écoute attentivement et elle le fixe un bon moment avant de dire : « C’est vous, ça, Patrice ? »

De toute évidence, les deux jeunes femmes n’ont aucun secret l’une pour l’autre. Vicky accélère le tempo avant que son distingué collègue ne rougisse.

* * *

Selon sa veuve, Lucien Dupuis était un homme simple, sans malice et d'une honnêteté rigoureuse. Un homme pas très grand, pas très beau, mais un travailleur acharné et un bon père de famille. De toute sa vie, il ne s'était passionné que pour sa famille. La seule exception avait été Justine et il l'avait intégrée à sa famille. Jeannine Beaudry ne leur cache pas qu'au début, quand elle avait vu son mari devenir presque obsédé par le sort de la petite fille, elle avait eu des doutes. Surtout que Lucien lui avait caché qu'il faisait des recherches pour la localiser et qu'il profitait de ses voyages pour enquêter et, finalement, essayer d'entretenir une sorte de relation avec Marité et Justine. Il n'ignorait rien des activités peu vertueuses de la mère. Au contraire, il avait vite compris que payer était le meilleur moyen de se l'attacher. Voilà pourquoi il n'avait rien dit à sa femme : il payait. Non pas pour la mère, mais pour la fille. Régulièrement, il payait pour la voir et lui parler. Et cela, en faisant celui qui attend son heure pour la consommer ! Marité avait vu tant de pervers et de dégénérés dans sa vie que l'obsession de Lucien lui semblait à la fois normale et crédible. Elle refusait seulement qu'on touche à sa fille. Voyant cela, Lucien avait simulé la pédophilie et il avait même fait jurer à Marité que Justine lui serait confiée pour son initiation sexuelle le jour de ses quinze ans. Marité y avait sans doute vu une façon d'encaisser des revenus et d'exploiter les fantasmes d'un imbécile sans avoir à tenir ses promesses. Elle assoyait sa fille devant Lucien, les laissait parler et repartait une heure plus tard avec sa fille et l'argent. Peu à peu, la confiance en la folie de cet homme a gagné du terrain et Marité a accepté de le laisser seul avec Justine. Comme Lucien continuait à dire qu'il fallait préserver l'enfant pour lui et que Justine avait une sainte horreur qu'on la touche,

Marité savait que la transaction était sûre et sans danger. Lucien, lui, jouait son jeu et répétait à Marité que son magot grossissait en vue du jour des quinze ans de Justine — âge qu'il prétendait idéal pour les débuts de la petite dans le monde des grands. Il se félicitait qu'elle soit encore jeune, cela lui laissait le temps d'économiser l'énorme somme exigée par sa mère.

Dans toute cette affaire, Jeannine Beaudry n'a eu qu'une chose à reprocher à son mari, et c'est qu'il lui ait caché une partie de ses recherches. À partir du moment où Justine a vécu avec eux pendant deux mois, Lucien Dupuis n'a jamais cessé de payer pour elle. Le jour où Marité avait fait irruption chez eux, son mari lui avait remis cinq cents dollars comptant pour qu'elle accepte de le laisser revoir l'enfant. « Sans la toucher pour le moment » avait été son expression.

« Savez-vous ce que cinq cents dollars représentaient pour nous en 1983 ? Mon mari n'était pas riche, il était commis voyageur. Je ne peux même pas vous dire d'où il sortait tant d'argent ! La veille, on avait eu une grosse chicane parce que j'avais dépassé le budget cadeau pour les quinze ans de Josse. Imaginez quand j'ai su qu'il avait donné cinq cents piasses à cette folle pour prostituer sa fille ! On a jasé tard, ce soir-là... Mais on s'est entendus sur une chose : plus de cachettes. Justine devenait notre fille adoptive dans notre cœur et on payerait pour elle le prix qu'il faudrait payer. La mère — si on peut appeler cette femme-là une mère —, elle était trop mal en point, trop sale, trop vieille pour attirer des hommes, Lucien savait que s'il ne payait pas, quelqu'un d'autre payerait pour Justine. Et c'est vrai, il avait parfaitement raison. Vous l'avez vue ? Imaginez ces yeux-là dans un visage d'enfant... ça rendait Lucien malade. De 1983 à 1987, en faisant sa tournée de clients, il allait voir Marité et il payait. Plus il payait, plus la mère dépendait de lui et plus la petite lui faisait confiance parce qu'il était bon pour elle et pour sa maman. Il a tout organisé pour Jocelyne, enfin, Justine, tout prévu, tout planifié. Il lui a même dit qu'il continuerait à aider sa mère le jour où elle serait loin. Et c'était une partie importante du *deal,* je vous en passe un papier. Il a promis que jamais il n'abandonnerait cette femme. C'est fou comme un enfant peut protéger ses parents ! Même quand ils sont incompétents, malsains et dangereux. En tout cas, Justine est devenue Jocelyne, notre fille, et Lucien a joué son rôle de client frustré de perdre son projet de vie jusqu'au bout. Une fois Justine à l'abri, il a poursuivi Marité partout, il l'a harcelée de questions comme elle harcelait notre Josse… Toute une histoire ! Mais il la tenait à l'œil en faisant celui qui veut récupérer la fille pour laquelle il avait tant payé.

« Les histoires qu'on a inventées ! Au début, on fait un petit mensonge et après, ça s'additionne, ça devient un engrenage. Mais ça valait la peine. Pour Josse, qui a trouvé la petite et qui l'a protégée de son mieux, pour Jocelyne qui est devenue tellement équilibrée, et pour nous deux, mon mari et moi, parce que ce projet-là, cette adoption-là, ça nous a rapprochés encore plus. On a toujours appelé ça notre projet humanitaire. Notre tiers-monde à nous, c'était Jocelyne… enfin, Justine ! »

Vicky profite du silence pour lui demander pourquoi ils n'ont pas tout simplement alerté la police.

« Pour ne pas les perdre ! Elles étaient françaises, pas du tout québécoises. La police les aurait renvoyées chez elles. On aurait tout perdu : la petite aurait fini comme sa mère, c'est certain. C'est ce qu'on fait, vous savez, on les renvoie d'où ils viennent. On s'est renseignés, vous pensez bien. Demandez-moi pas comment Marité a fait son compte pour jamais se faire prendre, mais c'était ça : des Françaises de Saint-Pierre et Miquelon perdues à Rimouski.

— Et votre fille, Josse, Marité ne l'a jamais menacée, attaquée ? Elle n'a pas eu d'accident qui aurait pu mettre sa vie en danger ? »

Jeannine regarde Vicky en souriant : « Vous êtes pire que Lucien, vous ! Pour menacer, crier, hurler, oui, la sorcière, comme l'appelaient les enfants, elle ne s'en privait pas. Mais qu'elle touche à un cheveu de notre fille et Lucien la faisait enfermer pour prostitution. Et il lui faisait retirer la garde de sa fille. Et il était sérieux : il a écrit dans un carnet toutes les sommes versées à Marité, les dates et tout. Il s'en méfiait, c'était pas possible. Mais il la tenait. C'est ce qu'il disait : “J'en ai pas mal contre elle. ” Je ne sais pas tout ce que mon mari lui a dit, je sais pas comment il s'est organisé exactement pour savoir ce qu'il savait, mais il m'a toujours répété que cette femme-là pouvait tuer. Lucien exagérait pas souvent dans la vie, ce serait plutôt le contraire, mais là, avec cette histoire-là… C'est pas pour rien que je suis partie pour Québec avec Josse quand Lucien a emmené Jocelyne aux Îles : pour Lucien, tout ce que notre fille ignorait, c'était bon pour convaincre Marité que Josse avait rien à voir là-dedans. Et je parle aussi de la peine effrayante que lui faisait la disparition de son amie. Ça aussi, ça devait convaincre la sorcière… Je sais pas si y était devenu paranoïaque avec toutes ces histoires-là, mon Lucien…

— Je ne le crois pas, madame.

— Vous en savez plus que moi, alors.

— Vous rappelez-vous la dernière fois que vous avez vu Marité ? Pouvez-vous nous renseigner sur elle ?

— La dernière fois, je m'en souviens très bien… C'était le 9 juin 2005, ça va faire deux ans dans quelques jours. »

Les deux enquêteurs sont plutôt soufflés de la précision du souvenir. Jeannine sourit de leur surprise : « C'était aux funérailles de mon mari. Elle n'était pas là pour lui, vous pensez bien. Encore moins pour moi. Elle espérait encore, je pense… »

Patrice murmure : « Sa fille…

— Oui, sa Justine… Même malade, même affaibli, Lucien m'avait avertie : il fallait prévenir Jocelyne de ne pas venir. Il fallait qu'elle reste là-bas, aux Îles. Elle devait comprendre ça et ne pas venir aux funérailles. (Elle se tait et baisse les yeux. Quand elle les regarde à nouveau, elle a du mal à cacher son émotion.) Lucien, c'était la bonté même. Il a sauvé cette enfant-là et il l'aimait comme sa propre fille. C'était sa fille. Et je dois dire que si, aujourd'hui, elle est ce qu'elle est, c'est grâce à lui. Il l'a apprivoisée, il l'a protégée, il lui a montré qu'elle pouvait être aimée sans être enfermée. La petite sauvage qui est arrivée ici sale, violente, ignorante, c'est lui qui l'a sauvée. Il l'aimait et elle a fini par l'aimer aussi. Lucien a fait un infarctus en mai 2005 et, au bout de trois jours aux soins intensifs, les médecins nous ont dit qu'ils ne pouvaient rien faire, que le cœur avait fait son travail, mais que l'usure… il ne lui restait pas de temps. Jocelyne avait eu son fils fin avril et on était allés les voir. Y était ben fâché de voir qu'elle s'entêtait à vouloir l'appeler Lucien ! Y a jamais aimé son prénom, ce pauvre Lucien. Mais quand Jocelyne a insisté… Ces deux-là, y disaient rien pis y se comprenaient. Quand y a pris le petit Lucien dans ses bras, y a eu le menton qui tremblait pas mal, mon Lucien. Vous pouvez pas savoir comment je suis contente qu'il ait vu cet enfant-là avant de mourir. Comme je suis contente que Jocelyne soit venue à l'hôpital voir Lucien la veille de sa mort, le 1er juin. Ils se sont parlé une dernière fois. Elle est repartie en promettant de rester aux Îles après... Et aux funérailles, comme Lucien l'avait dit, la sorcière était là.

— Elle vous a parlé ? Vous savez où on peut la trouver ?

— Elle m'a parlé, oui. Pour ce que je me souviens... J'avais une sorte d'énergie spéciale, vous savez... Ce que je veux dire, c'est qu'on salue tout le monde, on répète tout ce qui s'est passé, on s'occupe de toutes sortes d'affaires importantes et insignifiantes, l'urne, les sandwichs aux œufs, les textes, la musique... En tout cas, quand je l'ai vue, vieille, pas belle, malade, avec son air méchant, j'ai seulement remercié le ciel et mon Lucien que Jocelyne soit pas venue.

— A-t-elle parlé à votre fille... Josse ?

— Je sais pas. Elle espionnait, elle était venue voir. Je sais même pas comment elle l'a su.

— Elle est probablement tout près. Vous êtes sûre de ne vous souvenir de rien qui pourrait nous éclairer ? Un détail, une référence à un endroit... »

Jeannine hoche la tête.

« Et depuis deux ans ?

— Rien. D'après moi, c'est pas classé et ça le sera jamais pour elle. Un jour elle la croit morte et le lendemain elle se remet à la chercher. Impossible de comprendre cette folle-là ! De toute façon, c'est pas comme avant.

— Vous voulez dire que sa fille est majeure et libre de ses actes ? »

Jeannine a l'air très surprise : « Pas du tout. Je veux dire que tout ce qu'elle veut, maintenant, c'est la tuer. C'est ce qu'elle prétend en tout cas. Cette femme est folle de rage. Folle tout court. »

* * *

Vicky referme son téléphone cellulaire et rejoint Patrice qui s'est discrètement éloigné.

Un amas de nuages gris se bousculent au-dessus du fleuve qui, à cette hauteur, s'appelle la mer. Le vent est vif, mais au moins, il a cessé de pleuvoir. Patrice n'a pas dit un mot depuis qu'ils sont sortis de chez Jeannine. Vicky le comprend d'avoir besoin de temps pour assimiler tout ce qu'ils ont appris.

Il se tourne vers elle et pointe le cellulaire du menton : « Vous arrivez à le contrôler ? »

Brisson ne leur laisse aucun répit, il se montre très insistant et Patrice perd beaucoup de son savoir-faire diplomatique quand on menace de s'immiscer dans ses affaires.

Vicky lui épargne la lutte à laquelle elle vient de se livrer. Tout excité, Brisson voulait faire escorter la « fille de la tueuse » par des agents de la police des Îles jusqu'à Montréal afin de procéder à un interrogatoire en règle. Même si elle sait qu'ils doivent lui parler, Vicky se doute bien que placer Justine sous la garde de la Sûreté et la forcer à quitter sa résidence va non seulement l'irriter, mais la faire taire. Elle imagine la tête de Patrice si Brisson lui avait expliqué son plan.

« Qu'est-ce qui vous fait sourire ? Cet enfoiré de Brisson ?

— On peut dire qu'y a pas toujours des bonnes idées, lui ! Faut qu'on parle à Jocelyne, Patrice.

— Évidemment…

— Tous les deux. Je veux dire vous et moi.

— J'avais saisi… Vous croyez qu'elle nous a menti ? Enfin… Vous croyez qu'elle sait ? Qu'elle savait ? »

Il est troublé, Patrice. C'est rare qu'il ait autant de mal à préciser sa pensée. Elle hausse les épaules, le prend par le bras pour marcher avant que le froid ne les gagne : « Je pense qu'un peu de méditation s'impose. On parlera ce soir, après souper. Et demain, on verra Jocelyne. J'ai obtenu de ne pas la faire venir jusqu'ici… ni de la traiter en témoin hostile à entourer de policiers. »

Il lui serre le bras sans rien ajouter. Ils remontent assez loin, toujours en bordure de mer, le vent au visage. Quand ils rebroussent chemin, Patrice s'arrête pour tenter d'allumer une cigarette. Après quelques essais infructueux, il y renonce et se met à admirer le paysage. Comme Vicky est tout près de lui, elle entend ce qu'il murmure avant de repartir à grands pas : « Elle est là. Tout près. Et elle n'est que haine. »

Vicky lui emboîte le pas en se disant qu'à soixante-dix ans, Marité peut bien être fielleuse et haineuse, c'est quand même une vieille femme qui a perdu beaucoup de ses forces.

* * *

« Vous y croyez, vous, à la pureté de ses intentions ? »

Ce n'est pas parce qu'il a eu une aventure avec Jocelyne que Patrice émet de telles réserves sur Lucien, Vicky le sait. C'est par cynisme, ce cynisme qui les menace tous dans leur métier d'enquêteur et de questionneur. Dans ce métier qui les oblige à se frotter aux aspects les plus répugnants des êtres humains. Ce cynisme dont elle se méfie tant, qui les rend suspicieux, inaptes à croire à la gratuité des actes, à la générosité véritable, à cette bonté dont parlait Jeannine Beaudry.

« Au risque de paraître naïve à vos yeux, oui. Je pense qu'il était totalement incapable de supporter l'abjection vers laquelle Marité entraînait sa fille. Contrairement à la plupart des gens, il a essayé de faire quelque chose au lieu de se contenter d'avoir peur que le malheur arrive. C'est un homme ordinaire qui a fait de son mieux et qui est, selon moi, un héros ordinaire.

— Bien ! Si mon attitude vous gêne, vous le dites, n'est-ce pas ? »

Il est inquiet et ça lui donne l'air de mauvaise foi. Il ne se fait plus confiance, parce qu'il a compromis sa lucidité en se laissant plus qu'atteindre par un témoin. Elle sait tout cela et elle ne peut ni le consoler ni lui mentir. C'est à lui d'assumer et de vivre avec ses décisions passées.

« J'ai réfléchi Patrice, et je vais vous demander de ne pas venir interroger Jocelyne/Justine avec moi. On prend l'avion ensemble, j'enregistre l'entrevue, je relaie même vos questions si vous voulez, mais vous ne venez pas la rencontrer. Non ! Attendez un peu, laissez-moi finir. J'ai rien dit à personne, mais je pense que ce ne serait vraiment pas une bonne idée. Après ce qui s'est passé entre vous deux, vous ne pouvez plus être objectif, vous êtes impliqué et vous devriez vous désister. Officieusement, avec moi, s'entend. Je ne vous demande rien d'officiel, bien sûr. »

Il n'est pas content du tout, Patrice. Il se lève et sort du restaurant sans dire un mot. Vicky prend le temps de payer l'addition avant de le rejoindre.

Il fait les cent pas, le col de son veston relevé, il s'arrête, la toise : « Vous me prenez vraiment pour un abruti !

— Je vous prends pour ce que vous êtes : un inspecteur qui a fait une erreur parce que Jocelyne est extrêmement séduisante… et que j'imagine qu'être choisi par elle, ça doit faire une sorte de velours. Dur de résister à ça. On n'est pas surhumain parce qu'on est dans la police.

— Ça vous est déjà arrivé ?

— Bien sûr que non : je suis une femme !

— Je ne pige pas… Selon vous, ceci explique cela ?

— Quand un homme baise, il gagne en autorité. Quand une femme baise… elle est baisée. En tout cas, elle peut l'être. Dans un rapport d'autorité, c'est désastreux. Y a pas un homme qui n'a pas l'impression de prendre le dessus quand il emmène une femme au lit. Comment on dit ça, déjà ? Elle s'est donnée à lui, il l'a possédée ? Jamais l'inverse, Patrice. Une femme ne possède pas, elle séduit, au mieux, elle envoûte. Elle baise, mais elle ne le baise pas. Toutes ces petites nuances parlent de pouvoir et d'autorité. Le sexe, c'est un rapport de force. C'est écrit dans le langage que je perds plus que vous à m'offrir une diversion de ce genre-là. Ça vous coûte un interrogatoire, ça me coûterait ma job. Je perdrais totalement mon pouvoir sur le témoin. Vous, vous perdez le vôtre seulement parce que c'est pas fini.

— Intéressant… Et ça se tient.

— Faites attention, Patrice, vous devenez perméable aux mœurs québécoises… Vous seriez supposé discuter pas mal plus que ça ! »

Il sourit, pas très offusqué : « Je me garde un droit de réserve… Venez, voyons ce que vous ferez avec Jocelyne demain. »

* * *

Très tôt, le lendemain matin, avant de prendre leur avion pour les Îles, Josse les conduit à la cabane où habitait Marité sur la plage du Bic. C'est délabré et fort peu isolé.

Josse les détrompe pour ce qui est de l'intimité des lieux. Il y a vingt-cinq ans, l'endroit était moins entouré de maisons d'été, plus sauvage. Elle leur indique également le chalet modeste que son père avait loué pour Marité et sa fille. « C'est drôle... Ça a l'air tellement miteux, aujourd'hui. Pour Jocelyne, c'était un vrai château ! »

Patrice et Vicky contemplent le « château » : sa rusticité donne à voir la pauvreté dans laquelle les deux femmes vivaient. Josse les ramène à leur hôtel et elle leur demande d'être gentils avec son amie : « C'est pas quelqu'un qui parle facilement. Papa a toujours été le seul à lui faire dire ses secrets. »

Vicky s'étonne : l'amitié entre les deux jeunes femmes est quand même solide, elles se disent beaucoup de choses, non ?

Josse sourit : « Oui... surtout maintenant que papa est mort. Mais je pense quand même que papa savait des choses qu'elle ne me dira jamais. À cause de sa mère... Jocelyne fait pas totalement confiance aux femmes. Elle a toujours un peu de méfiance. Je me souviens comment elle a été contente d'avoir un fils. Elle disait que ça lui évitait un paquet de problèmes. Ben là : allez pas penser qu'elle aurait maltraité sa fille !

— Je pense qu'on comprend très bien qu'avoir été la fille de Marité, c'est pas simple. Dites-moi, Josse, si vous la cherchiez, Marité, où iriez-vous en premier ? »

Patrice précise la question de Vicky en éliminant d'emblée les Îles ou la proximité de Jocelyne.

Josse réfléchit : « Dans la région, c'est sûr. Quelque part dans le coin. Et puis, si elle a su que papa était mort, c'est parce qu'elle n'est pas loin, non ?

— D'après vous, ce serait possible que Marité soit allée aux Îles en 1987 pour chercher sa fille ? »

Le visage de Josse est incrédule : « L'année où papa l'a emmenée là-bas ? Non ! Ben non ! Garanti qu'elle le savait pas. Vous l'avez pas vue me courir après : elle me lâchait pas. Si elle l'avait su, elle aurait jamais perdu de temps avec moi.

— Pourtant, en 84, quand Justine a fugué six mois, Marité est allée la chercher aux Îles.

— Je sais pas ce que papa lui avait dit en 1987, mais elle l'a cru. Chose certaine, aujourd'hui, elle ne peut pas y aller parce qu'elle a pas une cent pour se payer le voyage.

— Et les sentiments de Justine vis-à-vis sa mère ? »

La question plonge Josse dans une profonde réflexion. Vicky ne croyait pas l'embêter autant. Finalement, Josse soupire : « C'est pas facile. Je dirais qu'elle l'haït, qu'elle lui en veut, qu'elle en a pitié, et qu'elle s'en veut de lui avoir fait ça. Parce que sa mère, là, depuis que Jocelyne a disparu, elle est comme... pas folle, pas assommée, mais obsédée. Je sais pas comment la décrire. Elle l'a jamais pris, en tout cas. On dirait qu'elle pensait que sa fille la quitterait jamais. Je sais pas comment elle a fait son compte, parce que j'ai deux enfants et je le sais qu'un jour, ils vont partir faire leur vie. Je les élève même en les préparant à ça. »

Vicky se dit que rien chez Marité n'approche le solide bon sens et la générosité de Josse.

7

Cette fois, quand Vicky se présente chez elle, Jocelyne Dupuis lui tend la main et l'invite à s'asseoir. Lucien est chez une voisine et elles auront tout le loisir de parler.

Vicky sait que Patrice l'a prévenue de son absence à cette rencontre, mais Jocelyne n'en parle pas.

Vicky met l'enregistreuse en marche : « Vous préférez que je vous appelle Jocelyne ou Justine ?

— Je m'appelle Jocelyne Dupuis.

— Mais Justine est aussi votre prénom ? »

Rien. Elle ne répond pas. Vicky répète sa question en précisant qu'elle a besoin de cette confirmation officielle. Jocelyne montre l'enregistreuse du doigt et elle attend que Vicky l'arrête avant de parler.

« Je ne peux pas vous dire ça. Justine Ferland a disparu il y a de cela vingt ans. Considérez-la morte et enterrée. »

Vicky a beau lui expliquer qu'ils savent tout du stratagème de Lucien Dupuis, qu'ils ont parlé à Josse, à Jeannine Beaudry, qu'ils sont au courant pour Marité, rien n'y fait. Jocelyne refuse d'admettre officiellement qu'elle est Justine.

Vicky lui demande si elle consent à lui parler ou non. Jocelyne répète que oui, mais dès que la question de l'identité revient, Jocelyne se tait, fermée.

Récalcitrant n'est pas le terme qu'emploierait Vicky pour qualifier ce témoin. Une atmosphère tendue, des réponses sèches, émises du bout des lèvres, des silences interminables, l'entrevue est un échec total.

Marité ? L'enfance ? La cabane ? Les déplacements ? Jocelyne se souvient mal, elle n'a plus de repères pour son enfance, elle ne sait pas, elle ne sait plus. Tout reste vague et quand un élément est enfin confirmé, il est infirmé la minute d'après avec une scrupuleuse minutie.

Vicky croit aisément que Jocelyne n'a aucun souvenir jusqu'à l'âge de cinq ans, mais elle doute beaucoup de ses affirmations pour ce qui est de son passage aux Îles entre l'âge de cinq et sept ans. Inlassablement, à chacune des questions concernant cette époque, Jocelyne répète qu'elle n'était jamais venue aux Îles avant 1987, quand son père l'a aidée à s'y installer.

Au bout de quelques heures de « je ne sais pas », de « je ne crois pas » et de « je ne me souviens pas », une fois que Jocelyne a nié avoir connu de près ou de loin Élisa Vimont, Sylvain Cadorette ou Josée Simard, ces enfants morts dans des « accidents », une fois toutes ses ressources de patience et d'endurance épuisées, Vicky arrête l'enregistreuse et demande si elle peut avoir un verre d'eau.

Jocelyne s'empresse d'aller le lui chercher.

Vicky range ses calepins et l'enregistreuse, frustrée, fâchée. Elle se lève et marche dans le salon qui donne sur la mer.

Elle s'arrête devant une photo qui est placée à côté d'un cliché de Lucien encore bébé.

« C'est mon père. Lucien Dupuis. »

Jocelyne s'approche, lui tend le verre d'eau et regarde la photo avec tendresse. C'est la première fois que Vicky lui voit un visage un peu ouvert.

Prudente, elle revient à la photo où Lucien Dupuis tient

Jocelyne par les épaules. Ils sont sur la galerie avant de cette même maison, on voit la mer et le vent agite leurs cheveux.

Vicky prend bien soin de ne poser aucune question : « C'est drôle, il est plus petit que je pensais…

— Non, non : il était grand. C'est parce qu'on est assis sur le garde-fou. »

Elle pose un doigt caressant sur le visage de Lucien : « C'est même l'homme le plus grand que j'ai rencontré de ma vie. »

La voix de Jocelyne est complètement différente — plus grave, emplie d'émotion, vibrante.

Vicky est extrêmement circonspecte, aux aguets. Elle ne la regarde pas et s'accroche au portrait de Lucien quand elle murmure : « Mon père ne me parlait jamais. Vous êtes chanceuse.

— Oui. Oui, j'ai été chanceuse... Il me manque beaucoup.

— Je comprends. (Elle désigne le bras de Lucien.) C'est tout un protecteur que vous aviez là… Qu'est-ce que vous pensez qu'il ferait, Lucien, pour m'aider ? »

Le silence n'augure rien de bon. Vicky est à deux doigts de se retourner pour constater l'échec de sa tentative dans la fermeture du joli visage de Jocelyne quand elle entend : « Je sais bien qu'il vous aiderait, mais ce serait plus facile pour lui que pour moi. »

Encore une fois, Vicky prend garde de ne pas se tourner vers elle — elle a l'impression que la photo est le seul élément qui peut la mettre en contact avec Jocelyne : « C'est vrai. Je vous en demande beaucoup, je ne m'en rendais pas compte. »

La voix de Jocelyne est plus sèche, plus indifférente : « Vous faites votre métier, c'est tout.

— Mon métier, c'est de vous protéger. De continuer ce que Lucien a fait. Mon métier, c'est d'empêcher une grand-mère dangereuse d'approcher de vous ou de votre fils et…

— Taisez-vous ! »

L'ordre a claqué comme un fouet. Vicky constate que l'entretien qui l'a épuisée a coûté cher à Jocelyne et qu'elle est profondément bouleversée. Furieuse, elle s'agite, bras serrés contre sa poitrine, elle fait les cent pas, en proie à une grande inquiétude.

Vicky s'étonne un peu : « Vous y avez pensé, quand même ? Votre mère, c'est pas le genre de femme qui s'attache normalement aux gens. Vous avez payé assez cher pour le savoir !

— Vous ne savez pas de quoi vous parlez !

— Aidez-moi à le savoir : parlez-moi d'elle. »

Jocelyne continue ses allées et venues sans rien dire. Vicky est découragée de constater qu'elle a raté la minuscule brèche qui s'était offerte à elle.

La voix de Jocelyne est presque calme quand elle parle à nouveau, presque blanche : « Laissez-moi tranquille, voulez-vous ? C'est la meilleure façon de protéger mon fils. »

Vicky prend son sac, sa mallette : « Jocelyne… Savez-vous au moins pourquoi on la cherche ?

— Oui.

— Savez-vous que, même si vous n'étiez pas née à l'époque, ça fait de vous une complice de meurtre si vous cachez des renseignements qui nous permettraient de la trouver ?

— Pardon ? »

Vicky est certaine de l'authenticité de sa surprise. Elle attend patiemment l'intéressante question qui suivra.

Jocelyne s'approche d'elle, le visage défait : « Meurtre ? *Avant* ma naissance ? Où ça ? Quand ça ? Mais de quoi parlez-vous ?

— On va s'asseoir, voulez-vous ? Et je vais vous dire pourquoi j'estime que vous n'êtes pas totalement en mesure de protéger votre fils. »

La deuxième partie de la rencontre avec Jocelyne Dupuis ne fait pas l'objet d'un enregistrement parce que Vicky craint trop de voir son témoin se refermer si elle sort son attirail.

Après avoir raconté la mort d'Isabelle Deschamps, Vicky constate que toute l'enfance, toute la vie de Jocelyne s'éclaire différemment et que la fuite de Marité prend un tout autre sens à ses yeux.

Il devient évident que Lucien Dupuis n'a jamais soupçonné les vraies raisons de la cavale de Marité. Jocelyne le croit sans y croire : « C'est... C'est tellement surprenant pour moi. Sage-femme... ça ne lui ressemble pas du tout.

— Qu'est-ce que vous pensiez qu'on voulait dire quand on vous a annoncé une enquête criminelle le jour de notre première rencontre ?

— Le vol, la prostitution, l'illégalité du statut... Tout ça !

— Pourquoi étiez-vous soulagée quand on vous a dit "criminel" ?

— Parce que quand vous vous êtes présentés et que j'ai vu que Patrice était de la police française, j'ai pensé que c'était elle qui me faisait chercher. Qu'elle était redevenue "légale"en retournant à Saint-Pierre et qu'elle avait mis la police française après moi.

— Mais vous êtes majeure ! Elle ne peut plus vous obliger à la voir. »

Jocelyne la considère en souriant : « Elle pouvait m'accuser de tout ce qu'elle a fait d'illégal. Pour me faire payer d'être partie. Elle le peut encore... Elle pourrait me faire jeter en prison, m'enlever mon fils. Elle peut dire ce qu'elle veut. Elle a sans doute des preuves, une sorte d'horrible dossier me concernant. Sa dernière carte pour me posséder, me détruire.

— Vous avez commis des actes criminels ?

— J'ai volé, j'ai menti, je suis officiellement illégale si on gratte un peu en dessous de ce que Lucien a arrangé. Mais je n'ai pas tué, évidemment ! De toute façon, je n'étais pas née. Elle ne pourrait pas me le faire porter, celui-là.

— Vous dites "celui-là"... Il y en a eu d'autres, vous pensez ? D'autres meurtres ? »

L'incrédulité de ces yeux-là est totalement sincère, Vicky le voit bien. Comme elle voit à quel point la jeune femme est déstabilisée, ébranlée. À quel point elle a peur.

« Je peux vous dire que ma mère est malade, vraiment malade, timbrée, tordue, je peux vous jurer qu'elle a volé beaucoup de gens, maltraité beaucoup d'hommes qui ne valaient pas mieux qu'elle, exploité de bonnes personnes, mais une meurtrière ? Non. À moins d'être menacée ou enragée. Elle avait des crises, des paniques, elle pouvait être violente physiquement. Mais c'est pas quelqu'un qui peut tuer... Je ne pense pas, du moins... Oh ! Mon dieu, je le sais pas !... Peut-être... Lucien le saurait. Lucien savait, lui. »

Elle est au bord des larmes, extrêmement vulnérable, et Vicky se dit que c'est le moment de ne pas la lâcher, de la cuisiner, de pousser son avantage. Mais elle n'y arrive pas. Ses scrupules sont si forts qu'elle suit son instinct parce qu'elle ne croit pas qu'une violence exercée sur Jocelyne créerait autre chose qu'une fermeture tout aussi violente.

« Vous pensez que Lucien vous a épargné certains détails ? »

Jocelyne est visiblement soulagée de parler de lui, de l'évoquer. Elle en est même réconfortée, Vicky le voit à sa position physique moins tendue.

« Il m'a épargné beaucoup de détails. Surtout pour la prostitution. Mais… j'en savais plus que j'en avais l'air. En fait, je savais tout : les gestes, les actes, la précipitation, mais j'ignorais le sens. Je savais que c'était secret, interdit, je savais qu'il fallait se cacher pour le faire. Mais je ne pouvais pas nommer ce que je savais. Lucien m'appelait son actrice. Parce qu'il m'avait montré à émouvoir le client, à le supplier pour l'empêcher de me faire des choses. D'un côté, il me montrait tout ça et de l'autre, il essayait que je ne sache pas de quoi il s'agissait… en tout cas, pas le côté sordide du sexe payé. Mais je savais, évidemment, j'étais témoin de tout ce que ma mère faisait depuis toujours. Lucien… il me montrait à faire l'actrice au cas où ma mère ne tiendrait pas parole. Il ne pouvait pas imaginer… Mais il m'en a épargné pas mal. À partir du moment où il est entré dans ma vie, ma mère s'est calmée et beaucoup de choses ont changé. (Elle se tait un moment.) Vous pensez vraiment qu'elle a tué cette femme-là ? Pourquoi elle aurait fait ça ? »

Vicky explique longuement le passé de Marité, son enfance probable, sa vie à Saint-Pierre et elle arrive à atténuer la violence du meurtre d'Isabelle en le recouvrant de l'angoisse et de la détresse que Marité a pu ressentir à ce moment-là. Elle se surprend à suivre l'école de pensée de Lucien qui épargnait le pire à la jeune fille. Elle suppose que Jocelyne a toujours su à qui elle avait affaire, mais elle perçoit une sorte de défense qui s'est construite sur le déni :

Justine témoin ou même davantage que témoin de la prostitution, mais qui demeure naïve ; Justine l'actrice pour rassurer Lucien, mais qui sait jouer la candeur pour ne pas qu'il l'abandonne, qu'il se désintéresse d'elle ; Justine qui voit les actes criminels de Marité et qui les oublie immédiatement pour préserver son attachement ; Justine déchirée entre ce qu'elle sait, ce qu'elle est et ce qu'elle tente désespérément de faire — sauver sa mère sans en crever.

Il est évident que ce nouvel aspect de sa mère, révélé par le meurtre d'Isabelle, pousse Jocelyne à tout revisiter de son passé. Vicky la laisse réfléchir en silence, certaine que Jocelyne va la mener quelque part quand elle va se décider à parler.

« Tuer… Elle n'arrêtait pas de dire ça… Comment je pouvais penser qu'elle l'avait déjà fait ? "Je vais le buter", "Qu'il crève ! ", "Il peut crever la bouche ouverte, ce sale con ! ", "Qu'ils crèvent tous, ces enculés ! ", ça, c'était ma mère. Avant Lucien, je pensais même que quand on était fâché, on disait toujours : "je vais te tuer, putain de taré !" Comment on peut dire ça quand on a vraiment tué ? »

Vicky se demande comment elle va aborder les autres meurtres possibles quand Jocelyne se lève brusquement : « Non. Lucien ne savait pas ça ! C'est pas possible. Jamais il ne m'aurait laissée avec elle s'il avait su une chose pareille. Jamais !

— C'est probable, en effet. Je suis d'accord avec vous, ça ne lui ressemblerait pas. Vous voulez qu'on confirme avec Jeannine ?

— J'ai mieux que ça ! Attendez, on va en avoir le cœur net. »

Vicky consulte sa montre dès que Jocelyne la laisse : ça fait plus de cinq heures qu'elle est là, Patrice doit se faire un sang d'encre.

Jocelyne revient en portant une boîte d'archives qui semble très lourde. Elle la pose et regarde Vicky : « Je ne l'ai jamais ouverte. J'ai jamais été capable. C'est Jeannine qui est venue me la porter après la mort de Lucien. C'est ses notes, toutes ses notes quand il m'a cherchée, quand il m'a trouvée, ses plans pour ma fugue, les détails, tout ce qui me concerne est là. Lucien voulait que je l'aie : il avait demandé à Jeannine de me donner la boîte. Parce que c'était mon passé. Parce que c'était l'histoire de quand il m'a choisie.

— Vous voulez qu'on l'ouvre maintenant ? Ou vous préférez me la confier ? Ça peut énormément nous aider à retrouver Marité. »

Jocelyne pousse la boîte vers Vicky : « Je peux pas. Juste l'idée de son écriture fine... Les listes de Lucien ! Vous pouvez pas savoir comme il était méticuleux... Quand on est arrivés ici, ça faisait six mois qu'il disait aux gens que sa fille s'installerait dans le coin, qu'il la leur présenterait... Il a même dit que j'avais étudié en Europe, en France... moi qui n'ai jamais étudié ! Il le disait à cause de mon accent. Tout ce qu'il a fait pour moi... vous pouvez pas savoir. Promettez-moi que vous allez me la rapporter. Promettez-moi que... Oh ! Mon dieu ! J'ai l'impression de la trahir ! J'ai l'impression qu'il faut que je choisisse entre lui et elle. La tromper, la quitter, c'était une chose, mais vous la livrer ? La faire enfermer ? Pourquoi c'est moi qui dois faire ça ? Permettre une chose pareille ?

— Parce que Lucien est mort, Jocelyne. Sinon, c'est lui qui le ferait. »

Jocelyne a cinq ans quand elle dit : « Oui, han ? Il le ferait ? Il le ferait ? Oui ? Mais c'est ma mère ! C'est trop difficile ! Lucien peut pas me demander ça ! C'est ma mère ! »

Elle sanglote sans retenue. Agenouillée par terre, appuyée sur la boîte, elle pleure à gros sanglots en gardant une main sur la boîte et en cachant son visage avec l'autre.

Vicky s'accroupit près d'elle. Malgré tout le désir qu'elle a de la réconforter, elle ne la touche pas, devinant que Jocelyne ne connaît pas ce genre de consolation et qu'elle y verrait une agression. Elle pose sa main sur la boîte, près de la sienne : « Est-ce que ça se peut que la Jocelyne que vous êtes devenue ait enterré des secrets beaucoup trop lourds pour la Justine que vous étiez ? »

Il n'y a que des sanglots qui lui répondent. Vicky se penche vers elle et murmure : « Qu'est-ce qu'il vous a dit, Lucien, avant de mourir ?

— De l'enterrer. »

Vicky ne sait pas si cela s'appliquait à Marité ou à lui-même.

Jocelyne se calme. Elle se relève et va prendre un kleenex sur le buffet : « Lucien m'a dit que mon fils me protégerait parce que je laisserais jamais personne lui faire ce qu'on m'a fait. Il m'a même dit que c'était pas une si mauvaise idée finalement de l'avoir appelé Lucien… »

Elle essaie de reprendre contenance : « Excusez-moi. Je ne pleure jamais comme ça. »

Vicky en est bien convaincue : ce ne sont pas des émotions qui doivent s'exprimer souvent chez elle.

« Si je peux vous rassurer, ce n'est pas vous ou même les renseignements de Lucien qui vont faire condamner votre mère. Nous sommes presque certains que c'est elle qui est responsable du meurtre d'Isabelle Deschamps. Et vous n'y pouvez rien, ni dans un sens ni dans l'autre. Il faut seulement la trouver. Là-dessus, c'est Lucien et ses notes qui vont nous aider.

— Non. Il y a autre chose et vous le savez. Vous l'avez dit. »

Vicky a dit tant de choses… Elle attend que Jocelyne précise.

« Lucien pensait qu'en enterrant ma mère, j'enterrerais Justine. Mais vous l'avez dit tantôt : Justine sait des choses que Lucien n'a jamais sues. »

Vicky a l'impression que la jeune femme va s'effondrer tellement elle a l'air fragile. De la voir si près de casser, au bord de l'aveu, lui donne envie de lui épargner ce qui l'attend. Vicky doit se faire violence pour ne pas lui crier de se taire, de fuir et d'oublier.

Jocelyne ne la quitte pas des yeux et il y a un tel courage, une telle détermination dans ce regard qu'elle se raidit pour recevoir ce qu'elle s'apprête à dire. La voix est basse, voilée : « Les noms que vous avez dits, tantôt, les noms d'Élisa, de Sylvain et Josée… je pensais que j'étais maléfique… que je portais malheur. Je pensais que quand on me parlait, quand on m'aimait un peu, on en mourait. Maman disait qu'il n'y avait qu'elle d'assez forte pour moi… et que je ferais mieux d'y penser à deux fois avant de me lier avec quelqu'un. Elle répétait que je n'étais pas vraiment mauvaise, mais que je jetais un mauvais sort sans le savoir. Elle me plaignait d'être si mal fichue… Quand Jocelyne a voulu devenir mon amie, j'ai tout fait pour l'éloigner. Mais j'avais tellement envie de m'approcher de quelqu'un d'autre. Avant, toute petite, je regardais les gens rire ensemble et j'aurais voulu courir les rejoindre pour me rouler dans leurs bras et rire et parler fort. Quand Josse est arrivée… je devais la tenir à distance, mais… c'était dur de résister.

— Vous pensez que votre mère a pu s'arranger pour… aider le mauvais sort ?

— Je devrais dire “c’est possible”, mais je ne suis pas encore capable de m’en convaincre, vous comprenez ? Même si je sais, c’est trop… Et, en même temps, c’est comme si on m’enlevait un poids effrayant de sur la poitrine. Quand vous avez dit leurs noms… Je ne les ai pas oubliés. Jamais. Je m’en suis souvenu à chaque fois que j’ai eu envie de m’approcher de quelqu’un. Encore maintenant, ça m’est difficile de me lier.

— Lucien ignorait ce qui s’était passé pour vos amis ?

— J’en ai jamais parlé. J’ai seulement beaucoup, beaucoup insisté pour que Josse s’en aille loin quand je disparaîtrais. Josse voulait pas, évidemment. L’été, on était tout le temps ensemble. Mais Lucien avait compris, je pense.

— Ou il s’est dit que si Josse se désespérait de votre disparition, votre mère la croirait et elle n’y toucherait pas dans l’espoir de vous voir revenir vers elle, comme à votre deuxième fugue.

— Vous savez combien de fugues j’ai faites ?

— La première nous a beaucoup étonnés.

— J’ai eu ma chance, je l’ai saisie. Mais j’étais trop jeune… J’ai toujours fait jeune.

— Quel âge avez-vous ?

— Vous le savez : trente-huit ans.

— Trente-cinq. C’est Josse qui a trente-huit ans.

— Tout est tellement intégré, maintenant. Je m’en fous de perdre trois ans… Vous êtes sûre pour les enfants ?

— Non. J’ai besoin de votre témoignage, de ce que vous savez.

— Mais je sais rien ! Arrêtez avec ça ! Je sais rien ! »

Le cri est si désespéré que Vicky comprend qu’elle va enfin parler. Surtout si elle sait se taire et la regarder avec un peu d'amitié, ce qui ne lui est pas difficile. Les beaux yeux de Jocelyne s'accrochent aux siens, elle respire très vite, oppressée. Vicky se dit qu'elle va se remettre à pleurer. « Pour Josée… »

Jocelyne s'interrompt, elle se retourne brusquement, saisit le cadre de Lucien et pivote vers elle en serrant la photographie contre sa poitrine. Elle dit, comme si Vicky était en mesure de comprendre : « Je veux pas qu'y entende. Josée… c'est ma faute. C'est moi qui… C'est ma faute ! J'aurais jamais dû. Je pensais que j'aurais le temps de lui dire, d'expliquer… Ça a été trop vite ! Vous êtes contente, maintenant ? »

Vicky est plus que perdue. Elle commence à douter de la santé mentale de Jocelyne. Le temps qu'elle cherche une phrase pour calmer Jocelyne, lui permettre de s'expliquer plus clairement, celle-ci se rend compte que ce qu'elle dit a l'air insensé. Elle prend une profonde inspiration : « Après la mort de Sylvain, j'ai eu des doutes… Je suppose que c'était ça, des doutes… Une sorte de… j'ai voulu savoir si j'étais vraiment maléfique. Je ne voulais pas être mauvaise. C'était un test. Rien d'autre. J'ai dit à ma mère, seulement dit, que Josée était ma nouvelle amie. C'était une ruse, vous comprenez ? Pour savoir ! Je ne la connaissais même pas. Je lui avais jamais parlé. J'ai jamais pensé… la pauvre ! Je l'avais seulement vue et j'avais entendu sa mère l'appeler Josée. J'avais pensé que si c'était vraiment moi qui jetais un sort, juste le dire, le prétendre, sans être amie, ce ne serait jamais assez pour… pour que le mal arrive. Je l'ai dit à ma mère le dimanche… le mardi matin, la maison avait brûlé. Totalement. Je suppose que j'avais compris ce qu'il y avait à comprendre… Est-ce qu'on peut comprendre sans apprendre ? Je sais que c'est difficile à croire, mais je jure que j'ignorais ce côté-là de ma mère. C'est ma faute à moi, c'est moi qui provoquais, c'est moi qui… pas elle !

— Vous aviez sept ans, pensez-y. C'est petit, sept ans. Et le choix était difficile : votre faute ou celle de votre mère.

— J'ai pas choisi ! J'ai seulement décidé de ne plus jamais approcher personne de mon plein gré.

— Sauf Jocelyne.

— Non ! C'est Josse qui a refusé de m'écouter. Elle s'est incrustée. Le jour où ma mère l'a appris, j'étais prête : j'ai dit exactement ce qu'elle voulait entendre. "Quel pot de colle ! Qu'est-ce qu'elle m'emmerde, cette connasse ! Tu sais quoi ? Je vais la faire raquer !", des choses aimables, quoi ! Je lui demandais des conseils pour arnaquer Jocelyne, pour qu'elle nous donne du fric comme tous ceux que maman fréquentait. Alors là, elle était ravie, ma mère. Et moi je me disais que j'étais plus maligne qu'elle. »

Elle se tait, pose le cadre sur le buffet et va à la fenêtre où elle contemple la mer et le jour qui descend : « Je dois aller chercher mon fils. Je suis fatiguée. Prenez la boîte. Prenez ce que vous avez besoin de prendre pour… pour l'enterrer. »

Vicky ne se le fait pas dire deux fois. « Je vous la rapporte demain. J'aurai probablement encore des questions à vous poser. Je vais tout faire pour ne pas vous obliger à vous déplacer en dehors des Îles. »

Elle s'approche, lui tend sa carte où son numéro de cellulaire et celui de l'hôtel sont inscrits : « À n'importe quelle heure… Parce que je pense que vous allez réfléchir à beaucoup de choses ce soir et cette nuit. Appelez-moi si c'est trop dur. Vous n'êtes pas toute seule. Et vous n'êtes pas coupable. »

Jocelyne prend la carte et, sans lever les yeux vers

Vicky : « Vous voyez comment je suis : jamais je n'aurais pu avouer ça à votre collègue.

— Chacun sa compétence.

— Dites-lui bonjour de ma part… à Patrice.

— Je n'y manquerai pas.

— Et revenez sans lui, d'accord ?

— D'accord. »

Cette dernière demande, Vicky décide de l'épargner à Patrice.

* * *

Au bar de l'hôtel, installé dans un angle d'où il embrasse tout le hall, Patrice attend. Vicky le voit dès qu'elle passe la porte. Il se lève, se presse de la rejoindre pour la débarrasser. Mais Vicky continue jusqu'à l'ascenseur : « Donnez-moi dix minutes et je vous rejoins, O. K. ?

— Ça a été ?

— Je vous raconterai… Mais oui, finalement, oui, ça a été, comme vous dites. »

Elle s'engouffre dans l'ascenseur. Patrice reste là, dévoré de questions muettes. Elle appuie sur le bouton : « Elle vous fait dire bonjour. »

Les portes se referment sur un Patrice plus souriant.

Procéder au récit détaillé de l'entretien permet à Vicky de faire le point, d'évaluer ce qu'elle a appris, ce qu'elle a confirmé et ce qui reste à débroussailler. Elle essaie d'être aussi précise que possible pour permettre à Patrice de se faire une idée nette et personnelle.

Il se dit fort peu surpris de la tournure des choses, il prétend même que faire parler Jocelyne est un lourd défi.

Il est plutôt flatteur à l'égard des talents de Vicky qui se défend : « Non, c'est plutôt la mort de son père — son père de remplacement, je veux dire — qui a ouvert la porte. Elle est en deuil, cette fille, et ce n'est pas un deuil facile. Lucien Dupuis me semble être la seule personne qui ait jamais pris soin d'elle.

— Sans compter que, pour accéder à ce père, elle a dû abandonner sa mère. Tout se paie. Et c'est toujours cher payé en ce qui la concerne.

— Vous avez raison, Patrice. Toujours des choix déchirants, des alternatives qui la forcent à casser, briser quelqu'un. Justine va avec Marité et son avenir, si elle la suit, c'est la prostitution, la fuite continuelle, la marginalité. Jocelyne va avec Lucien, mais le prix, c'est trahir sa mère. Pas étonnant que cette fille ait eu un enfant en sacrifiant le père.

— Hé ! Ho ! Doucement... vous y allez un peu fort, quand même ! C'est courant, vous savez, la venue d'un enfant qui fiche le couple en l'air. »

Vicky se retient de lui demander s'il tire sa science de son expérience personnelle. Elle répète que c'est une hypothèse plausible en ce qui concerne Jean-Michel et Jocelyne. Hypothèse confirmée par Josse qui prétend que le couple est toujours un couple, malgré ses irrégularités. Patrice fait la moue et il a la délicatesse de ne pas discuter. « Revenons à ces enfants et à leur mort, si vous le voulez bien. »

Selon Vicky, ils détiennent des preuves circonstancielles qui seront probablement étayées par Jocelyne, dès que la mémoire lui reviendra.

Cette déclaration a le don de choquer Patrice : « Mais enfin, Vicky, ça ne me paraît pas possible ! Elle avait cinq ans. Vous en seriez capable, vous, de vous rappeler ce qui s'est produit à cet âge ? N'y comptez pas trop. Même avec une mémoire intacte, on ne pourrait tabler sur un tel témoignage. Cessons de la torturer. On n'en a rien à foutre de ces assassinats ! Marité a tué Isabelle, voilà ce qui nous importe. Voilà pourquoi elle sera coffrée. Ensuite, il sera toujours temps de lui faire avouer les autres méfaits. Et elle nous réservera des surprises, comptez-y ! »

Vicky s'inscrit en faux contre cette méthode qui fractionne l'ensemble. Alors qu'elle a besoin de voir toutes les données qui s'interpellent, se répondent et contribuent à définir une personnalité criminelle, Patrice s'attache au meurtre même, aux éléments qui collent aux faits et qui parlent d'eux-mêmes, se passant de l'interprétation.

Vicky est à peu près certaine que la personnalité, les réactions de Justine ont conduit sa mère dans la voie du meurtre et ce, depuis sa naissance. N'est-ce pas pour pouvoir accoucher en toute quiétude que Marité a « achevé » quelqu'un qui risquait de l'embêter ?

Pour Patrice, cette femme est une toquée qui, avec ou sans son attachement malade à Justine, aurait tué.

Vicky s'acharne à prouver à Patrice que sa façon de voir réduit le champ des recherches. Patrice se fâche presque en maintenant que Justine n'a rien à y voir, qu'elle est une victime au même titre qu'Isabelle, que lui chercher noise tient du minable et relève du sadisme plutôt que de l'enquête. Vicky a beau expliquer que c'est une question de personnalisation des rapports, de mobile, de ressort psychologique, Patrice ne veut rien entendre. Son objectif est clair, net et simple : il cherche une Marité Rihoit-Ferran-Ferland pour le meurtre d'Isabelle Deschamps et, accessoirement, pour d'autres meurtres, mais il ne s'acharnera jamais sur une fille qui n'a pour toute responsabilité que celle d'être née d'une criminelle et d'avoir été entraînée dans sa cavale. « Vous voilà à deux doigts de l'affubler d'une double personnalité, vous allez proposer l'hypnose pour la forcer à se souvenir de ses cinq ans, peut-être ?

— J'en n'aurai pas besoin, Patrice, elle se souvient toute seule. Et vous savez quoi ? Ça lui fait même du bien ! Parce que vivre en se sentant tout le temps coupable, c'est pas agréable. Et c'est ça que ça fait, être la fille d'une criminelle. Vous rêviez quand même pas qu'on réussisse à lui cacher que sa mère a tué ?

— Bien sûr que non ! Ne soyez pas ridicule.

— Alors, laissez-moi lui annoncer la bonne nouvelle à ma façon et tirer mes conclusions. Vous avez eu votre chance, Patrice, laissez-moi agir à ma manière.

— Il se trouve que, jusqu'à nouvel ordre, vous bossez avec moi. De concert avec moi, si vous voyez un peu ce que ces termes impliquent. Dans votre patelin, vous appelez cela faire équipe.

— O. K., on s'obstine pour quoi, là ? Est-ce qu'on peut se calmer et voir ce qui nous empêche de travailler de concert, comme vous dites ? »

Ils restent face à face comme des chiens de faïence. La serveuse vient desservir, offrir du café.

Ils restent silencieux jusqu'à ce qu'elle apporte les boissons. Vicky est épuisée, elle ne comprend pas pourquoi Patrice la provoque constamment. Patrice s'excuse sèchement et sort fumer.

La pause est bienvenue, et, chacun de son côté, ils se répètent qu'ils approchent du but, qu'ils sont nerveux, qu'ils craignent de faire une erreur qui pourrait compromettre l'enquête. Vicky s'accuse de n'avoir pas su raconter convenablement ce qui s'est passé avec Jocelyne, l'étrange paradoxe qu'est la vie de cette femme et la personnalité déchirée qui en résulte. Vicky se répète que si elle ne peut bien la transmettre, sa théorie ne vaut rien.

Patrice revient, calmé. Il prend une gorgée de café, grimace : « Quel délice !... J'en ai ma claque de ces cafés américains… »

Elle sourit : « Et vous en avez sûrement bu quelques-uns aujourd'hui !

— En clair, l'inactivité ne me vaut rien.

— Ben, vous allez aimer notre soirée : venez, on va explorer les archives de Lucien Dupuis. Ça va nous changer de la discussion. »

Ils s'installent dans la chambre de Patrice qui sait toujours comment aménager un endroit pour le rendre chaleureux. « Un peu de musique vous gêne ? » Vicky hoche la tête, contente de travailler en écoutant Kathleen Ferrier.

La boîte révèle les qualités d'enquêteur et d'archiviste de Lucien Dupuis. Rangés par ordre chronologique, les agendas, les carnets et les notes sont d'une précision époustouflante. Rien n'a été négligé, le plus petit signe, le plus maigre indice figure dans les notes. Certains clients sont répertoriés avec force détails : les dates des rencontres, les tarifs payés et même les services accordés sont rigoureusement consignés. Quand un doute subsiste, un point d'interrogation est posé dans une couleur qui suit le code des feux de circulation : vert, probable, jaune, incertain, et rouge, sujet à caution. Une chose est sûre : ce qui est affirmé dans les notes de Lucien fait l'objet de preuves incontestables.

À mesure qu'ils se livrent à l'étude des documents, ils découvrent un homme sérieux, appliqué, soucieux du détail, dévoué à une cause qui, au fil des ans, devient une obsession. Rares, très rares sont les annotations ou les commentaires d'ordre personnel — ce qui les rend encore plus valables aux yeux des enquêteurs.

Dans les notes de Lucien, Justine/Jocelyne est un J, Marité/mère est un M. Ils découvrent que leur limier a fréquenté les bars, les billards, les motels les plus moches et les plus sordides à la recherche des clients de Marité… et qu'il les a trouvés. Les notes concernant l'activité principale de M sont laconiques : une succession de prénoms et de sommes versées par ces hommes. Pierre, Jean, Jacques payaient en moyenne trente dollars pour leurs dix minutes d'extase. L'enquête de Lucien remonte à avant 1983, date à laquelle J s'est retrouvée chez lui, ce qui fait tiquer Patrice : « Mais comment pouvait-il savoir s'il ne connaissait pas Jocelyne à cette époque ? Enfin, s'il ne la connaissait qu'à travers les dires de sa fille ? Pourquoi aller en amont ? Quel intérêt ? »

Vicky étudie les agendas, relit attentivement les notes : « Regardez : *25 août 1983, cinq cents dollars, entente ferme avec M.* — si vous remarquez, c'est écrit à l'encre. Avant, pour 81 et 82, presque tout est écrit au crayon.

— Et alors ? Ce n'est pas probant puisque vous retrouvez ces deux éléments dans les années suivantes. Encre et mine de plomb sans distinction particulière.

— Non, non : y a un sens à ça, y a rien de désorganisé chez cet homme-là. (Elle compulse encore les agendas, examine les cahiers de notes et retire ses lunettes.) Ce qui est au plomb, c'est ce qu'il a trouvé en prenant une bière avec les clients, en placotant avec eux, des ouï-dire, ce qui est à l'encre, ce sont des faits précis, prouvés, dont il est le principal témoin. Il a cherché à savoir jusqu'où Marité était allée avec la petite. Regardez : 1982, il y a une hausse significative des tarifs... avec le même homme, toujours, Roger V. *Pris une bière avec Roger V.,* c'est écrit en 1983, et là, en petit et au plomb, vous avez *82. 02. 01...* Ouvrez l'agenda numéro 12 et, toujours au plomb, c'est écrit *cinquante dollars* accompagné d'un *M/J ?* de couleur jaune.

— Il craignait que la petite y soit passée ?

— Il se doutait bien que payer cinquante dollars quand tout le monde en paye trente, c'est pas parce que Roger V. était assez tarte pour se faire fourrer... se faire avoir, je veux dire. Y avait une autre raison. En dessous, il y a *Gus, trente dollars.*

— Il s'est vachement appliqué, le mec. Vous croyez que ses intentions étaient aussi louables qu'il le prétendait ? Tout ce copinage avec des salauds... Des salauds qui l'ouvrent qui plus est ! Comment expliquez-vous ça ?

— Vous allez pas recommencer ?

— Avouez que la question se pose ! Il a balancé quoi ? En calculant grossièrement, j'en arrive à près de cinquante mille dollars. C'est du fric, quand même ! Vous croyez que sa femme n'a posé aucune question ? T'inquiète, j'ai confiance ?

— Il a hypothéqué sa maison une deuxième fois, ici, en 1986, c'est écrit. Ça se fait rarement sans en parler à son conjoint et, oui, je pense que Jeannine avait confiance. On s'est déjà posé la question, est-ce qu'on peut passer à autre chose ?

— Vous croyez que ça m'amuse de jouer les trouble-fêtes ?

— Patrice, si Jocelyne, qui a vu son lot de Roger dans sa vie, pleure à seulement prononcer le nom de Lucien, je pense qu'on peut lui faire confiance et éliminer le pauvre homme de la liste de nos suspects. Je comprends que vous êtes obligé de me croire sur parole, mais faut vous y faire. Et puis, considérez quand même ce qu'il a fait : vous pensez qu'un maniaque sexuel se donnerait tant de mal pour tromper Marité et sauver sa fille ?

— Non, vous avez raison… Je dois être jaloux. Jamais vu un enquêteur aussi réglo. Ça en devient suspect, c'est vous dire la rareté de la chose. S'il vivait toujours, je le supplierais à genoux de se joindre à mon équipe.

— Je vous le volerais, qu'est-ce que vous pensez ? »

Il est trois heures du matin quand ils finissent d'analyser le contenu de la boîte. Tout y est : le passé de Justine et de Marité, l'arnaque et le prix payé par Lucien pour rester en contact et rencontrer régulièrement Justine, l'organisation minutieuse de la fuite de Justine, jusqu'à la ruse à l'égard de l'assurance-maladie pour l'émission de la carte de Jocelyne.

Une chose est claire : de 1984 à 1987, l'argent versé par Lucien associé à la relative exclusivité de ses rapports avec Justine ont calmé les sentiments possessifs de Marité, puisque rien ne laisse supposer qu'une quelconque victime ait pu s'ajouter à la liste des enfants morts.

« Logique, maintient Vicky, Justine n'a plus jamais cherché à se faire des amis. Même Josse, elle l'a repoussée, elle a fait semblant de ne pas l'apprécier, de la trouver dérangeante. »

Patrice réfléchit et émet quand même un doute : « Quatre meurtres… Et elle ne bronche pas pendant... quoi ? Près de trente ans. Ça vous paraît possible à vous ?

— Vous pensez qu'elle y a pris goût ?

— En 1972, Isabelle, 1977, Élisa, 1978, Sylvain, 1979, Josée et sa maman…

— Attendez : il y a l'autre incendie, celui de la cabane des Îles en 1987. Mais non, il n'y a pas eu de victime.

— Sans intérêt, alors. Marité ne perd pas de temps avec de pareilles bricoles. Je me demande…

— Patrice… Je vous l'ai dit, Jocelyne a arrêté de s'intéresser aux autres. Marité n'avait aucune raison de tuer. Elle avait ce qu'elle voulait, elle avait sa fille. Vous changez ça et on n'a plus de théorie.

— Je n'y crois pas des masses à cette pause subite. Elle a pu continuer sans se faire pincer.

— Pourquoi ? On ne tue pas pour s'amuser, Patrice. Ou alors, c'est une autre maladie. Quand on ne veut pas se faire remarquer, comme Marité, on essaie de se tenir tranquille.

— D'accord, mais Marité est convaincue de ne jamais se faire prendre. Elle possède cette féroce prétention qui rend dangereux. Ne me dites pas que personne ne l'a contrariée pendant toutes ces années. Et cette femme n'est pas du genre à se laisser bousculer sans riposter.

— Lucien l'aurait vu.

— Justement, vous y êtes. Il l'a peut-être vu… D'où cette urgence de soustraire la petite à cette femme.

— S'il l'a vu, il l'a pas inscrit dans ses notes. Et ça, c'est pas son genre à lui.

— Attendez, laissez-moi réfléchir… »

Fébrilement, il consulte les agendas. Vicky commence à sentir la fatigue l'accabler. Elle laisse Patrice continuer de s'agiter et elle sent un divin engourdissement la gagner.

Le bruit de la douche la réveille. Elle est toujours dans le fauteuil, mais une couverture la recouvre et ses pieds ont été posés sur l'autre fauteuil. Sur le lit de Patrice, le festival des post-it et les cahiers de Lucien.

Vêtu de sa robe de chambre, Patrice sort de la salle de bains en s'essuyant vigoureusement les cheveux. Vicky se redresse, comme si elle était prise en flagrant délit de paresse : « Pourquoi vous m'avez laissée dormir ?

— Pour réfléchir en paix !

— Y est quelle heure ? Vous avez pas dormi ?

— Non. Sept heures. Et avant que vous vous en inquiétiez, je dormirai quand vous serez chez J. Je vous suggère d'aller vous rafraîchir avant de descendre. »

Le sarcasme au petit matin d'une nuit courte est exactement le genre de chose que Vicky n'apprécie pas. Elle le trouve de bien belle humeur pour un gars qui n'a pas dormi : « Vous avez trouvé quoi ? »

Patrice lui tend sa clé de chambre et tient la porte ouverte : « Vingt minutes ! Je vous conduis ensuite au chic café de la Grave à un jet de pierre de chez Jocelyne. C'est moi qui régale. Allez ! »

Elle soupire et s'en va sans rien demander de plus.

* * *

Patrice lui tend une feuille et lui demande de l'écouter sans l'interrompre.

« Deux questions me tracassent : tout d'abord, comment une femme qui n'a eu de cesse d'être avec sa fille et de contrôler son destin a pu accepter de la voir partir sans la rechercher ? Et ensuite, comment un homme qui connaît les faits et gestes de Marité a pu croire un instant qu'elle se tiendrait peinarde ?

« Réponse : parce qu'il possédait une clé pour l'arrêter ou du moins l'envoyer chercher dans une autre direction.

Nous avons là un homme extrêmement organisé qui met sur pied un plan d'enfer pour mettre J à l'abri et lui offrir une vie décente. Que nous a dit Josse ? Pendant presque un an, Marité l'a harcelée. De 1987 à 1988, Marité poursuit la fille de Lucien et ce mec laisse aller sans piper mot ? Sans bouger ? Alors quoi ? Il a déshabillé Pierre pour habiller Paul ? Il a mésestimé l'acharnement de Marité ? Cet homme ne laisse rien au hasard... Je suppose donc qu'il a laissé courir le temps de trouver un levier, ou le temps de convaincre Marité qu'il est totalement son complice dans cette recherche, bref, qu'il a depuis longtemps sacrifié sa propre fille à son obsession pour J.

« Qu'est-il donc arrivé en 1988 pour que cessent les poursuites de Marité ? Elle ne peut pas laisser tomber, on est bien d'accord. C'est donc qu'on lui a offert une piste valable pour la faire courir ailleurs ou alors qu'on — et je parle toujours de Lucien Dupuis — a trouvé un chantage, une pression, un truc, une astuce qui a obligé Marité à reculer. Et dans ce cas, si Lucien la tenait si bien, qu'a-t-il prévu dans l'éventualité de sa mort ? Vous m'accorderez qu'il n'est pas du style à laisser faire le hasard. Alors ? Comment se fait-il que M n'ait pas réapparu dans le décor depuis qu'il est mort ? Je sais, elle s'est montrée aux funérailles. Et ensuite ? Quoi ? Elle est retournée peinarde dans son terrier ? C'est pas possible ! La mort de Lucien lui laisse le champ libre. Qu'est-ce qu'elle fout ? Pourquoi ne réapparaît-elle pas ? Parce que Lucien a laissé son levier à quelqu'un d'autre. Ce type n'a pas bossé des années pour protéger J et s'en désintéresser ensuite. Et il n'a pas négligé de protéger sa propre fille non plus. Quand il l'a utilisée en 1987, c'était probablement de façon calculée, le temps de détourner l'attention meurtrière de M, mais il a vite redressé le tir. Il ne l'a pas laissée servir de cible bien longtemps, j'en jurerais.

« Regardez maintenant mes notes. Vous y avez les dates, les activités et les trous laissés par Lucien. Soit, de 1983 à 2005 et de 2005 à aujourd'hui. En tout, plus de vingt ans. Comment a-t-il fait ? Comment a-t-il pu obtenir un tel ascendant sur une femme sans scrupules ? Un : l'argent. Depuis la fuite de Justine il a déboursé plus de vingt mille dollars. Il a payé Marité... pas très cher, mais bon, il a casqué. Était-ce suffisant pour la tranquilliser ? Non. Et *quid* depuis sa mort ? Sans réponse. Deux : la menace. Que sait-il qui puisse bloquer Marité ? Que peut-il prouver qui oblige cette femme que rien n'arrête à se contenir ? Il faut que ce soit costaud, je vous signale, et que ce soit si bien ficelé que même le meurtre de Lucien n'y change rien. Résultat des courses ? Ce qu'il savait, son levier, il l'a partagé avec quelqu'un qu'il nous reste à dénicher. L'opérateur numéro deux. Sa femme ? Possible. Mais la tendance de notre homme serait plutôt de planquer ses femmes, de les garder dans l'ignorance des détails. Hors circuit, quoi. À vérifier. Mais, chose certaine, trouver le levier nous mènera forcément à qui le tient dorénavant. »

Vicky pose le doigt sur le trois qui figure sur la feuille, ce qui fait sourire Patrice : « Oui, bon !... Il se faisait tard, je suppose. Avouez que buter cette femme, c'était le bon plan. M'emmerde, moi, cette apparition aux funérailles... Le silence subit, cette plage de paix, je me suis dit quelqu'un l'a zigouillée et c'est tant mieux ! Lucien l'a eue. On est tranquille. Passons...

« L'étape suivante consiste à trouver l'argument utilisé par Lucien, sa menace, quoi ! Parce que le fric, ce n'est pas assez pour cette timbrée. Retour aux carnets, retour à notre enquêteur de première qui a sans doute camouflé ses trouvailles. Ou du moins, codées.

« Et voici ce que j'ai dégoté. Je sais, je confirme mes théories et j'ai cherché en ce sens. Mais suivez-moi et vous reconnaîtrez qu'il y a là de quoi creuser. Nous avions ce Roger V. en 1982-83 et aussi un certain Louis-Georges V. en 1981. Les deux seuls à obtenir la cote verte sur le point d'interrogation. J'ai donc cherché un autre code vert… et je suis tombé sur 1987, Gérard V., ce qui, vous l'admettrez, fait beaucoup de V. Deux possibilités : les mecs sont de la même famille ou alors le V. ne réfère pas au patronyme. V. pour victime. Vert pour confirmé. Trois victimes… Possède-t-elle un esprit mathématique ? Superstition ? Je n'en sais rien, mais voilà trois meurtres possibles qu'il peut lui coller si elle n'est pas sage. Voilà le levier. Et notez que je ne cherchais pas forcément ce genre de méfaits. Alors ? »

Vicky hoche la tête, plutôt impressionnée. « Il reste des questions, beaucoup de questions, mais c'est un raisonnement qui se tient. Et maintenant, vous allez me dire pourquoi ? Pourquoi ces trois hommes auraient-ils été tués ? Qui les a retrouvés, réclamés ? Où sont les enquêtes policières ? Parce qu'on ne disparaît pas sans que quiconque le remarque. On s'entend là-dessus ?

— Alors là, vous m'étonnez ! Des types qui vont baiser une vioque sale dans une cabane délabrée, vous croyez qu'ils sont mariés et qu'ils ont des copains, vous ? Tout le monde s'en foutait, de ces types !

— Je veux bien, mais ils habitaient quelque part, ils travaillaient probablement quelque part… Leurs propriétaires réclamaient bien un loyer ! Ce genre de niaiseries, Patrice…

— Y a du boulot, je ne dis pas… »

Vicky s'absorbe dans l'étude de la feuille remise par Patrice. Elle sort son calepin, le feuillette nerveusement, le referme, considère encore la feuille, pensive. Patrice suit son manège et attend qu'elle se décide à parler, mais rien.

« Ça vous dirait de partager ? Quelque chose vous tracasse peut-être ?

— Non. Je veux dire, oui, mais je sais pas quoi. »

Déçu, Patrice se tait. Vicky lui répète que ça se tient, que c'est possible et qu'ils doivent mettre en place un plan d'action : interroger de nouveau Josse, Jeannine Beaudry, essayer de savoir qui est l'homme de confiance de Lucien, qui détient les preuves.

« Parce que s'il faut qu'on refasse les enquêtes de Lucien, s'il faut qu'on essaie, par nous-mêmes, de trouver ce qu'il a obtenu, on va encore être là dans cinq ans. »

Patrice est d'accord et il se propose de téléphoner aux deux femmes pendant qu'elle ira chez Jocelyne.

« À ce propos, je peux vous refiler mes questions ? La première, elle tombe sous le sens, a-t-elle été témoin de ces crimes ? La seconde, Lucien lui a-t-il posé des questions concernant un de ces hommes ? Et trois, se souvient-elle des noms de ces types ?

— Patrice, je vous affirme déjà que Justine n'avait aucune idée que sa mère ait pu tuer. Même quand elle a vérifié par instinct, même quand elle a utilisé un stratagème pour savoir si elle était maléfique ou non, elle n'a pas réussi à voir ce qui était évident. Je vais poser vos questions, c'est sûr, mais comptez-y pas trop. Y a un mécanisme de défense chez l'être humain qui s'appelle le déni. Pour garder son lien avec sa mère et pour ne pas en mourir, elle n'avait pas le choix : il fallait qu'elle ne voie pas ce qui se passait.

— Jusqu'à l'arrivée de Lucien dans sa vie, d'accord. Mais une fois acquis qu'il la protégerait, qu'il la défendrait, vous ne croyez pas qu'elle a pu, je ne sais pas, mais… trouver de bonnes raisons de quitter sa mère ?

— Je sais pas, mais le lien est fort. S'attacher à Lucien et trahir sa mère en la quittant pour toujours, c'était déjà beaucoup demander. Elle avait quinze ans, Patrice, et elle avait déjà fugué, mais est-ce que c'est assez pour aller encore plus loin et la dénoncer ? Je veux dire briser le déni et voir ce qu'elle ne pouvait pas voir ? Si je me réfère à ce que moi j'ai constaté hier, à la détresse qu'elle a montrée en se rendant compte que ses amis ont fort probablement été tués… je ne sais pas. Chose certaine, je vais le savoir en revenant tantôt. »

Elle se lève, prend ses effets et observe Patrice qui note fébrilement quelque chose.

« Je veux bien croire que l'insomnie vous va bien, Patrice, mais allez dormir un peu, O. K. ? Juste pour me montrer que vous êtes un être humain presque normal. »

* * *

L'insomnie ne convient pas aussi bien à Jocelyne/Justine. Vicky la trouve assise à la table de la cuisine, immobile, l'air sonnée. Les yeux qu'elle lève vers elle à son entrée sont rouges, boursouflés et totalement désenchantés. En relâchant la corde du déni, un flot de souvenirs et de souffrances a englouti Jocelyne. Habillée comme la veille, c'est à croire qu'elle n'a pas bougé de cette chaise depuis le départ de Vicky.

« Lucien ?

— Chez Ginette. Il a dormi là. »

Vicky met de l'eau à bouillir, elle ouvre les armoires et cherche les tasses, parce que Jocelyne ne bouge pas. Elle ne la regarde même pas.

Vicky pose un thé brûlant devant Jocelyne : « Vous allez manger quelque chose, d'accord ? »

Jocelyne fait non et Vicky met deux tranches de pain à griller. Elle reste silencieuse, le temps de préparer les rôties et de s'armer pour le combat. Elle pose l'assiette devant la jeune femme et s'assoit près d'elle.

« Buvez un peu, Jocelyne. »

Absente, indifférente, comme perdue en elle-même, Jocelyne obéit mécaniquement.

Vicky attend avant de parler. Elle ne peut pas questionner quelqu'un d'aussi affligé, d'aussi cassé. À moins de vouloir en abuser, sans scrupules. Comme tous ceux qui l'ont fait auparavant.

« C'est quoi, le pire, Jocelyne ? Qu'est-ce qui ne vous sort pas de la tête ?

— Elle… Ma mère. »

Immédiatement, Vicky note qu'hier elle disait maman. L'emprise de Marité perd donc du terrain.

« Parlez-moi d'elle. »

Les yeux sont si atterrés, si battus, Vicky s'élancerait pour la consoler, la protéger. En ce moment, elle comprend parfaitement que Lucien ait sacrifié toute sa tranquillité familiale pour cette fille. Parce que, malgré tout ce qu'elle a traversé, elle conserve une sorte de droiture, une attitude enfantine qui excite tout l'instinct de sauveteur qui sommeille au cœur d'un être humain.

« Je l'ai toujours su que c'était pas très normal de ne pas aller à l'école, de vivre dans toutes sortes d'endroits abandonnés, de fuir tout le temps, de ne jamais entrer dans une boutique pour acheter des choses, mais pour les voler. J'ai toujours su que c'était… spécial. Mais ma mère était spéciale. Elle ne parlait pas comme tout le monde, elle ne vivait pas comme tout le monde, et elle m'aimait plus que tout le monde. Plus que quiconque, voilà ce qu'elle prétendait… Il vaut mieux être haïe qu'être aimée à ce point. »

Elle se tait et essuie machinalement les larmes qui coulent sur son menton. Vicky prend la boîte de mouchoirs sur le comptoir, la pose sur la table. Elle pousse la tasse vers la main de Jocelyne qui boit.

« Elle avait des moments extraordinaires. Elle m'appelait "ma fée". Je ne sais plus pourquoi ces moments sont comme un cerf-volant dans ma mémoire — un cerf-volant qui plane haut dans un ciel bleu, parfait, qui fait lever la tête vers le ciel, qui fait oublier la terre. Quand je pense à ça, j'entends son rire. Son vrai rire. Pas le rire forcé qu'elle avait avec les hommes. Le rire vrai. Avez-vous déjà été tout pour quelqu'un ? Avez-vous déjà représenté l'absolue totalité du bonheur sur terre ? C'est ce que j'étais pour elle. Son cerf-volant, son échappée, la fée qui changeait le sordide en enchantement. La toute-puissante. Je lui suffisais. Elle ne désirait rien d'autre que moi. Mais elle me voulait sans partage. Et moi, j'espérais toujours qu'elle me laisse un peu d'espace, un peu d'air. On devient vite cruel quand on est adoré. On peut tout dire, tout faire, ça ne change rien à l'adoration. Elle me passait tout… en échange de mon amour absolu. Aujourd'hui, je crois que je l'ai toujours trompée parce que je suis incapable d'un tel amour. Je l'aimais, mais pas comme elle l'espérait tant. Je me sentais très mesquine de ne pas l'aimer davantage. Mesquine et méchante.

— Et vous avez eu envie de la fuir.

— Non, pas de la fuir… de m'en éloigner un peu, de la partager, de… oui, peut-être de la fuir, finalement. Puisque je voulais ne pas être seule à la porter. Ne plus être seule avec elle. Ma mère me connaissait très bien. Elle savait tout, toujours. Enfin, je le croyais. Mais je m'y suis trompée, comme vous le savez. Aussi, quand elle a senti que je voulais lui échapper, aller faire un tour, elle s'est mise à tout fermer à clé. Elle m'enfermait avant de partir. Tout petite, elle m'attachait, "par mesure de sécurité" disait-elle, pour que rien ne m'arrive en son absence. Alors qu'elle s'absentait si peu ! Je l'ai déjouée, bien sûr, j'ai trouvé moyen de sortir malgré tout… Ça lui était insupportable, elle en devenait malade. »

Elle prend une gorgée et elle fixe la tasse en parlant si bas que Vicky doit se pencher pour entendre.

« Elle disait "ferme tes yeux, ne regarde pas"… mais j'entendais. Je savais. J'ouvrais les yeux et je les voyais… Le son des hommes qui jouissent… Le bruit de la fellation — étouffé. J'ai promis que je ne me sauverais plus jamais. Je détestais la voir à genoux devant un homme à moitié habillé, un homme qui se tenait au mur en grimaçant comme si elle le torturait. Je ne savais pas de quoi il s'agissait, mais je savais que je devais la boucler. Elle n'avait pas à le dire. Je savais. Après, pour me récompenser d'avoir été sage, pour m'encourager aussi sans doute, elle m'offrait une glace. C'est idiot, même l'hiver, elle m'offrait une glace. Je la mangeais pour la rassurer et je la vomissais ensuite. J'ai toujours détesté. Un jour, Lucien m'a offert une glace et je l'ai regardé… Pour moi, je le regardais sans comprendre, et lui m'a dit "avec mépris". Ce devait être simplement avec horreur. Pas lui ! N'importe qui, mais pas lui !

— Et qu'est-ce qu'il a fait ?

— Il m'a demandé si je ne préférais pas des frites, finalement. J'ai beaucoup de mal à résister aux frites. (Elle regarde l'assiette avec les rôties intactes.) Il voulait toujours que je mange... il me trouvait tellement maigre ! "Raide maigre", c'est la première fois que j'ai entendu cette expression… Ma mère se méfiait de lui. Elle nous surveillait tout le temps. Tout le temps à guetter, à me questionner après pour savoir ce qu'il disait, ce qu'il me demandait de faire…

— Vous ne disiez rien ?

— Mais on parlait pas ! On dessinait. La première fois qu'il m'a sortie, c'était au McDo. J'étais très inquiète, j'avais peur de lui. Pour moi, un homme, c'était tout, sauf un père. C'était tout, sauf rassurant. Il a pris les crayons de cire qu'on donne aux enfants et il a barbouillé. Je l'ai regardé faire. Il n'était pas capable de dessiner ! C'était tellement laid ! Après, il m'expliquait ce qu'il avait voulu faire et c'était tellement éloigné de ce qu'il dessinait que ça m'a fait rire. Et il s'est mis à exagérer, à faire exprès d'être nul… à expliquer des bêtises, des choses impossibles pour me faire rigoler. Et ça marchait : je riais. Je riais tellement que j'en oubliais tout : ma mère, la saleté, la honte. Je riais et on aurait dit que Lucien, ça le rendait triste… Ce n'est pas triste, le mot… c'est attendri. Mais moi, je confondais. J'ignorais totalement cette émotion. C'est lui qui m'a appris. Comme pour tout. Il a été patient, tellement patient. (Elle reste silencieuse un long moment avant de demander à voix très basse.) Vous croyez qu'il savait ? Pour les enfants ? Mes amis ?

— Je ne pense pas, non. Vous n'avez jamais rien dit, même après, une fois rendue ici ?

— Comment voulez-vous ? Avant hier, je croyais à des coïncidences, à des formes d'avertissements muets de me tenir loin des gens… C'était bien ce dont il s'agissait, n'est-ce pas ? C'est bien le message qu'elle voulait me transmettre ?

— Vous souvenez-vous en 1979, quand vous avez quitté les Îles, d'avoir changé de nom ? Vous ne vous appeliez pas Ferland, à l'époque.

— Ah non, c'est vrai, je me souviens maintenant. J'avais oublié que je m'appelais Ferran. C'est complètement dingue cette histoire de noms. Sur mes trente-cinq ans de vie, je me suis appelée Jocelyne Dupuis pendant vingt ans. Et vous savez quoi ? Il me semble que c'est mon véritable nom.

— C'est celui qui est associé à votre père d'adoption.

— C'était son vœu le plus cher, m'adopter.

— Revenons à Ferran-Ferland : vous saviez pourquoi votre mère l'avait fait ?

— Oui. Pour semer les salauds. C'est ce qu'elle disait. Ce qui ne l'a pas empêchée de laisser d'autres salauds l'approcher, mais bon… J'ai compris qu'elle avait choqué des gens ici, qu'ils cherchaient à se venger. J'avais sept ans à l'époque, je savais sans savoir. Pour la prostitution. Et puis, on piquait des choses, on n'était pas réglo et il fallait dissimuler ce qu'on prenait. J'ai été élevée dans ce genre de rapport aux autres, vous savez, se méfier, s'emparer, se sauver. Ça ne m'étonnait pas. Faire confiance, ça, c'était extrêmement nouveau.

— À Lucien ? Ou à Jocelyne, je veux dire Josse ?

— Lucien. Je me méfiais un peu pour Josse. À cause de ce qui était arrivé à mes amis, je présume. Et aussi parce que j'en disais beaucoup de mal à ma mère… pour la convaincre. C'est difficile de prétendre qu'on déteste quelqu'un sans le croire un peu. Pour faire vrai, vous comprenez ? Pour que ma mère le croie, il fallait que je le croie très fort. Elle me connaissait trop sinon.

— Et votre rapport à Lucien, votre mère n'en était pas jalouse ?

— Non. Il… il payait, vous comprenez ? Elle pensait qu'il était comme les autres. »

L'envie est grande de demander carrément si Marité livrait sa fille à ses clients. Mais Vicky estime trop la confiance qui s'est installée pour brusquer son témoin et risquer de tout perdre. Elle laisse le silence planer et observe Jocelyne en proie à toutes ces pensées, ces souvenirs qui la hantent et la rendent si vulnérable. Même sa façon de parler est changée par l'évocation de sa vie avec Marité.

« Ma mère a fini par être moins jalouse quand j'ai grandi. Pas au début, mais plus tard.

— Ah bon ?

— Curieux, n'est-ce pas ? Ça me frappe, maintenant. Je ne sais pas ce que Lucien a pu lui dire ou lui donner pour pouvoir m'emmener comme ça, mais elle le croyait “entiché d'une idée”, qu'elle disait. Nous allions le “saigner aux quatre veines”, ça c'était son projet. Il jouait à l'idiot avec elle, il lui laissait croire ce qu'elle voulait. Il s'en fichait. Et elle… je ne sais pas. C'est confus…

— Même si ça vous semble insensé, c'est pas grave, dites-le…

— Ma mère avait ses “réguliers”, vous savez ? Ceux qui revenaient toujours à date fixe. Lucien, même si c'était pas pour ça, c'était le plus régulier. On se déplaçait, on avait nos points de chute selon la saison et la région. Lucien, c'était le seul qui nous rattrapait partout, à cause de son métier, bien sûr… Ma mère, elle, l'attendait toujours impatiemment et elle râlait quand il se présentait. Elle s'en est toujours méfiée… mais elle se confiait à lui. C'est assez étrange… pas très cohérent.

— Et quand Lucien a-t-il commencé à parler de vous aider à fuir ? »

Un éclair traverse les yeux de Jocelyne. Un éclair vif, suivi d'un silence opaque.

Intéressée, Vicky se penche vers la jeune femme : « Il s'est passé quelque chose de spécial ? Qu'est-ce que c'est, Jocelyne ?

— C'est rien. Une erreur.

— Une erreur qui a provoqué tout un changement dans votre vie.

— J'en ai toujours parlé, de partir.

— Bon, O. K., parlons-en dans ce cas. En 1981, c'est Lucien qui vous trouve à… Saint-Fabien. Vous aviez neuf ans, c'est jeune pour partir toute seule. Vous lui aviez dit pourquoi ? »

Jocelyne hoche la tête négativement, réticente et mal à l'aise.

« Et quand il vous a trouvée, il vous a renvoyée chez Marité.

— Il ne savait presque rien à ce moment-là.

— Sinon, il ne l'aurait pas fait ?

— Je ne sais pas.

— Qu'est-ce qui vous a fait fuir, à ce moment-là ? La jalousie, la colère de votre mère ? »

Jocelyne ne dit rien. Elle ne regarde plus du tout Vicky qui continue, en marchant sur des œufs.

« Lucien a sans doute posé des conditions à votre mère ? Il a essayé de vous protéger, non ?

— Oui, en continuant à me voir. Mais il savait rien, je vous dis ! Dans ce temps-là, je ne parlais pas, je dessinais.

— Et il a compris en voyant les dessins ?

— Non.

— Puisqu'il payait, il savait pour votre mère ? Pour la prostitution ?

— Oui.

— Pourquoi êtes-vous partie, la première fois ?

Qu'est-ce qu'elle avait fait, votre mère, pour vous faire fuir comme ça ? »

Un silence buté. Jocelyne ne bouge plus, ne la regarde plus. Impossible de savoir si elle pèse le pour et le contre ou si elle pense déjà à autre chose. La partie semble si serrée à Vicky qu'elle pose son joker un peu au hasard, à l'affût du moindre indice.

« Elle a mal agi ? »

La honte… et le oui muet de Jocelyne.

« Avec un client ? »

Toujours ce oui silencieux, honteux.

Vicky réfléchit avec précipitation. La thèse de Patrice est que Marité a tué des clients. Parler directement d'un tel geste est trop risqué, elle cherche intensément la formule qui permettrait d'entrouvrir la porte. « Elle pouvait être violente, votre mère… »

Le haussement des épaules de Jocelyne indique qu'elle perd du terrain.

« Est-ce que Lucien l'a su pourquoi vous êtes partie ?

— Non.

— Vous êtes certaine ?

— Oui.

— Vous aviez vu ce que vous ne deviez pas voir ? »

Les yeux étonnés de Jocelyne la fixent en silence. C'est elle maintenant qui interroge Vicky : « Quoi ?

— Vous savez quoi… C'est vous qui avez vu. Et vous l'avez dit à Lucien plus tard.

— Jamais ! Il l'a peut-être deviné, mais je l'ai jamais dit… à personne. »

Aux yeux de Vicky, elle semble bien décidée à ce que cela demeure non dit.

Vicky ne traîne pas, elle change l'angle : « Et la deuxième fuite, c'était pour la même raison ? Je parle de votre absence de six mois quand vous avez abouti à Gaspé. »

Le visage de Jocelyne s'éclaire : « Lucien est venu me chercher avec Josse. Il m'a jamais rien demandé. Pas de question, pas de justification. Il m'a gardée chez lui et il n'a pas averti ma mère. Après ça, je savais que je pouvais lui faire confiance.

— Mais pas assez pour lui confier ce qui vous faisait fuguer ?

— Il le savait. Il s'en doutait. Il voulait pas m'obliger à en parler. (Le regard qu'elle plante dans les yeux de Vicky est presque menaçant.) Pourquoi ça vous intéresse tant de m'humilier ? C'est pas ma mère que vous cherchez ?

— Oui, mais j'ai besoin de comprendre qui elle est pour la trouver.

— Quand je vous dis que même moi, je comprenais pas ! Vous me croyez pas, c'est ça ?

— Bien sûr que je vous crois ! Mais je pense que je peux vous aider à comprendre ce qui vous paraît obscur. Ça fait des années que ça s'est passé. Rien que le raconter peut le rendre plus clair.

— Mais je ne peux pas ! Je ne peux pas dire ça !

— O. K., O. K… Et si je vous donnais un prénom, juste un prénom ? Vous me dites si ça concerne ce à quoi vous pensez… Ça, vous pouvez le faire, non ? »

Il n'y a plus qu'un mur de crainte devant elle.

Vicky jette un œil sur la liste établie par Patrice : « Louis-Georges ? »

Jocelyne ferme les yeux, accablée.

Vicky continue : « Roger ? »

Jocelyne se lève précipitamment, elle lui tourne le dos et s'appuie des deux mains au comptoir, presque penchée au-dessus de l'évier. Vicky a l'impression de la cogner avec le dernier prénom : « Gérard ?

— Non ! Pas lui !

— Il y en a d'autres ? »

Rien. Pas de réponse. Seulement ce dos, ces épaules soulevées par la nausée. Vicky estime qu'il lui faut beaucoup plus que cette confirmation muette. Elle est trop loin du compte, il lui faut des noms complets pour continuer son enquête.

« Vous savez où ils sont ? Leurs noms de famille, est-ce que vous les connaissez ? »

Elle entend Jocelyne et surtout, elle entend son ton méprisant : « Vous pensez quand même pas que j'ai couru après pour leur demander leur adresse ? J'avais neuf ans ! Pensez-vous que ça m'intéressait, leurs noms ? Je voulais qu'ils s'en aillent et ne plus jamais les voir de ma vie ! »

Estomaquée, Vicky se ravise. De toute évidence, elles ne parlent pas de la même chose. Elle se lève, rejoint Jocelyne. Cette fille est complètement vidée, elle va s'écrouler.

« Je m'excuse. Mes questions sont idiotes. Venez vous asseoir. »

Jocelyne la suit docilement. Vicky lui offre un autre thé, mais n'obtient rien de Jocelyne qui regarde à terre, accablée.

« Vous savez, dans mon métier, j'ai rencontré toutes sortes de victimes. Celles qui me font le plus mal, c'est toujours celles qui ont fini par se sentir coupables des crimes que les autres ont commis à leur égard. Comme si c'était pas assez de le subir, il leur faut en plus se sentir responsables. Les victimes ne sont pas responsables. Vous ne l'êtes pas.

— Est-ce que vous arrivez à les convaincre ?

— Rarement. Mais, quand ça arrive, ce qui était mort en eux, ce qu'ils pensaient disparu à jamais recommence à vivre.

— Ce qui est mort est mort.

— C'est ce que Lucien pensait ?

— Lucien… c'était un acte de foi sur deux pattes.

— Il ne vous a pas jugée. Je ne vous juge pas, vous savez.

— Moi, je me juge. J'ai pas eu d'éducation, je ne suis jamais allée à l'école et ma mère se prostituait.

— Vous avez un métier, vous gagnez votre vie, vous avez un enfant et vous ne volez plus personne. La honte, c'est pas vous qui devriez la ressentir. Surtout pas vous. Je ne sais pas ce qui est arrivé quand vous aviez neuf ans, mais je sais que vous n'étiez pas responsable. »

C'est encore un murmure à peine audible qui sort de la bouche de Jocelyne : « Ça ne marche pas de même et vous le savez.

— Ce que je sais, c'est que tant que vous gardez les abus secrets, c'est elle que vous protégez. Elle, Jocelyne. Pas vous, pas votre dignité. La sienne.

— Sa dignité ! Vous plaisantez ?

— Non. Même à vos yeux, ça paraît impossible. Imaginez à quelle entreprise vous vous êtes attaquée ! Jocelyne, je ne veux pas vous forcer à parler de ça, je n'en ai pas besoin pour mon enquête. Pour moi, il suffit de savoir qu'une enfant est témoin de prostitution pour parler d'abus. Pour la loi aussi.

— C'est ce que vous allez écrire dans votre rapport ? C'est ce que les autres vont lire ? »

Vicky arracherait la tête à Patrice : s'il n'avait pas couché avec Jocelyne, elle est certaine qu'il y a des réticences qui seraient déjà vaincues. À la seule idée que Patrice puisse avoir une autre opinion d'elle, cette fille se tait. Vicky se fait très rassurante : « Oui. Abus de tous ordres. Sans inscrire les détails sordides. C'est votre mère que je cherche, pas vous. C'est déjà bien assez de l'avoir eue pour mère… (Elle feuillette son calepin) Si jamais vous vous rappelez du nom complet de Louis-Georges, ça m'aiderait beaucoup pour arriver à…

— Gauvin… le gros Gauvin, qu'y s'appelait. Ma mère disait le gros bovin. Louis-Georges-le-bovin-aviné ! C'est même pas vrai, il sentait la bière, pas le vin ! Il venait toujours avec Marcotte. Je me souviens pas du prénom de Marcotte… Louis-Georges passait en premier. Toujours. Après, c'était l'autre, Marcotte. »

Vicky n'ose plus rien dire, elle ose à peine respirer. Jocelyne continue en la regardant comme s'il ne s'agissait que de détails insipides : « Je me souviens que Marcotte voulait que j'attende avec lui dehors, le temps que Louis-Georges fasse son affaire. Ma mère voulait pas. C'est pas étonnant, elle me gardait toujours avec elle. Elle m'aurait pas laissée avec Marcotte. Mais là, c'est l'autre qui voulait pas non plus. Gauvin. Quand ils arrivaient, ces deux-là, c'était toujours la discussion à propos de moi. Que je sois ou non dans la cabane. Marcotte, ça le mettait mal, ça l'intimidait. Il me regardait jamais. Il s'arrangeait pour pas me voir. Louis-Georges, lui, il me regardait tout le long. Par-dessus ma mère, il me fixait. Quand je fermais mes yeux, il faisait quelque chose, il frappait ou il pinçait ma mère. Elle sursautait ou elle criait et moi j'ouvrais les yeux : il était toujours en train de me guetter. Ça a pas pris de temps que j'ai compris que si je ne voulais pas qu'y fasse des bleus à ma mère, fallait le regarder… tout le long. La spécialité de ma mère, c'était les pompiers… les pipes.

D'habitude, ça allait assez vite. Elle avait un truc : une petite gorgée de brandy juste avant, ça accélérait le processus… L'odeur du brandy et des hommes… en tout cas ! Disons que je ne bois pas de brandy ni de bière. Gauvin s'arrangeait toujours pour que ma mère m'assoit pas trop loin. Et c'est vrai que ça allait plus vite si j'étais pas loin. Avec lui, sinon, c'était interminable. Je me souviens que Marcotte cognait à la porte : "Gauvin, crisse ! Finis-en !" Des fois, y était même pas capable de finir. À un moment donné, il a négocié avec maman. Il a donné un peu plus pour que je sois plus proche. Je reculais pendant que maman regardait pas. Ça le faisait rire. Pis un jour, maman m'a pris le bras pour que je reste là. Une main sur lui, une main sur moi. Je regardais ses grosses bottines de construction, je voulais mourir, j'étouffais. Ça a duré comme ça un bon bout de temps… jusqu'au jour où, à la dernière minute, il s'est arrangé pour le faire sur moi. Et maman m'a tenue là pendant qu'il… j'ai hurlé, je me suis débattue et je suis sortie en criant. Marcotte s'est mis à courir après moi. Y courait vite, lui. Y m'a attrapée. Quand y a vu mes cheveux, ma face, y est comme venu fou. Y m'a lâchée et y a crié : "Gauvin ! Mon tabarnak !" Il est parti vers la cabane, il a sorti Gauvin et il s'est mis à lui taper dessus. J'en ai profité, je me suis sauvée. J'ai tenu trois jours avant que Lucien et Jeannine me trouvent. Ma mère a tout fait pour se faire pardonner. Mais j'avais peur qu'elle recommence. Après ça, je me suis toujours méfiée… J'ai jamais revu Louis-Georges ou Marcotte avec ma mère.

— Jamais ?

— Non. Pas Louis-Georges, le bovin, mais l'autre… Gus ! Gus Marcotte ! Je m'en souviens maintenant. Lui, je l'ai revu. Au McDo, avec Lucien. Je l'avais pas entendu arriver. On dessinait comme des malades, Lucien et moi.

Il est arrivé à notre table et il a parlé à Lucien comme si c'était Louis-Georges. "Qu'est-ce que tu fais avec la petite, toi ? " Lucien a bien vu que je figeais sur place. Il a été poli. Il disait toujours : je suis trop petit pour ne pas être poli, moi. Il s'est levé et il s'est présenté en disant qu'il serait heureux de lui parler dehors. Ils sont sortis, je les ai vus discuter en gesticulant. Puis, ils se sont serré la main, Marcotte a pas essayé de frapper Lucien. Quand il est revenu s'asseoir, Lucien a dit que c'est lui qui s'occuperait de Marcotte. J'avais pas besoin d'avoir peur de lui. Je me souviens que j'ai fait un dessin, ce jour-là... Disons que c'était foncé. Lucien l'a gardé, même si c'était pas mal moins réussi que d'habitude. Lucien les gardait tout le temps. Pour me faire plaisir, pour m'encourager, je pense. Ça a marché : c'est avec ça que je gagne ma vie !

— Est-ce que Lucien réussissait à vous protéger de votre mère ?

— Y savait pas. Et je voulais pas qu'y sache. Pas pour ma mère, je veux dire, mais pour moi, parce que j'avais honte quand ma mère... travaillait. Après ma fugue, ma mère a ramassé un paravent quelque part. La structure était bonne, elle a collé du papier journal là où il y avait des trous. C'est là qu'elle m'installait. Ça a duré... le temps qu'on est restées au Bic. Après, dans les autres villes, y avait pas de paravent. Il faut que vous compreniez une chose : pour ma mère, c'était elle qui faisait tout le travail, c'était elle qui y passait. Quand elle avait douze ans, elle n'était plus vierge depuis longtemps. Sa famille entière lui était passée dessus : le père, le grand-père, les frères... tout le monde ! Pour elle, c'était propre, ce qu'elle m'offrait. Que je mate, comme elle disait, ça allait plus vite et c'était rien, "des broutilles" pour elle. Elle ramassait beaucoup plus si j'y étais. À ses yeux, Lucien, si je consentais à aller avec lui, c'était accepter les autres. C'était pareil. Parce qu'il payait. Ma mère savait qu'il respectait les conditions parce qu'il prétendait toujours en vouloir à ma pureté angélique. Mais il n'était pas le seul client. Et ma mère ne voyait pas pourquoi on ne ferait pas de blé avec les autres. Surtout si je demeurais vierge. C'était tout bénéfice, comme elle disait. Et ça payait. Ils mataient sans toucher et ils payaient le gros prix.

— Et c'est là que vous vous êtes sauvée une deuxième fois ?

— Non. Je l'ai fait parce que j'étais coincée... À cause de Lucien. Je voulais continuer à le voir, à aller avec lui. Je ne voulais pas lui dire pour ma mère et ses combines pour ne pas qu'il la provoque et qu'elle arrête tout. Mais plus je montrais de l'intérêt pour lui, plus elle s'inquiétait, devenait jalouse... Alors, de fil en aiguille, pour ne pas qu'elle soupçonne que je m'attachais à quelqu'un d'autre qu'elle, j'ai accepté les bricoles, comme elle disait. J'avais douze ans. Ma poitrine se formait... c'était... Pour moi, le pire, c'était de la voir m'utiliser. Elle n'y voyait aucun mal. Tant que c'était elle qui agissait. Sa main à elle. Pouvez-vous imaginer votre mère vous déshabiller devant un inconnu, vous faire toucher cet homme, vous guider à proximité, tellement près que son sexe vous frôle le visage, les seins ? Et ce qu'ils se disent, leurs commentaires... Elle m'exhibait et elle était fière. Tellement fière ! Et quand le client ne se tenait plus, elle se jetait dessus et finissait le travail. Un duo du tonnerre. Ce sont ses propres mots. Quand elle l'a offert à Lucien, ça a été effrayant. J'ai eu beaucoup de mal à le convaincre que c'était une idée nouvelle, qu'elle n'avait jamais fait ça avant, que c'était exclusivement pour lui, pour lui faire plaisir. À cause de son intérêt. Je ne sais même pas s'il m'a crue. Mais quand

Roger est arrivé… Il avait entendu parler de moi. C'était moi qui l'intéressais. Pas ma mère. Il ne la regardait même pas. Que moi. J'ai tout de suite vu que celui-là, on ne l'arrêterait pas. Ma mère ne ferait pas le poids. Il avait une fausse douceur. Il voulait me montrer, m'initier. Il voulait la place de Lucien, mais pour de vrai, pour me prendre. Ma mère prétendait que c'était un autre pauvre type comme Lucien, un empoté incapable de bander pour une vraie femme, mais moi j'avais peur. J'ai essayé de la convaincre de dire non. J'ai tout fait pour la prévenir. Mais Roger était celui qui payait le plus cher. Elle a décidé de frapper le grand coup, de demander un max pour faire semblant de me montrer. Que lui m'initie, elle refusait. Qu'elle le fasse, ça lui convenait. Ma propre mère… qui me tenait nue devant cet homme, qui me forçait à le toucher, à m'agenouiller, le bruit de sa respiration, ses yeux qui me fixaient… J'ai dit non, j'ai reculé quand elle a voulu me… Roger a fait exactement ce que je redoutais, il s'est jeté sur moi, il m'a immobilisée… Je l'ai mordu. Au sang. Et j'ai fui. Toute nue. Ils ne m'ont pas rattrapée. Je connaissais les environs par cœur, je savais quel chalet était habité, lequel ne l'était pas. Je savais comment forcer une serrure. Je me suis douchée pendant une heure, je suis restée tapie dans la salle de bains, sans allumer, jusqu'au lendemain matin. Après, j'ai réfléchi. Mon plan devait être impeccable. Et il a fonctionné. J'ai pris des fringues dans le chalet, j'ai fait du stop, j'ai prétendu avoir seize ans. Généralement, les gens étaient gentils, prêts à aider. Quand je me suis trouvée mal en point, j'ai frappé à la porte d'un presbytère et, tout de suite, on m'a nourrie, logée. Quand on me posait trop de questions, je repartais. Quand les intentions des gens n'étaient pas nettes, je n'attendais pas de vérifier, je partais. C'était la première fois de ma vie que je me trouvais libre et je découvrais plein de choses. En me montrant à lire, Josse m'avait rendu un fier service. J'en savais assez pour m'orienter, savoir où j'entrais, vers où j'allais. J'ai fui tout ce que je connaissais pour ne pas risquer de croiser ma mère. Ou les clients.

— Et Lucien ? Pourquoi ne pas l'appeler ?

— Parce qu'il était sûrement surveillé par ma mère. Lucien, c'était mon dernier recours. Et j'étais bien décidée à tout lui dire si jamais il parlait de prévenir ma mère. Mais je n'ai pas eu à le faire. Dans la voiture, en revenant de Percé, il m'a juré que je n'étais plus seule à me battre, qu'il ne m'abandonnerait jamais, que je serais à jamais à l'abri. Il m'a donné le choix entre dénoncer ma mère et tout raconter pour l'envoyer en prison ou alors prendre le temps de planifier, d'organiser une vraie fugue... en espérant que ma mère ne se pointe pas trop vite pour interrompre notre projet. Josse voulait que je la dénonce.

— Et Lucien ?

— Il me répétait de bien réfléchir à ce que je pouvais vraiment faire : il m'avait prévenue que les policiers, quand ils posent des questions, ils veulent des réponses. Lucien savait que je ne pouvais pas parler de ce qui se passait avec les clients.

— Avez-vous eu peur qu'il soit en train d'essayer de se protéger ?

— De quoi ? D'être soupçonné de pédophilie ? Ridicule ! S'il y a une chose dont je pouvais parler sans honte, c'était nos rencontres. Jamais Lucien n'a été intéressé par moi comme ça. Jamais.

— Il vous connaissait bien, il savait que dénoncer votre mère vous blesserait.

— Il ne demandait jamais rien. Ni sur elle ni sur ses activités. Il ne m'a jamais ramenée à cette vie-là, à ces souvenirs-là. Au contraire… Il a tout fait pour que je recommence en neuf. Il disait que tout se répare, qu'il faut aider le temps, mais prendre le temps. Jamais Lucien a dit un mot contre ma mère. Jamais. Voyez si c'est fou : aussi longtemps que j'ai su qu'il ne la laisserait pas mourir de faim, que quelqu'un lui donnait le minimum pour vivre, j'ai dit des horreurs sur elle et je me suis permis de la détester. Et Lucien avait promis qu'il n'arriverait rien de mal à ma mère. Il m'a laissée parler contre elle, la haïr et après, il disait que si je me sentais mieux, ça valait la peine. Mais je ne me sentais pas mieux. Je me sentais coupable. Et sale. Sale de parler en mal d'elle. Sale de ce que j'étais, de ce que j'avais fait et de ce qu'elle avait fait. Le jour de mes dix-huit ans, de mes vrais dix-huit ans, pas ceux de Josse, on a fait une fête ici. Ce soir-là, Lucien est resté avec moi et il m'a parlé comme s'il était mon père. On a parlé toute la nuit. (Elle se tait un bon moment avant de reprendre avec douceur.) Si aujourd'hui je suis capable d'être une femme normale ou à peu près, si j'ai eu un enfant et si j'ai pu aimer quelqu'un, c'est grâce à lui.

— Et votre mère ? Vous ne l'avez jamais revue ?

— Jamais.

— Lucien savait où elle était ?

— Probablement, mais il n'en parlait pas. Ni à moi ni à Josse. Mais Josse était pire que moi avec ma mère. Elle voulait rien savoir. On lui a fait un enterrement de luxe, à ma mère. C'est le cadeau que Josse m'a demandé pour mon baptême. On a appelé ça l'enterrement-baptême : elle me donnait son nom et j'enterrais Justine et Marité Ferland. Elle m'a vraiment baptisée, vous savez ! Moi, je ne connaissais rien à ces rites. On a beaucoup ri, mais en même temps… Ça a marqué le coup si vous voulez. On a mis tous mes souvenirs dans une boîte à biscuits et on l'a enterrée. On a enterré le passé.

— C'était quand ?

— Le jour de mes dix-neuf ans… je veux dire mes seize ans ! Ça faisait presque un an que j'avais pas vu Josse. On a eu tellement de fun.

— Lucien était là ?

— Évidemment ! C'est lui qui a emmené Josse ici. Elle savait même pas ce qui m'était arrivé.

— Et Jeannine ?

— Non. Elle était à Rimouski.

— Vous en parlez peu, de Jeannine.

— Je la connais peu.

— Pourquoi ? Ça ne cliquait pas entre vous ?

— Non… C'était comme ça, c'est tout. »

Vicky constate que Jocelyne n'est pas mal à l'aise et qu'elle n'essaie pas de cacher quelque chose, mais ce fait lui semble étrange et elle insiste un peu.

Finalement, Jocelyne lui dit que rien de tout cela ne l'étonne. Puisqu'elle avait déjà une mère, Jeannine ne s'est pas proposée pour endosser le rôle.

Vicky voit bien que la fatigue envahit son témoin, elle se concentre moins bien, répond de plus en plus brièvement. Jocelyne n'a pas dormi de la nuit et il est midi. Vicky essaie d'accélérer le tempo : « Je vais vous laisser, Jocelyne, je sais que vous êtes épuisée. Je voudrais seulement revenir à une chose qui n'est pas claire… »

Les yeux redeviennent inquiets, anxieux. Vicky poursuit, guettant la réaction de Jocelyne : « Gérard… »

Un soulagement furtif, suivi d'un soupir épuisé : « Y en a eu, des Gérard ! Lequel ?

— Le dernier. Celui avant votre fugue numéro trois.

— Non. Me souviens pas d'un Gérard. Avant ma dernière fugue, d'ailleurs, je ne voyais que Lucien. Ma mère avait accepté nos conditions avant que je revienne. Lucien et c'était tout. Pas d'extra et j'avais le droit de ne pas assister au spectacle.

— Elle a dit oui ?

— Six mois. J'étais partie six mois. Elle pensait ne jamais me retrouver. Elle a dit oui. Et Lucien la serrait de près. Entre ma seconde et ma dernière fugue, Lucien a été beaucoup plus prudent avec ma mère. Elle était surveillée. Elle le craignait un peu. Ça se voyait... et ça s'entendait. Tout ce qu'elle pouvait en dire, c'était pas beau... Une chance qu'on avait besoin de son argent, sinon, elle le supprimait.

— Pardon ? Vous voulez dire le tuer ?

— Non. Le supprimer de la liste des habitués. Ne plus s'en occuper. »

Vicky continue à poser des questions, mais Jocelyne n'en peut plus. À quatorze heures, elle lui demande de faire une pause parce qu'elle doit aller chercher Josse à l'aéroport. Son amie arrive et va lui tenir compagnie, le temps que durera l'enquête. Vicky a encore la sensation qu'il y a des choses que la jeune femme veut cacher ou ne pas aborder.

Elle essaie de cibler la zone de vulnérabilité, mais sans succès.

Ce qui convainc Vicky de l'honnêteté de son témoin, c'est la question que, inquiète, elle lui pose : « Pour Élisa, vous êtes sûre que ce n'est pas un accident ? Ma mère l'aurait vraiment fait ? Je sais... je sais, je suis obligée de vous croire, mais c'est comme si c'était impossible. Je ne peux pas vous dire comme ma mère m'a consolée gentiment après. Comme elle a été douce avec moi. Si c'est vraiment elle... On peut faire ça, vous pensez ? Tuer et consoler en même temps ? »

Vicky se retient de lui dire qu'on peut même marchander sa fille et prétendre l'adorer du même souffle. S'il y a un doute qui ne l'assaille pas, c'est bien celui de la cruauté et de la monstruosité de Marité Ferran.

Elles sont sur le seuil de la porte quand Jocelyne demande à Vicky ce que contenaient les archives de Lucien. Vicky lui en donne un aperçu et décrit surtout le mal que s'est donné Lucien pour ne jamais la perdre de vue.

« Pourquoi demandez-vous ça ? Il y a quelque chose que vous désirez récupérer tout de suite ? »

Jocelyne hausse les épaules et ses yeux se perdent sur la mer calme : « C'est un peu enfantin, mais je me demandais s'il les gardait vraiment, mes dessins. Mon fils commence à crayonner et je sais que ça en fait, du papier. Mais comme Lucien avait l'air de tellement les aimer…

— Non… S'il les a gardés, ce n'est pas dans cette boîte. »

Jocelyne hoche la tête, comme si ça n'avait pas d'importance. Vicky constate qu'après tout ce qu'elles ont évoqué aujourd'hui, l'absence de ces dessins dans les archives de Lucien lui fait plus mal que les horreurs qu'ils évoquaient.

* * *

Vicky range la voiture sur le côté de la route et appelle Patrice. Il est très volubile et la presse de questions. Elle en conclut qu'il n'a pas dormi. Elle lui transmet les renseignements qu'elle a obtenus et elle passe la remarque qu'un nom sur trois, ce n'est pas une grande moisson. Elle ajoute celui de Gus Marcotte et lui fait part de ses conclusions : jamais, au grand jamais, Jocelyne n'a eu le moindre doute concernant la mort éventuelle des clients de Marité. S'ils sont morts et comment ils sont morts, elle l'ignore totalement. Marité a agi sans sa fille. Si elle a agi. Et ce ne sera pas facile à prouver parce qu'aucune preuve ne pourra être fournie par Jocelyne. Et ils auront besoin d'en avoir de solides pour la convaincre que sa mère est une meurtrière. Déjà avec les meurtres probables et passablement établis des enfants, Jocelyne résiste encore à l'idée.

Patrice veut en savoir davantage sur l'interrogatoire et, avant de devoir lui révéler des détails sordides sur la vie de la mère et de la fille, Vicky le supplie d'aller dormir.

« Mais enfin quoi, bordel ! C'est bien le temps de roupiller... On a du boulot.

— J'arrive dans une heure.

— Et vous allez où comme ça, on peut savoir ?

— À tantôt, Patrice. »

Vicky ne sait pas exactement ce qui la mène à cet endroit, mais elle s'assoit devant Gilberte Robitaille en soupirant de soulagement.

Gilberte ne cache pas ce qu'elle pense : « Tiens ! Ma belle police... Contente de te revoir ! »

Elle range ses cartes, l'observe un instant : « Ça marche pas comme tu veux, ton affaire !

— Non.

— Qu'est-ce que je peux faire pour toi ? Dis-moi ça, ma belle !

— J'en sais rien, pour tout vous dire... Avez-vous connu un Lucien Dupuis, vous ?

— Lucien ? Le commis voyageur ? Ben certain ! Je l'ai connu certain. Mais j'ai entendu dire qu'y était mort, le pauvre. Ça fait un boutte qu'y a pris sa retraite, en tout cas. Y a une maison aux Îles. Pas loin de chez sa fille. Ben, tiens, elle tu pourrais la voir, elle habite le coin. Une belle fille… c'est fin, ça, c'pas disable… Pas jasante, mais polie.

— Comment y était, Lucien ?

— Physiquement ? Pas grand, le crâne pas mal luisant, des poches en dessous des yeux, mais tout un numéro ! Y entendait à rire, Lucien Dupuis ! Y était drôle comme un singe. Un bon yable, demande à n'importe qui. Tu penses pas qu'y s'est envoyé en l'air avec notre Française ?

— Ça se pourrait ?

— Avec les hommes, tu sais, toute se peut ! Pis c'est vrai que les commis voyageurs, y ont toute une réputation ! Comme si ça allait avec le métier ! Mais tu me dirais ça de Lucien, pis j'aurais ben de la misère à te croire.

— Pourquoi ? »

Gilberte hésite, elle réfléchit bien avant de déclarer : « Tu sais ce que je pense des hommes qui ont le cerveau dans les gosses ?... Ben lui, y pensait pas avec sa queue. C'est quelqu'un qui faisait attention aux gens. Poli, bien éduqué. Pis toute une mémoire ! C'était pas le genre à enlever son alliance quand y prenait la route. Pis y en parlait de sa Jeannine pis de ses enfants. Non, en v'là un qui pensait pas avec sa queue. »

Vicky écoute attentivement. Elle a tendance à croire les impressions de Gilberte, parce que cette femme a son franc-parler et beaucoup de bon sens. Elle ne le dirait pas comme ça à Patrice, mais Vicky estime qu'il a « pensé avec sa queue » en allant au lit avec Jocelyne.

Avant de prendre congé, elle interroge Gilberte sur les deux morts d'enfants survenues en 1978 et 1979 aux Îles.

Pour Sylvain Cadorette, Gilberte n'a qu'un vague souvenir parce qu'elle ne connaissait ni l'adolescent ni ses parents. Mais au souvenir de Josée et de sa mère, ses yeux deviennent comme des couteaux : « Viens pas me dire que ta Française a queque chose à y voir parce que je la tue de mes deux mains ! Si c'est ça, le meurtre de ton enquête, j'peux pas assez t'encourager à pas lâcher. Y a personne ici qui a cru à cette histoire de fous-là ! Des cendres dans une boîte de carton sur une galerie en bois ! Si t'avais connu Georgette Simard, t'aurais jamais accepté une explication pareille ! Georgette, c'était la prudence incarnée. Une mère poule qui laissait pas ses enfants tout seuls au bord de l'eau. Imagine si c'était de l'ouvrage quand on habite une île ! Jamais elle les a laissés se baigner sans surveillance. Celui qui a fait ça, y s'en est tiré à bon compte. À très bon compte.

— Vous y croyez pas du tout à l'accident ? Une distraction, je sais pas, elle était peut-être préoccupée, elle a laissé la boîte là, pensant la porter au chemin après... Le téléphone a peut-être sonné... Vous savez bien, ça nous arrive à tous.

— Pas elle. Pas Georgette.

— Alors quoi ? Elle avait des ennemis, y a des gens qui lui en voulaient ?

— C'est ça, le problème ! Tout le monde l'aimait, Georgette ! Mais c'est-tu une raison pour la laisser mourir sans rien faire ? C'est dangereux, un meurtrier, on laisse pas ça courir !

— Je veux bien, Gilberte, mais ça prend des preuves, ça prend un suspect. En voyez-vous un ?

— Ben non ! J'sais ben... Un "pyromaniaque", ça se pourrait pas ? Quelqu'un qui aime ça voir brûler...

— Si c'est un incendie criminel, ça serait le seul cette

année-là. Un pyromane, ça recommence toujours, ça s'arrête pas à un seul feu.

— Ouain... Je l'ai ben pleurée, ma Georgette. Pis sa petite était tellement sage... pas comme d'autres. Pourquoi tu parles de ça si tu penses pas que c'est criminel ?

— Moi aussi, ça m'agace, Gilberte. Mais c'est pas une preuve, ça, avoir des doutes.

— En tout cas, si tu veux que je cherche avec toi, hésite pas ! Je me mettrai sur le téléphone le moindrement que t'as besoin. »

* * *

Ils n'ont pas de preuves. Aucune. Jamais. Ils ont des vraisemblances, des circonstances, ils ont des probabilités de plus en plus grandes, mais aucune preuve. S'ils trouvaient Marité Ferran ce jour-là, ils n'auraient rien de concret pour la coffrer, à moins que leur interrogatoire ne soit extrêmement efficace et qu'elle passe aux aveux.

Vicky n'y croit pas : ni à la possibilité de retrouver cette femme ni surtout à celle de la faire passer en justice.

Après avoir fait un récit succinct de son entretien avec Jocelyne, le seul espoir qui leur reste pour soutenir la thèse de Patrice, c'est Gus Marcotte, l'homme qui accompagnait généralement Louis-Georges Gauvin en 1981.

Concernant ce dernier, Patrice a bien déniché un rapport du coroner sur sa mort, mais il est d'un laconique désespérant : présumé noyé, jamais le corps n'a été retrouvé.

Pour ce qui est de Roger, son cas est en suspens puisqu'ils ignorent encore son nom de famille. Vicky a fait procéder à une recherche sur les morts accidentelles survenues dans le coin du Bic en 1983, mais là encore, néant. Même chose pour un dénommé Gérard en 1987.

De toute façon, Vicky estime que la théorie de Patrice tombe à partir du moment où aucun mobile valable n'est envisageable. Si Marité avait comme projet de faire participer sa fille à ses activités professionnelles un jour, pourquoi exécuterait-elle les hommes qui se montraient intéressés ?

« Encore faut-il être certain que c'était le souhait de la mère… Ce ne serait pas plutôt la petite qui essaie de justifier ses fugues en chargeant la mère ?

— Croyez-moi, Patrice, s'il y avait la plus petite chance d'épargner Marité là-dessus, Jocelyne l'aurait fait. Cet aveu-là a pas été facile à obtenir. J'y crois à cent pour cent.

— Vous ne me dites pas tout.

— C'est sordide et répugnant ce qui est arrivé. Vous voulez vraiment les détails ? Je ne vous crois pas.

— Non, ça va, laissez tomber… Bon, je plonge : et si Jocelyne avait buté ceux qui ont tenté de la toucher ? Et ce n'est pas de gaîté de cœur que j'émets cette hypothèse, croyez-moi.

— J'imagine… Mais non : trop petite, trop faible, elle a fui, c'est tout. Non, il est peut-être mort de sa belle mort, notre Louis-Georges !

— Ou alors, c'est Lucien…

— Oui, ça, ça se pourrait…

— Et il l'a si bien fait qu'il s'est persuadé qu'il pouvait en accuser Marité… jusqu'à effectuer un chantage qui la tiendrait loin de la petite ?

— Vous rêvez, Patrice ! Pas à peu près, à part de ça ! Ça, c'est ce que vous voudriez faire. Les faits sont les suivants : Louis-Georges est mort noyé… probablement.

Pas de corps, pas de certitude. Les deux autres, on ne sait pas. On ne sait rien. Voici ce que je propose : on met ces deux meurtres non prouvés de côté jusqu'à demain, jusqu'à notre rencontre avec Gus Marcotte. Pour l'instant, c'est inutile d'essayer d'inventer des meurtres. En ce qui concerne Jocelyne, ces hommes-là sont toujours vivants et rien ne leur est arrivé.

— Fort bien ! Quelle piste désirez-vous explorer, maintenant ?

— Je veux qu'on parle sérieusement de la fin de cette enquête, Patrice. On ne prouvera jamais rien. Et on peut expliquer au père d'Isabelle ce qui est probablement arrivé. Vous ne rentrez pas sans nouvelles. Même si c'est pas la grande réussite, au moins on a un assassin. C'est ce que vous vouliez avant tout, non ? »

Vicky s'attendait à ce que Patrice proteste, certes, mais elle n'avait pas imaginé une discussion aussi âpre. Il l'assomme de questions, de théories, d'éléments incertains pendant plus de deux heures. Et elle répond avec une hargne grandissante parce que cette décision la frustre autant que lui.

À la fin, elle lève les deux mains : « O. K., Patrice, écoutez-moi ! Quitte à faire un Brisson de moi-même, dites-moi votre minimum vital pour accepter de clore ce dossier. »

Diplomatiquement, elle évite d'ajouter : et de retourner chez vous.

Patrice est furieux : « Tiens donc ! Il faudrait maintenant que je justifie le simple exercice de mon métier ! De mieux en mieux ! Nous nageons en plein délire. Mon minimum vital, comme vous dites si bien, ce n'est rien de moins que la vérité. Qui, quand, comment et pourquoi. Ça vous va ? Non, attendez : et surtout, avant tout, où est-elle ? Où est Marité Rihoit-Ferran-Ferland… depuis quasi vingt ans.

— Dans la nature, Patrice. Elle vit mal. Elle a soixante-dix ans. Elle est peut-être morte.

— Non, trop simple. Lucien payait, Lucien savait.

— Et Lucien est mort.

— Et elle s'est présentée aux funérailles. Il aurait dû la tuer ! Je l'aurais fait. Voilà comment assurer sa tranquillité. Je n'aurais pas hésité, vous voyez, je n'aurais… je ne me serais pas fait prier.

— Voulez-vous arrêter de vous projeter tout le temps dans l'affaire !

— Ça vous gêne ?

— Oui ! Ça m'empêche de penser à ce que Lucien a vraiment fait. *Stick to the facts !*

— Et vous allez me parler anglais ? Manquait plus que ça !

— Tenons-nous-en aux faits, que ça nous plaise ou non. Je cherche votre levier, Patrice. Parce que ça, c'est concret, c'est probable et c'est essentiel à la compréhension de Marité.

— Lucien savait des trucs compromettants, il s'est fait menaçant…

— … et elle ne l'a pas tué ! Pourquoi les autres et pas lui ? Pourquoi tuer les enfants qui osent s'approcher de sa fille et la mettre ensuite entre les mains des hommes qui payent ?

— Ça n'a rien à voir : d'un côté, il s'agit de sentiment, de l'autre, il s'agit de commerce. Elle ne risquait rien, Marité, avec ces hommes, jamais sa fille ne s'y attacherait. Et ça n'a pas raté.

— Sauf Lucien ! Marité le prenait pour du commerce et sa fille s'y est attachée.

— Ouais… Possible qu'elle n'ait rien vu ?

— Je veux ben croire Jocelyne quand elle dit qu'elle faisait semblant, mais une jalouse possessive comme sa mère, on trompe pas ça si facilement.

— Lucien jouait au pédophile, lui aussi... Et assez bien pour que je doute moi-même de son honnêteté si vous vous rappelez. »

Patrice reprend son interminable monologue en jouant avec les éléments de l'affaire. Discrètement, Vicky consulte sa montre. Il est près de vingt-trois heures et elle n'a aucune intention de finir la nuit dans le fauteuil de Patrice. Elle veut parler à Martin aussi et il se fait tard. Elle attrape la fin du discours de Patrice : « ... il n'y a que la mort pour s'en convaincre. »

Elle sursaute : « Qu'est-ce que vous dites ?

— Bon, d'accord, je me répète, mais il aurait dû la buter.

— Vous êtes dans le champ, Patrice. Pis moi aussi ! Il avait pas besoin de tuer Marité. Il a tué Justine. Pour que Marité arrête de chercher, c'est Justine qu'il fallait tuer. Jocelyne me l'a même dit : un baptême-enterrement, comment ça se fait que j'ai pas allumé ? Voyez-vous comme y est brillant ? Comment arrêter Marité ? En lui enlevant ce qui la tient en vie. Il lui a dit qu'elle était morte. C'est ça qu'y a fait !

— Attendez, attendez... Lucien aurait fait croire à Marité que sa fille était morte ? Et vous pensez qu'elle l'a cru sur parole ? Et vous dites que moi, je débloque ?

— Non... Il a dû trouver un système, des preuves.

— Tuée comment ? Par qui ? Un client ?

— Mais non ! Un suicide. La pire des conclusions... Après trois fugues, elle se suicide. La faute de Marité. Tout ce qu'il faut pour l'achever, la rendre folle. Elle a fait du mal à

Justine, elle l'a forcée à se prostituer et la petite, après trois avertissements, s'est tuée pour ne plus jamais avoir à y passer.

— Putain ! Si c'est vrai, il a du culot, mais ça se tient...

— Il a même attendu un peu avant de lui dire ça. Il a peut-être fait écrire une note à Jocelyne... Non, elle savait pas vraiment écrire... Sa mère ne l'aurait pas cru. Et puis, je pense que Lucien n'a rien dit à Jocelyne pour ne pas l'inquiéter. J'en suis certaine : Jocelyne ne sait pas comment il s'est débarrassé de sa mère.

— Et sa femme, Jeannine, elle saurait vous croyez ?

— Probablement pas. Inutile de perdre du temps avec ça, on lui demandera demain. Continuons le raisonnement : Marité apprend la mort de sa fille, elle croit Lucien, pour une raison ou une autre — que nous trouverons plus tard —, elle le croit. Elle cesse de chercher, ça c'est sûr... Elle fait quoi ? Elle va où ?

— Elle se flingue. À coup sûr.

— C'est ça : pis elle ressuscite à la mort de Lucien, y a deux ans ! Lâchez vos obsessions, Patrice, pis aidez-moi.

— Mais c'est que j'ai vraiment du mal à ne pas croire qu'elle en crève. Pas vous ?

— Brisée, détruite, ça c'est sûr... Si Justine est morte, il lui reste quoi ?

— Rien. Néant ! Ça la fout en l'air : plus de vie, plus rien. Sa vie tournait autour de cette enfant, y a pas.

— Alors quoi ? Elle la fait survivre en parlant d'elle, en racontant ses exploits ?

— Qui va l'écouter ?

— Elle se fait accroire que sa fille vit toujours ? Qu'elle réussit quelque part ailleurs ?

— Oui, bon, elle ne sera pas la première à se raconter des balivernes. Qu'elle devienne complètement zinzin ne m'étonnerait pas.

— Excusez-moi, Patrice, mais si vous étiez client, vous n'écouteriez certainement pas la fille vous raconter sa vie ?

— D'abord, je ne suis jamais client et ensuite, j'imagine que quand on paie, on tire son coup et on se tire.

— Pas un homme qui supporterait ses histoires, on est d'accord ?

— D'ac.

— Elle a arrêté, Patrice ! Elle a cessé de se prostituer.

— Et elle vivait de ses rentes, peut-être ?

— Lucien payait.

— Peu.

— On vérifie avec Jeannine demain.

— Où allez-vous comme ça ?

— Me coucher dans mon lit, Patrice. J'estime avoir fait ce que je pouvais pour aujourd'hui. La nuit porte conseil. À demain.

— Mais attendez ! Cette piste toute fraîche mérite… »

Vicky l'interrompt en lui posant deux baisers sonores sur les joues : « Bonne nuit ! »

Elle sort avant qu'il puisse ajouter quoi que ce soit.

* * *

Martin songeait sérieusement à mettre la police à la recherche de Vicky. Elle rit : « C'est moi, la police ! »

Ce qu'il y a de bien avec Martin, c'est qu'il comprend parfaitement que, quand elle est en pleine enquête, elle a du mal à s'en extraire pour donner de ses nouvelles. Martin lui répète qu'il la sait entre bonnes mains avec son Français.

Ils discutent de l'oncle Jules qui se remet plus vite que prévu et qui est maintenant épuisant à force de réclamer sa sortie de l'hôpital. Martin fait tout un numéro sur sa mère qui, bien sûr, n'en peut plus de se dévouer pour son frère, mais qui, bien sûr aussi, ne peut l'abandonner aux mains ennemies qui ne sont pas de la famille. Il l'imite tellement bien qu'elle manque s'étouffer de rire.

Il termine en lui répétant que sa mère la trouve bien pitoyable de « courir après des bandits à son âge ».

Vicky trouve cela charmant, vraiment adorable : « D'après elle, à quel âge on prend sa retraite à la Sûreté du Québec ?

— Elle dit qu'à la télé, les inspecteurs sont très, très jeunes... pour pouvoir courir vite ! Elle s'inquiète pour toi.

— Ça doit, oui. Finalement, elle est pleine de bonnes intentions ?

— Sans être xénophobe, elle ne comprend pas bien pourquoi tu poursuis une Française en compagnie d'un Français pour une victime française... Selon ma mère, tu devrais les laisser régler ça entre eux. Comme ils savent si bien le faire avec leur supériorité naturelle. Elle préférerait que ses impôts ne soient pas gaspillés pour des histoires qui ne nous concernent pas. Vas-tu m'en vouloir si je ne lui explique pas les nuances qui lui manquent ?

— Je vais t'en vouloir si tu continues de lui parler de mes affaires.

— Tu sais, elle fait semblant de trouver ça poche ton métier, mais dans le fond, elle se vante à tout le monde de tes exploits. »

Vicky se sent très loin de l'exploit en ce qui a trait au dossier Deschamps. Elle résume vaguement les développements et lui parle surtout des rapports épouvantables de Marité avec sa fille. Martin estime que le temps de s'extraire des « sables mouvants » qui aspirent la joie de vivre de son amoureuse est arrivé.

Quand Vicky promet un retour imminent, il entend bien dans son ton que l'échec est cuisant pour elle.

« As-tu fait ce que tu pouvais ? Alors, viens-t'en !

— Après-demain, au plus tard.

— Et j'irai reconduire le commissaire à l'aéroport avec toi. Pour être sûr…

— Non, c'est Brisson qui va y aller ! Il me le doit. Mais, pas de farces, y est pas si mal, Patrice, on s'entend mieux.

— C'est ça : inquiète-moi ! »

Vicky s'endort très vite, mais son sommeil est perturbé. Trop de fatigue, trop de stress et de chamboulements, trop de tristesse aussi — elle a l'impression d'être ballottée comme une chaloupe sur une mer démontée.

À cinq heures du matin, elle ouvre subitement les yeux. Elle a rêvé et certaines paroles de Martin lui sont revenues en mémoire. Sans allumer, à tâtons, elle écrit sur la boîte de kleenex la phrase en question et se rendort profondément.

À sept heures trente, alors qu'elle fixe son écriture à peine lisible sur la boîte en se demandant ce qu'il y avait de si génial là-dedans deux heures plus tôt, Patrice l'appelle pour lui annoncer qu'il a poussé d'un cran sa théorie et qu'ils tiennent quelque chose. Vraiment.

Vicky attend qu'il s'explique, mais il ne dit plus rien.

« Patrice ?

— Oui, pardon, je suis toujours là… J'ai eu un flash…

— J'écoute, allez-y !

— Elle est retournée chez elle, Vicky. Elle est retournée faire son numéro là où on ne sait que dalle de ses activités déshonorantes. Là où elle peut prétendre être une mère parfaite, irréprochable. »

En écoutant Patrice, Vicky relit sa phrase : *Les Français avec les Français.*

« Vous pensez que Belin a menti ?

— Je dirais plutôt qu'elle a présenté les choses à sa façon… sans penser à mal. Probablement pour épargner des soucis à une femme déjà tellement éprouvée… vous saisissez ?

— Oui, j'entends d'ici le ton de "supériorité naturelle"… Vous l'appelez ? On va à Rimouski et ensuite, comment vous dites ça ? Rebolote ?

— Rebelote. D'ac, je tâte le terrain et… Vicky ? Ça vous gênerait d'appeler Josse chez Jocelyne pour vérifier si elle connaissait le conte inventé par son père pour faire croire au suicide de Justine ? Question de tout bien caler. Merci. »

Il est vachement excité, le Patrice. Vicky se serait bien passée du déplacement, mais elle se met à croire que Marité deviendra peut-être réelle.

Elle allait décrocher l'appareil pour appeler quand il se met à sonner. Elle décroche : « Quoi encore ? »

Un silence surpris au bout de la ligne. Vicky se ravise : « Allô? »

La voix hésitante de Jocelyne : « Excusez-moi de vous déranger, Vicky. C'est Jocelyne. Vous partez aujourd'hui, je pense ?

— Oui. Excusez-moi, je pensais que… en tout cas. Vous avez réussi à dormir ?

— Mieux… Ça va mieux depuis que Josse est arrivée.

— Pour répondre à votre question, oui, nous partons tout à l'heure. Pourquoi ? Quelque chose vous est revenu ?

— Est-ce que je peux aller vous porter quelque chose à la réception de l'hôtel ? J'en profiterais pour vous dire... ce que je ne vous ai pas dit.

— Pouvez-vous le faire dans l'heure qui vient ? Sinon, je pourrais me rendre chez vous avant d'aller à l'aéroport.

— Non, je vais venir. Josse va s'occuper de Lucien et je ne tiens pas nécessairement à voir Patrice.

— Je vous attends. Je serai au restaurant de l'hôtel... Je peux dire un mot à Josse ? »

Patrice déteste se faire prier d'aller au Café la Côte, d'autant que c'est pour lui éviter une chose qu'il souhaite depuis qu'il a remis les pieds aux Îles. Il fait la gueule et s'essaie à l'argumentation, mais Vicky se montre expéditive, elle a trop à faire pour discuter. Soit il déguerpit, soit elle ira elle-même chez Jocelyne.

Il s'éloigne sans ajouter un mot.

En voyant Jocelyne, Vicky se demande si, même dans sa jeunesse, elle a déjà eu une telle faculté de récupération. Le teint rose, l'œil brillant, Jocelyne va nettement mieux. En la regardant s'asseoir, Vicky se dit que les gens sont bien crédules s'ils ont prêté foi à ce que Lucien Dupuis disait : le petit monsieur chauve aux yeux bruns pouvait difficilement être le père d'une porcelaine comme celle-ci.

« Vous voulez un café ?

— Non, je sais très bien que vous êtes pressée et que je vous dérange.

— Pas du tout, vous ne me dérangez pas. Surtout si vous éclairez un point. »

Jocelyne rougit et se décide à parler : « Je ne sais même pas si c'est important pour vous. Pour moi, ça l'est. C'est une chose que je n'avais jamais avouée. Une infraction… que je ne comprenais même pas moi-même avant de vous parler. Quand je suis arrivée ici en 1987 avec Lucien, il m'a installée chez une de ses amies, une personne de confiance. J'étais supposée avoir dix-huit ans, mais je n'en avais que quinze en réalité et il ne voulait pas me laisser seule au début. Il n'a loué la maison que l'année suivante. Bon, bref, là où j'habitais quand je suis arrivée, c'était à deux pas de là où ma mère et moi avions passé deux ans quand j'étais petite, très petite. C'est là que tout a commencé… La cabane où les hommes passaient faire leur affaire avec ma mère. Je l'ai brûlée. La cabane. J'ai mis le feu et je suis partie. En pleine nuit. J'avais besoin de le faire. J'avais besoin de détruire… Il y avait tellement de rage en moi dans ce temps-là. Une rage froide, glaciale. Je ne pouvais même pas la laisser paraître et ça me brûlait en dedans. Le feu, on aurait dit que c'était la seule chose capable de faire sortir ma rage. Le feu par le feu. Et puis… en quittant les lieux comme une lâche, j'ai revu ma mère qui me tirait par la main pour fuir encore — fuir un de ses méfaits, comme une éternelle coupable. Elle n'était plus là et je venais d'agir comme elle, vous comprenez ? J'étais libre pour la première fois de ma vie et qu'est-ce que je choisissais de faire ? La même chose qu'elle ! La même violence brutale. De moi-même. Sans qu'elle y soit pour quoi que ce soit. J'ai eu tellement honte de me découvrir autant sa fille. Plus honte que pour tout le reste parce que, le reste, elle m'y contraignait. Pas ça. Pas ce feu. Cette nuit-là, j'ai compris qu'il faudrait faire beaucoup plus que m'éloigner d'elle et m'appeler Jocelyne Dupuis pour que cesse la filiation. Il faudrait prendre mes distances avec la rage, la violence, la haine. Prendre mes distances avec la destruction.

— Lucien l'a su ? Deviné ?

— Je ne pense pas, non… Ce qu'il a vu, c'est le coup de déprime que ça m'a donné. J'étais perdue, découragée, très découragée. Il est revenu souvent, la première année. Je l'ai inquiété, ça je le sais. Imaginez comme il se serait inquiété s'il avait vraiment su.

— Peut-être qu'il savait sans vous le dire. J'ai l'impression qu'il savait beaucoup de choses, Lucien… »

Les yeux de Jocelyne fixent Vicky un long moment : « Vous parlez de l'autre incendie ?

— Cette nuit-là, vous vous en êtes souvenue, non ?

— Après l'incendie des Simard, on est parti des Îles.

— Avez-vous vu votre mère faire quelque chose près de cette maison, cette nuit-là ?

— "On va aller leur porter un cadeau"… Je n'ai pas compris avant la nuit passée, en racontant à Josse le feu que j'avais mis. J'avais sept ans, j'avais dit "Josée"seulement pour voir si les ondes magiques sauraient que c'était pas ma vraie amie. Pour voir s'il lui arriverait malheur. Et ma mère allait leur porter une boîte de cadeau ! Je ne pouvais pas me douter… J'ai pensé que c'était moi qui provoquais tout ça. Quand j'ai mis le feu à la cabane, j'ai compris que c'était peut-être elle… Et quand vous êtes venue me parler d'Élisa… de Sylvain et de Josée… On aurait dit que vous vouliez me forcer à retourner dans le passé et à savoir que c'était de ma faute. À redevenir sa fille à elle ! À perdre tout ce que Lucien m'avait donné. Vous m'avez fait tellement peur !... Parce que, dans mon esprit, je suis responsable de ces morts-là. Comme elle. Autant qu'elle.

— Tant que vous vous taisiez, c'était un peu vrai. C'était surtout très dangereux. On va faire une chose, Jocelyne. Vous allez écrire et signer une déposition qui relate exactement ce que vous avez vu cette nuit-là, quand votre mère a déposé la boîte de cadeau sur la galerie des Simard. Tout ce que vous savez concernant Élisa et Sylvain, vous allez l'écrire aussi. Et je vais vous demander de fouiller votre mémoire et de me dire ce que vous faisiez avec le contenu des portefeuilles des clients de votre mère. »

Jocelyne la regarde sans comprendre. Vicky lui demande si elle n'a jamais vidé les poches des clients. Jocelyne, immobile, cherche vraiment à se rappeler : « Non… je ne me souviens pas d'une chose pareille. Ma mère le faisait, ça je le sais. Je l'ai vue souvent fouiller les poches des pantalons pendant… qu'elle s'activait. Mais je ne me suis jamais approchée assez pour le faire. Ça me dégoûtait trop.

— Même toute petite ?

— Petite comment ?

— Quatre ou cinq ans... à Saint-Pierre ? Vous n'aviez pas pris les cartes de crédit ? Peut-être que c'est à Marité que vous les aviez volées ?

— J'aurais fait ça ? Mais pourquoi ? Je ne pouvais rien en faire, de ces cartes ! J'étais beaucoup trop petite pour savoir à quoi ça servait. Non, vraiment ! Je ne vois pas de quoi vous parlez…

— Votre amie, Élisa Vimont, elle a tenté d'acheter une bicyclette avec une carte de crédit volée à un client de votre mère. Il semblerait qu'elle agissait pour vous à ce moment-là.

— Le vélo ! Oui, je désirais un vélo… Mais je n'ai aucun souvenir d'avoir fait une chose pareille. D'autant plus qu'Élisa me montrait, je ne savais même pas encore monter à bicyclette ! Pourquoi c'est important ? Je comprends pas.

— Parce que votre mère a su l'importance d'Élisa pour vous, quand elle a su pour la carte de crédit… »

Le visage de Jocelyne change tout à coup, elle reste muette un long moment avant de se montrer inquiète : « Les cadeaux... Élisa me faisait des cadeaux et ma mère n'appréciait pas. De jolies robes qu'elle avait déjà portées, des chaussures aussi. J'en raffolais et ma mère les rapportait à la gosse de riches qui cherchait à nous humilier. Élisa avait huit ans et j'étais comme sa poupée. Elle m'habillait, me coiffait. J'ai gardé longtemps les barrettes bleues avec des papillons qu'elle m'avait offertes. Son dernier cadeau avant... »

Elle fixe la nappe en silence. Elle semble glacée.

« Votre mère aurait-elle pu glisser la carte de crédit dans les affaires d'Élisa qu'elle rapportait ? Pour l'inciter à s'en servir ? »

Les yeux qui la fixent sont d'une tristesse infinie : « Ma mère a pu faire tout ce que vous pouvez imaginer... et plus, et pire. Et vous le savez. Et j'aurais dû le savoir. Élisa s'est noyée...

— Je sais.

— Mais vous pensez quand même qu'elle ne s'est pas noyée toute seule ?

— Tout ce que vous pourrez nous dire va nous aider. Même ce qui vous semble étranger à votre mère...

— Ce que je sais, vous l'aurez dans ma déposition. Je suppose que vous allez l'arrêter ?

— Oui. Parce qu'elle est dangereuse, parce qu'il faut l'arrêter.

— Vous savez où la trouver ?

— Pas encore. Vous le savez, vous ?

— Non. Et je ne veux pas le savoir. Quand vous la trouverez, ne lui dites pas que c'est moi... la cafteuse.

— Ne soyez pas inquiète, elle ne saura rien de vous. »

Le petit rire sec de Jocelyne, son visage défait à

nouveau, indiquent clairement qu'elle ne croit pas être jamais libérée de sa mère. Elle soupire : « Lucien avait peur que ça arrive… ce qui arrive.

— Il s'est peut-être trompé un peu. Il y a des choses qui sont arrivées contre lesquelles il ne pouvait pas vous protéger. Savoir sans se souvenir, c'est le meilleur chemin vers la folie. Il aimerait mieux que ça ne vous arrive pas.

— Et depuis que j'ai mis le feu, je sais que je suis sa fille et que je dois me surveiller et ne jamais l'oublier. La haine et la rage de ma mère sont en moi.

— Ne la laissez pas vous dévorer. Vous aviez confiance en Lucien, n'est-ce pas ?

— Totalement.

— N'oubliez jamais combien il vous aimait, alors. Ça aussi, c'est en vous. »

Jocelyne hoche la tête et tend à Vicky une petite enveloppe carrée contenant un CD.

« Je ne pourrai pas écrire ma déposition. Je sais écrire, c'est sûr, mais je ne suis pas à l'aise. Je me surveille tout le temps, j'ai peur de faire des fautes, de ne pas m'exprimer correctement. J'écris mal, j'ai trop peur de me tromper.

— Vous avez écrit une histoire, pourtant…

— Tiens ! Vous savez ça ? Une histoire pour enfants, c'est pas la même chose qu'une déposition. Et je ne vous dis pas le mal que j'ai eu à l'écrire ! Ce CD, c'est pour Patrice. Si vous voulez bien lui remettre pour moi. Est-ce que je pourrais procéder comme ça pour la déposition ? Je m'enregistre à la caméra de mon ordinateur et je vous l'envoie par courriel ? Si ça compte autant que par écrit, ce serait pas mal plus simple pour moi.

— Ça compte autant. »

Vicky lui tend sa carte avec l'adresse électronique de

son bureau. Jocelyne lui tend la main : « Il y a deux jours, je vous détestais de venir me faire du mal. Ce matin, je pense que j'ai envie de vous dire merci. »

Vicky serre la main de Jocelyne : « Vous savez, apprendre tout ce que vous avez appris au prix d'une vieille cabane brûlée… c'est pas si cher payé.

— Ça fait rien, j'aurais aimé mieux ne pas l'avoir fait. Vous allez me donner une amende ?

— Oui. Votre déclaration qui inculpe votre mère. Je ne suis pas folle, je sais que c'est une très grosse amende. Ça, c'est très cher payé. »

Elle regarde la jeune femme s'éloigner. Elle regrette que Lucien ne sache jamais cette partie de l'histoire. Et elle est convaincue qu'il a caché son stratagème à Jocelyne puisqu'elle lui a demandé de ne pas révéler à sa mère où elle se trouve.

8

Patrice ne décolère pas : il est incapable de joindre madame Belin. Elle ne répond pas et elle ne le rappelle pas non plus. Excédé, il contacte Touranger et lui demande d'essayer de savoir ce qui arrive avec cette bonne femme.

Vicky attend d'être à l'aéroport pour tendre la petite enveloppe carrée à Patrice : « Si j'ai bien compris son rapport à l'écriture, c'est l'équivalent d'une lettre que vous avez là. »

S'il écoutait son envie, Patrice ouvrirait son ordinateur sur-le-champ, mais il glisse le CD dans sa poche en jouant le mec un peu dégagé. Il s'informe des déclarations supplémentaires de Jocelyne et en reste baba : « Elle va le faire, vous croyez ? Nous aurons enfin quelque chose pour épingler cette furie ?

— Si on la trouve ! C'est pas fait... Et votre question pour Josse... C'est non, elle ne sait pas ce que son père a dit à Marité pour l'éloigner. Et Jocelyne non plus.

— Vous lui avez posé la question ?

— Pas besoin : elle m'a demandé de ne pas dire à sa mère qu'elle l'avait dénoncée. Je perds un peu confiance en ma théorie... »

Comme il a été convenu, Jeannine Dupuis les attend à l'aéroport de Mont-Joli pour les conduire chez elle où Gustave Marcotte viendra les rejoindre.

Dans la voiture, Vicky et Patrice se livrent à un interrogatoire serré, même s'il n'est pas officiel. Après avoir confirmé de façon catégorique la présence de Marité aux funérailles de son mari, Jeannine leur apprend que Lucien ne voulait pas lui dire comment il avait réussi à éloigner cette horrible femme. Elle raconte que l'année de la dernière fugue de Jocelyne a été une année infernale et que Josse avait payé cher la liberté de son amie. Devant l'empressement des deux enquêteurs et la salve des comment, Jeannine leur demande d'attendre d'être à la maison pour poursuivre la conversation.

Dès qu'ils sont installés dans son salon, Jeannine leur tend une feuille sur laquelle des faits et des dates sont inscrits : « Je commence à vous connaître, vous deux. J'ai mis tout, vraiment tout ce dont je me suis souvenu à propos des… désagréments provoqués par la fugue de Jocelyne… Justine. »

Vicky jette un rapide coup d'œil : « *Juin 1988 — Marité disparaît.* Lucien lui a dit quelque chose. Quoi ? Avez-vous une idée ?

— Comme toujours, Lucien a refusé de me parler de son plan. Mais je m'en doutais quand même… Il m'a finalement tout révélé peu de temps avant de mourir. Il avait organisé le suicide de Justine, avec des preuves et tout. Assez pour qu'elle le croit. »

Patrice jette un regard triomphant à Vicky qui n'est pas encore satisfaite : « Quelles sortes de preuves ?

— Ses vêtements, ses chaussures, une barrette qu'elle adorait et… comment dire, une note d'adieu qui n'en était pas une. »

Devant l'air dubitatif de ses interlocuteurs, Jeannine les prie de patienter. Elle revient, chargée d'un immense cartable qu'elle pose sur la table de la salle à manger. « Là-dedans, il y a tous les dessins de Justine. Tous. En vrai maniaque, Lucien a tout gardé. Jamais il n'en aurait jeté un. C'était un vrai trésor pour lui, ces gribouillages. Il les gardait par sentimentalisme, c'est ce que je pensais. Un jour, il m'a dit que c'était la parole de Justine, sa manière d'avouer les mauvais traitements qu'elle subissait. C'était aussi net que des mots. Aux yeux de Lucien, c'était une preuve. Une preuve détaillée. Plus tard, quand Jocelyne est devenue illustratrice, Lucien a été aussi fier que s'il lui avait montré comment faire. Pourtant, il ne valait rien en dessin. Si vous regardez le contenu de ce cartable, vous allez voir tout de suite ce qui est de Lucien : c'est très mauvais. C'est parce qu'il était tellement fier de la petite qu'il disait ça. C'est évident qu'il ne lui a rien appris en dessin, mais il l'a encouragée à le faire. Et il gardait les archives de son grand talent. Il les datait au verso. Lucien a toujours dit qu'elle irait loin. Il n'avait pas tort. Elle réussit bien, très bien... »

Patrice trépigne un peu : « Revenons au suicide organisé, si vous le voulez bien... Votre mari a trafiqué une note d'adieu avec des bribes de mots trouvés sur les dessins ?

— Non, non ! Il a pris un des dessins ! Un dessin entier. Il l'a placé sur la plage à l'abri, il a soigneusement plié les vêtements dessus, posé les chaussures pour que rien ne s'envole. Aussi simple que ça !

— Vous voulez dire qu'il n'a eu qu'à montrer son trucage à Marité et qu'elle l'a cru ?

— Attendez, il était pas fou. D'abord, il l'a laissée trouver les preuves toute seule et puis, le dessin... pour être franche, si j'ai pas compris plus vite, c'est parce que j'ai toujours cru qu'il avait brûlé ce dessin-là. C'était tellement affreux à regarder, tellement... clair. Quand je l'ai vu, moi, j'ai tout compris de ce qui était arrivé à la petite. Tout. Pas besoin d'explications supplémentaires, je vous le garantis. C'était tellement dur à regarder quand on connaissait Justine et son petit air naïf, candide. Toutes ces horreurs qui étaient en elle… et elle qui ne montrait rien de ça. J'étais sûre qu'il l'avait jeté. Alors, quand j'ai vu qu'il manquait à l'ensemble, j'ai rien demandé. Quand Lucien m'a parlé du faux suicide, il m'a dit qu'il croyait que je n'avais pas remarqué l'absence du dessin. C'est fou comme on peut se méprendre sur l'autre dans un couple… même quand on se connaît bien, quand on s'entend bien…

— Madame Dupuis… avez-vous déjà été… dérangée par l'entreprise de votre mari ?

— Jalouse, vous voulez dire ? J'aimerais ça vous répondre : non, jamais… Ce que je peux vous dire, c'est que le jour où Lucien a commencé à me montrer ces dessins-là, j'ai compris et j'ai voulu exactement la même chose que lui : la sortir de là. La sortir plus que physiquement.

— Est-ce que votre mari a protégé Josse de façon particulière en 1987 ?

— Ça, vous allez le demander à Gus. La réponse est oui, et c'est lui qui a les détails.

— Ah bon ! Et pourquoi ?

— Parce que, pour tout ce qui concerne Marité et ses mauvais coups, c'est avec Gus que Lucien parlait. Ils faisaient équipe. »

Patrice pose la main sur le cartable : « Vous permettez ? »

Vicky l'interrompt : « Attendez ! Je voudrais savoir avant ce qui était sur le dessin manquant… celui du suicide. »

Jeannine a l'air bien dépitée de devoir passer par là. Elle parle avec un visage fermé, les lèvres presque pincées et elle ne s'adresse qu'à Vicky : « Noir. Une page complètement noire avec plusieurs sexes mâles démesurés… Plutôt comme une armée de bâtons, je ne sais pas trop, des massues. Rien de réaliste, plutôt une impression de menace. Dessous, une énorme, immense bouche rouge ouverte et partout, partout, des giclées blanches, un feu d'artifice blanc qui ne tombait pas dans la bouche, mais en bas de la page, comme une vague blanche, une ligne d'écume. Sur l'extrême bord de la feuille tout en bas, une suite continue de petits cercles rouges… comme des poissons. Au début, j'ai pensé que c'était pour racheter la violence du dessin, pour l'éclairer un peu… (Elle se tait, dépassée par la tristesse du souvenir.) C'était des yeux. De petits yeux rouges… et blancs. Des yeux éclaboussés, aveuglés de blanc. »

Le regard que Patrice jette à Vicky lui prouve que le dessin évoquait avec beaucoup de clarté le seul aspect des sévices qu'elle n'avait pas décrit à son collègue.

Le dessin leur semble une note de suicide on ne peut plus explicite.

Jeannine indique le cartable : « Préparez-vous à comprendre ce que cette femme-là a fait à sa fille. Je vais faire du café, vous en aurez besoin. »

Malgré leur naïveté ou à cause d'elle, les dessins sont effectivement des témoignages hurlants de cruauté et de brutalité. Rien n'est altéré par une quelconque joliesse, les couleurs sont rarement pâles ou douces. La gamme des noirs et des rouges règne en quasi-totalité. Quand un dessin est simplement réaliste, quand la ligne est dénuée de rage ou de violence, c'est toujours l'œuvre de Lucien, gauche et simpliste, une œuvre qui pourrait être celle d'un enfant, justement. Il y a bien quelques feuilles où les thèmes s'allègent, où du bleu de ciel ou d'océan occupe la majorité du dessin, mais toujours un élément sombre ramène l'insupportable, l'intolérable. C'est tout, sauf joli. Vicky comprend que Lucien ait conservé précieusement ces dessins : il y a là de quoi inculper Marité de plusieurs crimes. Elle constate que le feu fait également partie des cauchemars de la petite fille.

Patrice a la mâchoire contractée des jours mauvais : « C'est ce que vous avez appelé être témoin, Vicky ? Je croyais que vous aviez une meilleure connaissance de ces termes. Être acteur n'est pas être témoin. Comment appelez-vous ce que vous voyez ? Vendre, avilir, dégrader, souiller, prostituer son enfant qui ne peut, elle, identifier ce qui lui arrive tant elle est peu avertie. Comment avez-vous pu me cacher un fait aussi essentiel ? Putain, comment avez-vous osé me dissimuler des faits majeurs ? À quoi jouez-vous ? Pour qui me prenez-vous ?

— Ce n'est pas pour vous, Patrice, ni contre vous. C'était pour elle… elle ne supportait pas que vous sachiez. »

Il recule sous le choc, stupéfait. Elle le voit lutter un instant, la riposte prête, puis se contenter de hocher la tête en baissant les yeux. Ce qui lui paraissait une bévue mineure, inconséquente, ne cesse de le poursuivre et d'empêcher la seule chose qu'il souhaite, garder un regard objectif sur des faits criminels. Vicky cherche encore une phrase pour s'expliquer quand Jeannine revient, chargée d'un plateau : « Pas facile, han ? Imaginez dans quel état Lucien revenait de ces rencontres-là ! Une chance qu'on se parlait ! »

La remarque est trop pertinente pour qu'aucun des deux ne la commente.

Les sonneries du cellulaire de Patrice et de la porte

d'entrée retentissent en même temps. Dès que Jeannine s'éloigne, Vicky grince : « Vous allez me mettre ça en mode vibration, j'espère ? » Mais Patrice s'éloigne pour prendre l'appel. De toute évidence, ce qu'on lui raconte au bout de la ligne ne lui plaît pas. Elle l'entend poser de brèves et sèches questions avant de s'approcher d'elle et de chuchoter : « Toronto ? Vous avez juridiction ? »

Elle saisit que c'est urgent et résume : « Compliqué », au lieu de poser des questions.

Alors qu'il éteint, Gustave Marcotte arrive. C'est un grand maigre encore dans la quarantaine qui leur serre la main timidement. Vicky calcule que l'épisode Marité a dû se passer au tout début de sa vingtaine.

Patrice leur demande un instant et s'éloigne téléphoner, ce qui agace beaucoup Vicky qui fait contre mauvaise fortune bon cœur et s'emploie à mettre à l'aise le très timide Gus. Une chance que Jeannine le connaît bien et qu'elle alimente la conversation en demandant des nouvelles de toute sa famille.

Quand Patrice lui fait signe d'approcher depuis la porte du salon, Vicky s'excuse et le rejoint. Elle chuchote avec humeur : « Aye ! On interroge quelqu'un, là, c'est pas le temps de téléphoner !

— C'est urgent, vous pensez bien ! Belin est à Toronto et elle revient demain. Son itinéraire l'oblige à s'arrêter à Montréal. Vous croyez que nous y serons en fin de matinée ? Parce que sinon, il faudra renseigner ceux qui iront la cueillir.

— Vous n'avez pas l'intention de la faire arrêter, quand même ?

— Elle nous a menti. Grave. Je vous expliquerai.

— Êtes-vous fou ? Vous avez même pas de preuve ! Voulez-vous qu'elle nous aide ou vous la mettre à dos ? On fera ça par téléphone ! Vous êtes bon là-dedans !

— J'insiste : nous devons la voir. »

Vicky n'a aucune envie de discuter à voix basse sur le seuil d'une porte alors que quelqu'un est au bout de la ligne. « Faites donc à votre maudite tête de cochon. Belin, c'est votre juridiction. Profitez-en ! »

Complètement insensible à l'humeur de Vicky, il insiste : « Pouvons-nous être à Montréal vers onze heures demain matin ? »

Vicky s'éloigne en lançant un « Oue-oui ! » dégoûté. Il l'énerve tellement quand il prend des airs importants de représentant de la loi.

* * *

Dès que Patrice s'assoit à la table à côté de Vicky, Jeannine les laisse et Gus Marcotte attaque le sujet sans détour. Il a rencontré Lucien en 1983. Celui-ci était assis au McDo avec Justine, et Marcotte, parce qu'il connaissait Justine et sa mère, en avait déduit qu'il s'agissait d'un pédophile en action. C'était — et c'est toujours — le genre de chose qu'il ne supporte pas. Mais il se trompait : Lucien travaillait à mettre cette enfant à l'abri du métier de sa mère.

Gus n'est pas très fier de le dire, mais il raconte comment, à l'âge de vingt ans, il a accompagné à quelques reprises un de ses amis chez Marité. Il donne les détails de ces rencontres, son malaise à cause de la présence de l'enfant sur les lieux et surtout, le dégoût qu'il éprouvait à écouter son compagnon passer des remarques sur Justine. En termes clairs, il explique la fascination que la petite exerçait sur Louis-Georges, l'obsession qui se développait et les nombreux avertissements qu'il avait servis à Louis-Georges. « À la fin, j'y allais plus pour le surveiller, lui, que pour… ce que faisait la bonne femme. »

Gus n'a jamais nourri beaucoup d'espoir quant à l'avenir de Justine. Pour lui, elle était destinée à suivre les traces de sa mère. Aussi, quand Lucien lui a expliqué son projet de soustraire l'enfant à Marité, il a marché tout de suite. Plombier travaillant à son compte, Gus Marcotte pouvait organiser ses horaires selon son envie. Le plus difficile n'était pas de surveiller Marité, qui était d'une régularité exemplaire dans ses activités et ses déplacements, mais bien de deviner sa fille. Gus explique leur déconvenue en 1983, quand Justine s'est enfuie pour la deuxième fois ! Ils étoffaient leur dossier contre Marité, ils avaient beaucoup avancé et Justine, sans dire un mot à son protecteur, s'enfuyait, laissant Marité, Lucien et Gus se débrouiller avec leurs projets respectifs.

Pour Gustave Marcotte, ces quelques mois passés à chercher Justine en compagnie de Lucien ont été les plus difficiles de toute cette aventure. Lucien et lui ont travaillé d'arrache-pied pour inventorier les clients, leurs préférences, les possibles dérapages et ils ont surtout compris à qui ils avaient affaire. Marité était une femme sans aucun principe. Ce qui dominait sa vie, ses actes et son esprit, c'était Justine. Pour Lucien, la possessivité de Marité était devenue depuis longtemps une appropriation pure et simple et toute personne menaçant l'exclusivité de ses rapports avec sa fille était systématiquement éloignée. En faisant des recoupements entre ce que Justine évoquait parcimonieusement et les noms des clients, Lucien s'était mis en tête de dessiner le parcours de Marité et de prouver sa folie criminelle envers sa fille.

En 1983, quand Justine s'était enfuie, Lucien était parti tout de suite en Gaspésie, pour travailler, mais surtout pour la retrouver. Gus, lui, devait surveiller Marité et tenter d'en apprendre le plus possible sur ce qui avait déclenché la fugue. Il était revenu à la cabane comme un client, le lendemain. Il avait trouvé Marité occupée à « paqueter ses affaires », marmonnant toute seule, le visage tordu de tics nerveux.

« Une vraie folle. Folle à attacher, vous savez. Des yeux rouges qui te fixent sans bouger et tout le reste de la face qui saute. Elle était habillée comme si elle avait mis tous ses vêtements d'un coup, empilés un par-dessus l'autre. Ça faisait spécial pas mal. J'ai frappé à la porte et elle s'est mis à m'engueuler comme si je venais de kidnapper sa fille. Elle avait pris un *bat* de baseball et elle me courait après en hurlant que si je voulais en tâter, ce serait ma fête. (Il se tourne vers Patrice.) C'est sûr que son accent était pas facile pour moi. Elle parlait de choses que je comprenais pas. Par contre, ce qui était clair, c'est que si je partais pas, elle allait me faire mon affaire. Je suis parti et j'ai attendu de voir ce qu'elle ferait. Je savais très bien qu'elle irait chez Lucien et ça, y était pas question qu'elle touche aux enfants ou à Jeannine. J'ai attendu qu'elle finisse son grand ménage. Elle avait allumé un feu sur la grève et elle jetait tout dans le feu. Quand elle s'est éloignée de la maison, elle portait un sac, un genre de sac à dos et j'étais certain qu'elle reviendrait pas. Elle s'est rendue chez Jeannine et quand elle a recommencé à hurler, je suis allé aider Jeannine à s'en débarrasser. Mais elle a pas lâché de la semaine. Elle surveillait la petite Josse. Elle dormait dehors, pas loin. Elle est jamais retournée à la cabane. Moi, par contre, je suis allé. Cette nuit-là, comme Marité avait installé son campement pas loin de chez Lucien, j'ai prévenu Jeannine du danger. Bruno, son fils, était prêt à défendre sa mère et sa sœur, et moi, je suis allé à la cabane attendre la petite. Je me disais que si elle était pas loin, elle devinerait que sa mère la chercherait et elle viendrait peut-être se reposer là où sa mère la chercherait plus. Chez elle, ou tout comme.

« Quand je suis arrivé, le feu que Marité avait laissé fumait encore. J'ai été élevé par une mère sévère et j'ai fait ce qu'elle m'avait appris : j'ai mis du sable sur le feu pour l'éteindre. En prenant le sable juste à côté du feu, j'ai trouvé un portefeuille, des lunettes et une ceinture... enterrés là, juste à côté du feu. J'ai passé la nuit dans la cabane et j'ai guetté. J'ai dû dormir un peu, mais en gros, j'ai guetté pis j'ai pensé. Pourquoi avoir enterré un portefeuille ? Avec les cartes, en plus ? Au petit matin, quand j'ai quitté la cabane, mon idée était faite : le gars qui avait enlevé ses lunettes et sa ceinture, le gars qui avait sorti son portefeuille pour payer Marité, y devait pas marcher ben vite à l'heure qu'y était. Je le sais pas comment elle avait forcé un homme fort à faire ce qu'elle voulait, mais j'étais certain que ce Roger Brault-là, on le chercherait tout comme on avait cherché Louis-Georges deux ans avant. J'étais certain qu'on le trouverait jamais.

« À partir de ce moment-là, j'ai été deux fois plus prudent et plus soupçonneux avec elle. Jeannine voulait que j'arrête de paniquer avec c'te pauvre vieille qui s'arrachait les cheveux à chercher sa fille, mais moi je disais rien pis je guettais. Lucien m'aurait jamais pardonné d'avoir laissé sa famille courir du danger. Une semaine, crisse ! Je sais pas comment elle faisait son compte pour tenir le coup, mais moi, j'tais à boutte comme c'est pas possible. Au bout de la semaine, Marité avait réussi à tirer assez de pitié de Jeannine pour utiliser ses toilettes et boire son café. J'étais en maudit ! Jeannine avait décidé de lui montrer qu'elle savait pas où était sa fille, qu'elle ferait rien pour éloigner une mère de son enfant, elle lui a offert son aide comme si c'était pas dangereux. Je pouvais quand même pas y dire ce que je soupçonnais ! J'avais pas de preuve et je voulais en parler à Lucien avant. Ben, c'est Jeannine qui avait raison et on s'en est souvenus plus tard, Lucien pis moi. Marité a été persuadée que sa fille était pas là. Elle est partie la chercher ailleurs. Lucien a toujours dit que la sincérité était payante. Y avait raison.

« Le reste, vous le savez, la petite a fini par appeler Lucien parce que la police l'avait arrêtée pour vagabondage. Où était la police quand il s'agissait du vagabondage de la mère, par exemple, ça, on peut se le demander. Excusez-moi, j'avais oublié que c'était vous, la police. Qu'est-ce que je peux vous dire de plus ? Quand Justine est revenue, on a fait des réunions de travail : Lucien rencontrait Justine et après, lui et moi, tout seuls, on travaillait. On a planifié, organisé, prévu tous les détails. On a pris Marité pour ce qu'elle était : une femme dangereuse qui lâcherait jamais. Je peux pas vous dire combien de soirées on a passées à construire des scénarios, Lucien pis moi. C'est comme ça qu'on est devenus amis. Un ami qui me manque en maudit… Tout ça pour dire que quand Marité est arrivée pour chercher Justine en 1987, on était prêts. C'était pas du tout comme les autres fois. Justine savait une partie du plan, Jeannine et Josse en savaient très peu et Lucien pis moi, on savait toute.

« Tout s'est passé en douceur, mollo, tout s'est fait en prenant notre temps, en calculant chaque étape. En 1987, le lendemain des dix-huit ans de Josse, Lucien est parti avec Justine qui est devenue *sa* fille, Jocelyne, qui a étudié en France et qui vient s'installer aux Îles de la Madeleine. Dans notre plan, le plus dangereux, c'était Josse, parce qu'elle était tellement inquiète. Ça a été dur de la laisser s'en faire de même sans rien y dire. Son père, c'est pas lui qui la suivait partout, qui la voyait triste. Moi, j'ai eu vraiment de la misère à pas y dire. »

Vicky sourit : « Vous étiez son *bodyguard* ?

— Exactement ! Sauf qu'elle le savait pas et qu'elle me trouvait achalant en maudit. Collant, qu'elle disait. J'étais au courant de tout ce qu'elle faisait, qui elle voyait, dans quels bars elle allait, avec qui elle s'amusait le plus… mais j'ai rien dit de ça à Lucien. C'était pas pour ça que je la suivais.

— Est-ce qu'elle a cru que vous étiez… intéressé ?

— Dans le genre… C'était un peu ça, le plan… J'avais huit ans de plus qu'elle, c'était pas si fou que ça, vous pensez pas ? Ça se pouvait… »

Gus s'agite un peu, finit son café, mal à l'aise. Il a pris son rôle au sérieux, Vicky le voit bien, et Patrice n'est pas dupe non plus : « Et, comme le disait si bien Lucien, il n'y a rien de tel que la sincérité, n'est-ce pas ? »

Gus n'est pas sûr de bien comprendre l'allusion. Un léger malaise s'installe et Gus, instinctivement, se tourne vers Vicky et attend la suite.

« Et Marité ? Où est-elle allée en 1987 ? »

Le sourire franc et joyeux qui anime le visage sec de Gustave fait plaisir à voir : « À Sept-Îles ! Comme prévu, exactement. Lucien avait un frère à Sept-Îles et on avait demandé à Justine de jouer la fille déçue de voir son amie partir si loin pour deux semaines. Pendant ce temps-là, Jeannine et Josse se rendaient à Québec. Mais même ce voyage-là, Josse chicanait. Elle voulait pas y aller. Elle nous a tellement tannés avec ça après ! Elle était pas reposante, Josse. Mais Marité a perdu tout un mois à chercher dans le bout de Sept-Îles.

— Et après ?

— Est revenue et là, elle s'est mis sur le cas de Josse... pis Lucien. Elle le *trustait* pas, Lucien. On a dû envoyer Jeannine aux Îles une fois à sa place tellement Marité le lâchait pas. Quand c'était pas Josse, c'était Lucien. Pis mon Lucien faisait le gars découragé d'avoir perdu sa pitoune. Il donnait de l'argent à Marité pour qu'elle aille la chercher vers Rivière-du-Loup ou vers Sainte-Anne-des-Monts. Comment vouliez-vous qu'elle le croit pas ? Il payait et en plus, il lui donnait des indices. “J'ai entendu dire que...”, “Ça aurait l'air que”, y s'est même essayé à suggérer d'avertir la police, mais là, c'était non et avise-toi pas de jamais faire une chose pareille, espèce de salaud ! Nous deux, on en savait pas mal long sur elle et on pouvait l'inquiéter avec ce qu'on savait. Et là, elle a commencé à s'en douter.

— Vous parlez des meurtres de Louis-Georges et de Roger ?

— Ben là... des meurtres... des accidents douteux, oui. Mais on n'a jamais eu de preuves.

— Et les lunettes, le portefeuille, la ceinture du type, vous appelez ça comment ? Des gages de fidélité ?

— On avait des doutes. Louis-Georges...

— ... s'est noyé, fort probablement. Pour ce qui est de Roger, les autorités n'ont rien.

— Cout donc, vous, qu'est-ce que vous avez? Pourquoi vous me parlez de même ? Je les ai pas tués !

— Non, c'est vrai. Mais avez-vous seulement songé au danger que vous avez laissé courir à d'autres individus ? Déclarer ces meurtres aurait permis de l'arrêter, de mettre fin à ces horreurs. Ça vous est arrivé d'y penser ?

— Ben voyons : elle cherchait sa fille, elle tuerait plus personne !

— Je suis convaincu qu'il y a une logique impec dans ce raisonnement à la noix, mais vous allez devoir m'éclairer. En quoi chercher sa fille l'aurait-elle empêchée de tuer ?

— Mais parce que Justine était pas là ! Si elle la cherchait, c'était sûr qu'elle toucherait à personne. »

Vicky pose une main apaisante sur l'avant-bras de Patrice qui prenait une grande inspiration avant de répliquer et elle demande doucement : « Vous pensez que les meurtres étaient liés à Justine, c'est ça ?

— Ben là ! Rien qu'à voir, on voit ben ! »

Vicky sent les muscles de Patrice se raidir sous ses doigts. Elle exerce une légère pression : « Excusez-moi, mais je ne suis pas sûre de comprendre.

— Louis-Georges pis Roger, elle les a organisés de même pour se venger. Parce que c'était à cause d'eux autres que sa fille était partie. Je sais pas exactement ce qu'y ont fait, même si je m'en doute un peu, mais je sais que la vieille a jamais enduré qu'on touche à son trésor. Ou plutôt, qu'on la touche, O. K., mais pas plus ! En tout cas, vous comprenez, là ?

— Oui. Vous pensez que Marité les tenait responsables d'avoir provoqué la fugue de Justine.

— Garanti que quand je me suis pointé à la cabane en 83, cette femme-là avec son *bat* de baseball et son air de folle pouvait me tomber dessus pis m'avoir. J'imagine un gars qui vient pour d'autre chose… Je veux dire, un gars déculotté, ça court moins vite.

— Pas mal, oui. Et Gérard ?

— Oui, ça c'est Lucien qui pensait ça.

— Pas vous ?

— Gérard Lalande. C'était un gars pas trop recommandable… Je sais bien que c'est le dernier à avoir été avec Marité quand Justine était là, mais je sais pas… Il serait parti faire un tour dans le coin des *bikers,* ça me surprendrait pas. Ou ben en dedans. Y serait en dedans, ça me surprendrait pas non plus.

— Vous avez pas cherché ?

— Aye, en 87, on avait les mains pleines ! On travaillait pour l'avenir, on n'avait pas de temps à perdre avec le passé, nous autres ! C'était sortir Justine, notre plan.

— Mais votre type peu recommandable, il se peut que Justine l'ait intéressé davantage que Marité ?

— Évidemment ! Ça faisait ben deux ans qu'y étaient tout' intéressés ! Marité, c'était pas un prix de beauté, elle faisait dur. Justine avait l'air d'un bonbon à côté d'elle. Y a fallu qu'elle se batte pour pas y passer plus que ça. J'ai-tu besoin de vous dire que ça le rendait malade, Lucien ? Même moi, je la connaissais pas mal moins que lui pis ça me rendait malade. Même vous, monsieur, rien qu'à y penser, vous êtes rouge. Ça donne envie de tuer, des gars de même, c'est sûr…

— Racontez-nous le suicide… Pourquoi ne pas avoir fait la mise en scène plus tôt ? Pourquoi attendre presque un an ?

— Parce que notre plan a marché en retard ! Quand Marité est revenue de Sept-Îles, ben décidée à savoir où Lucien et Josse cachaient sa fille, moi je surveillais la maisonnée de Lucien pis lui, y travaillait. Le kit du suicide, on l'avait placé en 87, quand tout le monde était parti. On l'avait caché un peu loin, plutôt à l'abri dans un vrai beau creux de roche. C'était pas facile à trouver. Fallait vouloir, fallait chercher. Moi, je trouvais ça trop loin. Lucien tenait son bout : une fois qu'on l'a eu installé, Lucien voulait plus qu'on y touche. Y laissait faire le temps. Quand l'hiver est arrivé, y a pas voulu que j'y touche non plus. Y disait que ça ferait encore plus vrai. Avez-vous une idée que quand ça a fondu au printemps, c'était encore plus dur à voir ? Moi, j'étais tanné, je voulais que Lucien pousse un peu, fasse semblant de fouiller sur la plage du Bic, queque chose. Non.

Le boss disait non. Pis quand le boss disait non, on faisait comme y disait. Ben, y avait encore raison, Lucien. »

Il se tait, comme s'il revoyait son ami et leurs discussions. Vicky le ramène à son récit.

Gus soupire : « Ouain… Je vas vous dire de quoi : je l'aimais pas c'te femme-là. Je m'en méfiais comme de la peste, je savais toutes les cochonneries qu'elle avait faites pis j'avais pas de doute qu'y fallait y enlever sa fille… Mais j'étais là, moi, quand elle a trouvé les affaires de sa fille. Ben, pas sur le coup, mais pas longtemps après. Je peux pas vous dire… J'étais loin, très loin, et je l'entendais. Comme un animal qui se fait vider de son sang, un râlement, je peux pas vous dire… Elle se berçait en râlant pis en serrant le paquet de vieilles fripes sur elle. Ce jour-là, elle est venue folle pour de bon, je pense. Plus rien dans les yeux. Je me suis approché, j'ai essayé d'y parler. J'aurais été du vent, c'aurait été pareil. Sourde. Y avait plus personne au poste. Elle l'avait trouvé *all right,* notre kit. J'ai averti Lucien. Aye, ça faisait dix mois que Justine était partie. C'était-tu le temps qu'elle le trouve, vous pensez ?

— Il n'y a eu aucun doute dans son esprit ?

— Quand tu dis aucun ! Ni doute, ni esprit, si vous voulez mon avis. Pis laissez-moi vous dire que c'était pas du *fake,* son désespoir. Plus rien. Y avait plus rien dans c'te femme-là. Elle était comme morte. Pareil.

— Où est-elle allée par la suite ?

— Chez eux. Elle est retournée chez eux. Moi, j'étais pas d'accord pour la laisser partir. Fallait mettre la police après elle, c'était mon idée. Mais Lucien, lui, y voulait pas. Y avait fait des promesses à la petite, c'est sûr. J'ai toujours pensé que c'était pour ça qu'y a continué à dépenser de l'argent pour elle. La vieille, je veux dire… dans le genre qu'y aurait promis à Justine de jamais abandonner sa mère. Ça serait son style, ça, à Lucien. »

Les deux enquêteurs le fixent, attendant la conclusion. Gus sourit : « Maudit Lucien ! Y s'en méfiait. Y s'en est méfié le reste de ses jours. Y payait juste pour savoir *où* elle était. Son histoire avec c'te femme-là s'est jamais arrêtée. Ses mandats-poste, il les envoyait avec une preuve de réception, y a jamais rien laissé au hasard. Même si elle avait cru que sa fille était morte, lui, il disait toujours que quelque part dans sa folie, elle la chercherait encore, elle la chercherait toujours. "C'est l'histoire de sa vie, Justine, rien d'autre a jamais compté pour elle", c'est ça qu'y disait. Pis pour être folle, elle l'était. Lucien trouvait que cent piasses de temps en temps, c'était pas cher pour se rassurer, savoir où la trouver. Jeannine sait pas ça, là ! Lucien a effacé les traces de ces sommes-là. Pas qu'elle aurait été contre, remarquez... elle l'a *backé*, son homme, Jeannine. Y s'aimaient, ces deux-là. Je vais même vous dire de quoi que j'ai toujours pensé : si ça avait pas été de Lucien pis Jeannine, la petite aurait jamais compris de quoi Lucien parlait quand y parlait de respect. Ça, c'était son mot à Lucien, le respect. Justine avait aucune idée de ce mot-là et Lucien, lui, il disait que le jour où elle sentirait qu'il la respectait, elle commencerait à comprendre le reste. Jeannine, elle respectait ce que faisait son mari, pis lui, il avait expliqué à Josse que c'était ça que ça prenait à Justine, du respect pis de l'amour. Ça fait peut-être scout quand c'est moi qui le dis, mais Lucien... J'y aurais donné une médaille, moi, crisse ! »

Vicky revient à Marité et à l'endroit où elle s'est réfugiée. Gus précise que c'est la France de Saint-Pierre et Miquelon, et plutôt Miquelon selon ce qu'il se rappelle. Dans une sorte d'hospice pour personnes malades, Marité ayant un grave problème de poumon. Il maintient qu'il s'agit plutôt d'un genre de foyer et non pas d'un hôpital. Marité était encore relativement jeune, mais elle n'avait plus de santé « parce qu'elle l'avait gaspillée. Elle n'avait plus une seule dent dans bouche. Pas trop grave avec le métier qu'elle faisait, vous me direz… »

Vicky essaie de ne pas sourire et ramène Gus aux funérailles de Lucien. « Vous êtes sûr et certain que c'était elle ? Vous savez que ça veut dire qu'elle n'a jamais cru au suicide de sa fille ?

— Ben voyons donc ! Jamais de la vie ! Si elle est venue, c'est parce que Lucien, c'était son dernier lien à sa fille. C'était plus du tout la femme qu'on avait connue. C'était une vieille folle, une perdue qui arrêtait pas de dire que Lucien et elle, y avaient tout fait pour Justine. Encore un peu et elle disait que c'était lui, le père ! Demandez donc à Josse si elle trouvait ça chic… »

Vicky ne le laisse pas changer de sujet : « Mais c'est pas à côté, Saint-Pierre et Miquelon, c'est très cher pour venir jusqu'ici. Et comment elle l'a su, pour Lucien ?

— Vous aussi, vous trouvez ça spécial ? J'ai ben essayé de le savoir, mais disons que Marité me trouvait pas intéressant. "Dégage", c'est tout ce qu'elle m'a dit, "dégage".

— Peut-être par quelqu'un du coin avec qui elle aurait gardé le contact ? »

Le regard de Gus est vraiment plus que dubitatif, il est carrément incrédule. Vicky avance même l'hypothèse que Justine, rongée de culpabilité… Gus ne comprend même pas en quoi Justine aurait eu le moindre intérêt à faire savoir une chose pareille à sa mère, Marité se trouvant être la raison qui lui a valu de ne pas venir aux funérailles… Pour lui, c'est insensé de penser une chose aussi tirée par les cheveux.

« Elle l'a su, la vieille maudite, demandez-moi pas comment, mais elle l'a su. Moi, je pense que c'était pour donner une dernière fois raison à Lucien que j'avais traité de paranoïaque. Y devait-tu rire, mon Lucien, quand il l'a vue arriver ? Comme… du ciel, là ? »

Vicky voit Patrice jeter des notes sur un calepin. « Et ensuite, d'après vous, elle a remis le cap sur Saint-Pierre et Miquelon ? »

Gustave a l'air un peu mal à l'aise. Il soupire bruyamment : « Moi, vous savez, quand Lucien est mort, c'est un gros morceau que j'ai perdu. On jasait ensemble. De plein d'affaires. J'avais pas d'autre ami que lui. Ça rapproche ce qu'on a fait ensemble. (Il s'éclaircit la gorge.) Deux, trois jours après les funérailles, j'ai… j'ai eu comme envie d'y jaser ça un peu. Je suis allé faire un tour au cimetière. Je suis pas vraiment un gars de cimetière, mais… c'était pas facile de me passer de lui. C'est quand je l'ai vue ! Marité. Elle était là, à rôder, à parler toute seule. Elle était encore après lui, à l'ostiner, à le chicaner. J'ai pogné les nerfs, je pense. J'ai perdu le contrôle ben raide. Je l'ai brassée en y disant ma façon de penser. Je voulais plus jamais la voir là. Je voulais qu'elle "dégage", elle aussi. Qu'elle fasse de l'air ! Est partie. Sur le coup, j'ai été soulagé. Après, j'ai eu honte. À cause du respect. L'hostie de respect de Lucien. Y aurait jamais fait ça, lui. Mais je suis pas un saint, moi, crisse !

— Non, je vous comprends… Mais vous l'avez pas battue ? Elle est repartie sur ses deux jambes ?

— Ben sûr ! Un peu brassée, mais sur ses deux jambes, comme vous dites. Pour ce qu'elle a compris dans ce qui se passait…

— Et ?

— Et rien. Je l'ai plus jamais revue. Je pense pas qu'elle vienne à mes funérailles. (Il les regarde, tour à tour.) Ben quoi ? J'ai-tu gaffé, moi là ? »

* * *

Une fois Gustave Marcotte parti chercher les « archives » qu'il possède sur tout ce qui concerne Marité, Jeannine les invite à manger en sa compagnie. Elle leur laisse ensuite la salle à manger pour travailler.

Pendant que, de son côté, Vicky essaie d'en apprendre davantage sur le sort de Roger Brault et de Gérard Lalande, Patrice secoue tout ce qui est institutionnel à Saint-Pierre et Miquelon pour localiser Marité Ferran.

Roger Brault a effectivement été porté disparu par sa mère, Raymonde Brault, de Sainte-Luce-sur-mer. C'était la seule personne à s'être inquiétée de ce gaillard de plus de six pieds qui habitait encore avec elle. Au cours de leurs recherches, les policiers ont recueilli des témoignages qui laissaient quelques doutes sur la pureté des intentions de Roger avec les petites filles. Le cas est resté non résolu.

Quant à Lalande, le dossier de la police est long comme le fleuve. *Dealer,* homme de main de certains gros vendeurs, il aspirait fortement à devenir membre des Hell's. Personne n'a jamais su si sa disparition — rapportée par un individu aussi louche que lui — était due à ses aspirations professionnelles, à son goût personnel de la provocation ou à ses mauvaises fréquentations.

De son côté, Patrice a trouvé l'endroit où Marité a été hébergée à l'île de Miquelon. Après quelques appels, il finit par obtenir un portrait à peu près complet du séjour de Marité Ferran. Arrivée à Miquelon en 1988, elle souffrait de malnutrition, d'infections récurrentes et d'une profonde dépression qui frôlait la psychose. Patrice épargne à Vicky les nombreux termes savants et résume ce qu'il a appris : « De 1988 à 2005, Marité a connu des états catatoniques, suicidaires et paranoïdes. Une fois le corps guéri, la tête n'a pas suivi, quoi ! Et dites-moi un peu, qui croyez-vous est la seule personne à l'avoir jamais appelée ? Je vous le donne en mille ! Hé oui ! Notre dévouée madame Belin ! Et, tenez-vous bien, c'est après un appel de Belin que Marité a pris congé de l'endroit, soi-disant pour "aller vivre chez sa copine de Saint-Pierre". Et à quelle date est survenue cette étonnante décision ?

— Autour du 5 juin 2005 ?

— Exact ! Et ce n'est pas chez Belin qu'elle s'est dirigée, cela, nous le savons.

— C'est déjà ça de pris : on sait pour dix-sept ans. Comme on sait que c'était une pauvre femme affaiblie et assez folle, merci. Alors ? Après ?

— Après, elle reprend la route pour chez Belin. Quoi d'autre ? Vous pariez qu'elle la cachait dans sa cave alors qu'on lui causait ?

— Non.

— Comment, non ?

— Non, je pense pas qu'elle la cachait. Je pense qu'elle n'aurait jamais été capable de ne pas le dire. C'est une bavarde, une femme qui a cru rendre service, pas une menteuse hypocrite. Pour elle, on cherchait Marité pour vol, pour exercice illicite de son métier de sage-femme ou de prostituée, pour l'embêter encore. Pour elle, dire qu'elle ne l'avait pas revue, c'était encore vrai. Elles se sont parlé au téléphone, c'est pas comme se voir.

— Pourquoi nous cacher qu'elle est à Miquelon alors qu'on la cherche ? C'est un mensonge !

— Non, non ! Parce qu'elle n'y est plus et que Belin voudrait bien qu'on la trouve ! Ou peut-être qu'elle estimait que ça nous servirait à rien de lui parler, qu'elle est devenue un témoin totalement inutile.

— Elle a menti, elle nous a ralentis. C'est à la fois odieux et répréhensible. Elle aura intérêt à s'expliquer, madame Belin.

— Voulez-vous ben me dire ce que vous avez avec elle ? C'est pas comme si Marité avait tué quelqu'un entre-temps !

— Qu'est-ce qu'on en sait ? Vous la croyez inoffensive, peut-être ?

— À soixante-dix ans, malade, l'esprit dérangé, oui.

— Alors, c'est qu'elle vous a eue et bien eue.

— Cout donc, avez-vous peur qu'elle aille trouver Jocelyne aux Îles ?

— Et qu'est-ce qui la tient debout, sinon ?

— Rien. Vous avez raison. Mais on réfléchit mal, on s'excite…

— Voici ce que je propose : nous prenons le premier avion pour Montréal et dès onze heures, demain, nous cueillerons cette dame à l'aéroport. Elle va l'ouvrir, son sac d'embrouilles ! »

Sa proposition n'a pas grand effet sur Vicky qui est plongée dans ses réflexions. Patrice attend un peu et il effleure sa main : « Hé ! Vous rêvez ?

— Non. Je pense à Belin. Pourquoi ne pas nous avoir raconté *tout* ce qu'elle savait…

— Voilà : vous y venez !

— Non, c'est pas ce que vous dites. Imaginez : elle appelle Marité, lui parle, et le jour d'après, Marité disparaît ! Vous savez ce que je pense, Patrice ? Marité ne lui a plus jamais donné de nouvelles ! Madame Belin, elle lui en voulait. Elle nous a dit le strict minimum parce qu'elle n'est pas fière d'avoir donné à cette vieille folle le renseignement qui l'a fait fuir. Et ce renseignement, c'est que Lucien Dupuis est mort.

— Mais enfin, Vicky, c'est du délire ! Pourquoi aurait-elle agi de la sorte ? Et puis, comment l'aurait-elle su ?

— Vous voulez essayer ? Allez sur Internet et cherchez *salon funéraire Rimouski.* Vous aurez l'information en deux minutes. Marité n'a demandé qu'une seule chose à son ancienne amie et c'est cela : l'avertir de la mort de Lucien.

— Et si ça se trouve, elle a fait mine d'avoir entretenu une liaison avec lui…

— Ou même que c'était l'homme responsable du suicide de sa fille. L'homme qui lui a fait tant de mal. Ou même, le contraire : celui qui l'a aidée à en finir. Enfin, la raison la plus valable pour Belin ! »

Patrice ne dit plus rien. Vicky prétend que Belin, ne sachant pas qui était Lucien, n'a jamais cru que cet aspect des choses pouvait les intéresser. Le suicide de la petite, par contre, Vicky ne comprend pas qu'il n'ait fait l'objet d'aucun commentaire. « Elle a dit difficile, pas facile à tenir, elle a dit qu'elle en a fait baver à sa mère… mais rien sur sa mort. Ça, ça y ressemble pas. Vous pensez que Marité lui avait caché la mort de sa fille ?

— Je pense comme Lucien : Marité cherchait encore sa fille. Parler de suicide, c'était clore le dossier, fermer sa propre vie. Elle l'a bouclé avec Belin, c'est certain, elle l'a bouclé. »

Patrice regarde le jardin par les portes-fenêtres — la vue est déjà belle, les jonquilles fanent, les tulipes sont à leur apogée : « Pourquoi serait-elle demeurée dans le secteur ? Qu'avait-elle à y gagner ? »

Vicky tape son crayon contre la table : pas facile de se mettre dans la tête d'une folle monomaniaque !

Elle murmure : « Qu'est-ce qui lui restait ?

— Se flinguer ! J'ai toujours dit qu'elle aurait dû se flinguer, merde !

— Lucien est mort. Sa fille est fort probablement morte, comme elle le redoutait, elle n'a plus un sou, elle ne peut plus aller à Miquelon, elle ne recevra plus d'argent de Lucien… oui, vous avez raison, Patrice, il lui reste à se tuer, comme sa fille. Il nous reste à trouver comment. »

Patrice est tout étonné de la voir se ranger à son avis. Du coup, il se met à douter : « Attendez… elle a peut-être d'autres ressources. Ça reste à voir, tout ça. »

Vicky prend son cellulaire ; Patrice l'écoute demander à Mathieu de consulter les archives de police du secteur Bas-Saint-Laurent–Rimouski–Gaspésie, pour les années 2005 à 2007. Tout y passe : Rihoit, Ferran, Ferland, femme de soixante-huit à soixante-quinze ans, victime de mort violente, criminelle ou suicide : rien. Les suicides sont tous répertoriés et aucun n'approche la description ou seulement l'âge de Marité.

Vicky remercie et s'agite : « Si elle vit encore, Patrice, où est-elle ? Ici ? Au Bic ? Dans sa cabane ou le chalet loué par Lucien ?

— Mais non : nous y sommes allés avec Josse, il y a quoi ? Trois jours ?

— C'est vrai. »

Elle déteste être coincée comme ça, avec la sensation que la solution est là, devant elle, et qu'elle est trop stupide pour la voir.

Patrice y va d'un hésitant : « Peut-être aurions-nous intérêt à visiter le cimetière ?

— Vous pensez qu'elle campe là depuis deux ans ?

— Dans les parages ? Y a-t-il un genre de havre pour les S.D.F. dans la région ? Une sorte d'institution gérée par des religieux ?

— Faut demander à Jeannine. »

Elle se dirige vers la porte quand son portable sonne. C'est Mathieu. Vicky prend l'appel et demeure totalement silencieuse.

Patrice attend. Le silence dure. Vicky ne bouge pas. Elle écoute attentivement, l'air stupéfaite. Finalement, elle dit : « O. K. », et le claquement du téléphone est le seul autre son qui suit.

Patrice attend, presque en apnée. Vicky lève enfin les yeux : « Il y a un cadavre non identifié qui a été inhumé à Rimouski sur ordre du coroner. La description correspond à Marité. Elle a été enterrée il n'y a pas très longtemps. Ils ont attendu dix-huit mois. Personne ne l'a réclamée. Ils l'ont trouvée dans le fond d'une barque sur la plage du Bic. Vous ne le croirez pas, Patrice : la cause de la mort est naturelle, pneumonie. »

Effectivement, Patrice ne le croit pas : « Quand ?

— Le corps a été trouvé par des promeneurs le 13 juin 2005. Le lendemain, ou presque, du jour de la rencontre avec Gus au cimetière.

— Quelques jours après la mort de Lucien… Vous y croyez, vous ?

— Oui, c'est aussi fou que ça : Marité est morte de pneumonie. Elle a probablement pris froid au cimetière…

— … à squatter la sépulture de Lucien.

— C'est une forme achevée de suicide. Elle n'avait plus nulle part où aller. Elle n'avait presque aucun moyen de se tuer.

— Elle aurait pu se noyer…

— Comme sa fille ? Ç'aurait été lui donner raison ou admettre, seulement admettre, le suicide de Justine… Non, elle s'est couchée dans une barque en l'attendant encore, je suppose. C'est sensé, c'est possible et c'est décevant. Mais je ne crois pas qu'elle aurait pu nous confirmer ses meurtres, elle n'avait plus assez de lucidité.

— Vous procédez comment pour l'identification ? Parce que voyez-vous, pour le coup, j'éprouve un très fort besoin de certitude…

— Oui, je vous comprends un peu. Mat est en train d'organiser une rencontre avec les services de police de Rimouski. Ils vont nous donner le dossier avec les photos du cadavre. L'identification devrait être facile. Je vais appeler Gustave pour qu'il revienne tout de suite.

— Demandez à Jeannine.

— Vous pensez ? Ben oui, un ou l'autre…

— Dites-moi un peu, Vicky… On ne fout rien ici quand la morgue n'arrive pas à identifier un corps ? Il n'y a aucun avis public ? Un cadavre sur une plage… les journaux ont quand même évoqué la chose, non ? Les faits divers ne sont pas prisés par les infos télé dans votre pays ? Ils sont quand même deux ou trois à l'avoir connue. Et aucun n'a bronché. Curieux, non ?

— Très. Remarquez que ça faisait dix-sept ans qu'elle n'était pas revenue. Elle avait changé : là-dessus, Gus et Jeannine étaient formels. »

Vicky se rend à la cuisine où Jeannine est occupée à vider le lave-vaisselle. Abasourdie, elle s'appuie sur le comptoir en écoutant le récit de Vicky.

Elle ne se montre absolument pas étonnée de n'avoir rien su des événements : elle était en deuil, elle devait s'occuper de tant de choses et, surtout, elle était partie pour les Îles après les funérailles. Avec ses enfants, ses petits-enfants, elle était allée dans leur maison, tout près de chez Jocelyne, et ils avaient fait ce que les gens qui perdent un être cher font, ils ont parlé du passé et ne se sont pas intéressés à l'actualité. Ils avaient même invité Gus à les rejoindre, mais il travaillait sur un gros contrat à l'extérieur de la ville.

« Vous savez, ça a pris du temps pour m'adapter, après la mort de Lucien. Par chance que j'ai eu mes enfants pour m'aider. Et quand je dis mes enfants, je dis Jocelyne autant que Bruno et Josse. Oh mon dieu ! Si c'est elle, y va falloir lui dire.

— Attendons de voir si c'est vraiment elle. Vous pourriez nous accompagner ? Je peux appeler Gustave si vous préférez.

— Je vais vous conduire, vous n'avez pas de voiture… Mais vous *devez* appeler Gus : si c'est pas lui qui la voit, il ne me croira jamais. Gustave a besoin d'en finir avec cette femme-là. Plus que moi. Plus que Jocelyne, même. Peut-être plus que Lucien. Marité, c'était l'affaire de Gus. »

Vicky est tout à fait d'accord, et elle se demande bien comment Gus a pu rater la sortie de Marité.

L'agent Hallé est plutôt inquiet de voir débarquer une délégation aussi importante pour un cas aussi insignifiant : un commissaire de la préfecture de Paris, une détective d'une escouade particulière de la Sûreté du Québec et deux témoins capables d'identifier un cadavre laissé pour compte depuis deux ans. Le bureau est trop exigu pour contenir tout ce monde. Ils doivent passer dans la salle de réunions.

Dès que la première photo est déposée sur la table, Jeannine et Gus font « Oui. C'est elle » presque en chœur.

L'agent pose les questions qui serviront à remplir le formulaire et tout se complique. Ferland ou Ferran ? Nationalité française ou canadienne ? Adresse ? Occupation ? Lien avec la décédée ? Désirent-ils faire exhumer le corps pour le rapatrier ? Disposent-ils d'une preuve d'identité ? Connaissent-ils des membres de la famille qu'il serait bon de prévenir ?

L'agent Hallé ne récolte que des réponses évasives ou des silences inquiétants. Finalement, c'est Patrice qui prend les choses en main avec une belle autorité, se réclamant de la nationalité française de Marité. Les autres se taisent, trop heureux d'échapper aux formalités.

Il n'y a qu'un seul moment où Patrice est bousculé. L'agent a demandé : « Connaissez-vous quelqu'un ayant un lien de parenté avec elle qui pourrait désirer ses effets personnels ? »

Jeannine s'est levée : « Non. Personne. Cette femme-là était seule au monde. Pas de parents, pas d'enfants. Une sans-abri. Elle me l'avait dit quand j'ai essayé de l'aider. Là-dessus, je suis certaine. »

L'agent inscrit la réponse sur le formulaire et Jeannine ne quitte pas Patrice des yeux, tendue. Quand Patrice se retourne vers l'agent, elle fait un pas vers lui.

« En revanche, je vous demanderais de me remettre ses effets. Je signerai bien sûr la décharge réglementaire. Cette femme faisait l'objet d'une enquête d'envergure internationale, comme vous pouvez le constater...

— Ben oui ! Je suppose que vous êtes pas là pour une sans-abri. Qu'est-ce qu'elle avait fait ? »

Vicky et Patrice parlent en même temps. Alors que Vicky dit « prostitution », Patrice dit « meurtre » et Gus clôt la discussion avec ce commentaire : « Disons que c'est pas une grosse perte pour l'humanité. »

* * *

Dans le salon de Jeannine, depuis que Gus a fini d'expliquer qu'après la mort de Lucien, il s'était rendu à

Matane sur un chantier, le silence règne. Patrice et Vicky empilent leurs dossiers et font le tri dans les boîtes apportées par Gus. Ils ne peuvent tout emporter, ce serait inutile.

Jeannine n'étant pas femme à cultiver l'animosité, elle s'approche de Patrice et l'interrompt dans son activité : « Je sais que je vous ai forcé à vous taire, mais on ne pouvait pas bouleverser toute la vie de Jocelyne encore une fois. Qu'est-ce que ça aurait donné de plus, de toute façon ? Elle est morte. Le mal qu'elle a fait est fait et rien de bien ne peut arriver en brisant le secret de Jocelyne. Rien. Elle a une vie, elle a un fils et elle a un nom. On ne peut pas lui voler ce que Lucien et Gus ont mis tant de temps à lui donner. La légitimité de Jocelyne est plus importante que cette femme-là, non ?

— Je suis un officier de justice, madame.

— Mais c'est pas comme si ça changeait quelque chose ! Ça fait pas de différence pour Marité. Et ça en fait une énorme pour ma fille ! »

C'est la première fois qu'elle utilise ce terme devant eux. Vicky aimerait bien discuter seule à seul avec Patrice avant de s'avancer dans cette conversation. Apparemment, ce ne sera pas possible. Elle plonge : « Jeannine, on comprend vos raisons. La preuve, sur le coup, on n'a rien dit. Ça vous montre notre compréhension du problème. Mais l'enquête qui se termine aujourd'hui fera l'objet de rapports, de procès-verbaux, de dépositions. Parmi celles-ci, il y aura celle de Jocelyne/Justine révélant des actes criminels de Marité qui remontent à trente ans. Dans nos rapports, tout ce qui concerne Marité et ses activités sera expliqué en long et en large. Je ne vous dis pas que ça deviendra public, je ne pense pas que ça intéresse qui que ce soit. Mais chaque acte criminel commis par Marité sera divulgué aux membres restants des familles concernées. Il y en a dans les Îles, je vous le dis tout de suite. »

Estomaquée, Jeannine considère Vicky puis Gus, qui lève les deux mains paumes ouvertes en signe d'ignorance.

Patrice murmure : « Alors là, Vicky, puisque vous vous êtes avancée sur ce terrain, je ne crois pas que nous ferons l'économie de ce récit. Éclairez-les, voulez-vous ? »

Vicky commence par les événements qui remontent à 1972... les amours de Marité à Montréal avec un homme marié qui l'a abandonnée alors qu'elle était enceinte. Son amitié avec une compatriote de vingt-deux ans, également enceinte et séparée de son mari qui la trompait sans se cacher. Elle relate l'accouchement difficile d'Isabelle et son issue tragique. Sans affirmer que c'est un fait, elle soulève la forte probabilité du premier meurtre commis par Marité. Dépassée par les événements, incapable de sauver son amie, elle l'achève de plusieurs coups de couteau au ventre, rendant impossible l'identification de la cause réelle du ratage de l'accouchement. Marité s'enfuit chez elle, à Saint-Pierre et Miquelon, où elle donne naissance à Justine et la fait reconnaître par un homme qui lui doit réparation. Cet homme, Hervé Ferran, épouse Marité quelques semaines plus tard et il meurt du cancer peu après... laissant à sa veuve et à leur enfant une petite rente.

Grâce à cette rente versée jusqu'aux dix-sept ans de Justine par l'administration française, Vicky raconte comment ils ont pu suivre Marité dans ses déplacements à travers le Québec. Elle les informe de toutes les activités illégales de Marité, mais surtout, elle leur fait découvrir quatre autres meurtres probables. Élisa, Sylvain et l'incendie criminel ayant causé la mort de Georgette et de Josée Simard.

Malgré le dégoût qu'elle lit dans les yeux affolés de Jeannine, elle continue son récit jusqu'à l'arrivée de Marité à Rimouski et la rencontre salutaire de Jocelyne et de Justine.

Jeannine se tait pendant que Gus réclame des précisions et se livre à des recoupements entre ses informations et les faits rapportés.

Il est soufflé par l'ampleur des crimes et il ne cesse de répéter qu'une femme aussi frêle, aussi mal en point ne pouvait pas être aussi habile : « Huit ! Huit meurtres, c'est pas rien ! Sans jamais se faire prendre ? Sans jamais se faire poser une seule question ? J'en reviens pas. Ça me rentre pas dans tête ! Les enfants, je dis pas, parce que c'est moins compliqué et que ça demande moins de force… Même à ça ! Vous êtes sûrs ? Certains ? »

Il est vraiment ébranlé, Gus, il emprunte une cigarette à Patrice et il allume, même s'il a cessé de fumer depuis deux ans : « C'est une promesse que j'avais faite à Lucien, mais je pense qu'il me la pardonnerait, celle-là. Je pense même qu'il me l'allumerait ! »

Vicky discute avec lui, compare leurs preuves, examine les hypothèses et Gus finit par se ranger à son avis : à part le meurtre de Gérard Lalande, qui est peut-être le fait des motards, Marité a bel et bien été mêlée à tous ces crimes.

Dans le silence qui suit, Patrice s'assoit près de Jeannine et il lui parle tout doucement : « Rien au monde ne me plairait davantage que d'épargner à Jocelyne le chagrin que ces informations risquent de lui causer, croyez-moi.

— Vous n'êtes pas obligé de tout lui dire.

— Vous ne croyez pas qu'elle a droit à la vérité, aussi rude soit-elle ? »

Jeannine le fixe, insultée : « Rude ? Vous vous rendez pas compte, je pense. C'est pas rude, c'est violent, destructeur… je sais pas comment elle va pouvoir s'en remettre.

— Mais enfin, Jeannine…

— Vous savez ce que vous allez faire ? Vous allez lui montrer que tous ces meurtres-là ont été commis à cause d'elle. Pour elle ! Cadeau de sa maman si folle de sa fille. Si Jocelyne n'avait pas cherché à se faire des amis, si elle n'avait pas fugué, ces gens-là seraient vivants, vous comprenez ça ? Vous voyez où ça nous mène ? C'est encore elle qui va payer pour sa maudite mère ! C'est encore Jocelyne qui va endurer. Trouvez-vous ça acceptable après tout ce qu'elle a traversé ? Comment voulez-vous qu'elle s'en sorte ? Comment on fait pour se dire que c'est pas de notre faute ? Lucien est même plus là pour m'aider à lui expliquer ça ! Je suis toute seule avec Josse pour me battre. C'est épouvantable ce qu'on va y faire encore ! Marité est morte, on peut plus rien changer. Sa mort devrait libérer Jocelyne et regardez ce que vous pensez faire ! Lui empiler huit meurtres épouvantables sur le dos ! Envoye ! Paye ! Paye pour ta mère !... Excusez-moi ! »

Elle se lève et quitte la pièce précipitamment, en larmes.

Le silence qu'elle a laissé derrière elle ne s'est pas encore brisé quand elle revient en se mouchant. Personne n'a seulement bougé.

Vicky soupire, désolée : « Elle sait pour l'incendie, les Simard…

— … Ah oui ? Et comment elle a pris ça ?

— Mal.

— Contrairement à sa mère, Jocelyne est sensible et vulnérable. Demandez à Gus comment Lucien et lui ont tout fait pour que jamais Jocelyne ne se doute des meurtres des hommes qui sont allés trop loin avec elle. Demandez-lui ! Pensez-vous que c'était facile de rassembler toutes ces preuves-là sans jamais l'interroger, sans jamais lui faire avoir le moindre soupçon ? Gus ! Dis quelque chose !

— Ben... Au moins, le premier meurtre, la Française, ça a rien à voir avec Jocelyne. Elle était même pas née. »

Du coup, Patrice tique et se lève. Il tripote ses papiers et semble insensible à la discussion qui se poursuit. Alors qu'il avait toujours considéré les meurtres commis par Marité comme des preuves supplémentaires du premier meurtre, le doute l'assaille et il n'apprécie pas du tout. La voix de Jeannine le distrait de sa déception : « Si elle n'avait pas été sur le point d'accoucher, si elle n'avait pas avant tout voulu sauver sa vie avec son bébé qui s'en venait, jamais Marité n'aurait achevé son amie. Parce que laissez-moi vous dire que pour donner des coups de couteau dans le ventre d'une femme quand on est enceinte de huit mois, ça prend de la détermination !

— Ça vous semble impossible ?

— Ça me semble aussi fou qu'elle ! Ça me semble dément. Il faut que son amie ait été pas mal immobile, parce qu'avec son gros ventre, Marité pouvait pas la tenir en même temps. Remarquez que je me réfère à ce que je connais : moi, j'ai toujours eu une grosse bedaine à partir de six mois. Jocelyne est restée plutôt mince pour Lucien. Et Josse était comme moi : énorme. Alors, c'est moins fou si Marité était pas plus grosse que Jocelyne... ce qui a du bon sens puisque c'est sa fille.

— Il n'empêche que vous avez raison : tout colle à part le meurtre d'Isabelle.

— Ben là, Patrice, vous allez pas tout remettre en question à cause d'une bedaine ! Le rapport d'autopsie est formel : Isabelle était déjà très abîmée, au bout de son sang... »

Jeannine lève une main pour l'arrêter : « Non. Excusez-moi, mais c'est trop pour moi. Je ne veux pas entendre ça.

Je vais vous laisser. De toute façon, faut que j'organise mon départ pour les Îles. Pas question que Josse annonce ça toute seule à Jocelyne. Avez-vous encore besoin de moi ? »

Désolés de l'avoir autant secouée, Patrice et Vicky s'excusent et répètent à quel point ils voudraient être en mesure d'épargner Jocelyne/Justine.

Gus Marcotte leur propose de rester avec eux et de les conduire là où ils devront aller ensuite.

Vers dix-huit heures trente, une voiture de location est réservée et les attend. Ils en ont terminé avec les archives de Gustave et de Lucien. Dans les effets personnels de Marité que le policier a remis à Patrice, ils ne trouvent que les vêtements de Marité, ceux que Gus lui avait vu porter aux funérailles et au cimetière, et un bout de dessin ramolli, usé, plié — le dessin laissé par Lucien pour prouver le suicide de Justine. À l'intérieur, bien rangée dans un pli du papier, une barrette d'enfant, un papillon bleu. Vicky revoit encore le visage de Jocelyne quand elle lui a décrit cet objet.

Avant de quitter la maison, Vicky demande un instant pour aller parler à Jeannine. Elle la trouve dans le boudoir, assise près de la fenêtre qui offre une vue saisissante sur le fleuve.

Jeannine lève des yeux bien gonflés et rouges sur Vicky et elle lui indique le couchant : « C'est Le Bic, les îles du Bic. Quand Lucien s'assoyait ici et qu'il regardait par là, je savais que Jocelyne l'inquiétait.

— J'ai pensé à quelque chose qui pourrait faire du bien à Jocelyne : apportez-lui les dessins que Lucien avait gardés. Ça va la réconforter. Elle pensait qu'il ne les avait plus.

— Elle le connaissait mal, mon Lucien.

— Je voulais vous dire aussi… pour sa citoyenneté,

pour les papiers officiels quand la vérité sera connue, je pourrai vous aider à corriger les choses, faire les démarches nécessaires. Je veux dire, personnellement, pas la Sûreté. »

Vicky voit enfin un peu de soulagement éclairer le visage fatigué de Jeannine qui lui fait un signe d'assentiment. Elle va se retirer quand Jeannine lui demande si elle a des enfants. Devant sa réponse négative, Jeannine s'étonne : « J'aurais pourtant juré... Alors, vos parents devaient être du bon monde. Ma mère disait ça, du bon monde. C'était sa condition principale dans la vie : si c'est du bon monde, ça va. On choisit pas d'où on vient, on choisit pas son père ni sa mère... je suppose que les parents de Marité n'étaient pas du ben bon monde. C'est pas pour lui chercher des excuses, mais c'est moins facile de devenir quelqu'un de bien dans ce temps-là. Lucien... Il aimait nos enfants, y a pas de doute là-dessus, mais Justine, il l'a aimée encore plus. Parce qu'elle avait du rattrapage à faire. Parce que nos enfants avaient la chance d'être élevés par du bon monde. Je pensais jamais qu'en mourant, Lucien me transmettrait autant son souci pour Jocelyne.

— Elle est forte, faites-lui confiance. Elle a résisté à tout le reste...

— Ben oui... mais qu'est-ce qui nous dit que ce sera pas la goutte qui fera déborder le vase ? »

Vicky sourit : « Lucien. C'est Lucien qui nous le dit. L'ancien et le jeune. »

Jeannine lève la main pour cacher sa bouche qui tremble ; elle suffoque plus qu'elle ne dit son merci. Vicky la laisse pleurer en paix.

9

Convaincue que Patrice va s'endormir rapidement, Vicky prend le volant. Ils arrivent à hauteur de Rivière-du-Loup et Patrice, loin de s'assoupir, n'arrête pas de parler. Il s'est re-re-re-justifié de tous ses actes qui pourraient laisser craindre la moindre apparence de parti pris, il a analysé en profondeur les derniers instants de Marité et il vient de s'attaquer à madame Belin avec une hargne de bouledogue enragé. Vicky n'a jamais compris en quoi cette pauvre femme excitait tant l'hostilité de Patrice, mais elle aspire à un peu de calme et elle le dit.

Vexé, Patrice se renfrogne et garde obstinément les yeux fixés sur le paysage dans un silence maintenant très lourd. Tout ce dont Vicky avait besoin ! « Patrice, arrêtez de faire la baboune et mettez un disque de qui vous voulez !

— Baboune ?

— Oui, c'est l'équivalent de faire la gueule, en québécois.

— Joli… Beaucoup mieux que faire la gueule ou la tronche… Dites, je peux quand même revenir sur une chose ? Une pitoune, c'est bien une pute ? Il y a Gus qui disait ça.

— Non, une pitoune, c'est… C'est quoi, le contexte, je ne me souviens pas ?

— Lucien faisait mine d'avoir perdu sa pitoune…

— Une fille jolie, attirante… Tiens, je dirais une pépée, une petite pépée.

— Ringard.

— Mais vous voyez ce que ça veut dire ? Pas putain, pas jusque-là, sauf si c'est péjoratif. Mais attirante, une jolie fille sexy.

— D'ac. »

Le silence s'installe. Après quelques kilomètres, Patrice murmure : « Et quand il dit qu'il a "brassé" Marité ?...

— Secoué… fort. Malmené.

— J'y étais presque.

— Presque, oui. Vous en avez pas mal, de même ?

— Traduction libre : vous en avez des masses dans ce goût-là ?

— Patrice, essayez pas de faire celui qui comprend pas. Votre oreille s'est beaucoup améliorée à la longue.

— Je l'ai bouclé, pardi ! Ce que vous pouvez être susceptible avec ce truc d'accent !

— Bon, bon, bon ! Si vous voulez arriver à Montréal et écœurer madame Belin demain matin, taisez-vous ! Écœurer dans le sens de faire chier.

— Oui, bon, ça va, j'avais saisi. »

Il glisse un CD dans le lecteur : Bartoli et Mozart.

Ils se taisent, enfin sur la même longueur d'onde.

Il est passé minuit quand Vicky le dépose à son hôtel.

À une heure du matin, elle est enfin dans les bras de son homme endormi qui n'exprime sa joie de la revoir que par un « T'as les pieds froids ! » des plus exubérant.

* * *

Madame Belin ne décolère pas. Depuis qu'elle est assise dans la salle de conférences, elle réclame à cor et à cri qu'on la traite avec des égards et non en criminelle.

Vicky aurait tendance à être d'accord avec elle, mais elle ne dit rien et se contente d'être témoin des questions posées par Patrice. Ou plutôt des accusations.

« Vous nous avez menti, madame, et vous avez fait obstruction à la justice. »

Belin lève une main un peu théâtrale et la pose sur son opulente poitrine en s'exclamant avec assez d'affectation pour sonner faux : « Moi ? »

Vicky constate que la dame a eu le temps de composer ses réactions et que Patrice n'est pas dupe. Il fixe Belin avec une sévérité qui met en miettes la belle assurance de la pauvre dame qui se rétracte et se confond en excuses.

Patrice s'assoit et pose ses questions sèchement : « Vous saviez où était Marité Ferran ?

— Pas depuis deux ans. Je l'ai perdue de vue... Comment vouliez-vous que je lui refuse quoi que ce soit après tous les malheurs qui lui étaient arrivés ? Vous l'avez vue ? Vous avez vu son état ? Vous savez bien que...

— Non, madame, nous ne procéderons pas comme vous l'entendez, mais bien comme je l'entends. Les questions, j'en fais mon affaire. Maintenant, vous me racontez tout ce que vous savez. Et gare à vous si vous essayez de camoufler le moindre fait. La vérité n'est pas une approche à géométrie variable.

— Je n'ai pas menti, j'ai omis de vous dire certaines choses, nuance ! Je tiens à le spécifier, parce que j'ai une réputation à sauvegarder. Je suis une honnête femme, moi, monsieur. Peut-être ai-je été victime de ma propre générosité, allez savoir. Parce que c'était une pitié à fendre le cœur, ce qui était arrivé à Marité. Une pitié ! Elle avait tout perdu. Tout. Quand elle m'a appelée, en octobre 1988, c'était pour me demander d'aller l'attendre au poste douanier de Saint-Pierre afin de me porter garante à l'endroit des autorités. Elle n'avait plus rien, la pauvre. Plus un rond, plus de biens, plus de papiers, rien. Et plus de santé non plus. Vous auriez eu le cœur de lui refuser quelque chose, vous pensez ? Alors, c'est que le vôtre est bien sec. Croyez-moi, monsieur, la femme que j'ai vue en 1988 n'avait plus rien à voir avec celle qui était partie il y avait de cela dix ou onze ans. On aurait dit une rescapée des camps. Je n'ai eu aucun mal à persuader les autorités qu'elle avait besoin d'aide. Soit elle pleurait, soit elle gueulait. La dernière fugue de sa fille l'avait transformée en harpie paranoïaque et elle voyait le mal partout. Et ce qu'elle était mal fichue physiquement, je ne vous dis pas ! J'ai donc procédé afin de lui permettre de rentrer au pays et ensuite, direction hosto. Elle y est demeurée un mois ou presque et ensuite, elle a disparu. Sans prendre la peine de me remercier ou de m'en aviser, est-ce utile de le préciser ?

— Et ensuite ? Ne me dites pas qu'elle ne vous a jamais contactée ?

— Contactée, ça oui ! Et pour quémander encore, quoi d'autre ? Il y a des gens comme ça qui ne savent qu'être débiteurs. Et d'autres qui ne savent rien refuser… Enfin ! Revenons à ce qui vous intéresse. Mon idée était faite en ce qui concerne Marité : sa fille l'avait achevée. Elle l'avait non seulement volée, exploitée, menacée, mais elle la poursuivait encore. Et pour quoi, je vous demande un peu ? Pour la buter ! Tuer sa propre mère, vous vous rendez compte ? Et Marité qui cherchait encore à l'excuser, à la justifier, malgré la trouille qu'elle en avait. Marité était à l'île de Miquelon quand elle m'a téléphoné. Cette fois, je ne me suis pas déplacée : j'ai l'âge que j'ai et je n'ai pas que ça à faire. J'ai joué de mes contacts et j'ai facilité son admission dans une maison de repos pour personnes dérangées… mentalement dérangées. Bon, ce n'était pas luxueux, j'en conviens, mais du moins était-elle en sécurité. Et moi, j'avais l'esprit tranquille. La pauvre était tellement confuse qu'on s'y perdait à l'écouter. Un jour, elle réclamait sa fille, le lendemain, elle tremblait de peur de la voir surgir… faudrait savoir ! Elle était fêlée, ça, y a pas ! Elle n'est jamais redevenue la Marité que j'ai connue et appréciée. Et je ne l'ai pas revue, tout à fait comme je vous ai dit. Là-dessus, je ne vous ai pas menti. Elle est demeurée à cet endroit et une fois par mois, je l'appelais histoire de m'informer, discuter un peu. Et voilà ! Ça a duré. Et qu'est-ce qu'on m'offre en guise de récompense ? Ceci ! On me traite en repris de justice alors que j'ai simplement tenté de venir en aide à une demi-folle poursuivie par sa fille ! Et on se demande pourquoi le monde tourne si mal ! Vous ne pourriez pas orienter vos recherches du côté de cette fille que je considère tout de même dangereuse ? Si ça se trouve, elle a remis la main sur sa mère et allez savoir ce qu'elle lui a encore fait subir ! C'est scandaleux de laisser de telles choses se produire !

— Par exemple ?

— Par exemple, l'abrutir de coups, la forcer à voler, à tromper les gens. L'humilier constamment, lui piquer le peu qu'elle a : cherchez, vous n'allez pas être déçu ! Cette fille, c'est de la graine de violence, qu'on ne me dise pas le contraire. Sa mère n'était pas une sainte, j'en conviens, mais de là à vouloir la tuer ! Et que ceci soit bien clair : Marité avait cessé ses activités peu recommandables et c'est cette fille, cette enfant qui l'a renvoyée à la rue. Parce que Marité ne lui a jamais rien refusé, parce qu'elle l'a élevée comme une princesse à qui tout est dû, cette petite frappe l'a ramenée à la case départ, là où Ferran l'avait conduite. Alors qu'à entendre Marité, cette petite devait être son salut ! Tout un salut, je vous prie de me croire ! C'est à se demander si Ferran n'était pas véritablement son père. Marité serait furax de m'entendre, mais je crois qu'il est plus que temps de dénoncer les abus dont elle a été victime. Et ce, même s'ils sont le fait de sa fille si précieuse. Il y a tout de même des limites à ce qu'une pauvre femme peut endurer. Justine Ferran devrait s'expliquer de ses actes ici même. Au lieu de quoi, vous perdez du temps à m'embêter. Enfin !... ce que j'en dis ! »

Elle prend un petit air courroucé qui n'impressionne pas beaucoup Patrice. « Et Lucien Dupuis ? Vous avez également oublié de nous en parler… »

Le regard qu'elle lui jette est un peu méprisant : « Quoi ? Un pauvre type qui s'est fait entuber par Justine et qui n'a cessé de lui courir après en venant chialer auprès de Marité ! Qu'est-ce qu'il y aurait à en dire, je vous demande un peu ? Marité en a fait sa seconde obsession après sa fille… et alors ? Faut croire qu'elle était accro à l'obsession, parce que je n'ai jamais saisi ce qu'il pouvait avoir de si fascinant. Mais, encore une fois, pour Marité, pour sa tranquillité d'esprit, j'ai bien voulu surveiller dans les quotidiens de la région si on évoquait une Justine Ferran. Inouï tout ce qu'on peut faire avec ce machin de l'Internet. Personnellement, quand je m'y suis mise…

— Attendez un peu : vous cherchiez Justine Ferran dans les journaux ?

— Ça vous étonne ? C'est pourtant simple… Vous vous rendez dans la case pour taper le nom et l'endroit où…

— Non ! Attendez : Marité vous a demandé de chercher Ferran ? Pas Ferland ?

— Et pourquoi m'aurait-elle demandé une chose pareille ? Non, c'était Ferran et, pour une fois, c'était sensé. Et j'ai encore une ouïe excellente. Dès que j'ai eu la mauvaise idée de me vanter de ma débrouillardise avec l'électronique, Marité n'a eu de cesse que je l'aide à situer sa fille. Pour l'apaiser, pour qu'elle arrête de trembler à l'idée de la voir surgir pour la violenter, j'en ai fait un geste coutumier. Dès que j'ouvrais mon truc, j'allais vérifier la chose dans les quotidiens de la région de Rimouski. C'était l'affaire de deux minutes et c'était sans contredit ce qui marchait le mieux avec Marité. Sans compter qu'avec Internet, nous disposions enfin d'un sujet de conversation. Parce que ce n'était pas jojo, ces longs monologues avec Marité. Qu'est-ce qu'elle disjonctait, la pauvre ! Elle n'était pas de tout repos, j'aurais bien aimé vous y voir !

— Depuis quand disposiez-vous d'Internet approximativement ?

— Très exactement depuis 1995. Ça vous épate, n'est-ce pas ? C'est un des jeunes de Saint-Pierre, un des miens qui m'a initiée. Quand j'ai compris qu'il m'était possible de suivre mes bébés à travers le monde entier… Ce bidule m'a littéralement rendu la vie : je peux chatter avec l'Australie, la Chine et tout ça sans qu'il m'en coûte un sou. Génial ! »

Vicky l'interrompt avant de bénéficier d'un *pitch* publicitaire de trois heures : « Et Lucien Dupuis ?

— Oui ? Quoi ?

— C'est vous qui avez informé Marité de sa mort ?

— Il est mort ? Ah bon ! Du tout. Je n'en savais rien.

— Mais vous venez de dire que vous le cherchiez dans les quotidiens !

— Ma pauvre, c'était il y a longtemps. Vers la fin, il n'y avait que Justine qui comptait pour Marité. Personne d'autre. Ça ne vous étonnera qu'à moitié si vous la connaissez un tant soit peu.

— Et quand vous dites "vers la fin", vous voulez dire ?...

— Quand elle s'est tirée... en prétextant que j'y étais pour quelque chose ! Que c'était à ma demande expresse qu'elle quittait la maison de repos. Parce qu'à mon âge, avec ma santé déclinante, on devait m'assister. Je vous demande un peu ! C'est plutôt elle qui avait besoin d'assistance. Et vous croyez qu'elle m'a mise dans le coup ? Je t'en fous ! Elle a déguerpi et quand je me suis manifestée, j'ai eu l'air de ce que j'étais : une idiote qui s'est fait avoir. Et pour ajouter à l'insulte, voilà que vous débarquez avec vos gros sabots et m'humiliez devant mes compagnons de voyage ! »

Avant qu'elle ne reparte sur l'air des reproches, Patrice ramène madame Belin à des préoccupations plus intéressantes à ses yeux. Mais il ne peut rien tirer des réponses de la dame, si ce n'est que Marité, même affaiblie et diminuée, avait encore assez de présence d'esprit pour attendre son heure dans son coin.

Patrice en est aux excuses quand Vicky l'interrompt : « Avant de vous laisser partir, madame, je voudrais vous demander votre avis parce que vous avez une profonde connaissance de la nature humaine. Si Marité avait commis une erreur, si elle avait contribué de façon involontaire à la mort d'une accouchée... Qu'aurait-elle fait, selon vous ? Si elle avait eu la possibilité de fuir sans être accusée de quoi que ce soit...

— Non ! Elle aurait dû s'expliquer sur ce qui est arrivé. Appeler à l'aide, se rendre à l'hôpital, est-ce que je sais. Mais fuir ? Certainement pas ! Je ne lui ai jamais enseigné rien de tel ! La procédure…

— Non, nous le savons, ce ne serait pas le fait de votre enseignement. Mais plus jeune, un peu nerveuse, affolée même… Ça vous surprendrait de la part de Marité ? »

Madame Belin réfléchit sérieusement. Quand il est question de son métier, elle devient nettement plus concentrée. « Alors là, je vous répondrais oui. Je serais très étonnée d'apprendre une chose pareille. Marité possédait un don de sage-femme, et un calme sans lequel ça ne peut pas être possible… Paniquer et fuir ? Il s'agirait de la petite Dumoulin, je tomberais d'accord. Mais Marité… non ! Ou alors, ça s'est très mal passé. Très, très mal passé… »

Elle reste songeuse et Vicky voit bien qu'une telle éventualité ne cadre pas du tout dans l'esprit de Belin.

« Mais pourquoi me demander une chose pareille ? Avez-vous des raisons de penser qu'elle a pu agir de la sorte ? »

Et revoilà madame Belin dans toute sa splendeur cancanière. Patrice s'empresse d'appeler un agent et de discuter d'un transport pour la reconduire à l'aéroport afin qu'elle attrape le vol suivant.

Vicky en profite pour poser encore une question : « Entre nous, est-ce qu'il y a autre chose que vous auriez oublié de nous dire, madame ? Vous aviez l'air un peu soulagée tantôt, comme si nous n'avions pas posé la question que vous redoutiez… »

Touché ! L'œil fuyant, madame Belin tripote la ganse de son sac à main comme si la formule magique de sa sortie y était inscrite en braille. « Je ne vois pas, non…

— Vous savez, même un détail pourrait nous aider… Je suis certaine que vous n'avez pas pensé mal faire… Vous avez toujours fait preuve de tant de générosité à l'égard de Marité.

— Je suis heureuse de vous l'entendre dire.

— Et on ne peut vraiment pas dire que Marité se soit montrée consciente de tout ce que vous avez fait.

— Mon dieu, non ! Loin s'en faut !… Dites-moi, avant de partir, pourriez-vous m'indiquer les W.-C. ?

— Je vous accompagne. »

Patrice raccroche alors qu'elles sortent.

« On en a pour une minute, Patrice ! »

* * *

« Elle s'est fait avoir, la vioque. Zéro. On n'a rien. Le bide complet. »

Patrice s'assoit, complètement vanné et découragé.

Vicky n'attendait que cela : « Vous savez, Patrice, quand les filles vont aux toilettes ensemble, c'est souvent pour se dire des secrets. Et j'en ai appris tout un tantôt : Marité n'a pas accouché à Saint-Pierre ni à Miquelon. Sa fille est née au Québec. J'avais toujours trouvé étrange que Marité se prive des services de la meilleure sage-femme du pays, de celle qui l'a formée en plus !

— Vous voilà bien avancée !

— Vous ne trouvez pas cela primordial ?

— Non. Je trouve cela très français. Le genre de petite combine qui frise l'irrégularité, mais rien de bien méchant, somme toute. Votre conscience s'excite pour bien peu.

— Ah bon… Et où a-t-elle accouché ?

— Qu'est-ce qu'on s'en tape ! Montréal, Québec, Rimouski, Terre-Neuve, faites votre choix !

— Terre-Neuve n'est pas au Québec.

— Y a Brisson qui nous a convoqués, ça vous ennuierait de causer stratégie ?

— Oui, ça m'ennuierait beaucoup. Je vous propose un *deal* : j'écris la fin du rapport et vous vous tapez Brisson.

— Vous rigolez ? Je suis pas pédé ! »

Elle lève les yeux au ciel : Patrice adore ce genre de jeu et ce matin, Vicky a le sens de l'humour à marée basse. Elle saisit les dossiers volumineux : « Merci Patrice. Et si vous me tenez la porte, ça va être merci beaucoup, Patrice ! »

* * *

Ce n'est pas le fait d'écrire un long rapport détaillé qui irrite Vicky, c'est de devoir le conclure aussi pauvrement. Bien sûr, elle propose des hypothèses plausibles, des résultats raisonnables si elle tient compte de la difficulté d'obtenir des certitudes trente-cinq ans après un crime, mais c'est quand même une des frustrations de son métier avec laquelle elle a le plus de mal.

Elle devine que Brisson, privé de la possibilité de plastronner devant un parterre de journalistes, aura la critique acerbe.

Elle avançait avec une bonne concentration quand elle reçoit le courriel de Jocelyne/Justine. Curieuse, elle ouvre le document audiovisuel et regarde le témoignage. À part une certaine tristesse — qu'elle peut autant attribuer au sujet du discours qu'à la mort de sa mère —, rien ne transparaît des réactions de Jocelyne à la nouvelle. Vicky écoute le témoignage jusqu'à la fin et elle effectue une copie qu'elle joint à son rapport.

Elle revient à sa rédaction, mais son esprit a du mal à se fixer. Fatiguée par tous les déplacements des derniers jours, découragée aussi, Vicky s'éloigne de l'écran et se poste près de la fenêtre. La journée est splendide. Elle revoit la mer des Îles et la beauté abrupte du paysage. Elle revoit Jocelyne chez elle, dans son salon d'où on voit l'étendue bleue. La tristesse intense de cette fille était beaucoup plus perceptible quand elle a su pour la mort non accidentelle des enfants que pour celle de sa mère.

Vicky hausse les épaules : qui pourrait lui en vouloir de se sentir soulagée ou même allégée par cette mort ? Rien d'anormal là-dedans.

Quand elle ressent ce vague à l'âme, Vicky essaie toujours de se secouer : c'est un effet « fin d'enquête » qu'elle n'a jamais su gérer convenablement. Elle se promet de demander à Patrice s'il éprouve les mêmes difficultés. La réponse sera sans doute intéressante.

Elle se rassoit et se remet au travail. Elle cherche péniblement ses mots. Elle n'est pas bien. Toujours cette agaçante impression de rater quelque chose, de gaffer.

Elle refait jouer le témoignage de Jocelyne… et se surprend à rêver plutôt qu'à écouter attentivement. Elle se passe la réflexion que ce genre d'enregistrement, quoique pratique, n'est pas flatteur. Un éclairage dur, une caméra fixe : tout pour souligner les cernes et les creux. Dans ce contexte, Jocelyne est pas mal moins jolie qu'en vrai. Voilà sans doute la seule occasion où Jocelyne/Justine ressemble un tout petit peu à sa mère. Même là, Vicky se taxe de méchanceté pure. Ce n'est certainement pas à la vieille femme anguleuse aperçue sur les photos de la police que Jocelyne ressemble. C'est à quelqu'un d'autre. Vicky plisse les yeux… Jeannine ? Non. Josse, peut-être, à force de la fréquenter, par assimilation de sororité ? Vicky réduit le son à zéro et regarde encore, fascinée.

C'est l'impression de tristesse tenace qui lui rappelle quelque chose. Ce ne sont ni les traits ni la voix. C'est une ambiance, une vague sensation de déjà-vu… qui n'est pas liée à Jocelyne elle-même, mais à son côté abattu. Vicky se demande dans quel film elle a vu récemment quelque chose de similaire, ce climat de tristesse si particulier, si prenant. Elle n'y arrive pas du tout. Il faudra qu'elle demande à Martin.

Elle est ravie d'être dérangée par le téléphone. Elle fait un arrêt sur image et saisit l'appareil sans même vérifier de qui il s'agit.

Sa mère commence toujours ses communications par la même phrase : « Je veux pas te déranger, ma petite fille… » Vicky la laisse aller en se remémorant les paroles de Jeannine : elle a été élevée par du bon monde. À cette idée, elle est submergée par une bouffée de gratitude envers cette mère qu'elle a tant critiquée et aimée. En s'entendant lui demander : « Maman, est-ce que je t'ai déjà dit que tu étais vraiment une femme bien ? », Vicky se passe la remarque que cette enquête est en train de la perturber gravement. Le silence au bout de la ligne confirme cette impression. Et la réponse de sa mère est on ne peut plus éloquente : « Qu'est-ce qui se passe encore ? Tu t'es chicanée avec Martin ? Y est tellement fin, je te comprends pas… »

Du coup, Vicky reprend pied et éclate de rire : « Allô le rapport ! On dirait bien que je te complimente pas souvent. »

Sa mère ne comprend rien à ces états d'âme. Tout ce qu'elle veut, c'est organiser une fête de famille pour les cinquante ans de sa grande fille, et tout ce qui l'intéresse, c'est fixer une date.

Vicky souffle dans ses joues et éloigne l'appareil — cet anniversaire commence à la tanner sérieusement.

Qu'est-ce qu'elle donnerait pour partir très, très loin ! « Je te rappelle, maman, il faut que je parle à Martin avant d'organiser quoi que ce soit.

— Je lui ai déjà parlé, tu penses bien. C'est lui qui a suggéré d'oublier la surprise. »

Merci Martin ! Vicky commence à croire qu'ils pourraient vraiment envisager de partir pour célébrer « à deux » les treize ans qui les séparent. Elle expédie le problème et raccroche en vitesse.

Sur l'écran, Jocelyne a les yeux baissés, comme si elle avait regardé ses mains un instant. Ça y est ! Voilà la ressemblance : Vicky se dit que c'est à cause de la photo de la morgue, prise comme si Marité avait fait le même mouvement. Elle sort la photo, compare. Pas du tout, elle est dans le champ comme c'est pas possible. Aucun rapport entre ces deux images. Elle appuie sur la touche de remise en marche et Jocelyne relève les yeux et plonge leur bleu profond dans les siens. Vicky la fixe sans arriver à mettre le doigt sur la cause de son malaise. À la fin, elle éteint l'ordinateur en murmurant : « Ça va faire, l'obsédée ! Lâche un peu… »

Elle prend sa veste et se promet de manger son sandwich dehors, au soleil, et sans penser à rien.

Patrice occupe sa « place réservée », comme il appelle son espace fumeur. Il assure Vicky que Brisson est sur la voie royale du succès. Malgré des apparences trompeuses, leur mission sera un modèle de réussite.

Vicky n'en croit pas ses oreilles : « Il achète ça ? Brisson ? Dites-moi ce que je dois rajouter à mon rapport.

— Il achète, comme vous dites. C'est très simple, faites vous-même le calcul : vous divisez par huit la somme totale investie et le ratio coût/élucidation devient vachement compétitif. »

Vicky hoche la tête, découragée, et elle s'éloigne.

« Hé ! Vous allez où, comme ça ?

— M'acheter une sandwich.

— Un sandwich, vous voulez dire ? »

Elle l'aurait juré ! Elle l'a fait exprès, certaine qu'il la reprendrait. Patrice se méprend sur la cause du sourire : « Je vous accompagne ?

— Vous avez pas Brisson dans les pattes, vous ?

— Une petite pause nous fera le plus grand bien à tous les deux. Venez, on va se payer une gentille sandwich.

— Gentille, oui ! Avant que vous compreniez quelque chose dans notre langue, vous…

— M'en fous ! »

Il est vraiment de très bonne humeur ! Tout à coup, Vicky comprend qu'il a probablement de bonnes nouvelles à lui transmettre concernant Jocelyne : « Vous avez écouté votre message de Jocelyne ?

— Personnel, Vicky. C'était un message strictement et hautement personnel.

— Est-ce que je dois vous rappeler qu'il s'agit d'un témoin principal ? J'ai reçu sa déposition aujourd'hui.

— Bien. Vous disposez donc de tout ce dont vous avez besoin.

— C'est pas vrai ? Vous me direz rien ?

— Cela n'a absolument rien à voir avec ce qui nous occupe, croyez-moi.

— Si je vous avais répondu une chose pareille, vous m'auriez dit : laissez-moi en juger, voulez-vous ?

— Qu'avez-vous aujourd'hui, Vicky ? Vous êtes de mauvais poil ?

— Non. Je suis moi. Je viens de passer dix jours avec

un Français pour rouvrir un dossier qui ne sera jamais fermé. C'est le genre de chose qui me rentre dedans.

— Ne vous laissez pas entamer pour si peu, allons ! Nous avons quand même épinglé quelqu'un. Elle est décédée, mais qu'y pouvons-nous ?

— On n'a pas de preuves ! On a un bon raisonnement, mais ça vaut rien, ça !

— Sans vouloir jouer les éteignoirs, Vicky, nous avons des preuves : Jocelyne est témoin pour le double meurtre des Simard et Gus Marcotte nous offre un témoignage accablant pour Louis-Georges et Roger. Les portefeuilles, les lunettes, voilà encore des preuves indéniables, des liens tangibles.

— Et Isabelle Deschamps ? Vous trouvez qu'on a ce qu'il faut pour persuader son père ?

— Il comprendra et, selon moi, il estimera que nous avons résolu l'affaire.

— Vous parlez comme si c'était Brisson ! C'est son père, Patrice, et s'il a accepté de considérer un seul instant que son propre fils ait pu tuer Isabelle, c'est parce qu'il a besoin d'une vraie réponse. Pas d'un peut-être-on-pense-que !

— Mais enfin ! Que voulez-vous y faire ? S'il y a quelque chose à entreprendre, dites-le-moi et j'en suis ! »

Vicky est tellement irritée de se montrer aussi émotive devant lui ! Elle se tait, butée. En effet : qu'est-ce qu'elle a à proposer ? Rien. Et c'est bien ce qui l'enrage.

« Alors quoi ? Vous me faites une baboune ? »

Bon, ça y est, il la fait rire ! Elle le menace du doigt : « Si ça n'a rien à voir avec l'affaire, vous me le direz quand j'irai vous reconduire à l'aéroport, O. K. ?

— Teigneuse ! Foutez-moi la paix ! Allez, au boulot ! »

* * *

Vicky doit s'y résoudre : le doute insidieux, l'arrière-goût d'amertume, l'agacement persistent tout l'après-midi.

Son rapport terminé, elle s'octroie une pause avant de le relire et de le soumettre à Patrice.

Dans la salle commune, elle prend son huitième café de la journée en se disant qu'elle aurait intérêt à adopter la tisane si elle veut arriver à dormir le soir.

Dans le corridor, des gens passent en discutant et elle capte une phrase au hasard : « … et faut pas que tu lâches les yeux, ça ment jamais, les yeux, tu comprends ?... » qui la ramène à madame Belin et à son mensonge. Vicky se demande ce que Patrice espérait tant de cet interrogatoire et pourquoi les entourloupettes de la dame lui semblent si insignifiantes. Quand même… Quand Marité a joué la victime de sa fille, la pauvre femme poursuivie, harcelée par sa tueuse de fille, ce devait être quelque chose ! Elle ne devait pas être si crédible, ou alors, c'était une actrice consommée. Un collègue du service voisin entre dans la pièce, la salue et se verse un café en parlant du temps superbe. Vicky hoche la tête en pensant à autre chose... Ce n'est pas un film qu'elle a vu, ce n'est pas à la télévision non plus, c'est la vidéo du père d'Isabelle qui avait exactement le même cadrage que le témoignage de Jocelyne. Voilà où elle a pris cette sensation de déjà-vu ! Même lumière crue, désagréable, même tristesse.

Vicky pose son café sur la table, elle sent un chatouillement au milieu du plexus, son rythme cardiaque accélère et ce n'est pas dû à la caféine. Quelque chose… quelque chose d'indéfini, de déraisonnable, quelque chose qui ne tient qu'à une vague impression fait surface, la dérange, exaspère son inquiétude. Et ce n'est pas l'échec ou la demi-réussite de l'enquête qui en est la cause. Il lui faut revoir ce témoignage. Tout de suite.

Elle se précipite chez Brisson, frappe un coup bref et entre en trombe. Brisson, Patrice et le grand patron relèvent la tête et un silence stupéfait ramène Vicky à la réalité. Le « Vicky ! Tu ne vois pas qu'on est occupés ? » de Brisson lui fait l'effet d'une douche froide. Elle perd pied, mais insiste : « Patrice ? Je peux vous parler ? Excusez-moi, Rémy…

— Non. Nous sommes au milieu d'une discussion importante. Laisse-nous travailler et, la prochaine fois, attends qu'on t'autorise à entrer pour le faire, O. K. ? »

Vicky sort sans demander son reste. Patrice en reste la bouche ouverte. Elle se demande s'il a placé le CD dans son attaché-case. C'est ridicule ! Pourquoi ne pas le lui avoir remis comme une pièce du dossier, un élément d'enquête ? Encore une chose privée, peut-être ? Encore ses secrets à la française ?

« Vicky ! Attendez ! » Patrice lui saisit le coude, lui fait faire volte-face et ses yeux inquiets la scrutent : « Quoi ? Qu'y a-t-il ? Dites-moi…

— Le témoignage de monsieur Deschamps, je peux le voir ? Tout de suite. »

Patrice fronce les sourcils, déçu. Il était certain qu'elle tenait quelque chose, qu'il y avait du nouveau. « Attendez-moi ici. »

Il retourne dans le bureau de Brisson, Vicky mesure l'importance qu'il lui accorde en agissant de la sorte. Ne pas obtempérer quand Rémy se prononce devant un supérieur, c'est loin d'être diplomatique ! Patrice revient, lui tend le CD : « Qu'est-ce qu'il y a de si urgent dans cette vidéo ? »

Vicky fait un signe impatient pour lui signifier qu'ils discuteront plus tard et Patrice retourne à sa réunion.

Le visage est tel qu'elle se souvenait : triste, creusé, et la lumière accuse chaque trait. Il y a autre chose et Vicky fixe Émilien Bonnefoi en cherchant fébrilement ce que c'est. Elle éjecte le CD, revient au témoignage de Jocelyne : dès que son image apparaît, Vicky est court-circuitée, ce qu'elle voit est impossible, mais elle le voit. Ce qu'elle saisit la projette dans une spirale de données contradictoires. Émilien et Jocelyne ne partagent pas que la même tristesse ou le même cadrage affligeant — le bleu des yeux, le bleu si profond, si rare, presque pervenche, est exactement le même !

Le souffle court, oppressée, Vicky pose ses deux mains à plat sur son bureau, comme pour freiner son esprit qui s'emballe. Si seulement elle parvenait à réfléchir calmement ! Si elle pouvait considérer les faits sans s'exciter, sans s'affoler. Comment n'ont-ils pas vu une telle évidence ? Vicky hoche la tête, incrédule. Est-ce une évidence ? Qu'est-ce que cette vérité, si c'en est une, signifie, entraîne, contredit ?

Vicky se lève, s'éloigne de l'écran et marche dans l'espace exigu en quête de concentration. Il faut qu'elle parle à Patrice, il faut que quelqu'un confirme ce qu'elle voit. Avant toute chose, il faut que quelqu'un certifie qu'elle n'est pas en train d'halluciner.

Elle brûle un CD avec le témoignage de Jocelyne et elle sort avec les deux disques pour courir au bureau de Mathieu. En la voyant entrer, il lève un visage souriant… qui se fige : « Qu'est-ce que t'as ? »

Vicky lui tend les deux CD : « Peux-tu faire une photo de chacun de ces visages et me les mettre côte à côte ?

— Oui. Là, là ?

— Oui, tout de suite. »

Elle a l'air si bouleversée que Mathieu procède sans ajouter un mot. Au bout de quelques minutes, les deux visages s'affichent sur l'écran. Pour Vicky, c'est criant. Elle inspire profondément et elle parle le plus calmement possible : « Tu vois quoi, Mat ?

— Un vieux monsieur très triste et une belle femme un peu triste.

— O. K. Rien d'autre ?

— Tu veux dire quoi ?

— Je veux que toi, tu parles. Pas moi. Dis-moi ce que toi, tu vois, Mat.

— Je vois rien… À part les yeux, je vois pas.

— Quoi, les yeux ?

— Ben… la couleur est pas loin d'être exactement la même… un bleu, genre Elizabeth Taylor. Mais ça, je suppose que ça t'aide pas. C'est trop évident. La bouche, le reste du visage… non, je vois pas.

— Mais les yeux se ressemblent ?

— T'auras pas besoin d'ADN pour ces deux-là si c'est ça ta question : y sont parents. »

Oh oui, elle en aura besoin ! Vicky fixe Mathieu avec incrédulité : « Je sais pas tout ce que ça veut dire, Mat, mais merci ! »

Elle se penche et l'embrasse sur les deux joues. Elle lui demande d'envoyer les deux images à son courriel et à celui de Patrice. Mathieu la trouve pas mal bizarre, mais Vicky est trop crispée pour discuter. Il la connaît, elle l'enverrait promener avec ses arguments. Il s'exécute, lui tend ensuite les CD. « C'est ton histoire des Îles, ça ?

— Oui. Connais-tu les lois de la génétique, Mat ?

— Demande à Poupe. Moi, je me trompe tout le temps. »

Elle se rue hors du bureau et va frapper chez Poupart qui, effectivement, en connaît un bout côté génétique.

* * *

Une heure plus tard, Vicky a étalé tous les éléments du dossier dans la salle de conférences où Patrice arrive, les cheveux défaits et l'air excédé. « Qu'est-ce qu'on s'éclate avec ce type ! Un bonheur de tous les instants. Vicky, qu'est-ce que c'est que ce foutoir ? Quoi ? Qu'avez-vous ? »

Vicky se demande par où commencer, tellement son esprit a chauffé depuis une heure.

« Patrice, prenez votre ordinateur et regardez le courriel que Mathieu vous a envoyé, O. K. ?

— Écoutez, Vicky, les charades, j'adore, mais en ce moment…

— Patrice ! Fais-le ! Ici. Devant moi. Fais-le… J'en ai besoin. »

Le tutoiement ou le ton péremptoire provoque un changement radical. Patrice s'exécute… et reste sans voix. Il fixe l'image et Vicky peut presque voir son esprit s'emballer. Il prononce sur le souffle, très bas, un « putain ! » qui ne peut mieux confirmer l'impression de Vicky.

Elle suit ses pensées, elle le voit changer de vitesse, se demander comment une telle similarité a pu lui échapper. Elle le voit s'assombrir à l'idée que l'intimité partagée avec Jocelyne a fait obstacle à toute forme d'objectivité et elle l'arrête parce que l'heure n'est pas à la contrition : « J'ai eu le temps de réfléchir un peu, Patrice, je pense qu'on peut l'affirmer : Justine n'était pas la fille de Marité. J'ai rappelé la femme de Beaufort, Mylène, et elle m'a répété mot pour mot que Marité avait les yeux noirs comme du charbon. Selon Poupe, qui connaît le sujet comme sa poche, si cette femme aux yeux très foncés a accouché d'une fille aux yeux clairs, c'est qu'il y avait des yeux clairs du côté du père. Comme...

— Non, épargnez-moi le cours complet. C'est si net que c'en est choquant ! Comment ai-je pu louper cette ressemblance ? Inouï ! Alors, le bébé mort ? Le ventre lacéré ?... Aidez-moi à y voir clair : il y a eu un échange, c'est ça ? Marité a laissé son bébé mort-né à Isabelle et elle s'est emparée de la fille vivante ?

— Impossible, Patrice, j'ai vérifié et l'enfant mort était bien la fille d'Isabelle.

— Alors quoi ? Vous me faites languir ?

— Marité n'a jamais eu d'enfant.

— Vous dites ? Et d'où ça sort, cette info ?

— Le rapport de l'autopsie qui a été faite à Rimouski pour déterminer la cause de la mort de Marité. C'est écrit noir sur blanc : cette femme n'a jamais eu d'enfant.

— Mais enfin ! Si Isabelle a perdu le sien, il faut quand même... Attendez, deux ?

— Oui, des jumelles. Isabelle Deschamps a eu des jumelles. Une est morte et l'autre... c'est Justine. C'est tellement logique qu'on a l'air niaiseux de pas y avoir pensé. Isabelle accouche cinq semaines en avance : jumelles. Isabelle ne le sait pas parce que sa sage-femme a été renvoyée trop tôt et que Marité, qui avait l'intention de partager les enfants, ne le lui a jamais dit. Dans son esprit, elle en gardait une et laissait l'autre à Isabelle.

— Vous y croyez, au partage ?

— J'ai eu le temps de penser, Patrice, j'ai une longueur d'avance sur vous. Tout le numéro de Marité qui se prétend enceinte pour la centième fois et qui s'installe à Montréal pour ne pas perdre le bébé, ça s'appelle de la préméditation. Elle avait rencontré Isabelle et elle avait l'intention de prendre le bébé. Pour le reste, savoir si elle pensait tuer Isabelle, laissons-lui le bénéfice du doute. Marité trouve sa proie, elle trouve surtout la solution au problème central de sa vie : elle veut un enfant et elle ne peut pas en avoir. Son vœu, ses promesses…

— Du bidon !

— Non, pas du tout : de l'obsession ! On étudiera plus tard ses motifs, mais partons du principe suivant : sa vie entière tournait autour de cette obsession, avoir un enfant. La sage-femme stérile qui envie chaque mère qu'elle accouche. Souvenez-vous qu'elle était douée. Souvenez-vous de son enfance massacrée par l'inceste. Elle ne pourra se réparer qu'à travers un enfant, le sien. Ça finit par la rendre assez folle pour imaginer et planifier ce partage. Je pense même qu'elle a caché la présence de jumeaux à Isabelle en se disant qu'elle parviendrait à faire son affaire sans qu'elle le sache.

— Pas d'accord : accoucher de deux enfants au lieu d'un seul, c'est le genre de truc qu'on sent passer, si vous voyez.

— Je pensais à la possibilité de l'endormir… en tout cas, peu importe, son plan est de partir avec l'un des bébés et elle a tout planifié pour organiser son retour à Saint-Pierre, accompagnée de son enfant. Ça ne se passe pas du tout comme prévu : le premier ou le deuxième bébé est mort. Prenons le cas du premier bébé mort : Marité ne panique pas. Elle va littéralement chercher l'autre bébé. Elle a les instruments qu'il faut, les connaissances qu'il faut. Ensuite, une fois le deuxième bébé hors de danger, *son* bébé, elle arrange la chambre pour faire croire au tragique dénouement de la naissance d'un enfant mort-né et elle mutile le ventre d'Isabelle pour que personne ne puisse savoir qu'elle avait des jumelles et, peut-être, qu'elle a fait une césarienne pour sortir Justine intacte. De toute façon, il y avait deux cordons ombilicaux à faire disparaître. Elle a tout le temps qu'il faut pour nettoyer l'appartement de ses traces et elle s'en va avec son butin. Justine, qui deviendra son otage pour la vie. »

Patrice acquiesce en silence. Il revoit tout le déroulement de l'enquête à la lumière de ce point de départ et la théorie prend de la solidité. « Elle n'a pas tué accidentellement, Vicky, elle a tué en toute connaissance de cause. Parce que son but lui paraissait supérieur à tout le reste. Et Justine est devenue sa chose, sa vie, le prolongement pur de la femme avilie, dégradée qu'elle était. Et ce prolongement ne pouvait en aucun cas s'acoquiner avec qui que ce soit. Dès que la petite a fait montre du désir de s'affranchir, ne serait-ce que s'éloigner un tant soit peu, Marité a recommencé à tuer.

— Même les hommes à qui Marité faisait partager son admiration pour sa fille, s'ils voulaient plus, elle était prête à l'accorder comme si le corps de Justine était une extension du sien. Une extension parfaite. Elle ne les a tués que quand ils ont provoqué ce qu'elle n'arrivait pas à supporter, la fuite, l'éloignement de son trésor, de son double. Bizarre, quand même, d'accepter de prostituer sa fille quand on y tient autant.

— Qu'a-t-elle connu d'autre, vous croyez ? Selon elle, selon son expérience, un géniteur est un profiteur, un prédateur. Un enfant nous est profitable, il doit satisfaire nos besoins. Ce n'est pas à lui d'en avoir.

— Mais si Justine était son double en version pure, pourquoi la massacrer ?

— Parce que choisir les hommes, trier les candidats, autoriser même certains actes qui relevaient de la fascination, ce n'était que célébrer sa fille, partager une admiration. Pour Marité, rien de ce qu'elle permettait ne salissait sa fille. Au contraire, elle était déifiée, portée aux nues, et ces mecs qui bavaient à seulement la mater confirmaient Marité dans son délire : elle avait engendré une perfection. En revanche, s'ils la faisaient fuir, ça se gâtait. Là encore, ce n'était pas elle, la responsable de ces fugues, mais eux, ces enfoirés. Dans son esprit, sa fille ne la fuyait pas, elle fuyait les sales mecs incapables de s'en tenir au scénario prévu.

— Elle a oublié qu'elle n'était pas sa vraie mère, vous pensez ?

— Selon moi, elle ne l'a jamais compris. Elle l'avait gagnée de haute lutte, sa fille ! Rien ni personne ne pouvait s'interposer entre elles deux.

— Et Lucien ? Pensez-vous qu'il a réussi à lui faire croire au suicide de sa fille ? »

Patrice se lève et allume une cigarette. Vicky résiste à l'envie de lui en demander une comme Gus Marcotte l'avait fait. Patrice lui jette un regard moqueur : « Merci ! Ce qu'il y a de génial avec Lucien, c'est sa profonde compréhension des mécanismes de Marité. Il ne juge pas, il réfléchit toujours en fonction de ce qu'elle est, sans jamais laisser le moindre blâme distraire sa pensée, l'amoindrir. Un enquêteur de première, ce Lucien. Pour répondre à votre question, je ne sais pas s'il l'a convaincue, mais il l'a ébranlée. Et ébranler une toquée finie, c'est la faire basculer dans la psychose. Le dessin, cette barrette qui symbolisaient les deux crimes de Marité à l'égard de Justine, c'était vachement bien ciblé. Là encore, elle n'a jamais compris sa responsabilité, elle a eu confirmation de la menace que les autres représentaient pour sa fille. Les enfants qui voulaient la lui enlever, les hommes qui voulaient outrepasser les limites prescrites.

— Mais ils étaient morts ! Elle les avait tués !

— Et sa fille en se tuant se rangeait de leur côté à eux, elle lui faisait un terrible reproche en lui échappant par le biais de la noyade. Marité a dû recevoir cette réplique en pleine gueule et y voir une violence destinée à l'achever… voilà où elle a pris cette invention de sa fille qui la poursuit pour la tuer. Ce suicide, c'était pour l'achever, elle.

— Moi, je pense qu'elle a vu que sa fille n'était pas la sienne, quoi qu'elle ait fait pour la rendre sienne. Une sorte de choc : sa fille savait ce qu'elle avait fait et elle la jugeait sévèrement au lieu de voir son dévouement. Et en plus, elle la fuyait en se tuant, en lui enlevant toute possibilité de la récupérer ou de s'amender.

— Ça se tient tout autant… Croyez-vous que Marité a remis ça, qu'elle a recommencé à tuer par la suite ?

— Après le suicide ? Non… non. Son discours a changé, elle est devenue la poursuivie, la victime. Elle était la proie des tueurs et je pense qu'elle se croyait. Ça devait être sa façon de dire qu'on l'avait tuée, qu'on s'acharnait sur elle en faisant disparaître Justine. Dans son esprit, imaginez comme on devait lui en vouloir pour lui faire une chose pareille ! D'après moi, quand elle a compris que les effets sur la plage étaient vraiment les derniers signes de Justine, elle est morte dans sa tête, elle n'était plus là.

— Dans ce cas, pourquoi est-elle revenue à la mort de Lucien ?

— Oh ! J'ai oublié de vous dire : la maison de repos, l'hospice de Miquelon possédait un ordinateur et l'Internet depuis 2001. On peut demander à un spécialiste d'aller vérifier l'historique et de confirmer que Marité a poursuivi sa recherche sur Lucien par elle-même.

— À quoi bon ? Nous le savons. Je répète ma question : pourquoi se pointer à la mort de Lucien ?

— Je vais dire une chose insensée, Patrice : parce qu'elle a réécrit l'histoire pendant ces années à Miquelon et qu'elle a fini par faire une seule version dans laquelle elle est devenue l'héroïne. Dans sa version finale, Lucien, qui avait vraiment aimé sa fille, en devenait le père légitime. Elle lui rendait hommage, elle le consacrait bénéfique à sa fille en lui donnant le statut de père. Moi, je crois l'histoire qu'elle a racontée à Belin : Lucien, comme elle, avait aimé une enfant qui était devenue un monstre qui cherchait à les détruire. Bon, ça ne veut pas dire qu'elle n'était pas complètement folle, mais ça devait avoir un certain sens. Et ça a eu un gros avantage : en devenant la victime de sa fille, elle a cessé de tuer. C'était l'autre, la criminelle.

— Sans Justine, elle n'avait plus aucune raison de tuer.

— Sans Justine, elle n'avait plus aucune raison de vivre non plus. »

Un silence amical s'installe entre eux. Patrice éteint et vient s'asseoir face à Vicky. Il n'y a plus de bruit de pas, de porte qui se ferme ni de conversation pour les déranger. Il est plus de dix-huit heures, les bureaux sont vides.

Ils songent à tout ce qui leur reste à faire pour établir la thèse avec solidité et, en même temps, ils savent que les dés sont jetés et la partie jouée. Ils vont étoffer, justifier et consolider chaque aspect du dossier, mais ils sont arrivés au bout de l'enquête. Vicky le sait à cette sensation de vide dénuée d'angoisse qu'elle recherchait tant encore ce matin.

Patrice lui octroie son plus beau sourire : « Chapeau, Vicky ! Vous m'épatez ! »

Gênée, elle hausse les épaules : « On a fait un bon *team*… malgré les apparences !

— Alors là, pour ce qui est des apparences, nous avons donné le change… grave ! »

Vicky saisit une feuille sur laquelle elle inscrit les éléments dont ils doivent encore se soucier. L'hôpital de Rimouski où on a procédé à l'autopsie leur fera parvenir les prélèvements permettant d'obtenir l'ADN de Marité. Ils devront ensuite établir la filliation de Jocelyne avec Isabelle en comparant son ADN à celui de son père, Pierre Philippe Deschamps, ou à celui de son grand-père maternel, Émilien Bonnefoi.

La perspective de devoir révéler ces faits à Jocelyne/Justine et même à Jeannine et à Josse les laisse songeurs. Pas facile de prévoir l'effet d'une telle annonce. Jusqu'où Jocelyne éprouvera-t-elle du soulagement, jusqu'où ressentira-t-elle le syndrome de Stockholm, cette prise de position de la victime qui devient favorable au kidnappeur et cherche à le protéger, à le défendre même ?

Patrice n'arrive pas à se faire du souci parce qu'il songe à appeler Émilien au plus tôt pour lui annoncer la nouvelle. Pour Vicky, c'est non seulement prématuré, mais insensé. Tant que l'ADN de Marité n'a pas confirmé leur hypothèse, ils sont tenus au secret, que ça leur plaise ou non.

« Comprenez donc qu'il n'en a plus pour longtemps et qu'une révélation de cet ordre lui permettra de tenir le coup jusqu'au moment où il pourra enfin rencontrer Jocelyne et Lucien ! »

Vicky ne savait rien des ennuis de santé d'Émilien et Patrice avoue que l'idée d'exercer la moindre pression ou un quelconque chantage au cancer lui répugnait. Elle le reconnaît tellement dans cette pudeur qu'elle se demande comment il supportera l'émotion du vieil homme devant sa petite-fille et son arrière-petit-fils. Elle sourit : il n'est pas au bout de ses peines, le Patrice !

« Dites-moi, monsieur le commissaire, avez-vous une photo d'Isabelle Deschamps ? Je veux dire quand elle vivait, pas une photo de scène de crime. Nous n'en avons pas. Il n'y avait rien chez elle à Montréal, j'ai vérifié dans le dossier. »

Patrice se lève, fouille dans sa paperasse : « Émilien m'en avait laissé une, j'en suis convaincu... C'est quand même curieux que vous n'ayez rien trouvé chez Isabelle. Vous pensez que Marité a fait main basse sur ces clichés avant de déguerpir, une fois le meurtre perpétré ?

— Peut-être… Ou alors, Isabelle a fait un grand ménage en se retrouvant seule à Montréal et elle a jeté toutes les photos elle-même. Peu importe, j'aimerais bien voir si la mère et la fille se ressemblaient.

— Aussi bien dire que vous cherchez à m'humilier totalement.

— Patrice, franchement !

— Je crains que vous n'en soyez quitte pour attendre… Je ne la trouve pas. Je l'ai sans doute laissée à Paris. M'étonne quand même… »

Vicky indique l'ordinateur : « Là-dedans ? »

Patrice grimace : « Teigneuse ! »

Il tape et regarde le contenu des dossiers qui s'affichent en hochant la tête négativement.

Vicky attend patiemment. Patrice sursaute et recule légèrement, choqué : « Quel con ! Non, mais quel con… »

Vicky se lève et se penche au-dessus de son épaule : elle a seize ans, elle s'incline vers son père et son visage est tout près du sien. Lui est plutôt placide, raide, elle est rieuse et a porté ses mains à ses oreilles comme si elle refusait d'en entendre davantage. Ses yeux ont cette nuance presque violette qu'elle tient visiblement de son père et qu'elle a transmise à sa fille. Isabelle a les mêmes traits que sa fille, sauf que chez Jocelyne/Justine, ils ont gagné en affirmation, en détermination. À croire que la mère s'est effacée pour céder son énergie à l'enfant qui, elle, l'a multipliée.

Patrice est stupéfait. Il fixe l'image et murmure : « Quel con ! Comment ai-je pu tant m'approcher et voir si peu ? »

La main de Vicky sur son épaule exerce une pression consolante : « Ce qu'on voit dépend tellement de ce qu'on cherche, Patrice, vous deviez avoir la tête ailleurs… et c'est tant mieux pour elle. Ce n'était pas de l'enquête, c'était privé.

— Ne m'offrez pas d'excuses, Vicky, vous aggravez mon cas ! J'ai agi comme un con, vous étiez la première à le dire. Et vous aviez raison.

— Bon ! Ça vous a fait du bien ? Allez-vous vous flageller encore longtemps ? Regardez Isabelle et venez me dire qu'elle a l'énergie et la vitalité de sa fille ! Avouez que Jocelyne est la plus séduisante des deux, et de loin. Ça compte plus qu'on pense, ce qui se dégage d'une personne. Vous savez comment j'ai allumé, Patrice ? Pas avec la couleur des yeux, mais avec la tristesse. C'est la tristesse qui était si semblable qui m'achalait… Depuis combien de temps vous aviez pas regardé cette photo ?

— Mais c'est qu'elle y tient ! Est-ce que je sais, moi ?... Deux… trois ans, peut-être davantage.

— Bon ! Ben, c'est normal ! Elle le décoiffe d'une main ferme. Votre tête est ben obligée de faire de la place pour continuer à travailler. Vous pouvez pas tout retenir, Patrice. »

Patrice passe une main dans ses cheveux : « C'est quand même trop con !

— Ça vous donne de la perspective pour madame Belin ! Vous allez être plus indulgent avec elle, je le sens. Bon, c'est assez ! On fera le reste demain, Patrice. Allez-vous survivre ? Parce que moi, faut que j'y aille : j'ai un homme qui m'attend à la maison.

— Allez, et ne vous en faites pas pour mon cas ! Allez célébrer votre victoire avec votre homme, comme vous dites, vous l'avez largement mérité.

— *Notre* victoire, Patrice !

— À d'autres ! Allez ! Ne traînez pas. »

Mais plus il la pousse, plus elle se sent mal de l'abandonner à son sort. Elle l'invite à se joindre à eux au moins pour un verre... et Patrice n'arrive pas à refuser avec suffisamment de véhémence pour qu'elle le croie occupé ailleurs comme il le prétend mollement.

Il est deux heures du matin quand Martin aide un Patrice fin soûl qui tutoie tout le monde à monter dans un taxi. Patrice, convaincu qu'il peut parler avec l'accent québécois, n'en finit pas de baragouiner des remerciements chaleureux. Martin donne l'adresse de l'hôtel au chauffeur médusé qui ne comprenait pas un mot de ce que son client racontait.

Martin trouve Vicky en train de ranger la cuisine. Il lui retire les assiettes des mains et l'enlace : « Demain... C'est tout un numéro, ton Français !

— Il va avoir mal à la tête demain, mon Français !

— Viens ! Ça suffit pour aujourd'hui. »

Il éteint et la prend par les épaules : « Pourquoi t'es triste ? Parce que c'est fini ou parce que Patrice s'en va ?

— Je pense à elle... à Jocelyne/Justine... Tu vois, je pense que Patrice s'est attaché au père d'Isabelle, Émilien, et c'est pour ça qu'il a jamais lâché. Moi... je l'ai pas aimée tout de suite, Jocelyne Dupuis, mais après... j'ai rarement vu quelqu'un d'aussi attachant et d'aussi solide.

— Alors, tu le comprends d'avoir couché avec elle ?

— Fallait qu'y soye soûl en maudit pour te dire ça ! J'en suis pas revenue !

— Il était certain que je le savais déjà ! C'est bien mal te connaître...

— Bon, bon : on va dire que je te l'ai dit sur l'oreiller, O. K. ? T'as très bien joué la surprise.

— L'as-tu cru qu'il voulait revenir ? Remettre ça, comme il dit ?

— Une fois de temps en temps, je veux bien, mais pas trop souvent. Y prend de la place, le commissaire. Dors, Martin, on travaille demain. »

Il dort déjà. Vicky reste éveillée longtemps — elle pense à Jocelyne et à cette dernière nuit de paix qui lui est accordée avant de voir encore sa vie toute bouleversée. Elle se demande comment elle réagirait, elle, si on lui apprenait que ni la première ni la seconde identité n'était la bonne... qu'il y en a une troisième et que celle-là est la véritable. Elle se dit que Jocelyne ne saura jamais le prénom que sa vraie mère lui réservait, mais qu'elle pourra se vanter d'avoir été désirée et attendue. Isabelle Deschamps voulait qu'elle vive et, malgré l'intense solitude dans laquelle sa maternité l'avait jetée, elle avait mobilisé toutes ses forces pour lui donner la vie. Et vivante, Jocelyne l'est.

ÉPILOGUE

En septembre, Émilien Bonnefoi s'éteint en douceur, totalement réconcilié avec lui-même. Près de lui, penchée sur lui, sa petite-fille, Jocelyne Dupuis.

Dès le lendemain des funérailles, Jocelyne reprend l'avion avec son fils pour retourner chez elle, aux Îles de la Madeleine.

Patrice la conduit à l'aéroport. Il parle peu, convaincu que le silence est encore ce qu'il y a de mieux entre eux deux. Il n'y a que Lucien qui babille sans arrêt.

Patrice offre de leur tenir compagnie en attendant le vol, mais Jocelyne préfère qu'il les dépose seulement.

Elle garde son fils dans ses bras pendant que Patrice pose la valise sur un chariot. Il la regarde, sans oser quoi que ce soit vers elle. Il ne se voit pas lui tendre la main parce que ce serait vraiment lui mentir, et l'embrasser, même sur la joue, l'intimide terriblement. Elle sourit. Il murmure un « ça va ? » inquiet. Elle fait oui et frotte le dos de Lucien qui s'est blotti dans son cou et qui triture une mèche de cheveux de sa mère en babillant encore.

La femme qui lui dit au revoir ne ressent aucune amertume. Elle l'assure que ce voyage était une bonne idée pour Émilien et pour elle-même. Il n'y a que Pierre-Philippe Deschamps, son père guindé, coincé dans une attitude froide, méfiante, qui ne lui laisse aucun regret de ne pas l'avoir connu avant. Mais elle s'en fiche, elle n'avait pas d'attente à son égard. Elle estime avoir eu un très bon père et il s'appelait Lucien. Elle n'a aucun besoin d'un père aussi déprimant que Pierre-Philippe. Par contre, elle est heureuse d'avoir connu Émilien et d'avoir pu lui apporter cette paix et cette joie. Mais elle estime que celui qui a le plus accompli pour la quiétude de son grand-père, c'est Patrice, et elle le lui dit.

Comme elle lui dit que sans lui, sans l'aventure d'une nuit qu'ils ont partagée et sans le respect qu'il lui a témoigné quand elle lui a demandé de ne pas insister, jamais Émilien ne l'aurait rencontrée. Si Patrice n'avait pas habité Paris, s'il n'avait pas offert de l'accompagner, Jocelyne affirme que jamais elle ne serait venue à la rencontre d'inconnus sous prétexte qu'il s'agissait de proches.

« Pas sans le réconfort de ta présence, Patrice. »

Elle l'embrasse avec douceur et s'éloigne. Alors que Lucien lui fait des signes d'adieu exubérants, Patrice regarde Jocelyne pousser le chariot en espérant revoir encore une fois l'éclat violet de son regard.

Elle ne se retourne pas.

FIN

Imprimé sur du papier 100 % postconsommation,
traité sans chlore, certifié Éco-Logo
et fabriqué dans une usine fonctionnant au biogaz.

MISE EN PAGES ET TYPOGRAPHIE :
CHRISTIAN CAMPANA

CE DEUXIÈME TIRAGE A ÉTÉ ACHEVÉ D'IMPRIMER EN NOVEMBRE 2007
SUR LES PRESSES DE L'IMPRIMERIE GAGNÉ
À LOUISEVILLE (QUÉBEC).